岩 波 文 庫

32-254-6

人 間 の 絆

(上)

モ ー ム 作
行 方 昭 夫 訳

岩 波 書 店

W. Somerset Maugham

OF HUMAN BONDAGE

1915

目次

人間の絆（上）

1

どんよりと曇った朝で、雲が重くたれこめ、寒々として今にも雪になりそうだった。乳母が子供部屋に入って来て窓のカーテンを開けた。向かいの柱廊玄関《ポルチコ》のある漆喰《しっくい》壁の邸宅にさっと目をやると、すぐ子供のベッドの所にやって来た。

「さあ、起きなさいな」

そう言いながら上掛けをめくり、子供を抱き上げて階下に連れて行った。子供はまだ夢うつつだった。

「ママがお呼びですよ」

乳母は階下の部屋のドアを開き、子供を夫人の寝ているベッドの所に連れて行った。子供の母は両手を差し出し、子供は母に寄り添った。なぜ起こされたのか尋ねない。母は子供の眼にキスし、か細い手で白いフランネルのパジャマの上から子供の温かい体をなぞった。それからしっかりと抱きしめた。

「坊や、まだねむいの？」

声はとても低くて、もう既に遠方から聞こえてくるようだった。子供は答えなかったが、気持よさそうに、にこにこしている。やわらかい母の腕に抱かれ、大きなベッドで温かく、とても幸せだった。体をまるめて母にすり寄り、ねむそうにキスをした。それからすぐ目を閉じて、ぐっすり寝入った。医者がやって来てベッドのそばに立った。

「ねえ、まだ抱かせておいてくださいな」夫人が涙声で言った。

医者は何も言わずに深刻な表情をして患者を見た。これ以上抱かせてもらえないと分かり、女は子供にまたキスをした。子供の体に手を這わせ、足の所に来た。右足をにぎりしめて小さな五つの指に触れた。次にゆっくりと左足に手を廻したが、手を止め、急にすすり泣き出した。

「どうしました? 疲れたのですね」医者が言った。

彼女は説明できぬまま首を左右に振った。涙が頬を伝って流れた。医者は身をかがめた。

「さあ、お子さんをどうぞ」

医者の指示にさからう気力もなく、彼女は子供を離した。医者は乳母に子供を渡した。

「ベッドに連れて行きなさい」

「そういたします」

まだ寝たままの子供は連れて行かれた。母親は悲しそうに声をあげて泣き出した。

「あの子はこれからどうなるのかしら？」

月ぎめで雇われている付添看護婦は何とか慰めようとした。やがて衰弱のために泣き声はやんだ。医者は病室の別の一隅にある机の所に移動した。死産の赤ん坊の遺体がタオルを掛けて置いてあった。医者はタオルを持ち上げて遺体を見た。その姿は衝立《ついたて》にさえぎられて見えないのだが、何をしているのか病人には見当がついた。

「女の子だったの、男の子だったの？」女は小声で看護婦に聞いた。

「また坊ちゃまでした」

女は何も言わなかった。まもなく乳母が戻って来て、すぐベッドに近寄った。

「フィリップ坊ちゃまは、一度も目を覚まされませんでしたわ」

沈黙があった。医者はもう一度患者の脈をとった。

「今のところこれという処置もないので、朝食後にまた出直しましょう」

「ではお見送りします」子供の乳母が言った。

二人は何も話さずに階段を降りた。玄関に出ると医者は立ち止まった。

「奥様の義兄の方には連絡したんでしょうね？」

「はい、致しました」

「何時頃着かれるのでしょう？」

「存じません。電報を待っているところです」

「子供はどうしたらいいかな。その場にいないほうがよいと思いますな」

「ミス・ウォトキンが預かってくださるということでございます」

「どういう方ですか？」

「坊ちゃまの名付け親です。あの、奥様は回復されるでしょうか？」

医者は頭を横に振った。

2

一週間経った。フィリップは、オンスロウ・ガーデンズのミス・ウォトキンの邸の客間の床にすわっていた。ひとりっ子なので、ひとりで遊ぶのには慣れていた。客間の家具はすべて重厚で、どのソファにも三つずつ大きなクッションが置かれていたし、どの安楽椅子にも一つずつクッションが置いてある。フィリップはこういうクッションを全部一箇所に集め、さらに、軽くて動かしやすい、金色の小椅子も利用して、手の込んだ洞穴を作り上げた。ここに入れば、カーテンの後ろにひそんでいるアメリカ・インディアンから身を守れるのだ。床に耳をつけて大平原を疾走するバッファローの群れの蹄の音に耳を澄ませた。しばらくしてドアの開く音がしたので、見つからないように息を止めていた。それでも、一本の手が、むんずと椅子を引っぱり、上のクッションが全部下に落ちてしまった。

「おいたはだめですよ。ミス・ウォトキンに叱られますよ」

「やあ、エマ!」

乳母は体をかがめて子供にキスした。それから散らかったクッションの形を直して、元の場所へと戻した。

「おうちに帰るの?」

「そうですよ。お迎えに来たのです」

「エマ、新しい服を着ているんだね」

一八八五年のことで、乳母は腰当てをつけていた。上着は黒のビロードで、袖はタイトで、肩はなで肩、スカートには大きなひだ飾りが三つついている。ビロードのひものついた黒いボンネットをかぶっている。彼女はどう答えたものか迷った。予想通りの質問を子供がしないので、用意していた答えが口に出せない。

「ママのご病気のことを聞かないんですか?」

「ああ、ぼく、忘れてた。ママはもういいの?」

ようやく答えられた。

「ママはよくなって、お幸せですよ」

「ふうん、よかったね」

「ママは行ってしまいました。坊ちゃまは、もう二度とお会いになれません」

フィリップには納得できなかった。

「どうして会えないの？」

「天国に行かれたのです」

乳母は泣き出し、フィリップもよく分からぬながら、泣き出した。エマは背の高い、がっちりした骨格の女で、金髪で目鼻立ちは大きかった。デヴォンシアの出で、長年ロンドンで奉公しているのに、未だにお国訛りは消えていなかった。泣いているうちに彼女の感情は高まり、子供を胸にしっかりと抱きしめた。母の子供への愛という、この世の中で唯一無私の愛情を奪われてしまった子供が不憫《ふびん》でならなかったのだ。親以外の人に育てられざるをえない、というのはいかにも可哀想に思えた。けれども乳母はようやく冷静さを取り戻した。

「ウィリアム伯父様がいらして、おうちで待っていらっしゃいます。さあ、ミス・ウォトキンにさよならを言ってらっしゃいな。それからおうちに帰りましょう」

「ぼく、さよならを言いたくないな」子供は泣いた顔を見せたくなかったのだ。

「それじゃあいいですから、二階へ行って帽子を取っていらっしゃい」

子供が帽子を取って階下に降りて来ると、エマが玄関ホールで待っていた。食堂の奥の書斎から人の声が聞こえてきた。子供は立ち止まった。ミス・ウォトキンとその姉が友人たちと話しているらしい。いま入って行けば、おとなたちに同情してもらえると、九歳の子供なりに考えた。

「ぼく、ミス・ウォトキンにさよならを言ってくるよ」

「そうね、それがいいですよ」エマが言った。

「エマが先に入って、ぼくが行くって言ってくれる?」

少年はこの機会にうんと甘えてやろうと考えたのだ。エマはノックして部屋に入った。中で話しているのが耳に入った。

「フィリップ坊ちゃまがさよならをおっしゃりたいそうです」

急に話し声がやんだ。フィリップは足を引きずりながら入って行った。ヘンリエッタ・ウォトキンは赤ら顔の小太りの女性で髪を染めていた。当時は髪を染めるだけで噂の種になり、このため、彼女が髪の色を変えたとき、家で話題になったのをフィリップも覚えていた。姉と二人で暮らしていたが、姉のほうはあまり不満もなく年を重ねてゆくというタイプの人だった。フィリップの知らない女性が二人、訪ねて来ていて、この人たちは物珍しそうに少年を見た。

「可哀想に」そう言ってミス・ウォトキンは両腕をひろげて子供を抱いた。

彼女は泣き出した。どうして彼女が昼食に出なかったのか、どうして黒い服を着ているのか、少年も今は理解した。彼女は口がきけなかった。

「ぼくおうちに帰らなくちゃあ」少年はとうとう言った。

少年がミス・ウォトキンの腕の中から抜け出したとき、彼女はもう一度キスしてくれた。それから彼は姉のほうに行き、さよならのキスをしてもらった。客の女性の一人がフィリップに、キスしてもいいかと聞いた。彼は真顔で「どうぞ」と答えた。少年は泣いていたものの、自分がもとでおとなたちが感情を高ぶらせているのを、とても嬉しく思った。できるものなら、もう少しとどまって、ちやほやされるのに身を任せたいと願った。けれども、もう帰って欲しいと思っているような雰囲気を察して、少年は、エマが待っているからと言って、部屋を出て行った。エマは地下室に降りて行って、顔見知りの人とおしゃべりをしていた。少年は踊り場で待っていた。そこにいるとヘンリエッタ・ウォトキンの話し声が聞こえてきた。

「あの子の母親は私の親友だったのですよ。亡くなってしまって、本当につらいわ」

「お葬式には出なければよかったのに。つらくなるだけだからって、言ったでしょう」

姉が言った。

それから客の一人が言った。

「あの子も可哀想ですね。この世で、まったく独りになってしまったなんて、さぞつらいでしょう。それに、足が悪いようね」

「ええ、えび足なんですよ。あの子の母親はそれをとても気にしていました」

その時エマが上がって来た。辻馬車を呼び、御者に行先を告げた。

3

フィリップは母の亡くなった家に戻った。ロンドンのケンジントンにあるノッティング・ヒル・ゲイトとハイ・ストリートに挟まれた陰気な感じの高級住宅街にある一軒だった。家に入ると、乳母は少年をすぐ客間に連れて行った。そこでは伯父が、葬式の際に贈られてきた花輪に対する礼状を書いているところだった。葬儀に間に合わなかった花輪が一つ、玄関のテーブルの上にダンボールに入ったまま置いてあった。

「フィリップ坊ちゃまです」エマが言った。

ケアリ氏はゆっくり立ち上がって少年と握手した。それから、思い直して、体を折って子供の額にキスした。氏は平均より少し背が低く、やや太り気味である。髪は長く伸ばし、はげを隠すために頭全体に薄くなでつけてある。ひげはない。整った目鼻立ちで、若い頃はハンサムであったろうと想像できた。時計の鎖には金の十字架がついている。

「坊や、これからは伯父さんの家で暮らすことになるんだよ。嬉しいかい?」

フィリップは、二年前に水疱瘡《みずぼうそう》に罹り、伯父の牧師館で世話になったことがあった。でも今覚えているのは、伯父と伯母のことというより、屋根裏部屋と大きな庭のことであった。

「はい」

「これからはね、わたしとルイザ伯母さんのことを、ほんとのパパ、ママと思うのだよ、いいかい?」

フィリップの口元は何か言いたそうであったけれど、ただ顔を赤くしただけで、何も言わなかった。

「きみのママからお願いしますって頼まれたのだ」

ケアリ氏は子供と口をきくのに多少戸惑いを覚えた。義妹が危篤だという知らせを受けたとき、彼はすぐロンドンに向かったものの、途中で考えていたのは、義妹が亡くなって、子供を引き取る破目になった場合に生じる面倒のことばかりだった。彼はもう五〇歳をとうに過ぎていたし、結婚して三〇年になる妻は子供を産んだことがなかった。乱暴でやかましい子供が家族に加わるなんて、考えただけでも迷惑千万である。その上、あの義妹に好感を持ったことは一度もなかった。

「明日になったらブラックステイブルに連れて行くからね」

「エマも一緒なの？」

子供は片手を乳母の手に預けた。乳母もぐっとにぎった。

「いや、エマは一緒じゃない」

「でも、ぼく、エマと一緒じゃなくちゃいやだ」

そう言ってフィリップは泣き出した。エマも思わず泣き出してしまった。ケアリ氏は困ったように二人を見た。乳母に言った。

「フィリップと二人だけにさせてくれないか。ほんの少しの間だけでいい」

「かしこまりました」

少年は乳母にしがみついたけれど、彼女はやさしく振りほどいた。ケアリ氏は子供を膝にのせ、片手で抱え寄せた。

「泣いてはいけない。もう大きくなったんだから乳母は要らない。そろそろ学校に行くことを考えなくてはならないのだからね」

「エマも一緒に来て欲しいな」子供は言い張った。

「そういう余裕はないよ。きみのパパはお金をたくさん残してくれなかったんだ。お金がどうなってしまったのか、伯父さんには分からない。とにかく、節約しなくてはいけないのだよ」

前日、ケアリ氏は一家の顧問弁護士を訪ねていた。フィリップの父は腕のよい外科医で、病院での地位から判断して相当の財産があると思われていた。それだけに、敗血症で急死したときに、妻に残されたのが生命保険金とブルートン街の自宅を人に貸して得られる家賃の他にはほとんど遺産らしいものがないと分かったのは驚きであった。これは六カ月前のことだった。未亡人は、その時も病弱で、そのうえ妊娠していると分かったため、すっかり動転してしまった。このため、邸を借りたいという申し出があると、損得も考えずに、すぐ申し出の家賃で応諾してしまった。邸にあった家具はすべて倉庫に預け、小さな家具付きの家を一年間借りることにした。子供が生まれるまで面倒がないようにということでこのようにしたのだが、その家賃というのが、牧師である義兄から見ると、途方もなく高いのであった。彼女は自分で金銭の管理をしたことがなく、支出を夫亡き後の環境の変化に合わせられなかった。だから、僅かばかり残された財産は、あれこれの支出で、みるみる減ってしまい、今、すべての経費を支払ってしまうと、子供が独立するまでの養育費はせいぜい二〇〇〇ポンドしか残っていなかった。こういう事情を子供に説明しても始まらないし、それに、子供はまだ泣きじゃくっている。

ケアリ氏は、子供をあやすにはやはりエマが一番だと思って、「フィリップ、エマの所に戻りなさい」と言った。

一言もいわずに少年は伯父の膝を滑りおりたが、伯父は押しとどめた。

「明日には出発するのだよ。伯父さんは土曜日にお説教の準備をするのだからね。エマに、今日のうちに荷物を用意しなさいって、言うのだ。おもちゃは全部持って行っていい。それからパパやママの思い出の品が欲しいのなら、それぞれに一品ずつ持って行きなさい。他の品はすべて売却処分するからね」

フィリップは部屋をさっと出て行った。ケアリ氏は事務的な仕事に不慣れで、いかにも腹立たしそうな様子で礼状書きに戻った。机の一方には請求書の束があり、これを見ると無性に腹が立った。請求書の中の一つがとくに法外なものに思えた。義妹の死の直後、エマは花屋に注文してとてつもなく大量の白い花を持って来させて、遺体を置いた部屋を飾ったのだった。金の無駄遣い以外の何ものでもない。大体、エマは自分勝手に振舞い過ぎる。たとえ節約ということがなかったにしても、当然くびにすべきだな。

フィリップはエマの所に走って行き、その胸に顔を埋めた。胸が張り裂けんばかりに泣いた。乳母も子供を自分の子供のように感じていたくらいだから、やさしい言葉をかけて慰めてやった。何しろ、生まれて一カ月の時から世話しているのだ。時どき会いに行きますよ、絶対に坊ちゃまのことは忘れませんよ、と約束した。それから明日出かけることになる地方のことや、エマの故郷《ふるさと》のことを話題にした。わたしの家はデヴォンシアにあって、父さんはエクセター街道の関所の番人をしているんですよ。豚小屋には豚がいるし、牝牛もいて、それがついこのあいだ子牛を産んだのです。こう話してやっているうちにフィリップの涙もかわき、明日の旅行のことを思って、わくわくした気分になってきた。やがて乳母は子供を膝からおろした。旅行の準備をいろいろしなくてはならなかった。フィリップも乳母を手伝って、自分の服をベッドの上に並べた。それから子供部屋におもちゃを取りにやらせたので、子供は嬉しそうに遊び始めた。

けれども、やがてひとりで遊ぶのに退屈して寝室に戻って来た。エマが子供の持ち物を大きなブリキ箱に詰めているところだった。それを見ているうちに、両親の形見の品のことを伯父に言われたのを思い出した。エマにそのことを話し、何を持って行こうかと尋ねた。

「客間にいらして、お好きなものを選んでいらっしゃい」

「でもウィリアム伯父さんがいるよ」

「いらしても構わないのよ。全部坊ちゃまのものなんですから」

フィリップはゆっくりと階段を降りて行った。客間のドアは開いていて、伯父は中にいなかった。子供は中に入って、あちこち見廻した。この家に移ってからあまり月日が経っていないので、とくに興味を引かれるような品物はなかった。他人の家のような感じなので、気に入るものなどないのだ。しかし、母のものと家主のものとは区別できた。あれこれ見ているうちに、母が以前好きだと言っていた小さい置時計が目にとまった。この時計を持って、悄然として二階に上がって行った。母の寝室のドアの外まで来ると、足を止めて耳を澄ませた。そこに入ってはいけないと言われていたのではないけれど、何となくそうしてはいけないような気がした。少しこわくなり、小さな胸がどきどきして不快だった。それでも、何かに誘われるように、思わずドアの把手に手を触れた。中にいる人に聞かれないようにとでもいうように、把手をそっと廻して、ゆっくりとドアを押した。中に入ってゆく勇気がなくて一瞬入口に立っていた。もう恐くはなかったのだが、どこかいつもと違うような気がした。ドアを後ろ手で閉めた。ブラインドはおろされていたので、一月の午後の寒々とした光の中で、部屋は暗かった。化粧台の上には母のブラシと手鏡があった。小さな皿にはヘアピンが入っている。暖炉の上にはフィリップと父の写真があった。母が部屋を留守にしていたときに、この部屋に何回も入ったことがあるけれど、今日はどこか奇妙だった。椅子までが普段とは違って見える。ベッドは誰かが今夜そこで寝ることになっているかのように、きちんと整えられている。枕の上の箱にはネグリジェが入っている。

フィリップは母のドレスの詰まっている大きな衣裳戸棚を開いた。中に入り、両腕で抱えられるだけ服を抱え、顔を埋めた。服は母の使っていた香水の香りがした。それから引き出しを開けてみた。母の下着類でいっぱいで、下着の間にラヴェンダーの匂い袋が入っていた。新鮮でいい匂いだった。次第に部屋の違和感は薄れ、何だか母は散歩のために外出しているような気がしてきた。まもなく帰って来て、ぼくの部屋で一緒にお茶を飲むのだ。子供は母のキスを唇に感じた。

もうママに会えないなんて、あれは嘘だ。だって、そんなことって、ありえないもの。子供は母のベッドに這い上がり、頭を枕に置いた。そのままじっと横になっていた。

4

フィリップはエマと別れるときは泣いたけれど、ブラックステイブルへの旅で気がまぎれ、目的地に着いたときは、もうあきらめて元気になっていた。ブラックステイブルはロンドンから六〇マイルの距離だった。荷物をポーターに渡し、ケアリ氏は子供を連れて牧師館へと歩き出した。五分と少しぐらい歩いた。着いたとき、フィリップは急に門に見覚えがあるのに気付いた。赤色の五本の棒から成る門で、簡単な蝶番《ちょうつがい》で内側にも外側にも開く。子供がぶら下がって遊べたのだが、そうしてはいけないと言われたっけ。庭を通って正面玄関に着いた。ここは訪問客のあるときと日曜日にだけ使うのだった。また、牧師が上京するときとかロンドンから帰って来るというような特別の場合に限って使われた。普段の用事には横にある内玄関を用いたし、さらに、庭師や物乞いや浮浪者のためには裏口があった。牧師館は黄色い煉瓦造りの相当に大きい建物で、屋根は赤く、二五年ばかり前に聖職者用の住居として建てられたものだった。正面玄関は教会の入口風で、客間の窓はゴチック式だった。

何時の列車で着くのか分かっていたから、ミセス・ケアリは客間で待ち、門の掛け金がカチッと鳴るのに聞き耳を立てていた。聞こえると玄関まで出迎えた。

「ほら、ルイザ伯母さんだよ。走って行ってキスしなさい」

フィリップはえび足を引きずりながら、不格好に走り出したが、すぐ止まった。ミセス・ケアリは夫と同じくらいの年輩の小柄でやせた婦人で、顔には驚くほど深いしわがいくつも寄っているのだった。目は淡い青色で、白髪を若い頃に流行していた髪型に従って巻いてアップにしていた。黒服を着て、飾りは十字架のついた金のネックレスのみである。内気な物腰で、物言いが静かだ。

「あなた、ここまで歩いていらしたの？」夫にキスしながら、半ば非難するような言い方だった。

「歩いても大丈夫だと思ったのだ」伯父は甥をちらと見て言った。

「フィリップ、あなた歩いて、足は痛まなかったの？」

「うん、大丈夫。ぼくいつも歩くの」

伯父と伯母のやり取りに少年は少し驚いた。伯母に勧められて、中に入った。玄関ホールは黄色と赤のタイル張りで、ギリシャ十字と神の羊のデザインが交互に用いられていた。ホールから二階に堂々たる階段が通じている。独特の香りのある磨いた松材を用いたもので、教会の座席の模様変えをした折に、具合のよいことに階段一つ分の木材が余ったので、それを利用したのだった。手すりの柱には、四福音書の著者のさまざまな紋章が彫られていた。

「旅行で寒い思いをなさったと思って、ストーヴに火を入れさせておきましたわ」

ホールにある大型の黒いストーヴのことで、このストーヴは、天気がとても悪いとか、牧師が風邪をひいた場合にのみ、火が入るのであった。ミセス・ケアリが風邪をひいても、火が入ることはなかった。何しろ石炭は値がはった。それに女中のメアリ・アンが家のあちこちに火を入れるのをいやがった。そうしたいのなら、わたしの他にもう一人召使いを雇ってくださいな、というのだった。冬には、一箇所しかストーヴを使えないというので、ケアリ夫妻は食堂にいつもいたし、夏になってもその習慣をやめられなかった。という次第で、客間を使うのは、ケアリ氏が日曜日の午後に昼寝のためだけだった。しかし、土曜日には書斎に火を入れて日曜日の説教を書いた。

ルイザ伯母はフィリップを二階に連れて行き、車道に面した小さな寝室に案内した。窓のすぐ前に大きな木があったが、少年の覚えているものだった。以前ここに来たとき、枝が低い所にあって木登りにうってつけだった。

「小さな子には小さなお部屋がいいわね。あなた、ひとりで寝るの、こわくないわね？」

「うん、大丈夫」

この子が以前牧師館に遊びに来たときは乳母と一緒だったから、ミセス・ケアリは何もしないで済んだ。だが、今は、いかにも自信なさそうに子供を見るのだった。

「自分で手を洗えるの？　それとも伯母ちゃまが洗ってあげましょうか？」

「じゃ、お三時を食べに下に来たとき、洗えたかどうか見ますからね、いい?」

「自分で洗える」

彼女は子供については何一つ知らなかった。フィリップを自分の家に引き取ることが決まった後で、彼女は子供をどのように扱ったものか、ずいぶん考えた。与えられた義務はきちんと果すつもりでいたけれど、目の前に子供が現れてみると、思わず尻ごみしたい気分に襲われた。子供のほうも伯母に気後れしている様子だった。彼女としては、この子が、うるさいとか乱暴であるとかでなければよいと願わずにはいられなかった。夫がそういう子をとても嫌っていたのだ。彼女は口実を設けてフィリップをひとりで部屋に残して出て行ったが、じきに戻って来た。ドアをノックし、部屋の外から、自分で水が出せるかどうか尋ねた。それから階下に行き、ベルを鳴らしてお茶を命じた。

大きくゆったりとした食堂は、両側に窓があり、赤い綾織地の厚手のカーテンが掛かっている。部屋の中央に大きなテーブルがあり、一方の端には、鏡のはまった、どっしりしたマホガニーの食器戸棚がある。一隅にはオルガンが置いてある。暖炉を挟んで両側には押模様の革張りの椅子が置かれ、いずれにも背カバーが掛けてあるが、一方にはひじ掛けがあって主人用と呼ばれ、もう一方にはひじ掛けがなく奥様用と呼ばれていた。ミセス・ケアリはひじ掛け椅子には決してすわらず、安楽椅子は自分の性に合わない、と言っていた。やらなくてはならぬ仕事が山ほどあるのに、もし椅子にひじ掛けがあれば、すぐ立てないので困る、というのだった。

ケアリ氏は、フィリップが食堂に入って来たとき、火を起こしていた。伯父は子供に二本の火かき棒を示した。一本は大きく、光っていて使わないらしく磨いたまま、もう一方は小さく、何回も火をくぐっていた。前者は牧師用、後者は副牧師用と名付けられていた。

「お三時には何が出てくるのかね？」

「メアリ・アンに卵の用意をさせています。旅行の後で、お腹がすいていらっしゃると思いまして」

ミセス・ケアリはロンドンからブラックステイブルまでの移動を大げさに考えていた。自分自身はめったに旅に出なかった。牧師の俸給は年収三〇〇ポンドに過ぎず、このため、夫が休暇を取りたいと思っても、二人分の費用はなく、夫だけで出かけていた。夫は聖職者大会が好きで、一年に一回は上京していた。パリの博覧会に行ったこともあったし、スイスには、二、三回出かけていた。メアリ・アンが卵を運んで来たので、みな席に着いた。椅子がフィリップには低過ぎたが、夫妻はどうしたらよいか、一瞬、困惑した。

「おしりの下に本を置いてみましょう」メアリ・アンが言った。

女中はオルガンの上にあった大きな聖書と、牧師がお祈りを読むのに使う祈禱書《きとう》を取り、子供のおしりの下に置いた。

「ねえ、あなた、聖書の上にすわったりしてはいけませんわね。書斎から何か別の本を持って来てください」夫人がショックを受けたような口調で言った。

ケアリ氏は少し考えた。

「メアリ・アン、祈禱書を聖書の上に置きなさい。そうすれば、今だけなら許されるだろう。祈禱書は、われわれと同じ人間の作ったものだからな。聖書と違って神様が書かれたわけじゃない」

「そう言えば、そうでしたわね」伯母が同意した。

フィリップは本の上にちょこんとすわった。牧師は食前の祈りを済ますと、卵の上の端を切った。

「ほら、卵の端をあげようか。どうだい?」伯父が言った。

フィリップとしては、卵を丸まる一個欲しかったけれど、仕方なく、端だけ貰った。

「私が留守している間、ニワトリの卵の産み具合はどうだった?」

「このところ調子が悪いのです。せいぜい一日に一、二個しか産みませんの」

「フィリップ、端っこはどうだった？」

「おいしかったよ」

「日曜日の午後にもあげるからね」

ケアリ氏は日曜日の午後は、夕べの礼拝のために体力をつけなくてはならず、必ずゆで卵をお三時にしているのだった。

5

これから一緒に暮らすことになる伯父夫妻のことを、フィリップは少しずつ知るようになった。さらに、自分自身や両親のことについてもいろいろ分かった。家の中でかわされるさまざまな会話の断片から学んだのであったが、会話の中には子供に聞かれては困るものもあった。フィリップの父は、ブラックステイブルの牧師よりずっと年下だった。聖ロカ病院で外科医として高い評判を取り、高い地位も得て、次第に高収入を得るようになっていったのだが、父は浪費家であった。牧師が自分の教会の改修に着手して、弟に応分の寄付を求めたときなど、二〇〇ポンドも送ってきたので兄は一驚した。ケアリ氏は、生まれつきしまり屋であったし、安い俸給のために節約せざるをえなかったから、二〇〇ポンドを複雑な気持で受け取ったのである。こんな大金をすぐ出せることへのねたみもあり、また、教会のためにはもちろん嬉しくもあった。さらに、見栄とも思えるような気前のよさに対しては、何となく不快を覚える。そのうちに弟は患者の一人と結婚した。美しい娘であったが貧乏だった。身寄りのない孤児であったが、もともとは良家の出であった。結婚式には立派な服装の友人たちが多数出席した。結婚後に、ロンドンに出た折に牧師は新婦を訪ねたが、よそよそしく振舞ったものだ。照れくさかったし、あまりの美しさに対して心中で腹が立った。忙しく働きまわっている外科医の妻にしては不釣合いなほど派手な服装をしているではないか。家具調度品にしても華美で、冬の間でも家の中に花を欠かさぬというのも過度のぜいたくに思え、牧師はけしからぬと考えた。何でもよく豪華なパーティや催物に招待されるというような話だったが、それに対してお返しをしているに違いない(と、ブラックステイブルに帰ってからミセス・ケアリに話したのであった)。万事ぜいたくずくめで、食堂には、少なくとも一ポンド八シリングはしそうなブドウがあったし、昼食にアスパラガスが出たが、牧師館の庭園で収穫する二カ月も前であった。こんなぜいたくをしたら今に報いがくる、そう思っていただけに、義妹の死に牧師は満足を覚えた。警告にもかかわらず、改めようとせぬ罪深い町が火と硫黄で焼きつくされるのを眺めた、昔の預言者と同じ気分だったのだ。

けしからぬ両親のせいでフィリップは文無し同然であり、母の立派なお友だちも誰一人救いの手を差し出す者はなかった。フィリップの父のぜいたくも本当にひどいものだったということで、母がじきに天国に召されたのは、神らしい慈悲によるものとの話だった。母は金銭に関して子供並みの知恵しかなかったという。

フィリップがブラックステイブルに住むようになって一週間ほどしたある日のこと、またまた伯父を立腹させるような出来事が起こった。ある朝の朝食のテーブルに小包みが置いてあり、ロンドンの亡くなった義妹の家から転送されてきたものだった。もともとは彼女宛の小包みだった。牧師が開いてみると、義妹の写真が一ダース入っている。頭から肩までの写真で、髪型は普段よりむしろ地味で、前髪が垂れている。このため、いつもと違った印象を与える。顔は肉が落ちているけれど、どんな病気も生まれつきの美貌を損なうことはできなかった。大きな黒い瞳には、子供には見せたことのない、悲しみが宿っている。既にこの世にいない女の写真を一目見て、牧師は少しぎくりとしたが、次に戸惑いを覚えた。写真はごく最近撮ったもののようであり、いったい誰が注文したのか見当もつかなかった。

「フィリップ、この写真のこと、何か知っているかね?」

「写真を撮ったって言ってたよ。そのことでミス・ウォトキンにママは叱られたんだ。

でもママは、子供が大きくなったとき、わたしを思い出してくれるものを残したかった——そう言ってたよ」

ケアリ氏は子供をちらと見た。子供は甲高い声で明瞭に話した。母の言葉を覚えていたものの、意味内容を理解していたわけではないらしい。

「一枚取って、自分の部屋に飾っておきなさい。他の写真はしまっておくからね」

伯父は一枚をミス・ウォトキンに送った。折り返し手紙が来て、写真が撮られたいきさつを伝えた。それによると、こうだった。

ある日のこと、フィリップの母はベッドにふせっていたが、いつもより少し気分がよかった。医者も今朝は安心していた。エマがフィリップを散歩に連れて行き、女中たちは地下室にいた。夫人は突然、言うに言われぬ孤独感に襲われた。今度の出産で自分が死んでしまうのではないか、という恐怖にとらわれたのである。出産は二週間後にせまっている。フィリップはまだ九歳だわ。わたしのことを覚えていてくれるなんて、とても無理だわ。でも、あの子が大きくなって、わたしのことを何も覚えていないなんて、とても我慢できない。息子は虚弱だし不具者なので、いっそう可愛い。わたしの子なのだから、可愛くてたまらない。結婚してから唯の一度も写真を撮ったことがない。もう一〇年間一度も写真を撮っていないのだ。息子に母の最後の姿がどうであったか記憶に留めさせたい。写真があれば、すっかり忘れてしまうことはないだろう。

女中を呼んで、写真を撮りに行くから起きたいと言えば、きっと、いけませんと言い、もしかすると医者に連絡するかもしれない。人と争ったり、頑張ったりする力はもうない。そこで一人でベッドから出ると着換えを始めた。長い間寝ていたものだから、立つと足がふらふらしたし、踵《かかと》がしびれるので、床をしっかり踏むのは困難だった。それでもやめなかった。自分で髪を結うのには不慣れだったので、両腕を持ち上げて髪を梳《す》き始めると、めまいがした。いずれにしても、女中がしてくれるようには、うまくいかない。とても細い美しい髪で濃い金髪だった。眉は真っ直ぐで薄黒い。黒のスカートをはいたが、上にはイヴニングの白いダマスク織のボディスを選んだ。当時流行していたものので、彼女のお気に入りだった。鏡で自分の姿を見た。顔は青白いが透き通るような肌だ。以前から血色はよくないのだが、そのために、美しい唇の赤さがとくに映えるのだった。鏡を見ているうちに涙がこみ上げてきたけれど、今は感傷にひたる余裕はない。もう体力はあまり残っていないのだわ。彼女は夫がクリスマスに贈ってくれた毛皮を着た。あの時は豪華な毛皮を持って誇らしかったし、とても幸福だったわ。急いで階下に降りたが、胸が高鳴っていた。誰にも見つからずに家の外に出ると、すぐ写真館まで馬車を走らせた。一ダースの写真の注文をした。撮影の途中で気分が悪くなり水を注文した。撮影助手が別の日に出直したらいかがですかと言ったけれど、彼女は、今日済ませてしまいたいと答えた。ようやくすべて終わり、ケンジントンのわびしい家に戻った。とても不快な家なのに、そこで死ぬのかと思うと、ひどく気が滅入った。

家の入口の扉が開いていて、馬車が着くと、女中とエマが急いでやって来て彼女に手を貸した。女主人の部屋がからっぽと分かったとき、家の者はとても驚いた。きっと、ミス・ウォトキンの家に出かけたのに違いないと考え、料理女に確かめにやらせた。ミス・ウォトキンは事情を知り、心配して料理女と一緒にやって来た。応接室で待っていたが、帰宅を知り、心配と非難の表情で階下に降りて来た。しかし、外出は体力的にとても無理だったようで、彼女は、家に帰ったとたんに気がゆるんで、倒れてしまった。エマの両腕に身を任せてくずれ落ち、気を失って、みなに二階の寝室へと運ばれた。そのまましばらく息を吹き返さないので、周囲で見守っていた者たちはずいぶん気をもんだ。すぐに医者を呼びにやったのだが、現れなかった。翌日、少しよくなってから、ミス・ウォトキンが事情を聞き出したのであった。母とミス・ウォトキンが話していたとき、フィリップはそばで遊んでいたが、二人の女性は子供のいることを気に留めていなかった。子供には会話の中身はよく理解できなかったけれど、次の母の言葉だけはずっと後まで記憶に残ったのであった。

「この子が大きくなったときに、わたしのことを思い出してくれるようなものを残してやりたかったのよ」

「それにしても、どうして一ダースも注文したのか、さっぱり分からんな」ケアリ氏は言った。「二枚もあれば足りたものを」

6

牧師館での生活は毎日が似たようなものだった。

朝食が終わるとまもなく、メアリ・アンが『タイムズ』紙を持って来る。ケアリ氏はこの新聞を近所三軒で共同購入していた。牧師館では一〇時から一時まで権利があり、その後、庭師がライムズ邸のエリス氏の所に届ける。そこに七時まで置かれた後は、荘園館のミス・ブルックスの番になる。ここは最後なのでとっておいてよいのだ。ミセス・ケアリは夏にジャムを作っているときなど、瓶《びん》を包むのに新聞紙が必要になって、よくミス・ブルックスに貰ったものだった。

牧師が新聞を読み始める頃、伯母はボンネットをかぶって買物に出かける。フィリップもついて行く。ブラックステイブルは漁業の町である。中央に一本、本町通りがあり、ここにいろいろな店、銀行、医院、石炭船の所有者の家々などがある。港の周辺には、みすぼらしい通りがあり、そこに漁民や貧しい人びとが住んでいる。しかし、ここの人びとは非国教徒なので、牧師にとってはどうでもよい連中であった。ミセス・ケアリが通りで非国教会派の牧師と出くわすと、顔を合わせぬように、わざわざ通りの向こう側に渡るのだった。そうする時間のない場合は、下を向いて目を避けた。本町通りに三つも非国教会派の礼拝堂があるというのは、伯父にとって、しゃくの種であった。法律か何かで、そんな礼拝堂の建築は禁ずべきだとさえ考えていた。ブラックステイブルでの買物は気軽にはできなかった。何しろ、国教会派の牧師館が町から二マイル離れているのも手伝って、非国教会派が力を持っていたからだ。買う店は、国教会に出席する者でなくてはならない。ミセス・ケアリの心得ていたように、牧師館が店で買物するか否かで、店主の信仰はどのようにも変化するのだ。教会に通って来ている肉屋が二軒あり、二軒の両方と取引きするのは牧師の収入では無理であるのを、少しも理解しようとしなかった。六カ月は一方の店で、もう六カ月はもう一軒の店で買物するという普通のやり方では不満だった。牧師館に肉を入れていないほうの肉屋が、それなら教会には出席しませんからね、といつも文句を言うのだった。そこで、牧師の側でも脅しをかけることになった。つまり、教会に出席しないのは悪であり、万一、非国教会派の礼拝堂に行くというような破廉恥《はれんち》な行為に出るようなことがあれば、店の肉がどれほど上質であっても、取引きは打ち切らざるをえない、と申し渡したのである。

ミセス・ケアリはよく銀行に寄って支配人のジョザイア・グレイヴズに牧師からの伝言を伝えた。グレイヴズ氏は教会の聖歌隊のリーダーであり、会計係であり、教区委員であったのだ。背の高い、やせた人で、顔は青ざめていて鼻がばかに長かった。白髪頭で、フィリップの目には相当の老人に映った。教区の会計担当で、聖歌隊や日曜学校の慰安会の世話役でもあった。教区教会にはパイプオルガンがなかったけれど、グレイヴズ氏の指導する聖歌隊はケント州で一番だという評判を(少なくともブラックステイブルでは)、勝ち得ていた。堅信礼で主教《ビショップ》がやって来るとか、秋の収穫感謝祭での説教で地方司祭がやって来るとか、何か儀式があれば、やはりグレイヴズ氏が取り仕切ったのである。ところが、何をするにも、牧師とは形ばかりの相談をするだけで、後はさっさと自分の一存で処理してしまう。牧師は、面倒くさいことは人まかせにするのを好むくせに、グレイヴズ氏のやり方に対しては腹を立てていた。何しろ、教区では自分が最高権力者と思っていたからだ。あいつが油断していたら、今度一発殴ってやるぞ、とよく妻に言っていた。しかし妻はあの人のことは我慢なさいよ、あの人は別に悪意があるわけじゃないし、それに、紳士でないとしてもあの人の責任じゃないのですからね、と言っていた。牧師は、忍耐心はキリスト教の教えの一つだからな、と自分に言い聞かせて、何とか心を平穏に保っていた。そのかわり、陰で、あいつは独裁者ビスマルクと同じだと罵《ののし》って腹いせをしていた。

以前、二人の間に大喧嘩があり、ミセス・ケアリは、今でもそれを思い出すと、胸が苦しくなるのだった。ある保守党候補者がブラックステイブルで演説会を開きたいと申し出た。グレイヴズ氏が、演説会をミッション・ホールで開く手筈をすべて取り決めてから、ケアリ氏の所に来て、その席で一言挨拶して欲しいと頼んだ。ところが、会の座長をグレイヴズ氏が依頼されていたようであった。この点がケアリ氏を立腹させたのである。牧師は、聖職者は充分に尊重されるべきであると本気で考えていたから、教区委員ごときが、牧師の出席している集会で座長を務めるなどというのは、絶対に許せない。何といっても牧師が教区の最高権威者なのだと、はっきりグレイヴズに言ってきかせた。それに対してジョザイアのほうも、教会の権威を認めるのにやぶさかではないけれど、今度の件は政治問題である。主イエスもカエサルのものはカエサルにと命じていらっしゃるではないか、と主張した。するとケアリ氏は、聖書の言葉をねじ曲げて引用するのはけしからん、ミッション・ホールに関しては自分だけが権限を有しているのだから、もし自分が座長を務めないのなら、そこを政治目的に使用するのは禁止する、と反論した。ジョザイアは、そういう話なら、勝手に禁じるがいい、その代り、会場としてはウェズレー派の礼拝堂を借りてもいいと思う、と答えた。もしジョザイアが邪教徒の寺院に等しい所に足を踏み入れようというつもりなら、もうキリスト教の教会の委員を務める資格はない、というのがケアリ氏の答えであった。

こうしてジョザイアは、すぐさま教会の役職を全部辞め、その夜のうちに自分の法衣と白衣を取り戻した。彼の家で家事を引き受けている妹のミス・グレイヴズも母の会の書記を辞めると言い出した。この会は教区の貧しい妊婦に、ネル地と子供の産衣《うぶぎ》と石炭と五シリングを贈る、というのを主な仕事にしていた。ケアリ氏はこれでようやく好き勝手にできると喜んだ。だが、それも束の間で、自分が何も知らない多くの雑事を処理しなくてはならないのを、すぐにさとった。一方、ジョザイアも、いったん怒りがおさまってみると、人生における最大の関心事を失ってしまったのに気付いた。男たちの争いに、心を痛めていたミセス・ケアリとミス・グレイヴズの二人は、しばらく慎重に手紙のやりとりをした後に相談するために会い、自分たちの手で事態を解決しようと心を決めた。こうして、ミセス・ケアリは夫に、ミス・グレイヴズは兄に、和解するようにとひっきりなしにくどいた。男たちが実はそうしたいと心の中で願っていることを勧めるのであったから、三週間ほど気をもませた後、和解が成立した。それによって二人とも利益をこうむったのであるけれど、神への共通の愛のせいだと言い張った。結局、集会はミッション・ホールで催され、座長は町の医師が務め、ケアリ氏もグレイヴズ氏もそれぞれ挨拶をしたのである。

ミセス・ケアリは、銀行での仕事が終わると、たいてい二階に上がってミス・グレイヴズとおしゃべりをした。二人の女性は、教区の出来事とか、副牧師の噂とか、あるいはミセス・ウィルソンの新調の帽子などを話題にした。ウィルソン氏というのは、ブラックステイブル一番の金持で、年収は少なくとも五〇〇ポンドあると噂されていたが、自分の家で働く料理女を妻としたのであった。伯母たちのおしゃべりの間、フィリップは客のあるときだけ用いられる飾りのない応接室におとなしくすわり、金魚鉢の中の金魚が休みなく動きまわる姿を夢中で眺めていた。この部屋は、空気を入れ換えるのに朝一回数分窓を開くだけなので、むれたような臭《にお》いがした。フィリップには、この臭いが銀行とどこかで謎めいた関連があるように思えた。

おしゃべりが済むと、伯母は食料品店に行く用事を思い出し、店に向かった。買物が済むと、伯母とフィリップは漁民たちの小さな木造の家が軒を連ねているわき道を下って行くことがよくあった。漁師が家の前の階段にすわって網の修理をしていたり、網を戸口に掛けて乾かしていたりする所だった。通りを抜けると狭い海岸に出られる。倉庫があちこちにあるので視界は広くないけれど、とにかくここへ来れば海の景色が見える。ミセス・ケアリは数分立ち止まって海を見るのだが、濁っていて黄色く見える海面だ。こういう海を見ながら、彼女は何を思っていたのだろうか。一方、フィリップは平たい石を探して、水切り遊びをした。それから、ゆっくりした歩調で帰路につく。途中、郵便局をのぞいて正確な時間を確かめたり、医院の窓辺で縫物をしている医師の妻ミセス・ウィグラムに挨拶したりして、ようやく家に戻るのだった。

主な食事は一時にすることになっていた。月、火、水は牛肉中心で、料理法はローストする場合も、細く切ったり、ミンチするときもあった。木、金、土は羊肉だった。日曜日には家で飼っているニワトリをつぶした。午後になると、フィリップは勉強した。伯父にラテン語と数学を習ったが、伯父は二学科ともよく知らなかった。伯母からはフランス語とピアノを習った。伯母はフランス語はろくに知らなかったが、ピアノのほうは、自分が三〇年間にわたって歌ってきた古めかしい歌の伴奏ができる程度には弾けた。ウィリアム伯父がフィリップに語ったところでは、伯父がまだ副牧師だった頃、伯母は一ダースの歌を暗記していて、請《こ》われればすぐ歌えたという。今でも、牧師館でティー・パーティがあるときなど、よく歌っていた。といっても、ケアリ夫妻がパーティに招きたいと思う人の数はごく限られていた。副牧師に、ジョザイア・グレイヴズ兄妹、それに医者のウィグラム夫妻のみであった。お茶の後、ミス・グレイヴズがメンデルスゾーンの『無言歌』から、一、二曲弾き、それから、ミセス・ケアリが『つばめが家路に飛ぶとき』とか『走れ、走れ、小馬よ』を歌った。

それにしてもケアリ夫妻はめったにティー・パーティを催さなかった。準備がとても大変で、客が帰った後、夫婦は疲れ果てるのだった。むしろ他人を混じえず夫婦だけでお茶を飲むのを好み、お茶の後には二人でバックガモンのゲームに興じた。ケアリ氏は負けず嫌いなので、ミセス・ケアリは夫がいつも勝つように取り計らった。八時になると冷肉の夜食を取った。メアリ・アンが、お茶の後に何か作るのは絶対にいやですと言うので、夜食はあり合わせのもので、後片づけはミセス・ケアリも手を貸した。ミセス・ケアリはトーストと果物を煮たものを少し食べるだけだったが、牧師は冷肉を一枚食べた。夜食の後、ミセス・ケアリはすぐにお祈りの合図のベルを鳴らす。それからフィリップは寝ることになる。メアリ・アンに服を脱がせてもらうのに反抗し、しばらくすると、服を脱ぐのも着るのも自分でしてよいという許しを得た。九時になると、メアリ・アンがその日産まれた卵と銀食器を持って来る。伯母は卵に日付を書き、ノートに個数を記入する。それから食器籠を腕にかけて二階に行く。ケアリ氏は古い書物をずっと読み続けるのだが、時計が一〇時を打つと、ランプを消し、妻に続いて寝室に入る。

フィリップが牧師館に来た当初、どの曜日に彼に風呂を使わせるかで議論があった。台所のボイラーがずっと故障しているので、お湯を多量に沸かすのは難しかったから、同じ日に二人が入浴するのは不可能だった。ブラックステイブルでまともな浴室を所有しているのはウィルソン氏だけで、それもぜいたくだと思われていたのだ。メアリ・アンは月曜日の夜に台所で行水した。清潔な身体で一週間を始めたいからである。伯父は土曜日には、翌日に大事な仕事が控えているため、入浴できなかった。入浴すると、いつも少し疲れてしまうのだった。そこで金曜日に決めていた。伯母は同じ理由から木曜日に決めていた。フィリップは土曜日にすれば、まるく納まりそうであった。ところが、メアリ・アンが反対した。日曜日のためにパイやクッキーをたくさん焼かなければならないのに坊ちゃまの入浴の世話まで、とても無理です。そうかといって、坊ちゃまがひとりで入浴できるはずはありませんからね。伯母は男の子に入浴させるのは恥ずかしく思ったし、伯父はもちろん翌日の説教の準備で忙しくしていた。しかし伯父は、子供は安息日には清潔な体でなくてはいけない、と強く言う。一方、メアリ・アンも断固として譲らない。一八年もこの家に奉公していて、仕事を増やされるなんて納得できない。わたしの立場も考えて頂きたい。どうしてもやれとおっしゃるのなら、お暇を頂きたい。こう言うのだった。大人の議論を聞いて、フィリップは入浴は誰の手も借りたくないよ、ぼく自分でちゃんと体を洗えるもの、と言った。これで話がついた。つまり、こうだ。どうせ坊ちゃまはちゃんと洗えないに決まっていますわ、とメアリ・アンが結論を出したのである。神様の前に汚れた体で出ることなど、わたしは気にしませんけれど、いいかげんな入浴を放っておけないので、わたしが頑張って土曜日に坊ちゃまを洗ってあげましょう。それ以外に方法がないのだから、仕方がない、と言ったのである。

7

日曜日は行事の多い忙しい日だった。ケアリ氏は、教区で一週間に七日働くのは自分ぐらいのものだと、よく言っていた。

家中がいつもより三〇分早起きした。休息日だというのに、寝坊もできないのは牧師ぐらいのものだ——女中が八時きっかりに寝室をノックすると、ケアリ氏は必ずこう言った。ミセス・ケアリは平日より入念に身仕度をするので、九時の朝食の席には、夫の現れる直前に息を切らせて出るのだった。牧師の深靴は冷たくないように暖炉の火の近くに置いてある。朝食のお祈りはいつもより長く、食事の内容もいつもより充実していた。朝食後、牧師は聖餐《せいさん》用にパンを薄く切る。そしてパンの耳はフィリップが切らせてもらう。フィリップが書斎に大理石の文鎮《ぶんちん》を取りに行き、伯父がそれを使ってパンに押しをして、薄く凝縮させ、小さな角片を作る。角片の数は天候次第で、天気のとても悪い日は教会に来る者の数はごく僅かになるし、好天気だと出席者は多いけれど、聖餐まで残る人は少ない。教会まで歩くのが快適であるくらいに晴れているが、急いで帰宅して遊びに行きたくなるほどの好天気でないような日――そういう日は出席者が一番多いのだ。

ミセス・ケアリが食器室にある金庫から聖餐用の銀製の大皿を取り出し、牧師がセーム革で磨く。一〇時になると教会に行く馬車が着く。ケアリ氏は深靴をはき、夫人はボンネットをかぶるのに手間取る。その間、牧師は玄関ホールで大きなオーバーコートを着たまま、じっと待つ。顔に浮かぶ表情は、古代ローマ時代のキリスト教徒が闘技場に、まさに引き出されようとするときのものだ。牧師の妻として、もう三〇年にもなるのに、日曜日の朝に時間を守れないとは、あきれた話だ、と言わんばかりである。ようやく黒いサテンの服を着た彼女が来る。牧師の妻が色物を身につけるのは、いついかなるときでも、牧師の嫌うことであったが、とくに日曜日には黒服であるように命じた。時どきミセス・ケアリはミス・グレイヴズとあらかじめ相談して、ボンネットに白い羽あるいはピンクのバラの花を飾りにつけてみたことがある。しかし牧師は、取ってしまえ、私は緋《ひ》色の女（聖書では売春婦のこと）などと教会に同行しないぞ、と言うのだった。夫人は、女としては溜息をついたが、妻としては夫に従うしかなかった。いよいよ馬車に乗りこもうというときになって、まだ卵を飲んでないと牧師が言い出す。喉《のど》をなめらかにするために、説教の前に卵を飲まねばならないのは、みんな分かっているのに、そして、家には女が二人もいるのに、私のためを考えてくれる者は誰もいないじゃないか。ミセス・ケアリがメアリ・アンを叱ると、女中は、何でもかんでもわたし一人でするなんて無理です、と答える。女中がすぐ卵を取りに行き、夫人がそれをシェリ・グラスに割り入れて泡立てる。牧師は一気に飲み干す。聖餐用の皿を馬車に積みこみ、ようやく出発する。

馬車は「赤獅子」屋所属のもので、腐った藁《わら》の臭《にお》いがした。牧師が風邪をひくといけないというので両側の窓を閉じたままだったのだ。教会の玄関口で係の者が待っていて聖餐用の皿を受け取る。牧師が祭服室に行っている間、ミセス・ケアリとフィリップは牧師一家用の席に着く。ミセス・ケアリは献金のための六ペンスを自分の前に、三ペンスをフィリップの前に置いた。ようやく会衆が集まって来て、礼拝が始まる。

説教の間フィリップが退屈して体をもじもじさせると、伯母がやさしく彼の腕に手を触れ、いけませんというような目でじっと見つめた。しかし最後の賛美歌も終わり、グレイヴズ氏が献金集めに廻って来る頃には、フィリップにまた興味が湧いてきた。

会衆がみな帰ってしまうと、ミセス・ケアリはミス・グレイヴズの席に行って、男性たちを待つ間おしゃべりをした。フィリップが祭服室に行ってみると、伯父と副牧師とグレイヴズ氏はまだ法衣をつけたままである。牧師は、聖餐用のパンの余りをフィリップに与えて、食べてよいと言う。捨てるのは不敬であるように思えたので、甥が来るまでは牧師自身が食べていたのだが、食欲旺盛な甥が来てからは、義務を免れたのである。それから献金を数える。一ペニー、六ペンス、三ペンスの硬貨が大部分である。中にいつも二枚だけシリング貨が混じっているが、一枚は牧師、もう一枚はグレイヴズ氏の出したものだ。時にはシリングの二倍のフロリン貨が入っていることがある。グレイヴズ氏がどの人が出したか説明するが、決まってこの町の人ではないので、牧師は一体誰なのだろうと考えた。だがミス・グレイヴズがこの思い切った寄進を目撃していて、その人がロンドンから来た、結婚して子供のいる男だと、ミセス・ケアリに伝えていた。帰宅の馬車の中で夫に伝えたので、牧師は、その人を訪ねて行き、副牧師協会への寄付を依頼しようと、すぐ腹を決める。ケアリ氏はフィリップが行儀よくしていたかどうか妻に尋ねる。ミセス・ケアリは、ミセス・ウィグラムがマントを新調したとか、コックス氏が欠席したとか、ミス・フィリップスが婚約したらしいと話した人がいたとか、そんなことを報告する。牧師館に着いた頃には、たっぷりした昼食を食べたいような気分になっている。

昼食後、ミセス・ケアリは自室に行って一休みし、ケアリ氏は応接室のソファで横になって少し昼寝をする。

五時にはお茶で、このとき牧師は夕べの祈りに備えて卵を一つ食べる。夕べの祈りには、メアリ・アンを出席させ、伯母は家にいて、礼拝文を読み、賛美歌を歌った。伯父は夕方は教会まで歩いて行き、フィリップは足を引きずって、ついて行った。暗い中、田舎の道を歩いていると、フィリップは何となくよい気分になった。明かりのついた教会堂が次第に近づいてくる光景も嬉しかった。伯父に対して、最初は遠慮していたけれど、少しずつ慣れてきた。伯父の大きな手の中に自分の小さい手をすべりこませると、保護されているような気がして、歩くのが楽になった。

帰ってから夕食になる。暖炉の前の足載せ台の上には伯父のスリッパが、そのそばには、フィリップのが並んで待っていた。フィリップの室内ばきは一方は普通の子供用のだが、もう一方は奇妙な形をしている。フィリップは寝る時間になると、へとへとに疲れてしまった。メアリ・アンが着換えを手伝ってくれても反抗しなかったくらいだ。女中は子供をベッドに寝かしつけるとキスをしてくれ、子供は彼女が大好きになった。

8

フィリップはこれまでもひとりっ子として常に孤独な生活を送ってきたから、牧師館に来てから寂しかったとしても、母との生活に較べてとくに寂しくはなかった。メアリ・アンと仲好くなれた。三五歳になる、丸まるとした小柄な彼女は、漁師の娘で、一八歳のときに牧師館に奉公に来たのであった。ここが最初の奉公先で、他に移る気はなかった。それでも、結婚して出て行くかもしれませんよ、と言って、気の弱い主人夫妻をあわてさせることがあった。メアリの両親は港通りから入った小さな家に住んでいて、お暇の出た夜には、彼女は会いに出かけていた。彼女の話してくれる海の話はフィリップの想像力を刺激し、港近くの狭い小道は少年の空想に彩られてロマンチックなものとなった。そこで、ある夜、メアリと一緒に港に行ってもよいかと言い出した。ところが伯母は、何か伝染病にでも罹るといけないと言って反対した。伯父は、身分の低い人と接して行儀が悪くなると困る、と言った。漁民はがさつで、非国教会派の礼拝堂に出席するというので、伯父はもともと嫌いなのであった。しかしフィリップにしてみれば、食堂で伯父たちと一緒にいるよりは、台所でメアリと一緒にいるほうが、ずっと気が楽だった。だから、そうできるときはいつもおもちゃを運んで行って台所で遊んでいた。伯母はこれを不快に思わなかった。散らかるのは嫌いだったし、男の子が散らかすのはしょうがないにしても、せめて台所に限って欲しかった。子供がうるさくすると伯父はいらいらし、もうそろそろ学校に行かせるべきだ、と言った。伯母は、まだ幼すぎると思い、母のいない子に対して憐れみの気分を味わった。しかし伯母の愛情の示し方は不細工であるため、子供はかえって尻込みしてしまい、伯母は失望した。台所でいつも楽しそうに大声をあげて笑っているフィリップの声を聞いて、伯母が入ってゆくと、急に黙りこくってしまうこともあった。メアリ・アンが笑った理由を説明すると、子供はむっつりして顔を赤くする。伯母にはどこが面白いのか、さっぱり分からないので、お愛想に笑うだけである。

「あの子ったら、わたしたちといるより、メアリ・アンと一緒のほうが楽しいみたいですよ」縫物を再び取り上げて、伯母は夫に言った。

「まともに育てられてなかった証拠だな。これから、ちゃんとしつけてやらねばならない」

フィリップがやって来てから二回目の日曜日に、具合の悪い事件があった。牧師はいつものように昼食の後、客間に行って昼寝をしようとしたが、いらいらしていて寝つかれなかった。その朝ジョザイア・グレイヴズが、牧師が聖壇の装飾用に買ってきた燭台のことでかみついてきたのだった。ターカンベリの骨董屋で入手した品で、とても見映えがすると思えるのに、ジョザイアがカトリック的だといって反対した。カトリック的という非難はいつも牧師を激昂させるのだった。ケアリ氏がオックスフォードの学生だった頃は、国教会にカトリックの教義を復興させようとするオックスフォード運動の盛んな時期で、この運動は、結局、エドワード・マニングが国教会から分離することで終わったものの、ケアリ氏自身はローマ教会に多少の共感を覚えていた。だから、できるものなら自分の司る礼拝を、ブラックステイブルの一般の形式を軽んずる低教会で行なわれているよりも華麗なものにしたいと考えていた。心の奥では、カトリック教会並みの行列や燭台に照らされた聖壇に憧れていたのである。もっとも、香《こう》を炷《た》こうとまでは思っていなかった。大体、プロテスタントという言葉は大嫌いで、自分のことをカトリックと称していたくらいである。彼がよく言っていたところでは、カトリックといっても二種類あるそうで、いわゆるカトリックというのは、ローマ・カトリックと呼ぶべきであり、イギリス国教会こそ、言葉のもっとも純粋な意味でカトリックと言ってよいというのだった。

ひげを剃った自分の顔がカトリックの司祭に似ているのを彼は喜んでいた。若い頃は禁欲的な雰囲気を漂わせていたから、一層そういう印象が深かった。休暇でフランスのブローニュに出かけたときのエピソードを得意そうによく話していた。その時も経済的な理由で妻を同伴していなかったのだが、ある日教会にすわっていると、司祭がつかつかとやって来て、説教をして頂けませんか、と頼んだという。ケアリ氏は自分の下で働く副牧師が結婚すると必ず解雇していた。聖職禄を受けていない者は独身を守るべきということに関して明確な主張を持っていたのである。ところが、選挙のときに自由党員が牧師館の塀に「この道ローマに通ず」と大きな青い字で記したので、立腹した。ブラックステイブルの自由党の幹部を訴えると息巻いた。

ジョザイアの奴が何と言ったって、わしは聖壇から燭台を取り除くもんか。あのビスマルクの奴め！

その時だった。急に耳なれない物音がした。ケアリ氏は顔を覆っていたハンカチを取り、横になっていたソファから起き上がり、食堂に入って行った。フィリップがテーブルの上にすわり、その周囲一面に積木が転がっている。ばかでかい城を築いたのだが、基礎部分をしっかり作らなかったので、全体が崩壊したのだ。

「そんな積木で何をしていたのかね？　日曜日に遊んではいけないのは分かっているんだろう？」

フィリップはおびえた目で伯父を見つめていたが、癖で、この時も真っ赤になった。

「家にいた頃は日曜日でも遊んでいたもの」

「そんな悪い事をするのを、おまえの母親が許したなんてありえない」

フィリップには、それが悪い事とは分からなかったけれど、もし悪い事なら、ママがそれを許可したと思われるのはいやだった。仕方なく、頭を垂れて返事をしないでいた。

「日曜日に遊ぶのがどんなに悪い事だか、おまえには分からないのかね？　安息日という意味を知らんのか？　今夜は教会に行くことになっているが、午後に神様の掟を破っておいて、どうして神様にお会いできるというのだ？」

伯父は、すぐ積木を片づけるように命じ、子供が片づけている間、監視していた。

「本当に悪い子だ。天国のママがどんなに悲しんでいることか！」

フィリップは泣き出しそうになったが、他人に涙を見せたくないと本能的に思った。歯を食いしばり、何とか泣き声を出さないように頑張った。ケアリ氏は安楽椅子にすわって本のページをめくり始めた。フィリップは窓辺に立っていた。牧師館はターカンベリの大通りから入った裏手にあり、食堂から外を見ると芝生が半円形に広がっており、そこから先は地平線まで野原になっている。羊が草を食《は》んでいる。空は灰色で物悲しい。

フィリップは窓の外を眺めているうちに、無性に悲しくなってきた。

まもなくメアリ・アンがお茶を運んで来た。伯母も階段を下りて来た。

「よくおやすみになれました？」

「いや、だめだ。フィリップがとてもうるさくするものだから、一睡もできやしない」

これは必ずしも正確ではなかった。伯父は自分の考えごとのせいで寝られなかったのだ。それに、ぼくが物音を立てたのは一回だけなんだから、伯父さんはその前でも後でも寝られたはずじゃないか。フィリップはふくれながら考えた。伯母がどういうことかと尋ねて、牧師は事情を説明した。

「この子は謝りもしないのだ」

「まあ、フィリップ、済まないと思っているんでしょう？」子供が実際以上に悪い子だと夫に思われないようにと気を配って伯母が言った。

フィリップは黙ったままだった。バター付きパンをもくもくと食べ続けた。どうして、ごめんなさいと言えないのか自分でも分からなかった。耳がガンガン鳴り、もう少しで泣き出しそうになったが、口からは一言も発しなかった。

「ふくれっ面なんかしたら、かえって、みんな不快になるぞ」ケアリ氏が言った。

お茶は会話もなく終わった。伯母は時どき子供のほうを盗み見したが、牧師はわざと完全に無視した。伯父が教会に出かけようと二階の自室に行き出すと、フィリップは玄関に行って帽子とコートを取った。でも、牧師は階下に戻って子供に目をやると、こう言った。

「フィリップ、今夜はおまえは礼拝に行ってはいかん。神の家に入るような、ちゃんとした心構えが出来ていないからね」

フィリップは一言もいわなかった。こんなにひどい恥辱をこうむったことはないと思い、顔が真っ赤になった。伯父が幅広の帽子をかぶり、大きなコートを着るのを黙って見ていた。伯母はいつものように戸口で夫を見送った。それからフィリップのほうを向いた。

「気にしなくてもいいのよ。来週はきっといい子になるわね。そうすれば、きっと伯父様は一緒に連れて行きますよ」

彼女は子供の帽子とコートを脱がせ、食堂に連れて行った。

「さあ、伯母さんと一緒に礼拝文を読んで、オルガンで賛美歌を歌いましょう。いいでしょう?」

フィリップはきっぱりと頭を横に振った。伯母は愕然とした。一緒に礼拝文を読まないなんて、一体どうしたらいいのかしら。

「じゃあ、伯父様の帰って来るまで、あなたは何をしていたいの？」

フィリップは、ここで初めて沈黙を破って、「ぼくひとりにしておいて欲しい」と言った。

「フィリップ、よくそんな意地悪なことが言えるわね。伯父様もわたしも、あなたによくしてあげようとだけ思っているのが分からないの？　伯母さんのこと、少しも愛してないの？」

「大嫌いだ。伯母さんなんか、くたばってしまえ」

ミセス・ケアリは固唾《かたず》をのんだ。こんな言い方をするなんて、考えてもみなかった。答えようがなかった。彼女は夫の椅子にすわりこんだ。身寄りのない、足の悪い子を可愛がってやり、この子になついて欲しいと思っていたのに！　彼女には子供が出来なく、それは神のご意志だから異議は唱えないけれど、小さな子供を見ると、心が痛むことがよくあった。せっかくやって来たフィリップとさえ心が通わないと思うと、思わず涙があふれて、一粒また一粒と頬に伝わってきた。一方、フィリップは、それを見て驚いた。伯母はハンカチを取り出し、こらえられなくなってわっと泣き出した。ぼくの言ったことのせいで泣いているのだ、とフィリップは急にさとった。子供心にも申し訳ないと思った。何も言わずに伯母に近寄りキスをした。これは、向こうから求められずにした最初のキスだった。黒いサテンの服に身を包み、おかしな具合にらせん形に髪を巻き、ひからびた感じの青白い顔をした小柄な伯母は喜んで少年を受け入れた。ひざにのせて両腕を廻し、心が張り裂けんばかりに泣いた。その涙は喜びの涙であり、二人の間のわだかまりが消えたように感じられたのである。子供が彼女を苦しめたがゆえに、かえって、これまでにない愛情で子供を愛することができた。

9

次の日曜日、牧師が昼寝のために応接間に入る準備をしていると——牧師はどんなことでも、もったいをつけてするのであるが——二階にのぼりかけた伯母をつかまえて、フィリップが尋ねた。

「ねえ、遊んでいけないのだとすると、ぼく何をしたらいい?」

「たまにはじっと、おとなしくすわっていられないのかしら?」

「お茶の時間までずっとなんてできない」

ケアリ氏は窓から外を見たが、いかにも寒々としているので、子供は外の庭で遊べ、とは言えなかった。

「そうだ、こうしたらどうだろう。今日の祈禱文を暗記するといい」

伯父は、その日に用いる祈禱書をオルガンから取り、ページを繰り、必要な箇所を開いた。

「長いものじゃない。お茶の時間までに、一つの間違いもなしに覚えられたら、ゆで卵の上の端をあげるよ」

ミセス・ケアリはフィリップの椅子を食堂のテーブルの所まで引き寄せてやり、祈禱書を目の前に置いた。彼のために、背の高い椅子を少し前に購入してあった。

「暇を持て余すと、ろくなことはないのだ」

ケアリ氏はそう言うと、自分がお茶のときに快適に部屋が暖まっているように暖炉の火に石炭を足した。応接間に入り、カラーをゆるめ、クッションを置き直し、楽な姿勢でソファに横になった。ミセス・ケアリが応接間は少し寒いのではないかと思い、玄関から主人のためにひざかけを取って来て、足元に掛けた。それから、主人の目に光がまぶしいといけないと思って窓のブラインドを閉じた。牧師はもう目を閉じていたので、忍び足で部屋を出た。牧師はこの日は心安らかであったので、一〇分もすると寝入り、軽くいびきをかき始めた。

主顕節後の第六日曜日であったから、祈禱文は次のような言葉で始まっていた。「おお、神よ、悪魔の所業を打ち壊し、われらを神の子にして永遠の生命の世嗣《よつぎ》たらしめんがための、主の聖なる御子は現れたまいぬ」フィリップは全部読んだけれど、意味がまったく分からなかった。声を出して言ってみたけれど、知らない言葉だらけだし、文の組み合わせも子供には珍しいものだった。せいぜい二つの文しか頭に入らない。それに、暗記しようと心を集中できなかった。牧師館の壁に這わせてある果樹があり、その長い小枝が窓ガラスに当たっていた。庭の向こうを見れば、野原で羊が無心に草を食べている。フィリップは頭の中にしこりが出来たみたいな気がした。お茶の時間までに暗記するなんて、とてもできないという恐怖心にとらわれ、早口に小声で何度も音読し、意味は分からぬまま、とにかく、オウムのように、口先で言えるように丸暗記に努めた。

ミセス・ケアリはその午後はどうも昼寝ができないで、四時にもならぬうちに、すっかり目がさえてしまい、階下に降りて来てしまった。一つには、フィリップの暗記の様子を見て、伯父に覚えた所を言うときに誤りがないように、確かめておきたかった。うまく言えれば、伯父は喜び、フィリップがまっとうな子供だと分かってくれるだろう。ところが伯母が食堂に入って行こうとすると、部屋の中から泣き声が聞こえてきたので、はっとして足をとめた。彼女は部屋に入らず、足音を忍ばせて玄関から外へ出た。家の周りを廻って食堂の窓の所まで来て、そっと内部をのぞいた。フィリップは伯母がすわらせてやった椅子にまだすわっていたが、頭をテーブルの上の両腕の間に挟み、いかにも悲しそうに泣いていた。肩が小刻みに震えている。伯母はぎょっとした。フィリップは取り乱すことがない、というのが、これまでの伯母の印象であった。現に、泣いているところを一度も見たことがなかった。冷静に見えていたのは感情を外に出すのを本能的に恥じていただけなのだ。泣くときには、いつも隠れて泣いていたのだわ、きっと。寝ているとき急に起こされるのを、夫がどんなにいやがるかを考えもせずに、ミセス・ケアリは応接間に飛びこんで行った。

「ねえ、あなた！　あの子は心が張り裂けんばかりに泣いていますよ」

牧師は体を起こし、毛布を足からどけた。

「何で泣いているのだね？」

「さあ、分かりませんわ。でも、とにかく、あの子を不幸にしてはいけないと思うわ。ねえ、わたしたちがいけないのかしら？　わたしたちに子供がいれば、あの子の扱い方も分かるでしょうに」

ケアリ氏は困った様子で妻を見た。ひどく困惑したようだった。

「祈禱文を暗記するように言ったので泣いているのじゃないだろうな。せいぜい一〇行ぐらいなのだから」

「ねえ、あの子に絵本でも持って行ってやったらと思うの。聖地の絵本があるのですけど、あれなら見せても構わないでしょう？」

「ああ、結構だね」

ミセス・ケアリは書斎に入って行った。本の収集はケアリ氏の唯一の趣味といってよく、彼はターカンベリへ行くと、必ず古本屋で一、二時間を過ごすのだった。四、五冊、かび臭い本を持ち帰る。といって、読むのではない。とうの昔に読む習慣はなくしていた。でもページを繰り、挿絵があれば、それを眺めたり、綴じの補修をするのを好んだ。彼が雨の日をいやがらなかったのもこのせいで、雨の日は良心の呵責《かしやく》なしに家にいられ、午後などは卵の白身と膠《にかわ》の容器を持ち出して、傷んだ四折判本のロシア革の装丁の修理をして過ごした。銅版画のある古い旅行記を何冊も持っていたので、ミセス・ケアリは中から二冊、いずれもパレスチナを描いたものを選んだ。食堂のドアの前でわざと咳をして、フィリップが取り乱した姿を隠す余裕を与えた。泣いている最中に急に入って行ったら、さぞ恥ずかしがるだろうと思った。それからドアの把手をがたがた音を立てて廻した。フィリップは、泣いていたのが分からないように両手で目を隠して祈禱書を読んでいた。

「もう覚えたの？」

子供は一瞬返事をしない。何か言うと涙声になると思ってのことだろう。伯母は妙にどぎまぎした。

「ぼく暗記できないの」息をのんでから言った。

「ああ、もういいのよ、覚えなくても。ねえ、絵本を持って来たから、見てみない？　わたしのひざの上にすわれば、一緒に見られるわね」

フィリップは椅子から降りて、足を引きずって伯母のいる所に来た。目を見られないように下を向いていた。伯母は両腕で抱いた。

「ごらんなさい。イエス様がお生まれになった所ですよ」

伯母は、平たい屋根や丸屋根や高い尖塔のある東方の町の絵を見せた。前景に棕櫚《しゅろ》の木が何本かあり、その下に二人のアラビア人と数頭のラクダが休んでいた。家屋や遊牧民のゆったりした衣裳に触れたいと思っているように、子供は絵を指でなぞっている。

「何て書いてあるのか読んで」フィリップがそう言った。

ミセス・ケアリは落ち着いた声で反対側のページを音読した。一八三〇年代に東方を旅した者のロマンチックな文章で、やや大げさな表現ながら、バイロンやシャトーブリアンに続く世代のイギリス人が東洋に抱いた情念が感じられた。しかし、子供は一、二分もすると、もういいと言った。

「別の絵が見たいな」

メアリ・アンが入って来て、伯母がお茶の準備の手伝いをしようと立ち上がると、少年は本を両手で抱くようにして、挿絵を次から次へと眺めていった。伯母が、お茶の時間だから本はもう置いてと言っても、なかなか本を離そうとしなかった。祈禱文の暗記の苦しみやら、涙を流したこともすっかり忘れていた。翌日は雨だったので、フィリップはまた絵本が見たいと言った。ミセス・ケアリは喜んで渡してやった。少し前に子供の将来のことを夫と話し合って、二人とも聖職者にさせるのがよいと思っているのが分かった。今、子供がイエスの存在によって聖地となった土地の絵本に関心を示しているのは、よい兆しのように思える。フィリップの心は神聖なものに適しているかのように思える。けれども、一、二日して彼はもっと絵のある本が見たいと言った。伯父が書斎に連れて行き、挿絵の入った本をしまってある棚を見せ、そこからローマの本を選んでやった。子供はむさぼるようにページを繰っていった。絵を見ることで新しい興味が生まれた。絵の前後のページを自分で読んで、絵の内容を知り、これが楽しくなり、もうおもちゃへの興味はすっかりなくなった。

しばらくすると、そばに人のいないときには、自分で本を取り出して来るようになった。東方の本で最初に強い印象を受けたせいなのかもしれないが、地中海東部の地域の本にもっとも興味をそそられた。回教寺院や豪華な宮殿の絵を目にすると、心がわくわくした。とくにコンスタンチノープルの本の中に、想像をかきたてる絵があった。「千の円柱の館」というものの絵であった。ビザンチンの貯水池なのだが、人びとの空想で途方もなく巨大なものとなっていた。フィリップが読んだ解説によると、池の入口には不注意な者を誘いこむようにボートがつながれているという。だが暗闇の中に入って行った旅人は二度と再び姿を見せなかったというので、フィリップは考えこんでしまった。ボートは円柱のある水路を次から次へと漕ぎ続けてゆくのか、それとも最後にはどこか不思議な宮殿にたどりつくのか、どちらなのだろうか。

ある日、幸運が訪れた。レイン訳の『千一夜物語』と出会ったのである。まず挿絵に魅せられ、それから、魔術のことを扱った物語から始めて、次第に他の物語にも移っていった。気に入った物語は繰り返し繰り返し読んだ。もう他のことは頭にないほど夢中になった。周囲の生活のことも忘れた。夕食のときなど数回呼ばれて、ようやく席に着く有様だった。知らず知らずのうちに、彼は世界で一番楽しい習慣――読書癖を身につけたのである。読書によって、この世のあらゆる苦悩からの避難所を作っているのに気付かなかった。また、読書によって空想の世界に生きてしまうために、現実の日々の生活が不快な失望のもとになるということも知らなかった。やがて、読書の範囲が広がっていった。彼は早熟だった。伯父と伯母は、子供が読書に夢中になり、うるさくしたり、悲しそうな顔をしたりすることがなくなったので、安心した。ケアリ氏はあり余るほど本を所有していたので、自分がどういう書物を持っているか知らなかった。何しろ読んでいないのだから、いろいろな機会に、古本屋で安いというので購入した種々雑多な本のことは忘れていた。説教集、旅行記、聖人や教父の伝記、教会史などの間にごちゃまぜになって、古風な小説もあった。フィリップが、あれこれ取り出して最後に見つけたのである。題名で選び、最初は『ランカシアの魔女』、次に『あっぱれクライトン』、さらに多数の小説を読んでいった。読み出して、例えば、二人の旅人が人里離れた谷間に馬を進めてゆくところが描いてあれば、必ず面白い話だと安心できた。

もう夏になっていた。昔は水夫だった庭師がフィリップのために、しだれ柳の枝にハンモックを吊してくれた。ここなら、牧師館にやって来るかもしれない誰の目にもつかないので、彼はいつまでもここに横になって、夢中で本を読んだ。時が流れ、七月、それから八月となった。日曜日には教会は他の土地から来た人たちで混み、献金の合計が二ポンドになることもよくあった。牧師もミセス・ケアリもこの時期は庭から外へ出ることはあまりなかった。他の土地の人を好まず、とくにロンドンからの旅行者を嫌っていたのだ。真向かいの家を小さい子供が二人いる避暑客の一家が六週間借り、召使いを介して、フィリップに遊びにいらっしゃいませんか、という申し出があった。しかし、ミセス・ケアリは丁重に断わった。フィリップがロンドンの子供と接して悪影響を受けるのを心配したのである。いずれ聖職に就く身なのだから、悪習に染まってはならない。伯母はフィリップの中に預言者サムエルの子供時代の姿を見出したいと思っていたのだ。

10

ケアリ夫妻は、フィリップをターカンベリのキングズ・スクールに行かせることに決めた。近隣の牧師たちも息子をそこに入れていた。昔から大聖堂と関連のある学校で、校長は大聖堂の名誉参事会員で、過去の校長には大執事だった人もいる。生徒は聖職をめざすようにしつけられ、教育体系も、善良な少年が生涯を神への奉仕のためにささげる準備に向くように仕組まれていた。学校には付属の小学校があり、フィリップはここに入る手筈になった。ケアリ氏が九月末のある木曜日の午後、ターカンベリにフィリップを連れて行った。フィリップは朝から興奮し、また怖気《おじけ》づいてもいた。『少年新聞』に出ている物語で読んだこと以外には、学校生活については、ほとんど何も知らなかったからだ。もう一つ、『エリック、少しずつ』というのも読んではいた。

ターカンベリで列車を降りたとき、フィリップは心配のあまり気分が悪くなり、町までの馬車の中で顔は青ざめ、口をきかなくなった。学校の前に高い煉瓦塀があり、そのため学校が刑務所のように思えた。塀に小さな戸口があり、ベルを鳴らすと開いた。そこから、だらしない服装の男が出て来て、フィリップのブリキのトランクと物入れを運んだ。二人は応接間に通された。大きくて醜い家具でいっぱいで、揃いの椅子がいくつも、人を寄せつけないような厳しさで壁を背にして置かれている。校長の現れるのを待っていた。

「ワトソン先生って、どういう人なの？」しばらくしてフィリップが尋ねた。

「会えば、分かる」

まだ間があった。ケアリ氏はどうして校長が来ないかと思った。まもなく、またフィリップが口を開いた。

「ねえ、ぼくのえび足のこと話してね」

伯父が答える前にドアが勢いよく開き、ワトソン校長が早足に入って来た。フィリップの目には、とても大きな人に映った。身長は六フィート以上で肩幅も広い。グローヴのように大きい手で赤くて大きなあごひげを生やしている。大声で楽しそうに話す。がさつな陽気さに、フィリップはおびえてしまった。校長はまずケアリ氏と、それからフィリップと握手した。

「どうだね、坊や、学校に来て嬉しいかい？」

フィリップは赤面し、どう答えてよいか分からなかった。

「年はいくつだい？」

「九つ」

「九つです」と言いなさいと伯父が注意した。

「これから覚えることは、うんとあっていうわけだ」校長は快活に大声で言った。子供を気楽にさせようというつもりで、校長は荒々しい指で子供をくすぐり始めた。フィリップは恥ずかしいし、不快なので、触れられて身をよじらせた。

「今のところは共同寝室に入れることにしました」とケアリ氏に言ってから、フィリップのほうを向き、「そのほうがいいだろう？　八名いるだけだ。すぐ友達ができるよ」

その時またドアが開いて、ミセス・ワトソンが入って来た。真ん中できちんと分けた黒髪の浅黒い顔色の女性だった。ばかに厚い唇と小さくて丸い鼻をしている。目は大きくて黒い。どことなく妙に冷たいところが感じられる。めったに口をきかず、にっこりすることは、もっと少ない。夫はケアリ氏を紹介し、それからフィリップを妻のほうに軽く押しやった。

「新入生だよ。名前はケアリだ」

夫人は一言もいわずに子供と握手をし、それから無言のまま椅子にすわった。その間に校長はケアリ氏に、フィリップの知識の程度やこれまで読んだ本のことなどを尋ねた。ケアリ氏は校長のがさつなほどの熱心さに少し閉口し、しばらくすると立ち上がった。

「フィリップをお任せして、私はそろそろ引きあげます」

「結構ですな。私の所にいれば安心です。どんどん伸びていきます。ねえ、きみ、そうだな?」

フィリップの返事も待たずに、校長はまた勢いよく大声を立てて笑い出した。ケアリ氏はフィリップの額にキスして立ち去った。

「さあ、おいで。教室を見せてあげよう」

校長は大股で応接間から出て行き、フィリップも遅れないように、足を引きずって急いだ。長い装飾のない部屋で、端から端まで伸びる長い机が二つ、その両側にテーブルを挟んでベンチがある。

「まだ誰もいないな。運動場を見せよう。他の所は自分で自由に見たまえ」

校長がどんどん先に立って案内した。大きな運動場に出た。三方に煉瓦の高い塀があり、残りの一方は鉄の柵になっていて、そこを通して広い芝生と、その向こうにキングズ・スクールの建物の一部が見えた。運動場には小さな男の子がひとり、石ころを蹴りながら、しょんぼり歩いていた。

「よお、ヴェニング」校長が大声で呼びかけた。「いつ帰って来た？」

小さな子はこちらにやって来て、校長と握手した。

「この子は新入生だ。きみより年は上だし、体も大きい。いじめたりしちゃいかんよ」

校長は二人の子供を親しげに、じろりと見、割れるような大声でこわがらせ、それから高笑いをしながら立ち去った。

「名前は、なんというんだい？」

「ケアリだよ」

「きみのパパの仕事は？」

「死んだよ」

「そうか。きみのママは洗うかい？」

「ママも死んだよ」

この答えで相手は気まずくなるだろうと、フィリップは考えたが、ヴェニングはそんなささいなことくらいで、やりだしたいたずらを思いとどまるような子ではない。

「じゃあ、死ぬ前は洗った？」

「うん」フィリップは腹立たしそうに答えた。

「それじゃあ、洗濯女だったんだ。そうだろう?」

「いや、違うよ」

「だったら、洗わなかったんだ」相手は言い張った。

自分の理屈が通ったので歓声をあげた。それからフィリップの足が目にとまった。

「足どうしたんだい?」

フィリップは本能的に悪いほうの足を引っこめようとした。正常なほうで隠した。

「えび足なんだ」フィリップが答えた。

「どうしてそんなふうになったの?」

「前からずっとこうなんだ」

「見せてくれよ」

「いやだ」

「じゃあ、いいよ」

そう言いながら、小さい子はフィリップのすねを乱暴に蹴った。まったく予想もしていなかったので、避けようもなかった。痛みは激しく、思わず息をとめた。しかし、痛み以上に驚きが大きかった。どうしてヴェニングが蹴ったのか分からない。度肝を抜かれたので、殴り返す余裕もなかった。それに、相手は自分より小柄で、自分より小さい者を殴るのは卑劣な行為だと『少年新聞』にも出ていた。フィリップがすねをなでていると、もう一人、少年が現れた。するとヴェニングはその子の所に行き、しばらくすると、二人はフィリップのことをこそこそ話しているように思われ、フィリップは足を見られているように感じた。体がほてり、不快になった。

それから、もっともっと少年たちが姿を見せ出した。夏休み中のことを相互に話し合っているようだった。どこに旅行したとか、クリケットのいい試合をやったとか、盛んに話している。新入生も数名姿を見せ、フィリップはやがて、この連中と話し始めた。彼は人見知りしたたし、あがってもいた。愛想よくしようと一所懸命だったけれど、気のきいた言葉を思いつかなかった。みんなからあれこれ尋ねられ、それに喜んで答えることはできた。ある少年が、クリケットをできるかと尋ねた。

「ううん。えび足だものだから」

質問した子はすぐ下を向いて赤くなった。いけないことを聞いてしまったと思ったらしい。でも恥ずかしくて謝ることはできず、フィリップをばつが悪そうに見た。

11

翌朝、鐘のがらがらいう音で目が覚めた。びっくりして、ベッドの周りの仕切りを見た。その時、歌うような調子の、「シンガー、起きたかい?」という声が聞こえ、ようやく、自分がどこにいるのか思い出した。

寝室を仕切ってある壁は磨いた松材で出来ていて、入口に緑のカーテンがあるだけだった。当時は通風への考慮がなく、朝に共同寝室全体に風を入れる以外は、窓は閉じたままだった。

フィリップは起き出して、ひざまずいて祈りをあげた。寒い朝で少し体が震えた。しかし、お祈りというものは、パジャマのままでするほうが、着換えてからよりも、神様は喜ばれると伯父から教わっていた。この教えは彼にとって驚きではなかった。神様というのは、神を崇拝する者の苦しみをよしとする存在だというのに気付き始めていたからだ。それから顔を洗った。五〇人の寮生に対して二つ浴室があり、一週に一回入る番が廻ってくる。その時以外は各自の洗面台を使うことになる。この洗面台、ベッド、椅子が仕切り内で各自の所有する家具のすべてである。服を着換えながら、少年たちは陽気に話し合っていた。フィリップは全身を耳にして聞いていた。それから、また鐘が鳴り、全員が階下に走って行った。教室に二つある長い机に向かって両側のベンチにすわった。ワトソン校長が妻と召使いと一緒に入って来てすわった。校長が朗々と祈りを唱えるが、神様への祈願が生徒ひとりひとりへの脅かしのようにもとれるほど、ばかに大きな声である。フィリップはこわごわと耳を傾けた。次に校長は聖書からの一節を読み上げ、それが済むと召使いたちは引きさがった。しばらくすると、身だしなみのよくない青年がお茶の入った二つの大きなポットを運んで来た。次にバター付きパンを山ほど盛った皿をいくつか持って来た。

フィリップは好き嫌いが多く、質のよくないバターをたっぷり塗ったパンを見ると、胸がむかついた。けれども、他の子供たちがバターをこすり取っているのを見たので、自分も同じことをした。全員が肉の缶詰などを物入れ箱に入れて来て取り出していたし、また、生徒の中には「追加」を取っている者もいた。これは卵かベーコンで、校長の儲けになるのだった。ケアリ氏に、フィリップが「追加」を注文するようにするかどうか尋ねた折に、牧師は子供は甘やかさぬほうがいいので、要りませんと答えていた。ワトソン校長もそれに同意して、成長期の少年にはバター付きパンが一番よいと言っていた。ただ、親によっては、子供を甘やかして、「追加」を出すよう頼む、という話だった。

フィリップの観察によると、「追加」を取る子はその分だけ、周囲の者に一目置かれているようなので、自分も、ルイザ伯母に手紙を書いて、「追加」を欲しいと頼んでみることにした。

　朝食後、少年たちは運動場に出て行く。やがて通学生たちが集まって来た。土地の聖職者や、兵站《へいたん》部付きの将校や、町の工場主や実業家の息子たちである。やがて鐘が鳴って、全員校舎に入って行く。大きな長い教室と、そこから通じている小さい教室から成り立っていた。大きい教室は両端で二人の助教員が一年級と二年級を教えていた。小さい教室は校長が三年級を教えていた。本校に付属する小学校というので、三つのクラスは、卒業式や成績表では上級、中級、初級という名を公式には用いている。フィリップは初級に入れられた。赤ら顔で感じのよい声をした教員はライスという名で、生徒たちに明るく接し、そのため時間はあっという間に過ぎた。一一時一五分前になり、一〇分間の休み時間が来たときには、フィリップは驚いてしまった。

　全校生ががやがやと運動場に走り出た。新入生は真ん中に集まり、在校生は両側の塀に沿って立った。「豚は真ん中」というゲームをやろうというのである。在校生が片方の塀から向かいの塀に走り、新入生がそれを捕まえるのである。走っている間に捕まり、「一、二、三、ぼくに豚」という呪文を唱えると捕虜になり、立場をかえて、まだ捕まえられていない在校生を捕まえる手伝いをする。フィリップはそばを走っている者を見つけて捕まえようとしたが、足が悪いために失敗する。これを見た他の少年たちは、チャンスとばかりに、フィリップの守備範囲にばかり走って来るようになった。そのうちに、ある少年が、いい事を思いついたというように、フィリップが足を引きずる真似を始めた。他の子たちがその様子を見て、大笑いした。そしてみんなが足を引きずる真似を始めた。フィリップの周りで、きゃあきゃあ叫び、甲高い笑い声をあげながら、足を引きずってまわった。この新しい遊びにみな夢中になり、とめどもなく笑いすぎて息がつけないほどだった。中の一人がフィリップの足をすくった。倒れるときはいつもそうなってしまうのだが、この時も、どさりと倒れて、ひざを切った。のろのろと起き上がるのを見て、みなますます活気づいて大笑いした。また別の子が背後から彼を押した。また倒れるところだったが、誰かが支えてくれた。フィリップの不具をからかう面白さに釣られて、「豚は真ん中」はすっかり忘れられてしまった。一人が体を揺さぶりながら奇妙な格好で足を引きずるやり方を考え出した。他の連中にはこれが大受けして、子供の中には、地面に転がり、お腹をたたいて笑いこける者もいる有様だった。フィリップはすっかりおびえてしまった。どうして自分が、こんなひどい笑い者にされるのか、見当もつかなかった。心臓が激しく鼓動し、もう息がつけないくらいだ。こんなに恐ろしい思いをしたことは、これまで一度もなかった。少年たちが自分の周囲を真似したり笑ったりしながら走りまわっていても、フィリップはぽかんと立っているばかりだった。さあ捕まえろ、と言われても、じっとしていた。自分の走る姿を人に見せるなど、耐えられない。必死で、何とか涙を見せぬように頑張った。

突然、鐘が鳴り、全員校舎に戻った。フィリップはひざから血が出ていて、泥にまみれていた。ライス先生は数分間は級を静かにさせられなかった。みな珍しい遊びにまだ酔いしれていた。フィリップは何人かの者が自分の足を盗み見ているのに気付き、足をベンチの下に隠した。

午後、生徒たちはフットボールをしに行った。だがワトソン校長が、昼食後に出て行こうとするフィリップを押しとどめた。

「ケアリ、きみはフットボールは無理だろうな?」

フィリップは顔を赤くした。

「はい、できません」

「分かった。でもとにかくフィールドには行きなさい。あそこまで歩けるな?」

フィールドがどこにあるのか知らなかったけれど、フィリップは「はい」と答えた。

生徒たちはライス先生に従って移動した。先生はフィリップが運動着に着換えてないのに気付いて、どうしてフットボールをやらないのかと尋ねた。

「校長先生がやらなくてもいいって、おっしゃいました」

「どうして?」

フィリップの周囲には大勢の生徒がいて、こちらに好奇の目を向けているので、彼はすっかり恥ずかしくなった。先生の質問に答えず、うつむいていた。他の生徒たちが代って答えた。

「先生、えび足なんですよ」

「ああ、そうか」

ライス先生はまだ若い人で、一年前に学士号を取ったばかりだった。すっかりまごついた。すぐ謝ろうかと思ったのだが、ばつが悪くてそれもできない。そこで荒々しく大声で言った。

「おい、きみたち。何をぐずぐずしているのだ。とっとと行きなさい」

すでに歩き出している者もいたが、まだの生徒たちは、数人ずつ、かたまって歩き出した。

「ケアリ、先生と一緒に行こう。フィールドのある所を知らないのだろう?」ライス先生が言った。

フィリップは先生の思いやりが分かり、涙声になった。

「あの、ぼく速く歩けないんです」

「じゃあ、先生もゆっくり歩くよ」にっこりして先生が言った。

親切な言葉をかけてくれた、赤ら顔の平凡な青年教師と心が通ったので、フィリップの気持はやわらいだ。

ところが夜になり、全員が寝室に行って着換えをしているとき、シンガーという少年が、自分の仕切りから出て来て、フィリップの仕切りに頭をつっこんだ。

「おい、足を見せろよ」

「いやだ」

相手の少年は、すぐフィリップのベッドに乗りかかった。

「おれに向かって、いや、なんて言うな」そう言ってから、「メイソン、おまえも来いよ」と言った。

隣の仕切りにいるメイソンという子は隅からのぞきこんでいたが、そう言われると入って来た。二人でフィリップに向かって来て、ふとんを取ろうとした。フィリップはつかんで離さなかった。

「どうして放っておいてくれないんだ?」

シンガーは箒《ほうき》をつかみ、その背の部分で、ふとんをにぎっているフィリップの手を打った。フィリップは大声を出した。

「おとなしく足を見せろよ！」

「いやだ」

破れかぶれになって、フィリップはげんこをかためて、シンガーを殴りつけた。でも不利な姿勢だったので、逆に腕を取られ、ねじられてしまった。

「やめて、やめて。痛いよ。折れちゃう！」

「いやだったら、おとなしくして、足を見せろ」

フィリップは泣き出し、喘いだ。相手は腕をもっと強くひねった。耐えられぬ痛みだった。

「分かった。見せるよ」

足を出した。シンガーはまだ手首をにぎっている。不具の足を、物珍しそうに眺めた。

「きたねえな」メイソンが言った。

もう一人入って来て、眺めた。

「げっ」不快そうに言った。

「こりゃ、変なもんだな」シンガーは顔をしかめて言った。「硬いのか？」

シンガーは人差し指の先で患部に恐る恐る触れた。まるで生きている物ででもあるかのように。その時、突然、校長がどしりどしり階段を歩いて来る音がした。とたんに子供たちはフィリップにふとんをかぶせ、大急ぎで各自の仕切りに戻った。校長が共同寝室に入って来た。校長はつま先立ちすれば、緑のカーテン越しに内部を見ることができた。二、三人の仕切りを見たが、みんなちゃんと寝ているようだった。明かりを消して出て行った。

シンガーがフィリップに声をかけたけれど、返事をしなかった。泣き声が聞こえないように、枕をぎゅっと嚙んでいた。痛い目にあわされたからでもなく、また、足を見られた屈辱のせいでもなく、痛みに耐え切れずに自分から足を出した自分自身への怒りゆえに、とめどなく涙が出た。

それから、自分の人生のみじめさが、子供心にも痛切に感じられた。不幸がこれからも続くような気がしてならなかった。エマにベッドから抱きかかえられ、母のかたわらに横たえられた、あの寒い朝のことが、なぜか分からぬが、記憶によみがえった。あの時以来一度も思い出したことはなかったのに、今、母の体の温かみと、抱いてくれた母の腕の感触がよみがえってきた。突然、今までの生活は夢に過ぎぬような気がした。母の死も、牧師館での生活も、学校でのみじめな二日間もすべて夢に過ぎず、明日の朝、目覚めれば、また母の家に戻っているのだ。そう思うと、涙が自然にかわいてきた。こんなに不幸なんてことはありえない、夢に決まっている。ママも生きているんだ。エマがまもなく上がって来て寝に行くのだ。彼はいつの間にか寝てしまった。

しかし翌朝目を覚まさせたのは、鐘の音だった。そして目を開いて最初に見たのは仕切りの緑のカーテンだった。

12

時が経つにつれて、フィリップの不具は注目されなくなっていった。少年の中には赤毛もいれば、でぶもいる。えび足もそれと同じで、興味の対象からはずれる。ところが、フィリップ自身はひどく敏感になってしまった。走ると足の不自由なのが目立つからというので、よほどのことがない限り、決して走らなくなった。歩くときも特別な歩き方を工夫した。できるだけじっと立っているようにし、えび足が人目につかぬように、もう一方の足で隠すようにした。誰かが自分の足のことを言っているのではないかと、いつも警戒していた。他の少年たちのするスポーツに参加できないので、級友たちの生活は彼にとって無縁だった。周囲の者のしていることに距離を置き、外側から見ているだけだった。彼らと自分の間には垣根があった。フィリップがフットボールができないのは、彼が悪いのだとみなが思っているようなので、やっきになって説明してみたが、分かってもらえないことが多かった。どうしても孤独にならざるをえなかった。以前はよくしゃべるほうだったが、次第に口数が少なくなっていった。自分と周囲の人との違いばかり気にし出したからである。

共同寝室で一番大柄のシンガーがフィリップを嫌ったので、年の割りに小柄のフィリップはひどいいじめにあった。学期の中葉で「ペン先取り」というゲームが学校じゅうで流行した。鉄のペン先を机かベンチの上に置いて二人で競うゲームだった。指の爪でペン先を押して、先端が相手のペン先の上にのるようにする。相手はそれを巧みにかわし、自分のペン先の先端が敵のペン先の後部にのるようにするのだ。そして、うまくのったところで、親指の付け根のふくらみに息を吹きつけ、二枚のペン先にきつく押し当てる。もし二枚のペンをくっつけて持ち上げ、しばらくの間、両方のペンが下に落ちなければ、ゲームに勝ち、両方のペンは自分のものとなる。まもなく誰も彼もこのゲームをやり出し、腕のよい生徒はかなりのペン先を勝ち取ったのである。ところが、やがてワトソン校長が、これは賭博の一種であると断定し、ゲームを禁じ、生徒の所有するペン先すべてを没収してしまった。フィリップは、珍しくこのゲームはとても得意であっただけに、勝利品を手放すのはとてもつらかった。指はもっとゲームをしたくてむずむずした。数日後、フットボール場に行く途中で店に行き、一ペニー分のJペン先を買った。ポケットの中にばらばらにして入れておいて、時どき手で触れる感触を楽しんだ。しばらくして、このフィリップの秘密をシンガーが嗅ぎつけた。シンガーも所有していたペン先をほとんどすべて没収されたのだが、ジャンボーという、とても大きいペン先を一本隠していた。ほとんど無敵ともいえる品なので、これを使って、フィリップのJペン先をせしめてやろうと考えた。フィリップは、自分のは小さいペン先だから不利だと分かっていた。でも意外に冒険心もあって、一か八かやってやろうと思った。それに、たとえ、こちらが断わっても、シンガーはそれを認めようとしないに決まっている。一週間ほど一度もやっていないので、何かわくわくするような気分でゲームに臨んだ。最初はすぐ二本取られてしまった。シンガーは有頂天だった。ところが三回戦では、何かの偶然で、ジャンボーがひっくり返り、フィリップは自分のペン先をその上にのせられ、彼はしめたとばかり、歓声をあげた。その瞬間にワトソン校長が入って来た。

「何をやっている?」

校長はシンガーとフィリップを交互に見たが、二人とも押し黙っていた。

「この下らぬゲームを禁止したのを忘れたのか?」

フィリップの心臓はどきどきした。これからどういう目にあうか分かっていて、おびえた。しかし、おびえる気持の一方で、ある種の喜びもあった。これまで一度も鞭《むち》で打たれたことがなかった。もちろん痛いことは痛いだろうけれど、後でみんなに自慢できるぞ。

「私の書斎に来い」

校長はさっと振り向いてどんどん歩いて行く。二人は並んでついて行くしかなかった。シンガーが小声でフィリップに言った。

「ひどくやられるな」

ワトソン校長はシンガーを指して命じた。

「四つん這いになれ」

フィリップが真っ青になって見ていると、シンガーは一打ちごとに体を震わせ、三発目の後に泣き出した。さらに三発見舞われた。

「さあよし。立ち上がれ」

シンガーは立ち上がった。顔に涙が流れている。今度はフィリップが一歩前に出た。

校長はしばらく彼を見ていた。

「おまえは打たないでおこう。新入生だし、それに、びっこの奴を打つわけにはいかないからな。さあ、二人とももう行け。二度と再び悪さをするな、いいかね」

教室に戻ると、何が起こったかを、どうして知ったのかは謎だが、とにかく、ちゃんと知っていた少年たちが二人を待っていた。すぐにシンガーに熱心に質問を浴びせかけた。シンガーの顔は痛みで赤くなっていたし、頬は涙で汚れたままだったが、仲間たちと向かい合った。そして、自分の少し後ろに立っていたフィリップをあごで指した。

「びっこだからっていうんで打たれなかったんだ、この野郎は」

フィリップは黙ったまま、赤くなった。みんながいかにも軽蔑の目で自分を見ているのを感じた。

「何回打たれた?」一人の子がシンガーに尋ねた。

しかし答えはなかった。シンガーは自分だけ鞭打たれたので腹を立てていた。

「いいか、おれとペン先取りをやろうなんて、二度と言うな。おまえは気楽さ。何やったって打たれないんだから」とフィリップに言った。

「ぼくがやろうと言ったんじゃないよ」

「へえ、そうかい?」

シンガーは足をからませてフィリップを倒した。フィリップはいつも足の安定が悪いので、どさりと倒れた。

「びっこ！」シンガーが罵った。

学期の残りの間じゅう、彼はフィリップをいじめぬいた。フィリップはできるだけ相手との接触を避けようとしたのだが、小さな学校なのでうまく行かない。なるべく仲好くし愛想よくさえした。下手《したて》に出てナイフをプレゼントしたことさえあった。シンガーはナイフを受け取っただけで、いじめは変わらなかった。一、二回、フィリップは我慢できなくなって、こちらから殴りかかったこともある。しかし、ずっと図体の大きいシンガーに苦もなくやり返され、痛い目にあわされ、結局、許しを乞うというくやしさを味わった。謝るのがフィリップには一番くやしかった。どうしても耐え切れない苦痛を与えられたときにのみ謝るのであった。フィリップがとくにみじめになったのは、シンガーの自分へのいじめに終わりがないように感じられたからである。何しろ、シンガーはまだ一一歳で、一三歳になるまで本校に進学しない。だから、これから丸二年このいじめっ子から逃れるすべはないのだ。フィリップが幸せを味わえるのは、勉強しているときと床に就いたときだけであった。今のみじめな毎日は夢に過ぎなくて、明日起きてみれば、ロンドンの自分の小さなベッドにいるにちがいないという不思議な感じが、何度も襲ってくるのだった。

13

二年が過ぎた。フィリップはもう少しで一二歳であった。三年級に進み、席次はトップから二、三番だった。クリスマスの後、何人かの生徒が本校に行くだろうから、その時には彼が首席になるだろう。これまでにも、いくつもの賞品を貰っていた。粗悪な紙質のつまらぬ書物だったが、校章の飾りのついた豪華な装丁のものだった。優等生になったので、いじめからは解放され、不幸ではなくなった。不具だというので、いくら成績がよくても、級友に大目に見られた。

「せっせと勉強する以外には何もできないんだから、自然に賞品を貰うんだな」彼らはそう言っていた。

ワトソン校長を以前のようには恐れなくなった。大声に慣れたたし、校長のばかでかい手が自分の肩に置かれたとき、一種の愛情の表現なのではないかと思うようになった。フィリップは記憶力がとてもよく、これが知力よりも学業成績に役立った。小学校を終えるときには奨学金を貰うようにと、ワトソン校長はフィリップに期待しているようだった。

けれども、その一方で、フィリップはとても人前を気にするようになっていた。生まれたばかりの赤ん坊は、自分の体が周囲の物とは違って自分自身の一部だとはさとらず、自分の足の指を弄《もてあそ》んでいるとき、自分の体に触れているとは思わない。身近にあるガラのおもちゃと同じように思っている。子供が自分の肉体を意識するのは、苦痛を通じてであり、それは徐々にしてゆくものだ。個人が自分自身を意識するようになるのも、肉体の場合と同じような経験が必要なのである。ところが、この点、個人によって差異がある。つまり、すべての人が成長するに従って、自分の肉体が他とは違う独立した有機体だと意識するようになるのに対して、自分を他とは違う独立した人格だと意識するのは万人共通に見られるわけではないのだ。自分が他者とは違うという気持は思春期と共に現れるけれど、その気持がどんどん強まって、自分と他者との差異が気になって仕方がない、というのは万人に共通の現象では必ずしもない。人生において幸せなのは、養蜂箱にいる蜜蜂のように、ほとんど自分を意識しない人間である。こういう者が幸福をつかむ最善の機会に恵まれるのである。こういう者の活動というのは万人共通の活動であり、こういう者の喜びとは万人共通のものであるがゆえに、初めて喜びとなるのである。こういう人間を見たければ、聖霊降臨祭明けの月曜日にロンドンのハムステッド・ヒースで踊っている者や、フットボールの試合で叫んでいる者や、あるいは、ペル・メル街のクラブの窓から王家の行列に拍手喝采をしている者の中に見出せるであろう。こういう者のせいで、人間は社会的動物だと言われるのである。

フィリップは、えび足のために人の嘲笑の的となり、否応なしに無邪気な子供時代を脱して、自我に目覚めざるをえなかった。自分の置かれていた状況は特殊なものなので、一般の人の場合にあてはまる人生の規則は役立たない。どうしても自分の頭で考えて行動してゆかなくてはならない。種々の本を読んで参考にしたが、理解できない本も多くて、よく分からぬ所は勝手に想像をたくましくするばかりだった。痛々しいほどの恥ずかしがりであったが、そういう外面の下で、次第に何かが成長していった。おぼろげながら、自分がどういう性格の人間であるのかが分かってきた。しかし、分かっているつもりの自分が、自分でも驚くようなことをすることもあった。やった後になって、どうしてあんなことをしたのかと考えてみて、さっぱり理解できないのである。

こんなことがあった。フィリップはルアードという同級の生徒と親しくなっていたが、ある日のこと、教室で一緒に遊んでいるときに、ルアードがフィリップの黒檀《こくたん》製のペン軸で何かいたずらをしていた。

「壊れちゃうから、変なことしないでよ」フィリップが言った。

「大丈夫さ」

ルアードがそう言うか言わないうちにペン軸がまっ二つに折れてしまった。ルアードはしょんぼりしてフィリップを見た。

「ごめんね、ごめんね」

大粒の涙がフィリップの頰を伝った。押し黙ったままだった。

ルアードはびっくりして、「きみ、どうしたの？　同じ物を買って返すよ」と言った。

「ペン軸はどうでもいいんだ。ただ、これはママが死ぬ直前に、ぼくにくれたんだ」

フィリップは震え声で言った。

「ごめん。悪かった」

「いいよ。きみのせいじゃないから」

フィリップは折れたペン軸を拾って、じっと眺めた。涙をこらえようとした。とてもみじめな気持だった。でも、どうしてみじめなのか自分でも分からなかった。何しろ、ペン軸はこの前の休暇にブラックステイブルで一シリング二ペンスで自分で買った品だったのだ。どうして哀れな話をでっちあげたりしたのか、自分でもまったく理解できなかった。でも、本当の話であったように、心から悲しい気分になったのだ。牧師館の敬虔な雰囲気と学校の宗教的な教育のせいで、フィリップは嘘をつくということに関して、ひどく敏感になっていた。悪魔が人の不死の魂を奪おうとして狙っているのだから、嘘をつくのは避けようとしていた。といって、普通の少年と較べて、正直者だというほどでもなかったが、嘘をついたときには必ず良心の呵責に悩んだ。ペン軸の事件のことを考えると、心が苦しくなり、ルアードに本当のことを告白しようと心を決めた。屈辱を何よりも恐れていたけれど、神の栄光の前で屈辱を味わうという苦痛と喜びの入り混じった気分を味わうのだと考えて、二、三日間よい気分になっていた。しかし、決意は実行には至らなかった。神様にだけ悔いる気持を告白するという安易な方法で良心を満足させたのであった。自分のでっちあげた物語で、どうしてあれほど本当に悲しい思いをしたのか、どうしても理解できなかった。肉付きのよい頬を流れた涙は本物の涙だったのだ。それから、以前にも似たようなことがあったのが思い出された。母の死んだのをエマに聞いたときにも、涙のためにものが言えないのに、ウォトキン姉妹に自分の悲しみを見せて同情してもらいたいので、どうしても姉妹に会いたがったことがあった。

14

しばらくすると宗教熱が学校で広がった。下品な言葉遣いは鳴りをひそめ、下級生のちょっとしたいたずらまでにらまれるようになった。上級生は、中世の封建領主がそうであったように、下級生に対して腕力で徳行へと導いたのであった。

不安感から、いつも新しいものにとびついてゆくフィリップのことゆえ、彼も信仰心に燃えるようになった。「聖書連盟」に参加できるという話を聞いて、ロンドンに手紙を出して詳細を問い合わせた。折返し送られて来た用紙に入会希望者の氏名、年齢、学校名を記入し、一年間毎晩聖書の一部を読むという誓約書を提出し、半クラウンを送ればよいのだった。半クラウンの金額は、連盟の会員になりたいという希望者の熱意のあかしでもあり、諸経費に当てると説明されていた。フィリップはきちんと書類と金を送ったが、そのお返しには、一ペニーほどのカレンダーと一枚の紙片を受け取っただけだった。カレンダーには毎日読むべき聖句が記されていたし、用紙の片面には「よき羊飼い」と子羊の絵、他の面には装飾的な赤線の枠の中に聖句を読む前に唱えるべき短い祈りの言葉が印刷されていた。

毎夜ガス灯が消される前に日課の時間を作ろうとして、フィリップはできるだけ急いで着換えをした。読書となるといつものことだが、彼は聖書の場合も、そこに語られている残酷な物語も、詐欺《さぎ》や忘恩、不正直、低劣で狡猾な物語も、ただ熱心に読み耽るだけで、無批判に受け入れた。もし自分の周囲で起こった出来事であったなら、ぎくりとしたようなことも、聖書で読んだときには、神の直接の導きの下になされたというので、フィリップは平然と読むことができたのである。聖書連盟の方針は旧約と新約を交互に読ませるというものであった。ある夜のこと、フィリップは新約の次のようなイエス・キリストの言葉に出会った。

「よく聞いておくがよい。もし汝らが信じて疑わぬなら、このイチジクの木にあったようなことができるばかりでなく、この山に向かって、動き出して海の中に入れと言えば、そのとおりになるであろう。また、祈りのとき、信じて求めるものは、みな与えられるであろう」

その時はとくにこれという印象を受けたわけではなかったが、二、三日後が日曜日で、校内在住の聖堂参事会員が説教にこの聖句を選んだのだった。もっとも、たとえフィリップが説教をよく聴こうとしたところで、無理だった。キングズ・スクールの生徒は聖歌隊席にすわっていて、説教壇は翼堂の隅にあるので、説教者の背中が常に生徒たちに向けられていたのである。距離もかなりあるため、よほどよく通る声の持主で発声法の心得もなければ、聖歌隊席にまで説教を届かせることは不可能に近かった。長い伝統に従い、ターカンベリの聖堂参事会員は学識によって選ばれるのであって、大寺院で役立つような資質で選ばれるのではない。ところが、例の聖句は、二、三日前に読んだこともあって、フィリップの耳には鮮明に届いた。そして彼個人にあてはまるのだと突然思われた。説教の間ずっとそのことを考えていて、その夜ベッドに入ると聖書のそのページを開いてまた読み返した。フィリップは印刷された文字は何でも信じこむ人間であったけれど、聖書の記述については、はっきりこうだと記されていることが、不思議なことに、しばしば別のことを意味するのに前から気付いていた。例の聖句に関して誰かに尋ねようにも学校には適当な人がいなかった。そこで疑問をクリスマスの休暇のときまで、自分の胸にしまっておいた。休暇中によい機会に恵まれた。夕食と祈りの済んだすぐ後のことだった。ミセス・ケアリは、メアリ・アンが持って来た卵の数を数え、一つ一つに日付を書いていた。フィリップはテーブルのそばに立っていて、聖書のページを何気なく繰るふりをしていた。

「ねえ、ウィリアム伯父さん、ここにある句なんですけど、これ本当なんですか?」まるで、たまたまその聖句に目がとまったというように指でそこを指した。

ケアリ氏は眼鏡越しに見上げた。暖炉の前で『ブラックステイブル・タイムズ』紙を広げているところだった。夕方、刷りたてで届いたので、火で湿気を取り去ってから読むのが伯父の習慣であった。

「どの章句のことだね?」

「ほら、信仰さえあれば山をも動かせるという所ですよ」

「聖書にそう記されているのなら、その通りなのでしょう」伯母が食器籠を取り上げながらやさしく言った。

フィリップは伯父の返事を聞きたがった。

「信仰の問題だ」

「というと、山を動かせると本気で信じれば、動かせるっていうこと?」

「神の恩寵によってな」

「さあ、伯父様にお休みなさいを言いなさい。まさか今夜、山を動かしたいわけじゃないわね」ルイザ伯母は言った。

フィリップは、伯父に額にキスしてもらい、伯母の先に立って二階の寝室へとのぼって行った。知りたいことに答えを与えられたのだ。寝室は寒くてパジャマに着換えるとき体が震えた。しかし、こういうつらいときにお祈りをするほうが神にとって喜ばしいのだと、以前から思っていた。手足が冷え切っているというのは全能なる神への献身なのだ。今夜の彼は、ひざまずき、顔を両手に埋め、神様がえび足を治してくださいますようにと、必死で祈った。山を動かすのに較べればやさしいことだ。神様がそのように望まれるなら、それくらいのことはすぐおできになるのは明らかだ。それに、ぼくの信仰心に不足はないはずだ。翌朝、昨夜と同じ願いをこめて祈り終えると、奇跡の起こる日時を定めた。

「ああ神様、もしそれがご意志でしたら、どうかご慈悲によって、ぼくの足を学校に戻る前日までに治してください」

こんなふうに願いを決まった形の祈りの文句にできて嬉しかった。後で食堂で、伯父が祈りの後でいつものように立ち上がるまで、少し間があるのを利用して、フィリップは右の祈りを唱えた。また夜にも唱え、さらに床に就く前、パジャマ姿で震えながら唱えた。彼は信じ切っていた。休暇の終わりが待ち遠しいと思ったのは、これが初めてだった。階段を一度に三段ずつ、駆け降りてきたら、伯父さんはさぞ驚くだろうな、そう思ってにんまりした。足が治ったら、朝食後に伯母さんと二人で新しいブーツを買いに行くのだ。学校に戻ったら、みんな目を丸くするだろう。

「おい、ケアリ、足はどうしたんだい?」

「ああ、もう治ったんだ」当たり前みたいに言ってやるのだ。

フットボールもできる。自分の走っている姿を、仲間の誰よりも速く走っている姿を想像すると、心が躍った。復活祭の終わりには運動会があり、ぼくもレースに出られる。ハードルレースに出たいな。普通の生徒になれて、ぼくのびっこを知らない新入生にじろじろ見られなくなったら、どんなに嬉しいか。水泳のときにも、服を着換えるときにも、もう他人には信じられぬような苦労をして足を隠さなくてよいのだ。

全身全霊をあげて祈った。疑惑はいっさいなく、神の言葉をただ信じた。学校に戻る前の晩、胸躍らせて寝室に入った。その夜は雪が降り、ルイザ伯母は珍しく寝室に火を入れるようなぜいたくをしていた。フィリップの寝室はとても寒くて、指がかじかんだ。カラーをはずすのに指が動かないで困るくらいだった。歯ががちがち鳴った。でも、神様の注意をひくには、いつもと違った何か特別なことをしなくてはならぬ、という考えが頭に浮かんだ。そこで、ベッドの前のカーペットをめくり、床にじかにすわって祈ることにした。それから、パジャマを着ているのも厳しさが不足であるような気がしてきた。そこで脱いでしまい、裸で震えながら祈りを唱えた。ベッドに入ったときは、体が冷え切っていて、なかなか寝つけなかった。しかし、いったん寝入ってしまうと、ぐっすり寝てしまい、翌朝、メアリ・アンがお湯を持って来たときには、揺り起こさねばならなかった。彼女はカーテンを開けながら、フィリップに話しかけたけれど、少年は返事をしなかった。今日は奇跡の起こる朝だとすぐに思い出した。喜びと感謝の気持が湧いてきた。すぐに手を下に伸ばして足をさわってみたい、と一瞬思ったけれど、確かめるなどというのは神様の善意を疑うように思えた。足が治っているのは間違いない。それでも、とうとう右足の先でそっと左足に触れてみた。それから手で触れてみた。治っていないじゃないか！

メアリ・アンがお祈りのために食堂に入ろうとしていた、ちょうどその時に、フィリップは足を引きずって階下に降りて来て、朝食の席に着いた。

「今朝はばかにおとなしいじゃないの、フィリップ」伯母がしばらくして言った。

「明日になったら学校で食べる、おいしい朝食のことでも思っているのさ」伯父が言った。

フィリップは口を開いたが、言ったことは、話題になっているのとは関係のないことであった。伯父は、心ここにあらずなのはいかん、フィリップの悪い癖だといつも言っていた。

「あのねえ、神様に何かお願いして、ほら、山を動かすこととかね、それが可能だと思っていて——自分にちゃんとした信仰心があって——それでも、願いがかなわなかったとしたら、それどういうこと？」

「フィリップ、あなたって変な子ね。二、三週間前にも、山を動かすとか何とか言っていたでしょ？」ルイザ伯母が言った。

「信仰心が不足しているということさ」とウィリアム伯父は答えた。

フィリップは伯父の説明を素直に認めた。神様が治してくれなかったのは、自分の信仰心に問題があったのだ。でも、これ以上に強く信じるって、どうすればいいのだろうか。もしかすると、神様に充分な時間を差し上げなかったのかもしれない。何しろ、たった一九日間お願いしただけなのだから。一日か二日すると彼はまた祈りを再開し、今度は、願望成就の日を復活祭と定めた。神の御子の復活の日であれば、神も幸せな気分にあるので、慈悲心がいつもより強く働くのではなかろうか。さらに、願いがかなうようにと他の方法も用いてみた。例えば、新月とか斑馬《まだら》を見ると願《がん》をかけたし、流れ星をいつも探していた。外泊で帰ると牧師館ではチキンをよく食べたが、フィリップは伯母と縁起骨を引き合い、毎回、足がよくなりますようにと祈った。彼は無意識のうちに、イスラエルの神よりも古い民族の神々に訴えかけているのであった。「ああ神様、もしそれがご意志でしたら、どうかご慈悲によって、ぼくの足を治してください」いつも同じ文句で祈ったほうがよいと思い、フィリップは一日に何度となく、この祈りを唱えた。けれども、今度も信仰が充分に強くないというので、願いがかなえられないのではないかという気持が次第につのってきた。疑念を追い払うことはできなかった。そこで自分の経験したことを一般論として述べてみた。

「充分篤い信仰心を持つ人など存在しない」

子供の時に乳母が、鳥の尻尾に塩をのせれば、どんな鳥でも捕まえられるのよ、とよく言っていたのと同じだ。この話を信じて、フィリップはケンジントン公園に小さな塩を入れた袋を持って行ったことがある。でも鳥の尻尾に塩をのせる前に、鳥は飛び去ってしまうのだった。復活祭前にお祈りはやめてしまった。自分をだましたというので、伯父に対して漠然たる怒りを覚えた。山を動かすこともできるというようなことを述べている聖書の一節は、そう書いてあるだけで、実際とは違う、よくある例に過ぎないのだ。伯父さんは、ぼくをかついだのに違いない。

15

一三歳になったフィリップは、ターカンベリのキングズ・スクールの本校に入ったが、この学校は古さを誇っていた。由来を尋ねると、ノルマン人の英国征服以前に創立された修道院学校にまでさかのぼる。そこでは聖アウグスチヌス修道会の僧侶が読み書きを教えていた。修道院が破壊された後、この種の他の建物と同じく、ヘンリー八世の役人の手によって再建され、それで今の校名となったのであった。それ以来、とくに有名な学校にはならなかったが、ケント州の知的職業階級や紳士階級の子弟に適切な教育をほどこしてきた。卒業生で著名人となった者の中には、文人では、シェイクスピアに次ぐ文才を誇った詩人と、ごく最近の散文作家で、フィリップの世代の者たちが人生観の面で多大の影響を受けた者がいる。また著名な法律家も一、二名いるけれど、傑出した法律家は世の中に多い。他に、一、二名軍人として名をあげた者もいる。けれども、修道院と分離してからの三〇〇年間、とくに聖職者を世に送り出してきたと言えよう。主教《ビショップ》、首席司祭《ディーン》、聖堂参事会員《カノン》、とくに田舎牧師を多数出してきた。在校生の中には、父や祖父や曾祖父がここの卒業生で、ターカンベリ主教管区の教区牧師となっている者もいた。生徒自身もいずれ同じ道を歩もうと、もう心に決めて、この学校に来ているのであった。しかしながら、事情が変わりつつあるという徴候が見え始めていた。生徒の中には、家で親から聞いたことを言っているだけなのだろうが、教会はもう以前とは違うのだと話す者も現れた。経済の面でどうこうというよりも、聖職をこころざす者の階級が昔と違ってきたというのだった。副牧師の親が商人であった例を知っているという生徒もいた。こういう連中は、紳士階級出身でないような牧師の下で副牧師として働くくらいなら、むしろ植民地で働くほうがましだと言っていた。当時は、イングランドで職がない場合には、まだ植民地が最後の拠り処であった。ブラックステイブルの牧師館でも、キングズ・スクールでも、商人といえば、運悪く土地を所有できなかったか(農業経営者と地主との間にも細かい差別があった)、あるいは、紳士の職業としてふさわしい四つの職業、つまり、宗教、法律、医学、教育のどれにも就いていない人間のことを指すのだった。一五〇人ばかりの通学生は、大部分が地方の紳士階級か連隊本部所属の軍人の子弟であったが、商人の息子もいて、肩身の狭い思いをしていた。

教師たちは、『タイムズ』紙や『ガーディアン』紙で時どき読む、現代風の教育論に非常な不快感を示していた。そしてキングズ・スクールだけは過去の伝統をしっかり守るべきだと望んでいた。ギリシャ語、ラテン語が徹底的に教えこまれたので、卒業生は成人した後、ホメロスやウェルギリウスの名を聞いただけで、もううんざりしてしまうのだった。職員室で食事のときなど、一、二の大胆な教員の中には、数学が次第に重要な科目になっているのではないかと発言する者もいたけれど、大多数は、数学は古典に較べればつまらぬ科目だという意見だった。ドイツ語も化学も教課になかったし、フランス語はクラス担任が教えているだけだった。外国人の教師よりクラス担任のほうが生徒をおとなしくさせておけるし、担任の教員ならフランス人に負けぬほどフランス文法の心得があるというのが理由だった。会話力は必要ないとされていた。フランスに行って、ブローニュのレストランで、少しも英語を知らないウェイターにコーヒー一杯注文できなくても、構わないと思われていたのだ。地理は、生徒に地図を描かせるというのが主な内容で、生徒は扱う国が山の多い場合には、大喜びで地図を描いた。アンデス山脈やアペニン山脈を描いていれば、いくらでも時間つぶしをしていられるのだ。教師はみなオックスフォードかケンブリッジの卒業生であり、聖職者で独身だった。もし何かの事情で結婚したいと望む場合には、参事会の提供する僅かな聖職禄に甘んじればよかった。けれども、ターカンベリの町の上品な社交界を捨てて、単調な田舎牧師の生活に入る者は、長年の間ひとりもいなかった。ターカンベリには騎兵隊の本部があるため、教会色だけでなく軍隊色もあって活発な町であったのだ。教員たちはすべてもう中年になっていた。

一方、校長だけは別で、いやでも結婚する必要があった。そして高齢で役立たなくなるまで学校の経営に当たった。引退すると、平教員の思い及ばぬ高い聖職禄と、名誉参事会員の称号を与えられた。

しかしフィリップが入学する一年前、大きな変化が起きていた。二五年間校長を務めていたフレミング博士が、耳が遠くなり校長の職務が続けられなくなってきた。年収六〇〇ポンドになる聖職禄のある町はずれの教区が空いたので、参事会はこの地位を博士に提供し、そろそろ引退されたらいかがかという意思表示をした。このような収入があれば、のんびりと病める身をいたわることが可能というわけである。自分が昇進するのを望んでいた二、三の副牧師は、教区の仕事を何一つ知らず、しかも、既に財を成した老人に、若くて精力的な牧師を必要としている教区を任せるなどというのはけしからぬと、妻に語っていた。だが、聖職禄を受けていない副牧師の不満など、聖堂参事会の耳に届くはずがない。教区の人びとはどうかといえば、彼らにはこれという意見もなく、誰も彼らに意見を求めない。メソジスト派とバプティスト派はそれぞれ村に礼拝堂を持っていた。

フレミング博士がこうして職を退いた後、後継者を見つける必要があった。平教師から選ばれるというのは、学校の仕来りに反した。一般教員は一致して、キングズ・スクールの小学校の校長、ワトソン氏が選出されるのを望んでいた。氏は、キングズ・スクールの教員とは言えないにしても、全教員がもう二〇年も知ってきた人であって、校長に就任して急に妙なことをする恐れはなかった。ところが、参事会は全教員を驚かせるような決定を下した。パーキンズという人物を選出したのである。最初は誰もパーキンズがどういう人物なのか分からなかった。その名を聞いてよい感じを持つ者はいなかった。しかし、ショックがおさまってみると、そうだ、パーキンズというのは、シャツ商人の息子じゃないか、と気付いた。フレミング博士は食事の直前に、全教員に後任者の名を発表したのであったが、態度から博士自身がどれほど動転しているかが明白であった。食堂にいた教師たちは、一言も物を言わずに食事をし、召使いが部屋を出るまでは、いっさい問題には触れなかった。それからしゃべり出した。居合わせた教師たちの名前はどうでもよいのだが、何世代にもわたる生徒たちの間で「溜息」「コールタール」「しょぼしょぼ」「水鉄砲」「よしよし」などのあだ名で呼ばれてきた連中だった。

トム・パーキンズなら、みな知っていた。まず彼について言いうるのは、紳士でないということだった。生徒としての彼のことは、誰の頭にも鮮明に残っていた。小柄な浅黒い子で、黒い髪は乱れていて、目は大きかった。まるでジプシーの子のようだ。一番条件のよい奨学資金をもらって、通学生として入学したので、教育にはまったく金がかからなかった。抜群によく出来た。終業式には、いつもたくさん賞を貰った。キングズ・スクールのもっとも誇るべき生徒であるが、ひょっとすると、もっと大きくて有名な私立学校から奨学金を貰って転校してしまうのではないかという心配があった。そこでフレミング校長が少年の父――セント・キャサリーン通りのパーキンズ・クーパー商店のことはみなよく覚えていた――を訪問し、オックスフォードに進学するまで息子を本校に置いて欲しいと頼みこんだのであった。教員たちはこの経緯を今になって思い出し、苦々しい気分になった。父親の店は学校を最上の客としていたから、父親は校長の依頼を喜んで受け入れた。トムはその後も順調に伸びて、校長の覚えている限り、開校以来最優秀の古典の生徒になり、卒業に際して、最高金額の奨学金を得ることになった。

オックスフォードのモードリン学寮でも支給額のよい奨学金を入手して、大学生としても順調な歩みを始めた。校内誌には、この輝かしい卒業生の年を追うごとの成果が載り、最優秀賞を二科目で獲得した折には、フレミング校長自身が一面に賞讃の辞を記したくらいだ。彼の父親とクーパーの共同経営だった商店は店が傾き出していたので、パーキンズの成功は好都合だった。クーパーは酒におぼれ、トム・パーキンズが学位を取る直前、父親の商店は破産宣告を受けたのである。

トム・パーキンズはやがて聖職の資格を取り、彼にもっともふさわしい職に就いた。ウェリントン校と、次には、ラグビー校で助教師を務めたのである。

だが、他の学校で教え子が好成績をあげたのを喜ぶのと、その男のもとで働くのとでは、大きな相違がある。「コールタール」はトムに何回も罰として詩句を繰り返し書かせたことがあったし、「水鉄砲」はトムの耳を殴ったことがあった。この二人は、参事会がどうしてこんな誤った人選をしたのか想像もできなかった。破産したシャツ商人の息子に過ぎないという事実を忘れる教師はいなかったし、父親の共同経営者のクーパーがアル中であったのもトムの恥の一部とされた。首席司祭がトムを熱心に推しているのは分かっているので、首席司祭は彼を多分晩餐に招くだろうが、校内での楽しい、つつましい晩餐会はトムが同席したら空気が変わってしまうのではないだろうか。それに、連隊本部はどう反応するだろうか。将校や紳士たちがトムを仲間として受け入れるかどうか、とても期待できない。そうなったら学校には測り知れぬ損失であろう。生徒の両親も不満だろうから、もし生徒全員の退学というような事態が生じても不思議はない。さらに、トムのことをミスター・パーキンズと呼ばねばならぬ屈辱感はたまらない。教員たちは全員で一致団結して辞表を提出することも考えたが、平然と受理される恐れがあるので、思いとどまらざるをえなかったというのが真相であった。

「まあ、変化するのも仕方がないとあきらめるしかないな」これは、二五年間並ぶ者もないほどの無能さで五年級を教えてきた「溜息」の発言だった。

いよいよ彼に会ってみると、やはり安心できなかった。フレミング博士が昼食会で彼を全員に引き合わせたのだ。トムも今では三二歳になり、背が高くやせていた。大人になっても、少年の頃の外見にこだわらぬ、だらしない様子が見られた。仕立ての悪い、安っぽい服をだらしなく着ている。髪は黒く、少年の頃と同じく長いのだが、ブラシを当てることはないらしい。髪は頭を動かす度に垂れ下がってきて目にかぶさる。それをすぐ手でかき上げる癖がある。黒い口ひげと、頬骨まで届くほどのあごひげを生やしている。教師たちと、まるで一、二週間前に別れたばかりといった調子で、気軽に口をきく。再会できて喜んでいる様子だ。立場が昔と変わったことに無頓着のようで、ミスター・パーキンズと呼ばれるのにも、とくに奇妙だとは感じないようだった。別れを告げる段になったとき、教師の一人が、予定の列車に乗るまでにたっぷり時間がありますね、と言った。

「実は、昔の店をちょっと見て行きたいと思ったんですよ」明るい口調で彼は答えた。これを聞くと一同は当惑した。よくも平気でそんなことを口にできるものだ、とみな思った。さらに具合の悪いことには、フレミング校長の耳にはトムの言葉が入らなかったので、奥方が大声で、

「回り道して、お父様の昔の店を見にいらっしゃるって」と言った。全員の感じている恥ずかしさをトムだけは意識していなかった。ミセス・フレミングのほうを向いて、

「今、店は誰の所有なのでしょう？　ご存じですか？」と言った。夫人は腹が立っていたので、ろくに返事ができなかった。

「どこかのシャツ屋でしょ。グローヴとかいう名の人です。あそことは、今は取引きしていませんわ」

「店の中を見せてもらえるでしょうかね」

「お名乗りになれば、そうしてくれましょう」

トムの印象について、みなが話題にしたのは、その夜の食事が終わりに近づいた頃になってからだった。気になっていても、それまでみな黙っていたのだった。「溜息」が口をきった。

「ええと、新校長のことをどう思った?」

昼食時の会話を思い出した。会話というより、トムのひとりごとに近かった。彼はずっとしゃべり続けていた。やさしい言葉をよどみなく用い、太いよく響く声で、口早に話した。時どき短く笑い、白い歯を見せた。彼の話についていくのは骨が折れた。次から次へと新しい話題を取り上げるのだが、その間に関連があるかどうか、すぐには分からなかったのだ。教育法について語り、それは当然だったのだが、教師たちの聞いたことのないような、ドイツでの新しい教育理論について多くを語った。教師たちは不安になった。また、古典についても語ったが、彼はギリシャに行ったことがあり、考古学の話をした。ある冬ギリシャで発掘に加わったという。そんな経験が、生徒たちを試験に合格するように指導するのに、何の役に立つのか、誰にも分からなかった。彼はまた政治も論じた。ビーコンズフィールド卿をアルキビアデスと比較するのを聞いて、みな奇異に感じた。グラッドストンとアイルランド自治について語った。そこで彼が自由党支持なのだと分かり、一同はがっかりした。ドイツ哲学やフランス小説にも話題が及んだ。

こんなに幅広い関心を持つ人間が深みのある人物だとは思えなかった。

全体的な彼の印象をまとめて、みなが確かに悪口になると思うような評語を言ったのは「しょぼしょぼ」であった。上級三学級の担任のこの教師は、まぶたの垂れ下がった、弱気な男だった。体力がないのに背が高く、行動は鈍く、活気がない。いかにも、やる気がない、という印象だった。あだ名はぴったり合っていた。

「熱狂的だな」と彼は評した。

熱狂というのは育ちの悪いことだった。紳士ならぬ者の態度だ。救世軍がラッパや太鼓で活動している姿が熱狂の図だ。熱狂は改革を意味する。楽しい古い仕来りが、今改革の危機にあることを思って、みな鳥肌が立った。もうのんびり楽しい未来を期待できなさそうだ。

「相変らずジプシーみたいだな」しばらくして誰かが言った。

「あの男が急進主義者だというのを、首席司祭と参事会は選んだ時点で承知していたのかねえ」別の者が吐きすてるように言った。

しかし会話は中断しがちだった。心が乱れていて、あまり発言したくなかったのだ。

「コールタール」と「溜息」が、それから一週間後の卒業式に参事会館に向かって一緒に歩いていたとき、いやなことを口にするのが好きな「コールタール」が言った。

「ここで何回も卒業式に出てきたけど、今後も出ることになるかね？」

「溜息」は普段にもまして憂鬱な気分だった。

「もし聖職禄をもらえるような話があったら、いつ教師を辞めてもいいな」

16

一年が経過し、フィリップが入学したときには古参の先生たちはみなまだいた。それでも多くの改革がなされていた。古い教師たちは、表面は新校長の考えに同意しているように見せながら、影にまわって変化に抵抗していた。この種のてごわい反対を押し切って、一つまた一つと変化が起こっていたのだ。例えば、低学年では相変らず、クラス担任がフランス語を教えていたが、ハイデルベルク大学で言語学博士の称号を取り、フランスの国立高等学校《リセ》で三年間教えた新しい教師が赴任して来た。この教師は上級の学年にフランス語を教え、さらに、ギリシャ語の代りにドイツ語を選択した生徒にドイツ語を教えた。もう一人加わった教師は、これまで軽視されていた数学を、ずっと体系的に教えていた。この二人とも聖職者ではなかった。この点はまったく新しい変化だった。二人が着任したとき、古参の教師たちは疑惑の目で迎えた。実験室が設けられ、陸軍志願者のクラスも出来た。学校の性格が変わりつつあると、みな話していた。パーキンズ校長の髪の乱れた頭の中で、どういう計画がさらに練られているものやら、誰にも分からなかった。学校はパブリック・スクールとしては小規模で、寄宿生はせいぜい二〇〇名だった。校舎は寺院に接しているので、増築は難しかった。寺院の境内は、教師の何人かの住む一棟を除いて、寺院の聖職者の家で占められていて、新たに建物を立てる余地はなかった。しかし校長は、学校を今の二倍にするのに充分な空間を獲得する、うまい計画を考え出した。ロンドンからも生徒を取りたいと思っていたのだ。ロンドン育ちの子弟がケント州の子と混じるのは、前者にとって有意義であるし、地方の子もよい刺激を受けると考えていた。

「この学校の伝統に反しますな。何しろ、ロンドン出身の子弟の悪影響を受けぬようにとわざわざ努力しているのですから」校長の提案を聞いて「溜息」は言った。

「馬鹿なことを!」と校長は言下に反論した。

クラス担任の教師に向かって、「馬鹿なことを!」などと言った者はこれまでいなかった。だから、「溜息」は、おやじがシャツ商人だったことをほのめかす、嫌味を言ってやろうか、と考えた。しかし、うまい反論も思いつかぬうちに、校長は例の性急なやり方で、相手に攻撃をかけた。

「境内にあるあの棟ですがね、あなたが結婚してさえくれれば、参事会に頼んで、二、三階を増築し、寄宿舎や勉強室を作るんですがね。あなたの奥さんにも働いてもらうといい」

初老の聖職者でもある「溜息」は唖然とした。どうして結婚なんかする必要があるのか？　自分はもう五七だし、五七で結婚するなんて考えられるか。こんな年で一家を構えるなんて、とんでもない。大体、結婚など望んでいない。結婚するかそれとも、田舎の牧師になるか、という選択しかないのなら、牧師になりたい。今、自分の望んでいるのは静けさと心の平和だ。

「私は結婚しようなんて考えていません」

校長は相手を黒い、きらきら光る目で見た。そこに皮肉の混じった眼差しがあったとしても、「溜息」は気が付かなかった。

「それは残念だ！　私を喜ばせるためにでも、結婚してくれませんか。あの棟を増築したいと首席司祭と参事会に申し出る際に、よい口実になるんですがね」

しかし校長のもっとも悪評だった改革は、時どき部下の教師の授業を引き受けるという癖だった。校長は、よかったら、そうさせてもらえないかというように頼むのであったけれど、部下の者が断わるわけにはいかない。「コールタール」、つまりターナー先生が言ったように、クラスの交代はすべての者にとって、みっともないことだった。校長は予告なしで、朝の祈禱の後に、教師の一人をつかまえて、「どうだろう、あなたが一一時からの六学年をやってくれませんか。私と交代しましょう」と言った。

こういうことを他校でもやっているのかどうか、それは分からなかったが、少なくともターカンベリ校としては初めてのことだった。結果は奇妙なものだった。最初の犠牲者となったターナー先生は、自分のクラスに、今日のラテン語の授業は校長が受け持つと知らせた。それから、校長の前でみっともなくないようにという口実の下に、自分の歴史の時間の最後の一五分を用いて、その日の教材のリウィウスの一節のラテン語の解釈を教えておいた。しかし、校長の授業の後にクラスに出向き、校長が採点してある表を見ると、びっくりした。クラスのトップの二人が出来が悪かったようであり、一方、これまで目立たなかった生徒たちが満点を貰っている。いつも一番のエルドリッジに、どういうことなのだと尋ねてみると、生徒はむっとした口調で答えた。

「パーキンズ先生はラテン語の解釈はやらせませんでした。ぼくはゴードン将軍について何を知っているかと質問されました」

ターナー先生は驚いて生徒の顔を見た。生徒たちは、みな不当なことを強制されたと思っているらしく、教師も同感であった。また、ゴードン将軍がリウィウスとどう関連があるのかも分からなかった。後でこの点について思い切って校長に尋ねた。

「エルドリッジが、ゴードン将軍のことなど尋ねられたって、むっとしていましたよ」と半分冗談めかして言った。

校長は笑った。

「教材がガイウス・グラックスの農業法の所まで進んでいたから、アイルランドの農業問題について、生徒がどれくらい知っているか尋ねてみようと思ったのですよ。でも、ダブリンがリフィ川沿いにあるというくらいしか知らないようだった。そこで、ゴードン将軍のことを聞いているかどうかを尋ねたんですよ」

新任の校長は、一般教養をとても重要と考えているという不快な事実が、まもなく判明した。試験のときにだけ無理に詰めこんで覚えたような科目について試験しても、何の意味もない、というのがその見解だった。つまり、常識を重んじたのである。

「溜息」の心配は月が経つにつれて増大した。結婚する日を決めたらどうですかと、パーキンズ校長がいつ言い出すかと、はらはらしていた。それに加え、古典文学に対する校長の姿勢も気に入らなかった。彼が優れた学者であることは疑いはないし、事実、正統的な研究業績を発表しようと研究していた。今は、ラテン文学における樹木に関する論考を執筆中である。しかしながら、そういう研究をごく軽い調子で口にするのが気になる。研究などというものは、ビリヤードなどと同じで、それほど重要でない時間つぶしであり、余暇の時間を全部使わねばならぬ作業ではあるけれど、大真面目に考えるには及ばない、と考えているらしい。「溜息」だけでなく、三年中級の担任の「水鉄砲」も日ごとに機嫌が悪くなっていった。

入学後フィリップが入ったのは、「水鉄砲」の組だった。B・B・ゴードン先生は、生まれつき学校教師には不適任だった。すぐ苛立ち、怒りっぽかったのだ。誰にも叱られず、年少の生徒を相手にしているだけだったから、自制心というものをとうの昔に忘れてしまっていた。立腹しながら授業を始め、授業を終えるのであった。外見は、中背で、太っていた。砂色の髪をとても短くしていたが、今ではかなり白髪が混じっている。ごわごわした口ひげを少したくわえている。はっきりしない目鼻立ちで、とくに青い眼が小さい。生まれつき赤ら顔なのだが、授業中に、癇癪《かんしゃく》をよく起こすので、顔色は紫に黒ずんだ。指の爪はよく嚙むので無くなり、肉がむき出しになっている。おびえた生徒が解釈をしているとき、彼は全身を怒りで震わせながら机にすわり、指をきつく嚙み続けるのだった。生徒への体罰についての噂は、恐らく誇張されている面もあったのだろうが、いろいろ伝えられていた。二年前にも事件があった。父兄の一人が告訴すると息巻いたのである。ウォルターズという少年の耳を、本でひどく殴りつけ、そのため、子供は難聴になって退学を余儀なくされたのであった。少年の父親はターカンベリに住んでおり、市では憤慨する者も多く、地方新聞でも多少問題になったけれど、ウォルターズ氏が醸造業者に過ぎぬというので、同情は二分してしまった。他の生徒たちはどういう態度を取ったかというと、教師を憎んでいたのは確かなのに、この事件では味方をした。なぜなのか不明である。学校内部の事柄が表立ったのに腹を立てた生徒たちは、ウォルターズの弟がまだ在学していたので、この少年を手ひどくいじめるようなことをした。しかし、ゴードン先生はこの事件で、あやうく地方の聖職禄を失いかねぬことになったので、事件以後は生徒を殴ることはなくなった。教師が生徒の手を鞭で打つという権利は取り上げられたので、「水鉄砲」は杖で机をたたいて怒りを発散させることができなくなった。今では、生徒の肩をつかんで、揺する以上のことはしなくなった。それでも、いたずらをした子や強情な子がいると、一方の腕を水平に保ったままで、一〇分から三〇分立たせることはあったし、また、以前同様に口先で生徒を叱ったり、罵ったりする点は少しも変わらなかった。

フィリップのような内気な生徒に教える教師として、ゴードン先生くらい不適格な人物はいない。フィリップはワトソン氏の小学校に初めて行ったときに較べれば、おどおどしてはいなかった。あの小学校で一緒だった子も大勢いたし、以前より大人になったと感じていたからだ。それに、生徒の数の多い学校なら自分の不具も目立たないと思っていた。でも、入学の初日からゴードン先生には恐怖心を抱いてしまった。彼のほうも、自分におびえている生徒はすぐ分かり、そういう生徒を目の敵《かたき》にするのだった。フィリップは学業は大好きなのだが、学校で過ごす時間が恐怖以外の何ものでもなくなってしまった。誤った答えをして教師にこっぴどく叱られるのを恐れるあまり、いつも馬鹿のように黙りこくってすわっていた。当てられて立ち上がって訳すときには、心配のために顔面蒼白になり、気分が悪くなった。パーキンズ校長が代って教えたときにのみ幸福感を味わった。校長は一般教養を大切にしたわけだが、フィリップもあらゆることを知りたいと願い、年齢の割りにあらゆる種類の変わった書物を読んでいた。校長が質問を出して、クラスの他の者は誰も答えられない折など、校長はフィリップに向かってにっこりして、「さあ、ケアリ、みんなに教えてやりなさい」と言うのだった。フィリップは有頂天になった。

校長の代講のときに好成績をあげたことが、ゴードン先生の怒りを買った。ある日、フィリップが訳す番になった。先生はフィリップをにらみ、親指を嚙んでいた。すっかり怒っているようだった。フィリップは低い声で答え始めた。

「もっとはっきり言え」

そう言われてフィリップの喉に何かが突きささったようだった。

「さあ、さあ、やれ」

教師の声は次第に大きくなった。その結果、フィリップの頭から、知っていたことがすべて消えてしまった。教科書の文字をぽかんと見ていた。教師は激しく呼吸し始めた。

「分からないのなら、どうしてそう言わんのだ？　分かっているのか、いないのか？　この前の時間の説明を聞いたのか、聞かなかったのか？　どうして黙っているのだ。この馬鹿者、口を開け！」

教師はフィリップのすわっている椅子のひじ掛けをしっかりつかんだ。まるで、そうでもしないと、フィリップに殴りかかりかねないからと思えた。昔はこういう場合は生徒の喉を締めつけ、窒息させかねぬ勢いだったのだ。額に青筋が立ち、顔は恐ろしい表情になっている。狂人のようだ。

フィリップは昨日はしっかり覚えていたのに、今は頭がからっぽになっていた。

「分かりません」

「どうして分からんのだ。さあ、単語を一つずつ訳してごらん。おまえが分かっているかどうか、すぐ分かるぞ」

フィリップは口を開かずに立ちつくしていた。真っ青になり、少し体を震わせ、頭は教科書の上に垂れている。先生の激しい息遣いが耳にせまってきた。

「校長はおまえが賢いと言っているな。どこに目をつけているものやら。一般教養だと抜かしやがって！」そこで不気味に笑った。「おまえなどが、このクラスに入っているなんて、理解できんな。この間抜け！」

間抜けという言葉に酔って、大声で何回も繰り返した。

「間抜け！　間抜け！　えび足の間抜け！」

これで彼は少し落ち着いたらしい。フィリップが急に赤面するのを見た。それから彼にえんま帳を取りに行ってこいと命じた。フィリップは教科書を置いて黙って教室を出た。えんま帳というのは、生徒の非行を書き記す帳面で、三回記載されると、鞭打ちの罰を受けることになっている。フィリップは校長の家に行き、書斎のドアをノックした。校長は机に向かっていた。

「えんま帳をください」

「そこにあるよ」校長はあごをしゃくって場所を示した。「どんな悪いことをしたのだね？」

「分かりません」

校長はフィリップをちらと見たが、何も言わずに仕事を続けた。フィリップは帳面を持って出て行った。授業が終わって帳面を戻しに来たとき、校長が言った。

「ちょっと見せておくれ。なるほど、「けしからぬ反抗的態度」か。ゴードン先生だな。どうしたのだ?」

「分かりません。先生はぼくのことを、えび足の間抜け、と言いました」

校長は少年をまた眺めた。この答えには皮肉がこめられているのかなと思った。だが、少年はまだひどく動揺していた。顔面蒼白で、目はおびえている。校長は本を置いて立ち上がった。そうしながら何枚かの写真を取り上げた。

「アテネの写真を友人が送ってくれたのだ。ほら見てごらん。アクロポリスだ」

写真を見るフィリップに校長は解説した。廃墟は解説によって生き生きとしたものとなった。ディオニュソスの劇場を指で示し、どういう順で当時の人びとが座席を決めたかとか、青いエーゲ海がどこにあるかを話した。それから突然、こんなことを言った。

「ゴードン先生には私も、授業中にジプシー小僧と呼ばれていたものだよ」

写真に夢中になっていたので、フィリップは校長がなぜこんなことを話したのかすぐには分からなかった。校長はそれに構わず、次にサラミスの写真を見せた。汚れた爪の指で、ギリシャ、ペルシャ双方の艦隊がどのような布陣で戦ったのかを話した。

17

次の二年間、フィリップは単調ながら楽しく過ごした。いじめも、彼くらいの背の仲間よりひどくやられることは、もうなかった。足が悪いためにスポーツに参加できず、何となく無視されたけれど、かえってありがたかった。生徒たちの間で人気はなく、孤独だった。三年上級で「しょぼしょぼ」の担任で二学期を過ごした。「しょぼしょぼ」はいかにも大儀そうな態度で、まぶたが垂れ下がっているせいか、退屈しきっているように見えた。義務は果していたけれど、気がなさそうにした。親切でやさしいが、愚かであった。生徒の正直をばかに信じこんでいた。生徒を正直にするのにもっとも大切なのは、彼らが嘘をつくことなどありえないと教師が信じることだと思っていた。「多くを求めよ、さらば、与えられん」と言っていた。三年上級の勉強はのんびりしたものだった。どの行を訳す番になるかは前から分かっていたし、虎の巻が回覧されていたから、必要な答えは二分間で見つかる。ラテン語文法についての質問が次々に出されたときには、文法書をひざの上に広げておいても教師に見つかることはない。一〇人の生徒に質問して、とうていありえない同じ誤りをしても、奇妙だとは考えぬような「しょぼしょぼ」なのである。彼は試験というものに信を置いていない。教室におけるよりも、出来が悪いからだ。なぜ試験では成績が悪いのか、教師としては、失望させられるが、たいしたことではない。まもなく生徒は上級に進む。真実をごまかす生意気な楽しみ以外には何も学ばないのだが、成人してからは、ラテン語をすぐ読める能力よりも、そのほうが役に立つのかもしれない。

やがてフィリップは「コールタール」担任のクラスに入った。本名はターナーで、古株の教師の中では一番元気があった。小柄で腹が極端に突き出ていて、あごひげは白くなりかけていて、肌は浅黒い。聖職者の服を着ていると、本当にコールタールの樽に似ている。このあだ名を生徒が口にしたのを耳にすると、罰として決まって、五〇〇行のラテン語の文章の筆写を命じるのであったが、校内の晩餐会などでは、自分の姿形のことで冗談をとばすこともあった。教師の中では一番世俗的な人物で、他の教師より外で食事をすることが多く、交際相手は決して聖職者に限られていない。生徒たちは、この教師を遊び人だと見ていた。休暇中は僧服を脱ぎ捨てて、かつて、スイスで派手なツイードの服を着ているのを目撃されていた。ワインと美食を好み、一度などパリのカフェ・ロワイヤルでごく親しそうな仲の女性と一緒にいるところを目撃されている。それ以来、何世代にもわたる生徒たちの間で、あの先生は途方もない放蕩に耽っているという噂を立てられた。放蕩の具体的な詳細は、人間は本来最限なく堕落するものだという説を肯定するようなものであった。

生徒に甘い前任者の後で、生徒たちを鍛え直すには一学期は必要だと、ターナー先生は考えた。彼の時どきもらす皮肉な言葉から、「しょぼしょぼ」のクラスの授業ぶりをよく知っているらしいことが、うかがわれた。しかし、だからといって、それを苦にはしていなかった。彼の考える生徒というものは、みな悪い子ばかりで、彼らを正直にするのには、嘘をつけば必ず露見する、と思い知らせるしかない、というものだった。生徒たちの名誉心など、子供らしいものに過ぎず、教師相手の場合には無用である。生徒をおとなしくさせるには、騒いだら、厳しく叱られるのだと、はっきり思い知らせるに限るのだ。ターナー先生はこのように考え、自分の受け持つクラスを誇りにしていて、五五歳の今も、この学校への着任当時と同じく、クラスの成績が他のどのクラスにも負けぬように熱心に教えた。肥満漢特有の癇癪持ちで、すぐかっとなるけれど、すぐ忘れるのだった。常に激しい言葉で生徒をどなるけれど、根は意外に思いやりがあるのが、まもなく生徒に分かった。出来の悪い生徒は容赦しなかったが、意地っ張りでも頭のよさそうな子だと見当をつければ、よく面倒を見て才能を伸ばしてやった。生徒を家に招くのを好み、生徒たちは、ケーキやマフィンの食べ較べでは先生にはかなわないよ、と言いつつも、喜んで招待に応じた。彼が太っているのは人並外れた食欲のせいで、そういう食欲はサナダ虫のせいなのだから、生徒がかなわないのは当然だと、考えていたのである。

フィリップにとって学校生活は以前より楽しかった。建物が狭いため勉強室は上級生だけで使用することになったためである。以前は大部屋に寝起きしていたので、そこで食事をし、下級生たちもみんな一緒で予習などの勉強をしていたのである。フィリップはこれが何となく不快だった。他人と一緒にいると、妙に気分が落ち着かなくなることが時どきあり、むしょうにひとりになりたくなった。そんなときは、ひとりで田舎に散歩に出かけた。緑の野原に小川が流れていて、両側の堤には刈りこんだ樹木が植えられ、この堤に沿って歩いていると、なぜだか自分でも分からないけれど、幸せな気分になるのだった。歩き疲れると、草の上に腹這いになり、オタマジャクシやハヤのすばやく動きまわる様子を眺めたものだった。その辺りを散歩すると奇妙に胸が躍った。中央の緑草地は、夏はクリケットの練習でにぎわうが、他の季節は静かだった。腕を取り合って散歩する少年が時どき見受けられたり、思いつめたような眼差しの勉強家が、何か暗記しようとして呟きながらゆっくり歩いている姿もある。大きな楡《にれ》の木にはミヤマガラスの大群がとまって、物悲しい声で辺りの大気を満たしている。野原の一方の側には、中央に大きな塔のある大寺院があり、美についてまだ何も知らぬフィリップであったが、眺めていると胸に沁みるほどの歓喜を覚えた。自分用の勉強室を与えられたとき(といっても、四人の生徒で共有する、スラム街に面した小さな四角い部屋であったが)、彼は大寺院の景色の写真を買い、机の上にピンでとめた。それから、四年生の教室の窓から見える光景にも、急に関心を持つようになった。管理の行き届いた、古くからある芝生と、うっそうと茂る葉をつけた美しい木々が見えるだけであったが、見ていると奇妙に胸が締めつけられるようであった。果して快感なのか、苦痛なのか、自分にも分からなかった。美感の最初の芽生えであった。それと共に他の変化も現れた。声変りもその一つだった。自分ではどうすることもできなかった。奇妙な声が喉から出てくるのだった。

それから校長の書斎で、お茶の時間の直後に少年たちのために行なわれる堅信礼の準備クラスに出始めた。フィリップの信仰心は時の試練に負け、聖書を毎夜読む習慣はずいぶん以前にやめてしまった。ところが、今やパーキンズ校長の影響もあり、それに加えて体の変化によって不安感が増していたため、昔の宗教心がよみがえり、信仰を棄てたことで自分を激しく責めた。地獄の火が心の中でおびやかすように燃えさかった。ぼくは無神論者とあまり違わないときがあったけど、もしあの頃死んでいたとしたら、地獄に行っていたんだろうな。フィリップは暗黙のうちに永遠の罰を信じていた——永遠の幸福を信じるよりもずっと堅く信じていたのだ。だから、自分がすんでのところでその危険に遭遇するところだったと気付いて身震いしたのである。

以前担任の教師から耐えられぬようなひどい仕打ちを受けたときに、パーキンズ先生に親切な言葉を掛けてもらった日からというもの、フィリップは校長に対してゆるがぬ尊敬の念を抱いていた。何とかして校長の喜びそうなことをしたいと、いつも考えていた。たまに校長から、ほんの僅かでもほめられると、大事に心の奥にしまいこむのだった。校長の家で催す、こぢんまりした集会に出席したときには、無我夢中だった。校長のきらきら光る眼をじっと見つめ、半分口を開けてすわり、一言も聞き逃すまいと体を少し前に乗り出すようにした。周囲が俗っぽく平凡であったので、この集会で話題になる事柄がきわめて感動的に思えた。校長自身でさえ、自分の話していることに心を打たれ、目の前の本を押しやり、動悸を抑えるように胸に両手を重ね合わせ、自分の信じる宗教の神秘について語り出すことがよくあった。フィリップが校長の講話をよく理解できないことも時にはあった。だが、理解できなくてもよいのだ、何かが感じられればそれで充分であると、何となく思った。そんなときには、黒い細い髪に青白い顔の校長が、王たちをも敵にまわしたイスラエルの預言者のように感じられた。イエスを思い浮かべると、それは常に校長と同じ黒い目とやせた頰をしている人物となるのだった。

パーキンズ校長は自分のこの仕事をとても重要視していた。他のことに関しては、ユーモアの感覚を失わず、冗談をよく言っていたため、真面目さに欠けると評されることもあったのだが、この仕事の場合は、そういう面は影をひそめていた。多忙な中で何とか時間をつくる人であったから、堅信礼を受ける準備をさせている生徒には、個別に一五分か二〇分面接してやったのである。生徒たちに、堅信礼とは、生まれて初めて自分自身の考えで踏み出す第一歩なのだと理解させようとした。さらに生徒たちの心の奥底まで探りを入れ、校長自身の熱烈な信仰心を植えつけたいと願った。フィリップは内気な少年ではあったが、若い頃の校長自身の熱烈さに劣らぬ強い信仰心を心の奥に所有していると校長は思った。フィリップには気質的に見て宗教人の素質があると思った。ある日のこと、校長はそれまで話題にしていた事柄から離れて、急にフィリップに尋ねた。

「大きくなったら、何になるつもりか、考えたことあるかい?」

「伯父は聖職者になれと言っています」

「で、きみ自身の気持は?」

フィリップは目をそらした。ぼくはそれに価しないと思っています、と答えるのが恥ずかしかったのだ。

「私たちのような聖職者の生涯ほど、幸せなものは他にないと思う。それがどんなにすばらしい特権であるか、きみに分からせてあげたいと思うよ。どんな職業に就いても神に奉仕することは可能だ。だが、私たちは誰よりも神の身近にいるのだ。無理強いしようとは思わないけれど、もしきみが聖職者になろうと決心すれば、一生自分のものとなる喜びと安堵感をすぐさま感じられるのは確かだよ」

フィリップは返事をしなかったけれど、校長の言わんとするところは充分に分かっている様子がうかがわれた。

「今のままの好成績をあげていれば、いずれ学校全体でトップになるだろう。卒業のときに大学への奨学金はきっと貰える。ところで、きみ自身に財産はあるのかい？」

「伯父の話では、二一歳になると年一〇〇ポンド貰えるそうです」

「そうか。とするときみは裕福になるんだな。私などは、金はまったくなかった」

校長は少したためらっていたが、やがて、目の前の吸取紙の上に、鉛筆で何やら線を引きながら思い切ったように言った。

「職業の選択となると、きみの場合はあまり余地はないな。肉体的な活動を要するような職業には、もちろん向いていないし」

フィリップはえび足のことを言われると、いつもそうであったが、今も髪の根元まで赤くなってしまった。校長は少年の顔をまじまじと見た。

「自分の不具に敏感過ぎるんじゃないかね。神に対して、それを感謝しようと思ったことはないのかね？」

フィリップはさっと顔をあげた。唇がむっとしたように一文字になった。神がハンセン病を治し、盲人の目を開いたように、自分のえび足を治してくださるようにと、教えられたように何カ月も続けて祈りをささげたのに、報いられなかったのを思い出したのだ。

「そのことで神に反抗的になっているのなら、いつまでも恥じてばかりいるだけだ。だが、神のご配慮できみが背負うようにと与えられた十字架だと考えれば、不具も幸せの源泉になる」

このことを話題にされるのをフィリップが極端にいやがっている様子なので、校長はそれ以上言わなかった。

だが少年は、後で校長の言ったことすべてを何度も考え、やがて、堅信礼が近づくことに心を奪われていたためか、不思議な喜びが湧いてきた。心が肉体の束縛から解放され、まるで新しい人生を生きているように感じた。全身全霊をあげて、完璧なものに憧れを抱いた。神への奉仕に身をささげたいと念願し、聖職者になろうと、はっきり決意を固めたのである。いよいよ式の当日がやって来ると、少年の魂は、それまでのいろいろな準備や、勉強した書物や、とりわけ、校長の圧倒的な感化力のおかげで、喜びと不安ではち切れそうになってしまった。ただ、一つだけとても気になることは教会の内陣をひとりで歩いて行かねばならぬという事情であった。式に出席している全校生徒だけでなく、息子の堅信礼を見ようとやって来た両親や町の人たちにまで足の悪い自分を見られるのは耐えられない。けれども、実際に式の当日には、この屈辱を喜んで受け入れられる気持になっていた。寺院の見上げるような高い天井の下で、とるに足らぬ、小さい体で足を引きずって内陣を進みながら、フィリップは自分の不具の体を、愛してくださる神への犠牲としてささげたのであった。

18

だが、フィリップは山頂の澄んだ大気の中にいつまでも留まることはできなかった。強い宗教心に初めて襲われたときに起きたことが、今再び起きたのだ。つまり、信仰の清らかさをあまりにも強く感じるので、また、自己犠牲願望が心の中で宝石のように輝き燃えさかるので、かえって自分の力ではとうてい理想に到達できないと感じるのだった。彼の魂は突然奇妙に乾き切ってしまった。あれほどどこにでもおられると思えた神の存在を忘れ始めた。それでも、従来通りきちんと宗教上の勤めは果していたのだが、次第に形式だけのものとなった。最初のうちは、このように信仰の薄れてゆくのを自分のせいにしていた。また、地獄の劫火への恐怖心によって信仰への熱意が再燃したこともある。だが、とにかくもう信仰心が消滅し、次第に、他のことに心を奪われるようになった。

フィリップには、ほとんど友人ができなかった。読書癖のために孤立化することもあった。読書は生活に不可欠になっていたので、しばらく友人と一緒にいると、飽きて落ち着かなくなってしまう。無数の書物を次々に読んだことで身につけた幅広い知識を誇りに思い、知性はとぎ澄まされた。ところが、友人たちの無知への軽蔑を隠すすべを知らなかった。あいつは威張っている、と友人たちは文句を言った。ところが、フィリップが優れている分野は、友人たちにとってはつまらぬことばかりであったから、フィリップが何を得意になっているのか、と嫌味を言われる有様だった。一方、彼のほうでも一種のユーモア感覚ともいうべきものを身につけて、友人たちの弱点をあげつらって辛辣な皮肉を飛ばす才能が自分にあるのを知った。皮肉を言うと気分がよかったけれど、言われた相手がどれほど傷つくかにまでは考えが及ばなかった。だから、相手が自分に嫌悪の目を向けるのを知って、腹を立てるのだった。最初学校に入った頃に味わった屈辱感のために、彼は引っ込み思案になっていて、この傾向はなかなか直らず、ともすると友人と打ちとけずに気後れした様子で、口もきかない。けれども、友人たちに嫌われるように振舞っているにもかかわらず、内心はみなに好かれたくてたまらないのだった。人によっては、雑作もなく人気者になれるようなので、フィリップはそれを遠くから羨ましく見ていた。人気者に対しては、他の者に対する以上に嫌味を言ったり、からかうような冗談を口にしたりしていたけれど、人気者に取って代れるものなら、どんな犠牲も惜しまなかったことだろう。実際の話、五体満足の少年なら、どんなに頭が悪くとも、それに取って代りたいと願った。それで、奇妙な癖がついてしまった。フィリップがとくに憧れている同級生がいると、自分がその少年であると想像するのである。肉体だけでなく、心も自分の心と同じ心を持っていると想像する。そうして、その少年になりきって、しゃべったり、笑ったりする。その少年がすることすべてを自分がしているのだと想像するのだ。想像がとても現実味を帯びて、フィリップは自分はもう自分ではなくなり、完全にその少年になってしまったように錯覚することもあった。こうして幻想の世界で幸福感をよく味わったのである。

堅信礼に続くクリスマスの学期の初めに、フィリップの勉強室が変わった。今度の室の仲間にローズという名の少年がいた。フィリップと同級で、フィリップは以前から羨望の眼差しで見ていた。といっても、ハンサムな少年ではなかった。大きな手をして、骨太そうなので、堂々とした男に成長しそうであったが、体つきは不格好だった。目がとても魅力的で、笑うと(いつも笑っていたのだ)いかにも愉快そうに、目を中心にして、顔全体がくしゃくしゃになった。とくに勉強が出来るというのでもないし、また出来ないというのでもなく、ほどほどの成績であったけれど、スポーツに秀でていた。先生にも生徒にも人望があり、彼のほうも誰彼の区別なく周囲の人を好んでいた。

フィリップが入室したとき、他の者は三学期間一緒だったので、新入りの彼を冷たく迎えた。フィリップも自分を侵入者のように感じて不快だった。だが、彼はもう自分の本心を隠すすべを身につけていたから、周囲の少年たちには、おとなしい目立たぬ奴と見られただけだった。ローズを相手にしたときには、その魅力にどうしても心引かれてしまったので、かえって恥ずかしそうに、ぶっきら棒な態度をとってしまった。この態度のせいで、ローズは自分の魅力をフィリップに対しても試してみたかったからか、それともただやさしい少年だったからか、はっきりはしないが、とにかく、フィリップを仲間入りさせてくれたのはローズであった。ある日、ローズはフィリップに向かって、フットボール競技場まで一緒に歩いて行かないか、と言った。フィリップは赤くなった。

「でも、ぼく足が悪いから」

「そんなこと構わないよ。さあ、行こうぜ」

二人がこれから出かけようとしていた、ちょうどその時、ある少年が勉強室のドアから中をのぞいて、ローズに一緒に行こうと誘いに来た。

「だめだよ。ケアリと一緒に行くって言ったところなんだ」ローズが言った。

「ぼくのことは気にしないでいいよ。ぼくは構わないから」フィリップは急いで言った。

「なに言ってんだい」

そう言ってローズは親切そうな眼差しでフィリップを見て笑い声をあげた。フィリップは身震いするような喜びを覚えた。

二人の間の友情は少年らしい性急さで深まり、しばらくすると別れているのがつらくなるくらいだった。他の少年たちは、二人がこれほど急速に親密になったのを意外に思い、とくにローズは、フィリップのどこがいいのだとよく尋ねられた。

「さあね。でも案外いい奴なんだよ」

まもなく二人は腕を組んで教会へ行ったり、おしゃべりしながら構内を散歩したりするのが習慣になってしまった。二人の一方がいる所にはもう一方も必ずいた。ローズはフィリップの無二の親友だと誰もが認めるようになり、ローズに用のある少年は伝言をフィリップに託するようにした。フィリップは初めのうち、人気者ローズの親友だという誇らしい喜びに浸るのをためらっていた。しかし、やがて、自分には幸運は訪れないという投げやりな気持も、狂おしいまでの喜びを味わうと、消え去ってしまった。ローズは、これまで出会ったこともない、すばらしい友人だと思った。あれほど好きだった読書も、つまらぬものに思えた。心を占める、本などよりずっと大切なものがある場合には、読書の魅力は薄れた。ローズの友人たちがお茶を飲んだり、あるいは、ただぶらりとおしゃべりしようとして、勉強室に来ることがよくあった。ローズはみんなとにぎやかに騒ぐのが好きだったのだ。こうしてローズを介してフィリップと知り合ってみると、結構いい奴だというのが納得できたらしい。こうしてフィリップもよい気分を味わった。

学期の終わりの日が来たとき、フィリップとローズは、休暇が明けたら帰りはどの列車に乗るかを打ち合わせた。駅で待ち合わせ、学校に戻る前に町でお茶を飲んでゆこうというのであった。フィリップは重い気分で帰宅した。休暇の間ずっとローズのことを思い、次の学期に二人で一緒にすることをあれこれと考えてばかりいた。牧師館にいると退屈してしまい、休暇の最終日に伯父が例のおどけた口調で、いつもの質問——「どうだね、学校に戻るのは嬉しいかね」――と尋ねたときには、フィリップは勢いこんで答えた。

「もちろん」

ローズと約束通りに駅で会えるようにと、フィリップはいつもより一台早い列車に乗って、一時間プラットホームでローズを待った。ローズが乗り換えるフェヴァシャムからの列車が入って来ると、わくわくして列車と共にプラットホームを走った。しかしローズは乗っていない。ポーターに次の列車の時間を教えてもらって待っていたけれど、これにも乗っていない。そこでやむなく、寒い思いで、すきっ腹をかかえながら、近道の裏通りとスラム街を通って学校に戻った。勉強室に行くと、ローズはもう帰っていて、暖炉に足をのせ、そこら辺の椅子などにすわっている五、六人の仲間を相手にひっきりなしにしゃべり続けていた。フィリップの入って来たのを見ると、熱をこめて握手した。けれども、ローズが駅での待ち合わせの約束をすっかり忘れていたのは明白なので、フィリップはひどく失望した。

「ねえ、きみ、どうしてこんなにぐずぐずしていたの?」ローズが尋ねた。「もう戻って来ないのかと思ったよ」

「四時半にきみは駅にいたね。ぼく見かけたよ」少年の一人が言った。

フィリップは赤面した。ローズをずっと待っているほどのお人好しだと、ローズに知られたくなかった。

「うちの家族の友人のことで、用事があったのさ。その人を見送るようにって言われたんだ」あわてて口から出まかせを言った。

けれども失望のあまり、少しむっとしていた。黙りこくっていて、人に話しかけられても、イエス、ノーで答えるのみだった。他の者が部屋を出て行ったら、ローズに文句を言ってやろうと心を固めていた。しかし、いざ二人だけになると、ローズはすぐ近くに寄って来て、フィリップのすわっている椅子のひじ掛けにすわった。

「ねえ、きみ、今学期同じ勉強室にいられるの、ぼく嬉しいな。すごく楽しいよ」

フィリップと再会して心から喜んでいるようなので、フィリップの不快感は消えた。二人は、五分間も離れたことなどないというように、関心のあるあれこれについて熱心にしゃべり始めた。

19

ローズと友人になれたというだけで感謝していたフィリップは、最初のうちは相手に何か求めるなどということは、まったくなかった。彼のすべてを受け入れ、友情を楽しんだ。けれども、ほどなく、ローズが誰とでも公平に付き合うのに腹を立てるようになった。自分だけに好意を持って欲しいと望み、それを要求する権利が自分にあると思いこんだ。ローズが他の少年たちと親しくしているところを羨ましそうに眺め、つい嫌味を一言いってしまうのだった。ローズが他の勉強室で一時間ばかり馬鹿騒ぎをして戻って来ると、フィリップはむっとした顔を見せた。一日中ふくれっ面をしてみるのだが、ローズのほうはそれに気付かないか、気付いていても無視するので、フィリップはいっそう苛立った。一度ならず、どうせ無駄とは知りつつも、口論をしかけたこともあり、二、三日互いに口をきかぬこともあった。しかし、ローズに対していつまでも怒っているのはとてもつらく、フィリップは自分が正しいと分かっているときでも、こちらから許しを乞うことがよくあった。そうして一週間後は従来通りの親友に戻るのだった。しかし、友情の深まりはもうそこまでで、ローズが今でも一緒に散歩しているのは、習慣によるのか、あるいは、フィリップがそうしないと怒るから、というのに過ぎない――フィリップにはそれが分かった。以前のようにいろいろ話し合うこともなくなったし、ローズはフィリップに退屈しているらしい。ぼくがびっこなので、うんざりしているのかな、とフィリップは考えた。

学期の終わり頃に二、三の生徒が猩紅熱《しょうこう》に罹り、流行を恐れて、生徒全員を帰省させようかということが大きな話題になった。けれども、患者が隔離されると、それ以上の病人は出なくなったので、感染の危険は消えた。患者の一人がフィリップだった。復活祭の休みの間ずっと入院していて、夏学期の初めには、静養のために牧師館に戻らされた。伯父は、甥御さんの病気はもう感染しませんと医師から保証されたにもかかわらず、疑わしいといった態度でフィリップを迎えた。甥が牧師館で病後の静養をするのがよいなどと、医師が提案したのは無思慮だと思ったが、フィリップの行き場が他に見つからないので、やむをえず帰宅を認めたのである。

結局、フィリップは学期の半ばに学校に戻ることになった。ローズとの喧嘩のことはもう忘れてしまい、自分はローズにとって一番の親友だということだけが頭にあった。病気の前、自分が愚かしい態度を取ったのを反省し、今後はもっと理性的に振舞おうと心を固めていた。病気の間、ローズは短い手紙を数回くれて、手紙の末尾には必ず、「早く治って、戻って来いよ」と記されていた。だから、自分がローズとの再会を待ち望んでいるのと同じように、ローズもフィリップに会いたがっていると思った。

六年級の生徒の一人が猩紅熱で死亡したため、勉強室の入れ換えがあり、ローズとはもう同室ではなくなっていた。これにはひどく失望した。でも、フィリップは帰校するとすぐにローズの勉強室に飛びこんでいった。ローズは机で勉強していて、ハンターという少年と一緒にいた。フィリップが入って行くと、むっとしたように振り向いた。

「いったい誰だ？　ああ、きみか」

フィリップはどぎまぎして立ち止まった。

「きみが元気かどうか気になったんだよ」フィリップが言った。

「うん、ぼくたち勉強しているところなんだ」

そこにハンターが口をはさんだ。

「いつ帰って来たんだい？」

「五分前だ」

ローズとハンターはフィリップを見て、邪魔だというような目付きをした。すぐ部屋を出て行って欲しいと言っているようであったから、フィリップは赤面した。

「もう行くよ。勉強が済んだら、ぼくの部屋をのぞいてみてくれよ」ローズに言った。

「うん、分かった」

フィリップは後ろ手にドアを閉め、自分の部屋まで足を引きずって戻った。とても心が傷ついていた。ローズは、再会を喜ぶどころか、怒っているみたいだった。これでは、これまで単なる知り合いだったみたいだ。勉強室でずっと待ち、ローズが訪ねて来たときに留守にしないようにと、部屋を一瞬も出ないようにしていたけれど、ローズは現れない。翌朝、祈禱に出ると、ローズとハンターが腕を組んでやって来た。フィリップが自分の目で確かめられないことを、他の少年たちが話してくれた。中学生にとって三カ月の別離というのはとても長期間で、フィリップは孤独な生活をしていたが、ローズは人と交わっていた。ハンターがフィリップのいなくなった後、代りに友人になったのだ。ローズが何となく自分を避けているな、とフィリップは思った。しかし、彼は文句を言わずに、すごすご引きさがる少年ではなかった。ローズが勉強室にひとりでいるのを確かめてから、訪ねた。

「入っていいかい?」

ローズはうしろめたそうにこちらを見たが、そんな気にさせるフィリップを恨んでいるようだ。

「ああ、そうしたいのならね」

「それはどうもありがとう」フィリップは皮肉な口調で言った。

「何の用事があるんだい?」

「ねえ、きみ、新学期からぼくにつらく当たるのはどうしてだい?」

「馬鹿を言え!」

「ハンターなんて、どこがいいんだ?」

「きみの知ったことじゃない」

フィリップはうつむいた。心の中にあることを、どうしても言えない。同情を引くようなことは言いたくなかった。ローズはさっと立ち上がった。

「体育館に行かなくちゃならないんだ」

ローズが戸口まで行くと、フィリップは思い切って口を開いた。

「ねえ、ローズ、冷たくしないでくれないか」

「ふん、勝手にしろ」

ローズは戸を乱暴に閉めて、フィリップをひとりにして行ってしまった。フィリップは怒りで体が震えた。自分の勉強室に戻り、ローズとの話し合いを思い返してみた。ローズが憎らしくなり、何とか傷つけてやりたい、これこれの悪口を言ってやればよかった、と考えた。もう二人の間の友情は終わりなのだと思い、他の仲間たちが噂しているだろうと想像した。他の者たちは、とくにフィリップのことなど念頭に置いているわけではないのに、みなが自分をせせら笑っているような気がした。過敏になったフィリップの神経には、他の者がこんな噂をしているように思えた。

「どうせ、あの二人の友情は長続きなどするはずはなかったのさ。ローズがケアリを好きになったのが、そもそも変なのだ。あんな不愉快な奴のことをさ！」

ローズとの絶交など平気さ、ということを見せつけようとして、フィリップは、日頃から嫌い、馬鹿にしていたシャープという少年と唐突に親しくした。シャープは野暮な感じもあるロンドン子で、口元には口ひげらしいものが見え始め、鼻柱の上で、左右が寄った濃い眉毛が目立つ、ずんぐりした少年だった。手だけはふんわりとしていて、年の割りに大人びた物腰をしている。ほんの少しコックニ訛りがある。スポーツが苦手で、強制的にやらされるスポーツを何とか逃れるのに、ずいぶん苦労していた。仲間や教師たちから、何となく嫌われていたので、フィリップが交際を求めたのは恩着せがましい気持からだった。シャープは数学期後にはドイツに一年間行くことになっていた。学校がいやでたまらず、広い世間に出られる年齢になるまで、何とか耐え忍ばねばならぬ屈辱だと考えていた。関心があるのはロンドンだけで、休暇中にそこでやってきたことを、あれやこれやと得意げに話すのだった。低くやわらかい声のこの少年の話から、ロンドンの夜の街の姿がぼんやりと浮かび上がってきた。フィリップは夢中になる一方、不快な気分に襲われながら耳を傾けた。フィリップは持前の豊かな想像力で、劇場の平土間の辺りに群がる観客や、安レストランのけばけばしい明かりや、高い椅子にすわってウエイトレスとしゃべっている酔った男たちのいるバーなどを、思い浮かべた。さらに、街灯の下を通り過ぎてゆく快楽を求める大勢の男たちの姿も想像した。シャープはホリウェル通りで出版された、いかがわしい小説を貸してくれ、フィリップは個室でどきどきしながら読み耽った。

ローズが一度和解をしようとしたことがあった。気のいい少年で、誰をも敵にするのは好まなかったのだ。

「ねえ、ケアリ、きみ、どうしていつまでも変な態度を取っているんだい？　ぼくを無視したりして、きみだって面白くないんじゃないか？」

「何のことだか、全然分かんないな」フィリップが答えた。

「とにかく、お互いに口をきこうじゃないか」

「ふん、きみの話は退屈だよ」

「勝手にしろ！」ローズが言った。

そう言うと肩をすくめて立ち去った。フィリップは蒼白になった。動揺すると、いつもそうなるのだった。それに動悸が激しくなった。ローズが立ち去ると、すぐにみじめな気分に襲われ、胸が悪くなった。どうして、あんなことをローズに言ってしまったのか、自分でも分からない。ローズとまた友人になれるのなら、どんなことでもするつもりなのに。喧嘩になってしまい、大失敗だった。ローズの気分をすっかり害してしまったようで、申し訳なくも思った。でも、先刻は自制できなかった。ローズと握手して仲直りしたいと望んでいたのに、悪魔にでもそそのかされたように、ひどい言葉を浴びせてしまった。相手を傷つけてやりたいという欲望を抑えられなかった。ローズからこうむった痛みやくやしさの仕返しをしてやりたかった。これはプライドのせいだが、愚かしいことだった。何しろ、ローズとの和解を拒絶して苦しむのはフィリップのほうで、ローズにはどうでもいいのだから。ローズの所にすぐ行って、「ごめん、ごめん。ひどいことを言って悪かった。つい抑えられなくなって。仲直りしようよ」と言おうかとも思った。

しかし、それは無理だと分かっている。ローズが馬鹿にするのは目に見えている。フィリップは自分に腹を立てていたので、シャープが少し後に入って来ると、ちょっとしたきっかけをつかんで、喧嘩を売った。フィリップには、人が言われたらとてもいやがることを見抜く才能があった。事実であるだけに相手の胸にこたえるのだ。しかし、今の場合はシャープの勝ちとなった。

「ローズがきみのことをメラーに話しているのを立ち聞きしたんだ。メラーが、フィリップなんか蹴とばしてやるといい――それであいつも礼儀を覚えるさ、と言ったんだよ。するとローズは、あいつはびっこだから、それはやりたくなかったのさ、だって」

フィリップはすぐ真っ赤になった。喉が詰まってしまい、一言も答えられなかった。

20

フィリップは六年生に進級した。けれども、今ではすっかり学校嫌いになり、将来への夢もなくしていたから、よい成績をあげようが、失敗しようが、どうでもよくなっていた。朝起きて、また今日もつまらぬ授業を受けなくてはならないと思うと、気が滅入った。人に命じられて物事をせねばならぬという生活にうんざりした。何か制限されると、理不尽か否かに関係なく、それだけでうんざりしたのだ。自由を欲した。もし既に知っていることを繰り返し言わされたり、最初から分かっていることを、のみこみの悪い同級生のせいで、こつこつ勉強させられるのには耐えられなかった。

パーキンズ先生の授業では、生徒はやる気を出そうと、出さなかろうと自由だった。フィリップは熱心になることもあったし、逆に、心ここにあらずというときもあった。六年生の教室は再建された昔の修道院の中にあったので、ゴチック風の窓がついていた。フィリップはこの窓を何回も何回もスケッチして退屈をまぎらわした。時には大寺院の高い塔とか、境内に通じる門などを記憶をたよりに描くこともあった。彼には画才があった。ルイザ伯母は若い頃、水彩画が趣味で、教会や古い橋や感じのよいコテッジのスケッチのアルバムを何冊か持っていた。牧師館のパーティなどで、このアルバムを人びとに見せることもよくあった。フィリップはクリスマスプレゼントに絵の道具一式を贈られたことがあり、まず伯母の絵を模写してみた。すると周囲の者が驚くほど巧みにできた。やがて自分の絵を描き出した。伯母はいつも描くように言った。絵を描いていれば、少年はおとなしくしているし、いずれ、バザーに出品することもできるからというのだった。フィリップの描いた中から、数枚は額縁に入れて、寝室に飾ってあった。

しかし、ある日のこと、午前中の授業が終わったところで、パーキンズ先生が教室を出て行くフィリップを呼び止めた。

「ケアリ、用があるんだ」

フィリップは立ち止まった。先生はやせた指であごひげをこすりながら、フィリップを見た。どう切り出そうかと考えているようだ。

「ケアリ、どうしたのだね?」先生は唐突に言った。

フィリップは赤面して、ちらと先生の顔を見た。けれども、もう先生には慣れていたので、答えず、その先の言葉を待った。

「最近のきみには失望している。緊張感がないし、心ここにあらずという感じだ。勉強に関心がないみたいだ。答案はぞんざいだし、成績も悪い」

「すみません」

「他に言うことはないのかね？」

フィリップは、すねたように下を向いた。死ぬほど退屈しているなどと、どうして答えられようか。

「いいかね、今学期は席次は下がるだけで、上がりはしないぞ。よい成績報告書は書いてやれない」

成績報告書が牧師館でどのように扱われているかを、もし先生が知ったら、何と言うだろうか、とフィリップは思った。

通常、成績表は朝食のときに着く。ケアリ氏はちらと見てすぐフィリップに渡す。

「おまえの成績表だ。自分でよく見ておきなさい」伯父は、古本のカタログの包装紙を指で破りながら言う。

フィリップは見る。

「いい成績なの？」とルイザ伯母が尋ねる。

「本当はもっといいはずなんだけど」きまり悪そうに言いながらフィリップは伯母に手渡す。

「眼鏡をかけたときに見せてもらうわ」

そうは言っても、朝食後に女中が入って来て、肉屋のご用聞きが来ましたと言うと、伯母はもう成績表のことは忘れてしまう。

パーキンズ先生は続けた。

「きみには失望した。だが不思議だな。いいかね、きみはやる気さえ起こせば、いくらでも伸びるのだが。やる気がもう無くなっているみたいだ。来学期は学級委員にしようと思っていたけれど、少し様子を見てからのほうがよさそうだな」

フィリップは赤くなった。自分が順番を飛ばされると思うと不快だった。唇をぎゅっと嚙んだ。

「もう一つ注意しておくことがある。そろそろ大学の奨学金のことを考えておくべきだ。真面目に勉強を始めない限り、どんな奨学金も貰えないからな」

フィリップは説教にうんざりした。校長に対して腹が立ったし、自分自身に対しても腹が立った。

「どっちみち、オックスフォードに行く気はありません」

「なぜだ？　聖職に就くつもりではなかったのかね？」

「気が変わりました」

「どうして？」

フィリップは返事をしなかった。校長は、いつもの癖で、よく見るピエトロ・ペルジーノの絵の中の人物のような奇妙な姿勢で指で口ひげをしごいて考えこんでいる。フィリップを理解しようと努めているように、じっと見ていたが、やがて、もう行ってよいと急に言った。

校長は納得しなかったようで、この一週間後に、フィリップが何かの書類を持って校長の書斎に行かねばならなかったとき、また話をむしかえした。しかしこの時には、前とは違う態度を取った。教師対生徒というのではなく、同じ仲間の人間対人間として話した。フィリップの成績が悪いとか、そのためにオックスフォードに行くための奨学金を得る競争に勝てないとか、そんなことはどうでもよいみたいだった。大事なのは、フィリップの将来についての考え方が変わったことだ、というような態度だった。校長は、何とかして、フィリップに、再び聖職者になりたいという願望をよみがえらせようと努めた。フィリップの感情に訴えかけようと骨を折ったが、彼は心から少年の将来を案じていたので、その気持は自然に相手に通じた。このままでは、フィリップがせっかくの幸せをつかむ機会を投げ棄てているように校長は考えた。諄々《じゅんじゅん》と諭す校長の話に、フィリップは心を動かされた。フィリップは外面的には無感動に見えることもあり、表情に心の動きがあまり出ない。生まれつきでもあるし、学校での習慣でそうなったのかもしれないが、すぐ赤面するのを除けば、無表情とも見えた。しかし他人の感情には動かされやすかったし、感情的な人間だったのだ。だから、校長の話に深く心を打たれた。自分のことをこれほどまで心配してくれるのに感謝したし、自分の心変りが校長を悲しませているのに対して良心の呵責を覚えた。校長という立場上全校生徒のことに気を遣わねばならないのに、フィリップのことをこれほどまで心配してくれるというのは、本当にありがたく、名誉なことに思える。でもそれと同時に、反抗心が、まるで側に立っているもう一人の自分のようにしっかりと存在し、「いやだ、いやだ」という叫び声となって主張を続けていた。

しかしこの主張も弱まっていくようだった。弱気がきざしてきて、抵抗できなかった。弱気は、たとえて言えば、水を満たした桶の中に空《から》の瓶を入れると、だんだんと水が盛り上がってくるように彼の心を満たした。それでもなお歯を食いしばって、「いやだ、いやだ」という言葉を繰り返した。

ようやくパーキンズ先生は、フィリップの肩に手を置いた。

「きみの気持を左右したくはない。自分で決めなさい。全能なる神に援助と導きをお願いして祈りなさい」

フィリップが校長の家を出たときには、小雨が降っていた。構内に通じるアーチ形出入口の下を通ってみると、人影はなく、ミヤマガラスも楡の樹でしんとしていた。フィリップはゆっくりと辺りを散歩した。体がほてっていたので、雨に濡れてよい気分だった。校長の熱意のこもった影響力から脱した今、校長が自分に語ったことすべてを冷静に思い返してみた。そして校長の意のままにならなかったことを、よかったと思った。

暗いのではっきりとは見えないが、大寺院が大きな塊として浮かんでいた。この中で長い退屈な礼拝を強要されていたのを思うと、寺院を憎々しく思った。聖歌はいつ終わるとも知れぬようなものなのに、続いている間はじっと立っていなくてはならない。単調な説教はよく聞き取れないし、動きまわりたいのに、じっとすわっていなくてはならないので、体がぴくぴく痙攣《けいれん》する有様だ。それから、ブラックステイブルでの日曜日の二回の礼拝のことが頭に浮かんだ。あの教会は装飾がなく、寒々しい。ポマードと糊のきいた服の匂いがする。副牧師が一回、伯父も一回説教をする。フィリップは成長するにつれて、伯父の本当の姿が見えるようになった。少年らしい直情的不寛容から、伯父が説教の中で、自分ではとてもできないようなことを、平然と教区の人に説くのが、まったく理解できなかった。伯父の偽善に腹が立った。伯父は意志の弱い、身勝手な人間で、自分に面倒がかかりさえしなければ、他のことは知らん顔という態度なのだ、と思った。

パーキンズ校長は、一生を神への奉仕にささげる魅力について説いた。でも、フィリップの知っているイースト・アングリア地方の片田舎で、牧師たちがどういう生涯を送っているか、よく分かっていた。例えば、ブラックステイブルから少し離れた所の教区のホワイトストンの牧師はどうだろうか。この人は独身で、他にできることもないので、最近農業を始めた。そのことで、土地の新聞に、あれこれ問題を起こしては州裁判所に訴えられたことが報じられていた。農場労働者への給料不払いとか、逆に、どこそこの商人に金をだまし取られたとか、という種類の事件である。また、噂によると牛を何頭か餓死させたということで、やがて排斥運動が起こりそうだという。また、ファーンの牧師というのがいた。この男はあごひげを生やした体格の立派な男だったが、その妻は夫の暴力ゆえに家を出たのであった。彼女は近所の人びとに夫の浮気の話を広めた。また、海岸近くの寒村のサールの牧師は、牧師館の近くのバーに毎夜入りびたっていると いう噂で、そこの教区委員たちがケアリ氏の所に助言を求めに来たこともあった。牧師たちには、話し相手としては農民と漁民以外には誰もいない。冬の夜は長く、風が葉を落とした木々の間を通り、わびしく吹く音しか聞こえず、昼間外を見廻しても、耕した畑がどこまでも続いているだけだ。貧しい上に、これというやり甲斐のありそうな仕事もない。当然の結果として、牧師たちの内部に潜んでいた悪癖が頭をもたげ、それを抑制するものもないのだ。狭量で偏屈な人間になってゆくのみだ。フィリップはこういう事情をすべて知っていたけれど、若さゆえの不寛容で弁解を認めようとしない。こういう牧師たちと同じ一生を送ると思うと、身の毛がよだつだけだった。そして広い世界へと出て行きたくてたまらなかった。

21

パーキンズ校長は、自分がいくら説いてもフィリップには通じないとさとり、学期の残りの間は無視するようになった。そしてひどい成績表を送ってきた。成績表が届いて、ルイザ伯母が評価はどうだったのかと尋ねると、フィリップは明るい口調で、

「最低さ」と答えた。

「そうだったかね。もう一度見てみよう」と伯父は言った。

「ターカンベリにいつまでもいる必要があるでしょうか? ぼく思うんだけど、しばらくドイツに行って勉強したらどうかしら?」

「どうしてそんなことを考えたの?」と伯母が尋ねた。

「でも、いい考えだと思わない?」フィリップが答えた。シャープはもうキングズ・スクールから出て行って、ハノーヴァーから便りを寄こしていた。シャープはドイツで本格的な人生を始めている——そう思うとフィリップは焦りを覚えた。もう一年ターカンベリで窮屈な生活に耐えるのかと思うと、たまらなかった。

「でも、そんなことしたら、奨学金が貰えなくなるわよ」

「どっちみち、貰える見込みはないんだ。それに、ぼく、オックスフォードに進学したいかどうか分からないんだ」

「でも、聖職に就くためには……」ルイザ伯母は失望して言った。

「とっくの昔に、そんな気持は捨てているんだ」

伯母はぎょっとしたような眼差しで甥を見つめたけれど、自分の気持を外に出さぬことに慣れていたので、何も言わずに伯父にもう一杯お茶をついだ。沈黙があった。フィリップは伯母の頬に涙が流れるのを見た。伯母をひどく悲しませたので、自分も胸が苦しくなった。伯母は、近所の洋服屋で作ったタイトの黒服を着て、しわだらけの顔に灰色の疲れた目をしょぼつかせている。髪型は今でも、若い頃はやった、滑稽な感じの巻き毛に結っている。滑稽でもあるが、妙に哀れっぽい様子だ。フィリップは今初めてそのことに気付いた。

ほどなく、伯父が副牧師と書斎に閉じこもると、フィリップは伯母の腰に腕を廻した。

「ごめんなさい、伯母さん。でも、神に命じられていると感じなければ、聖職に就いても仕方がないでしょう?」

「あなたにはがっかりしたわ。あなたが牧師になってくれると、ずっと思っていたのですもの。伯父さんの副牧師になり、そして、その時がいずれ来たら――だって、人は永久に生きられるわけがないもの――あなたが伯父さんの跡を継いでくれる、と思っていたのよ」

フィリップはそれを聞いて、ぞっとした。恐くなった。罠《わな》にとらえられて、羽根をばたつかせているハトのような気分だった。伯母はフィリップの肩に頭をもたせて、さめざめと泣いた。

「伯父さんに言って、ぼくがターカンベリを出られるようにしてよ。もう、うんざりしているんだよ」

けれども、ブラックステイブルの牧師は、決めてあったことをそう簡単に変える人ではなかった。フィリップが一八歳までキングズ・スクールで学び、それからオックスフォードに進学するというのは、以前から決まっていたことだ。いずれにせよ、今すぐやめるというのは論外だ。届出は出していないのだから、今学期の月謝は納めなくてはならないのだ。

「じゃあ、クリスマスには退学するって届出を出してくれる?」伯父と長い時間をかけてやり合った末に、フィリップが言った。

「パーキンズ校長に手紙を出して、意見を求めてみよう」

「ああ、ぼく二一歳だったらいいのに! 他人の指図なんか受けるのは、もういい加減うんざりだよ!」

「フィリップ、伯父様に向かってそんな言い方はいけませんよ」伯母がやさしくたしなめた。

「でも校長に相談すれば、やめるなって言うに決まっているじゃないの。学校の生徒一人につきいくらという形でお金を貰っているんだもの」

「どうしてオックスフォードに行きたくないんだね?」

「教会に入る気持がなかったら、入学したってしょうがないもの」

「おまえはもう教会の内部に入っているのだから、これから入るか入らぬか、というのは誤りだよ」伯父が言った。

「ぼくが言うのは、聖職者になることだよ」いらいらしてフィリップは答えた。

「じゃあ、あなた、何になるつもりなの?」伯母が尋ねた。

「さあ、分からない。まだ決めてないよ。でも、何になるにしても、外国語ができれば役に立つよ。いやな学校に残っているよりも、ドイツに一年留学するほうが、ずっと実りがあると思うんだ」

オックスフォード進学は中学校生活の延長と同じになってしまうと思っていたが、それは口にしなかった。とにかく、一日も早く、自分のことは自分ひとりで決めたい、と願った。それに、オックスフォードに行けば、同じ中学校から来た旧友に自分のことを知られているので、その連中から自由になれないかもしれない。中学校での生活は失敗だったと感じるので、今後は、新しい一歩を踏み出したいと思った。

ドイツに留学したいというフィリップの願いは、最近になってブラックステイブルでよく論じられるようになった考え方とたまたま通じるところがあった。町の医師の家に泊りがけで来る友人があり、この人たちが外の世界の情報をもたらした。また、八月を海岸で過ごすためにやって来た人びとも独自の物の見方を伝えた。伝統的な教育が以前ほど役立たなくなり、近代語の学習が伯父の若い頃とは較べものにならぬほど重要視されつつある、というようなことを伯父は知った。伯父の弟が、イギリスで何かの試験に失敗してドイツに行ったことがあったので、留学というのは伯父の身近にも前例があったわけである。もっとも、この弟の場合は、ドイツでチフスにより死亡したため、留学は危険なものと考えるしかなかった。伯父はフィリップの提案をどうすべきか迷った。しかし、何回も話し合った末、とにかくターカンベリに戻り、もう一学期やり、それから退学したらよい、という結論になった。フィリップはこれで大体納得した。ところが、学校に戻って、ほんの数日経ったときに校長に呼び出された。

「伯父さんから手紙を貰ったよ。きみはドイツに行きたいらしいね。伯父さんは私に意見を求められている」

フィリップはびっくりした。伯父の裏切りに対してひどく腹が立った。

「そのことはもう決まっているのです、先生」

「いや、そうじゃないぞ。ドイツに行くなんて、とんでもないと思いますと返事を書いたんだ」

フィリップはすぐに机に向かい、激しい言葉で伯父に抗議の手紙を書いた。言葉遣いなどいっさい配慮しなかった。あんまり腹が立ったので、その夜は深夜まで寝つかれず、翌朝も早く目が覚めてしまった。そして、自分が不当な扱いを受けたと思い、不快になった。返事が来るのを今か今かと待った。二、三日して届いたが、ルイザ伯母からのものので、伯父さんにこんな手紙を書いたりして、いけませんね、伯父さんはとても心を痛めていらっしゃるわ、と記されていた。あなたは思いやりがないし、キリスト教徒らしくない。わたしたちは、あなたによかれと思って行動しているのだし、あなたより年長なのだから、何が最善なのか、あなたよりちゃんと心得ているのですよ、と述べていた。フィリップはそれを読んで、思わず両手でげんこをつくった。これまで、何回同じせりふを聞いたことだろうか。でも、そんなのは嘘だ。伯父さんたちは、ぼくの今の状況をぼく自身ほど分かっているわけではないくせに、年長者だからといって、何でも分かっている顔なんかされて、たまるもんか。手紙の末尾には、伯父が退学届を撤回したと記されていた。

フィリップは次の半休日まで怒りを腹の中にしまっておいた。半休日は火曜日と木曜日になっていた。というのも、土曜日の午後は大寺院の礼拝にみな出席せねばならなかったのだ。クラスの者が教室を出てしまうまで待ち、それから校長に言った。

「今日の午後、ブラックステイブルに行っていいですか?」

「いかん」校長は短く答えた。

「とても大事なことで伯父と相談したいのです」

「いかん、と言ったのが聞こえなかったのか?」

フィリップは返事をしなかった。教室を出た。くやしさのあまり気分が悪くなった。許可を求めねばならぬというくやしさと、つれなく拒絶されたというくやしさを覚えた。

今では校長が憎かった。頭ごなしに「いかん」というだけで理由も説明しないという乱暴な態度に無性に腹が立った。すっかり頭に来てしまったので、無鉄砲になり、食事の後、裏道を通って駅に行き、ブラックステイブル行きの列車にちょうど間に合い、飛び乗った。牧師館に着くと、伯父と伯母は食堂にすわっているところだった。

「やあ、どこから現れたのかね?」驚いた伯父が尋ねた。

フィリップに会って不機嫌なのは一目で分かった。少し不安な様子でもあった。

「退学のことで話し合いたいと思ったんだ。ここで約束したことを、一週間後になって反古《ほご》にするって、どういうことなの?」

フィリップは自分の大胆さに少しどぎまぎしたけれど、どういう言葉遣いをすべきか、あらかじめ心を決めていたので、胸は高鳴ったが、頑張って言ってのけたのである。

「今日の午後にここに来るという許可は貰ったのかね?」

「いや。校長に許可を求めたけど、断わられたんだ。伯父さんが手紙で、ぼくがここに来たのを校長に知らせようというのなら、ぼく、厳しく叱られるだろうな」

この会話の間、編物をする伯母の手は小刻みに震えていた。言い争いに慣れていないので、夫とフィリップのやりとりを聞いてはらはらしていたのだ。

「校長に連絡すれば、おまえ、叱られていい気味だな」

「好きなように、告げ口したって構わないよ。あんな手紙をパーキンズに出したんだから、伯父さんは、どんな卑劣なことも平気でするんだ」

ここまで言ったのは失敗だった。伯父に説教する機会を与えることになったからだ。

「そんな生意気な口をきくなど、放っておく私ではないぞ」伯父はいかめしい口調で言った。

伯父はさっと立ち上がり、足早に食堂から出て行くと書斎に入った。ドアを閉めて鍵を掛ける音が聞こえた。

「ああ、ぼく、二一歳になっていればいいのにな！　こんなふうに人に支配されるのはもういやだ」

ルイザ伯母は静かに泣き出した。

「フィリップ、あんな口のきき方をしてはいけないわ。さあ、伯父様の所に行って、謝りなさい」

「謝る気なんかないよ。伯父さんは、やり方が汚い。ぼくを学校に置いておくのはお金の無駄に過ぎないというのは本当だけど、どうして伯父さんにそれが問題なの？　伯父さんのお金じゃないのに、物事の判断のできないような後見人に、ぼくの面倒を見させるなんて、ひどい話だよ」

「フィリップったら！」

怒りを爆発させていたフィリップは、伯母の声を聞いて、急に口をつぐんだ。胸の張り裂けるような声だった。自分がどんなにひどいことを言っているのか、伯母の泣き声で、初めて分かった。

「フィリップ、あなた、どうしてそんな意地悪なことを言えるの？　伯父様もわたしも、あなたによかれと思ってしているんですよ。それは、わたしたちは経験不足よ。自分の子供というものを持ったことがないのですもの。だから、校長先生にご相談したんですよ」ここで伯母の声は涙声になった。「わたしはあなたのママのようにしようと努めてきたわ。本当の子供のように可愛がっているのよ」

伯母は小柄でやせていたし、まるで老嬢のような雰囲気が哀れだったので、フィリップは心を打たれた。喉が急に詰まったようになり、目には涙があふれた。

「ごめんなさい。意地悪なことを言うつもりはなかったんです」

伯母の傍らにしゃがみ、腕に抱きしめて、濡れた頬にキスをした。伯母はすすり泣いていた。伯母の無益な生涯に対して、急に同情心が湧いた。伯母が今日のように取り乱したことは、これまで一度もなかった。

「あなたに、もっとよくしてあげたかったのだけど、うまく行かなかったのは分かっているわ。でも、どうすればいいのか分からなかったのよ。ねえ、あなたにママがいなかったのはつらいことだろうけど、伯母さんにとって子供がいなかったのは、やはりつらいことだったのよ」

フィリップは自分の怒りも心配事も忘れ、伯母を慰めることだけを考えた。途切れ途切れに言葉をかけ、無器用な手つきで抱きしめた。その時、時計が鳴った。点呼に間に合うようにターカンベリに戻る唯一の列車をつかまえるには、すぐ出かけなければならなかった。列車に乗りこんでから、せっかく家に戻ったのに、何もできなかったと、落胆した。弱気すぎた自分に腹が立った。伯父が高飛車に出る一方、伯母は涙を流した、そのために自分は目的を果せなかった。けれども、伯父夫妻はどうやら話し合った末に、もう一通の手紙を校長に出すことになったらしい。パーキンズは不快そうに肩をすくめながら手紙を読んだ。フィリップに見せた内容は次のようなものだった。

パーキンズ先生へ

甥のことで再びご迷惑を掛けます失礼をお許しください。甥の伯母と私はずっと頭を悩ませております。甥はぜひ退学したいと思っているようでして、妻は、甥が今は不満をかこっていると申します。私どもはあの子の両親ではないので、どうしたらよいものか途方に暮れております。学校で気分よく勉強していると思っていないらしくて、いつまでも在学しているのはお金の無駄遣いだと思っているようです。どうかあの子と話してやってくださいませんか？　もしあの子の気が変わらないのでしたら、私が最初考えていたように、クリスマスに退学させるのがよいと存じますが、いかがでしょうか？

敬具

ウィリアム・ケアリ

この手紙を読むと、フィリップは先生に返した。勝利の喜びを味わった。自分の意志を貫いたので、満足だった。自分の意志が他人の意志によって踏みにじられないで済んだのだ。

「きみの伯父さんだけどね、私が三〇分費やしてお便りしてみても、きみから便りがある度に意見を変えるようでは、意味がないな」校長は苛立っていた。

フィリップは何も言わず、落ち着いた表情をしていた。けれども、どうしても目が嬉しさに輝いてしまう。それに気付いた校長はにやりとした。

「きみの勝ちということだな」

それを聞いてフィリップは、素直に、にこにこした。喜びをもう隠せなかった。

「どうしても退学したいのだね？」

「そうです、先生」

「この学校では面白くないのだね？」

フィリップは顔を赤くした。自分の心の中をのぞかれるのを本能的に拒否したかった。

「さあ、どうでしょうか。よく分かりません」

校長は、ゆっくりと指であごひげをしごきながら、考え深そうに少年をじっと見た。

それから、まるで自分自身に言い聞かせるような口調で語った。

「もちろん、学校というものは並の力の者のためにできている。能力の優れた者も、何とか周囲の者と和していかねばならない。教師は生徒の平均に合わせるので、特別の者にかまう余裕はないのだ」そこまで、ひとりごとのように言うと、次にフィリップに向かって話し出した。「ねえ、きみ。ひとつ提案があるんだがな。今学期も終わりに近づいている。もう一学期ここにいても、どうということもない。それに、ドイツに行くのなら、クリスマス後でなく、復活祭の後のほうがいい。寒《かん》の最中より春のほうが快適だよ。学期が終わった時点で、まだドイツ行きの気持が変わらなかったら、もう私は反対しない。どうだね？」

「ありがとうございます」

卒業までの三カ月を過ごさなくて済んだことでフィリップはすっかり満足したので、もう一学期いるのは気にならなくなった。復活祭前に学校と完全に縁が切れるのだと思うと、妙なもので、学校はもう刑務所とは感じられなくなってきた。心が躍るような気分だった。その夜、礼拝堂で自分の周りの少年たちを見渡した。みなクラス別に分かれて、それぞれ決められた席に着いている。まもなく、こういう連中と顔を合わせることは二度となくなるのだと思うと、嬉しくてたまらず、思わずにやりとしてしまった。もう会わないと思うと、親しみの情が湧いてきた。フィリップの目はローズに注がれた。ローズは学級委員という立場をとても真面目に考えていて、学校で自分がよい影響力を持ちたいと意気ごんでいる。今夜は聖書を読む当番であったが、ローズはとてもうまく読んだ。ローズとも永久におさらばできると思うと、フィリップはにっこりした。ローズが背が高くてすらりとしているかどうかなど、もう六カ月も経てば、どうでもよいことになる。学級委員であるとか、フットボールの主将だとか、そんなこともどうでもよくなるのだ。ガウンを着た教師たちに視線を移した。ゴードン先生はいなかった。二年前に卒中で亡くなったのだ。しかし、他の教師たちはすべてまだ健在だ。みんな、たいしたものではないと、今のフィリップには思えた。まあ、ターナー先生は別かもしれない——どこか気骨があるからな。こういう教師たちの言いなりになっていたのを思うとぞっとした。六カ月後には、こういう教師ともお別れだ。ほめられたって嬉しくないだろうし、叱られたって肩をそびやかしてやればいいのだ。

フィリップは、心の中で思ったことをすぐ外に出さぬようにするすべを身につけていたし、それに恥ずかしがり屋であるのは今も同じだった。それでも、よく気分が昂揚するようになり、そういう時は、外見は、おとなしくむっつりとして足を引きずって歩いているように見えたけれど、心の中で喜びの歌を歌っているのだった。自分では以前よりも軽やかな歩調だと感じられた。頭の中では、ありとあらゆる考えが躍っているようで、次から次へと妄想が浮かんでは消えるという状態なので、自分でとらえることができないほどだった。それでも、空想が浮かんでは消えていくのが大きな喜びをもたらした。

幸せだったせいか、勉学に熱中することが容易になり、学期の残りの数週間は、それまでの怠慢を補ってあまりあるほど勉強に打ち込んだ。頭がよく冴え、知性を使うのが楽しくてたまらなかった。学期末試験の成績は最良だった。パーキンズ先生は一言批評しただけだった。フィリップの提出した作文について、当り障りのないコメントをした後で、こう言ったのである。

「馬鹿な真似はしばらくやめておこう、と決心したのだな。そうだろう?」

校長はそう言って白い歯を見せながら、フィリップに微笑みかけた。フィリップはきまり悪そうに下を向いて、にやりとするだけだった。

夏学期の終わりに与えられるさまざまな賞を期待できそうな五、六人ほどの出来る生徒たちは、少し前までは、フィリップのことなど競争相手と見なくなっていたのだが、ここに来て、やや不安そうな目付きで見るようになった。フィリップは、復活祭のときに退学するのだから、きみたちと賞を競うことはありえない、というのを誰にも告げずにいたので、出来る生徒たちは心配したのである。例えば、ローズはフランスで数回休日を過ごしたことがあって、フランス語で一等賞を取れるとうぬぼれていた。また、英語の作文でも首席司祭賞を取れると思っていた。ところが、フィリップが、この二科目でローズよりずっとよい成績をあげているのを知ると、すっかりしょげてしまい、それを見て、フィリップはほくそ笑んだ。またノートンという生徒は、学校の出す奨学金を貰えないとオックスフォードに進学できないのであったが、この少年はフィリップに、その奨学金を狙っているのかと尋ねた。

「何か反対する理由でもあるのかい?」とフィリップは言った。

自分以外の人間の未来を左右する力が自分にあると思うとよい気分だった。こういうさまざまな賞をいったん自分の手にし、それから、こんなもの下らない、と言って他の生徒にゆずるという行為は、どこかロマンチックなように思えた。いよいよ退学する日がやって来て、フィリップは校長に別れの挨拶をしに行った。

「まさか本気で退学したいと言うのじゃなかろう?」

校長が本気で驚いているのを知り、フィリップは失望した。

「先生、もう反対はなさらない、とおっしゃいましたよね」

「一時的な気まぐれだから、私が考え直させると思っていたのだがな。きみが頑固なのは分かっている。でも、一体全体どうして今退学したいのだね? いずれにしても、もう一学期だけいればいいのだ。きみならモードリン奨学金を楽に取れる。この学校から与えられる賞の半分は貰えるのだよ」

フィリップはむっとして校長を見た。だまされたような気がした。けれども、約束してもらっているのだし、校長はまさかあの約束を破ることはできないはずだ。

「オックスフォードに行けば楽しいよ。入学後に何を勉強するかは、今すぐ決めなくてもよいのだ。頭脳明晰な者にとって大学での生活がどれほど楽しいか、きみには分かっていないのじゃないかと思うよ」

「ドイツに行く準備がもうすっかり出来ているのです」

「準備だって? もうどうしても変更できないのかい」校長はからかうように微笑し

た。「きみを失うのは残念だ。学校という所ではね、よく勉強する頭の悪い子のほうが、さぼる頭のいい子よりも成績がいいのが普通なのだ。しかし、頭のいい子が本気で勉強した場合にはね——今学期きみがやったような結果になるんだ」

フィリップは赤面した。お世辞を言われるのに慣れていなかったし、これまで頭がいいと言ってくれた人はいなかったのだ。校長はフィリップの肩に手を置いた。

「いいかね、よく聞くのだ。頭のにぶい生徒に物事を教えるのは退屈だ。だが、たまにとても頭の回転のすばやい生徒がいて、こちらが説明するかしないかのうちに、正確に理解する。そういう場合は、教職というのは世界一楽しい仕事だと思う」

フィリップは校長の親切に感動した。自分がやめるかどうか、パーキンズ先生にとって大きな問題であったなどと、それまで考えてもいなかった。感動すると共に、自尊心を刺激された。中学校を優等で終え、それからオックスフォードに進学するのも悪くないかもしれない。出身校の試合のために戻って来た先輩たちから聞いた大学生活や、勉強室で読みあげられる大学便りに述べられた話などが、一瞬頭に浮かんだ。けれども彼には羞恥心があった。もし今になって校長の説得に負けたなら、自分の目から見ても自分がどんなに愚か者に映ることか。伯父は、校長の策略の成功したのを知って、さぞ笑うことだろう。自分が貰えるはずの賞のすべてを派手に拒絶するのと較べると、格好が悪い。もし校長がもう少し説得を続けて、少年の自尊心が傷つかぬように取り計らってやりさえすれば、校長の思い通りになっていたであろう。けれどもフィリップの表情には内面の葛藤は出ていない。ただ冷静で陰気なだけだった。

「ぼく、やはりドイツに行きます」

パーキンズ校長は、個人的な影響力で物事を処理するのに慣れている人らしく、相手がなかなか言うことをきかないので、少し苛立ってきた。他にも山ほど仕事があり、常識外れに頑固な生徒ひとりのために、これ以上時間をかけるのは無駄だ、と思った。

「分かった。どうしても決心が変わらないのなら、そうさせてあげると約束した。その約束を守ろう。いつドイツに出発する?」

フィリップの胸は高鳴った。自分が勝ったわけだが、むしろ負けたほうがよかったのかもしれない――そんな気持だった。

「五月初めです」

「戻って来たら会いに来たまえ」

校長は握手の手を差し伸べた。もし校長がもう一度だけ少年に機会を与えれば、少年は思い直したであろう。しかし、もうこの件は結着がついたとしているようだった。フィリップは校長の家を出た。もう学校での生活は終わって、自分は自由の身だ。そう思ってみても、予期していた歓喜の気分にはなれない。ゆっくりと構内を歩いているうちに、深い失望感にとらわれた。馬鹿なことをしなければよかったのに、と今になって思った。ドイツに行きたい気持は消えてしまった。でも、校長の元に行って、学校に残らせてくださいというような屈辱的な行為はできない。絶対にできるものか。でも、退学してドイツに行く決心は正しかったかどうか自信がない。自分自身にも、周囲の状況にも、満足できない。自分の思い通りになったときには、いつも、後になって、そうならなければよかった、と考えるものなのだろうか。

22

フィリップの伯父には、ベルリン在住のミス・ウィルキンソンという古い知人がいた。牧師の娘で、父親はかつてリンカンシアの牧師をしていて、ケアリ氏は最後の副牧師の任期をこの牧師のもとで務めたのであった。父が亡くなると、ミス・ウィルキンソンは自立せねばならず、住み込み家庭教師としてフランスとドイツのさまざまな家庭で働いていた。彼女はミセス・ケアリとずっと文通していて、ブラックステイブルの牧師館で休暇を過ごしたことが数回あった。ケアリ家ではいつもそうなのだが、数少ない客は必ず小額を泊り賃として支払うのだった。フィリップの願いを拒絶するより、かなえてやるほうが面倒が少ないと分かると、ミセス・ケアリはミス・ウィルキンソンに便りを出して助言を求めた。ドイツ語を覚えるにはハイデルベルクが最適で、下宿するならエルリン教諭夫人《フラウ》宅がよい、と連絡があった。そこなら週三〇マルクで快適な生活ができるし、ご主人は土地の高校の教員をしているから、フィリップの勉強を見てくれるだろう、という。

五月のある朝、フィリップはハイデルベルクに着いた。荷物は手押し車に積まれ、彼はポーターの後について駅を出た。空はよく晴れてどこまでも青く、街路樹には濃い緑の葉が茂っている。空気に新鮮なものが感じられ、見知らぬ人びとの中で新生活を始めることへの臆病な気分に混じって、心の奥から喜びがこみ上げてきた。駅に出迎えが来なかったのは少し寂しかったし、ポーターが大きな白い家の玄関の所で、フィリップをひとり残して立ち去ると、急に気弱になった。だらしない服装の若者が家の中に入れてくれ、応接室に通した。緑のビロードで覆われた大きな家具がいっぱいあり、中央に丸いテーブルがあった。テーブルの上には、骨付き肉の端につける紙製飾りのようなものでしっかりまとめた花束が、水に活けられ、その周りに、きちんと間隔をとって、革装丁の本が置いてあった。ほこりっぽい臭《にお》いがした。

しばらくすると、料理の匂いを漂わせて、教諭夫人が現れた。背は低いが、とても恰幅のよい人で、髪をしっかり束ね、赤ら顔だ。目は小さいけれど、ビーズのようにきらきら光っていて、表情は豊かである。フィリップの両手をにぎり、ミス・ウィルキンソンのことを尋ねた。ミス・ウィルキンソンは二回ほど、数週間ここに滞在したという。夫人はドイツ語と片言の英語で話し、フィリップは、自分はミス・ウィルキンソンのことは知らないと言ったが、相手には通じなかった。それから夫人の二人の娘が入って来た。フィリップには、とても若い娘とは映らなかったけれど、恐らく二人とも二五歳以上ではなかったであろう。姉のテクラは母親と同様背が低く、そわそわしていたが、可愛い顔立ちで、豊かな黒髪をしていた。妹のアンナは背が高く、平凡な顔立ちであったが、感じのよい微笑を浮かべているので、フィリップはすぐ妹のほうに好感を持った。数分間儀礼的な会話をしてから、教諭夫人はフィリップが使うことになる部屋に案内して出て行った。そこは屋根裏の部屋で、遊歩道の並木のこずえが見渡せた。ベッドは壁のくぼんだ部分に置かれているため、勉強机にすわれば、寝室らしい様子はまったくない。フィリップは荷物をほどき、持って来た本を全部並べた。ようやくこれで一本立ちできたのだ、と感じた。

ベルが一時の昼食を知らせた。下に行くと応接間に下宿人たちが集まっていた。夫人の夫に紹介されたが、この人は中年の背の高い人で、大きな頭の金髪は、かなり白髪になっている。温和な青い目をしている。フィリップに正確だが、やや古風な英語で話しかけた。英語の古典を学んで覚えた英語で、日常会話で身につけたものではないのだろう。フィリップがシェイクスピアの芝居で出くわしたような単語を、教諭が会話の中に用いているのを聞くと、妙な気がした。エルリン教諭夫人は自分の所は下宿屋ではなく、家庭だと主張していたけれど、どういう差があるのか、形而上学者らしい微妙な頭の持主でもない限り、はっきりしなかった。応接間から通じている長くて暗い部屋で食事の席におずおずと着くと、一六名いるのだと分かった。教諭夫人がテーブルの一方の端にすわって肉を切り分けた。玄関のドアを開けてくれた、例のがさつな下男が、皿をがたがたいわせながら給仕をした。手早く取り分けているようだったが、それでも最初に給仕された者がもう食べ終わっているのに、まだ取り分けられていない者もいる、という有様だった。夫人は、ドイツ語しか話してはならないと厳しく言った。恥ずかしがり屋のフィリップは、いつも以上に沈黙せざるをえなかった。同じ家に住むことになる人たちの様子を眺めると、夫人の近くに数人の老婦人がすわっていたが、フィリップはあまり注意を向けなかった。若い女性が二人いて、二人とも色白で金髪で、一人は美人だった。この二人はフロイライン・ヘドヴィヒ、フロイライン・ツェツィーリエと呼ばれているようだった。フロイライン・ツェツィーリエはお下げを背中に長く垂らしていた。二人は並んですわり、笑いをこらえるようにしながらおしゃべりしていた。時どきフィリップのほうに視線を走らせ、一人が何事かをささやくと、二人でくすくす笑った。きっとぼくのことをからかっているのだ、そう思うとフィリップはきまり悪くて赤くなった。この二人のそばに黄色い顔をして微笑している中国人の男性がいた。大学で西洋事情を勉強していた。この人は妙な訛りのあるドイツ語をものすごい速さでしゃべるので、娘たちはよく聞き取れぬことが時どきあり、そういう場合、二人は大笑いしていた。中国人自身も楽しそうに笑い出し、そういうときはつり上がった細い目が見えなくなってしまうのだった。黒いジャケットのアメリカ人男性が二、三人いた。肌が黄ばんで、かさかさしていて、みな神学生だった。下手なドイツ語に混じって、ニューイングランド訛りの鼻にかかったアメリカ英語の響きをフィリップは耳にした。フィリップは以前からアメリカ人というものは野性的でひどい野蛮人だと考えたらいいと、教えられていたので、彼らにはうさん臭さを感じた。

食事が済んで、応接間の緑のビロードの硬い椅子にしばしすわると、フロイライン・アンナが、みんなで散歩に行くから、ご一緒しませんかと声をかけた。

フィリップは誘いに応じた。一行は大勢になった。教諭夫人の二人の娘、下宿している二人の娘、アメリカ人の学生の一人にフィリップが加わった。フィリップはアンナとフロイライン・ヘドヴィヒのそばにいた。少しどきまぎしていた。何しろ、若い女性と接したことがなかったのだ。ブラックステイブルでは農家の娘たちと、土地の商人の娘たちしかいなかった。フィリップはそういう娘たちの名を知っていたし、顔形も知っていたけれど、何しろ恥ずかしがり屋であって、少女たちに彼の不具を笑われると思っていた。牧師と伯母が自分たちと農民では身分に差があるとしていたので、フィリップもそれを好都合なこととして受け入れていた。町の医師の家には二人の娘がいたけれど、フィリップよりずっと年上で、フィリップがまだ子供の頃、医院の助手と次々に結婚してしまった。学校には、つつましいというよりは大胆な娘が二、三いて、男子生徒の中には交際しているものもいた。こういう娘と男子生徒との間にどういう関係があったか、少年の想像の中で誇張されていたためか、ずいぶんきわどい噂があった。しかしフィリップは、その噂を耳にした驚きと恐怖心を隠して、無関心を装っていた。彼は自分でいろいろ想像したり、本を読んだりして、女性に対して、例のバイロンのような態度を取るのがよいと考えていた。女性に対する病的なほどの気恥ずかしさの一方で、女性に慇《いん》懃《ぎん》に振舞いたいという気持も強く働いていた。この散歩中、明るく振舞い、何か面白いことを言おうとしたけれど、頭の中はからっぽで、どうしても言葉が浮かんでこない。

フロイライン・アンナは教諭夫人の娘として、一種の義務感から、何かとフィリップに話しかけてくれたが、フロイライン・ヘドヴィヒのほうは何も言わない。時どき、きらきら光る目でフィリップのほうを見て、時には、大っぴらに笑い出して、彼を面食らわせた。ぼくのことを、ひどく滑稽な奴だと思っているのだな。一行は丘の周囲に沿い、松林の中を進んだ。松の木の香りが大変快かった。暖かい、雲ひとつない日だった。小高い頂上に着き、そこから眼下にライン川の渓谷が太陽の下に広がっているのが見えた。実に広大な平野で、太陽の光を受けてきらめいている。遠くには町が見え、平野の中央には銀色の川がリボンのようにくねくねと折れ曲がって流れている。フィリップのよく知っているケント州の辺りでは、このように広々とした所はなく、海で水平線を見るだけだ。今こうして見渡す限り土地がどこまでも伸びている光景は、これまで味わったことのない、言うに言われぬ快感をもたらした。突然気分が昂揚してきた。自分ではそれと気付かずに、純粋な美的感覚を生まれて初めて味わったのである。他の者は先に行ってしまったが、フィリップと娘たち二人は、ベンチに腰をおろした。娘たちは早口にドイツ語でしゃべっていたが、フィリップは二人のおしゃべりには構わずに、もっぱら目の保養をした。

「ああ、いい気分だ！」思わず呟いた。

23

時どきターカンベリのキングズ・スクールのことを思い出し、一日の時間に生徒たちが何をしているかを具体的に思い浮かべては胸中で笑った。時には、まだそこにいる夢を見て、目が覚めてドイツの屋根裏の小部屋にいると分かると、えも言われぬ満足感を味わった。ベッドで青空に浮かぶ積雲を眺められた。自分の自由に酔いしれた。好きなときに寝て、好きなときに起きればいいのだ。誰も指図する者はいない。もう嘘をつく必要もなくなったのだと気付いた。

エルリン先生がフィリップにラテン語とドイツ語を教えてくれることになった。また、フランス人が毎日やって来てフランス語を教えることになった。数学は、教諭夫人の勧めでハイデルベルク大学で言語学の学位を取る研究をしているイギリス人が受け持つことになった。ウォートンという男で、この男の家にフィリップが毎朝訪ねて行くのだった。みすぼらしい家の最上階の一室に住んでいたが、そこは不潔で雑然としていて、いろいろな臭《にお》いが混じり合って、鼻をついた。フィリップが一〇時に着くと、たいていまだベッドの中で、すぐ跳び起き、薄汚いガウンとフェルトのスリッパで身じまいする。

そして教えながら、ごく簡単な朝食を取った。小柄で、ビールの飲み過ぎで小太りで、口ひげは濃く、長髪をだらしなく垂らしている。ドイツで生活してもう五年になるので、すっかりドイツ人らしくなっていた。自分の卒業したケンブリッジ大学を悪しざまに言い、ハイデルベルクで博士号を取得後イギリスに戻り、教職に就く、その後の生活をとても不快げに語った。それに対して、ドイツでの大学生活には自由があり、楽しい友人もいると好意的に語った。学生組合《ブルシエンシャフト》のメンバーで、いずれフィリップを飲み屋《クナイペ》に連れて行くと約束した。とても貧しくて、フィリップを教える金で夕食に肉が食べられるのだ、と平気で言っていた。深酒をした後、頭痛がひどくて朝のコーヒーが飲めないことも時どきあって、時に陰気な顔で授業をした。こういうときの用意に、ベッドの下に何本かビールを置いておき、この中の一本とパイプの力を借りて人生の重荷に耐えてゆく有様だった。

「二日酔いの迎え酒という奴だ」そう言いながらビールをついだ。泡が多いと飲むまで待たねばならないので、慎重に泡の出ぬようにそそいだ。

それからフィリップにハイデルベルク大学のことをいろいろ語った。対立している学生会の喧嘩、決闘のこと、あれやこれやの教授の特色など、自由にしゃべる。こういう話からフィリップは数学よりも人生についてずいぶん学んだ。ウォートンは時どきすわり直して、笑いながら言うこともあった。

「きみ、今日は数学は全然やらなかったから、授業料は払わないでいいよ」

「そんなの構いません」フィリップが答えた。

こういう話のほうが、どうしても分からない三角法などより、ずっと興味深かった。大切でもあると思った。人生を眺める窓のようで、フィリップはその窓から、胸をときめかせながら眺めるのであった。

「いや、金は払わなくていいよ」

「でも、先生の夕食はどうするんですか?」フィリップは微笑して言った。相手の窮乏ぶりはよく分かっていたのだ。

ウォートンは一回二シリングの授業料を月一回でなく週一回払いにして欲しい、そのほうが好都合なんだ、とさえ言っていたのだ。

「夕食のことなんか気にしないでくれ。ビール一本で済ませたことだってある。そういうときのほうが頭は冴えるよ」

彼はベッド(シーツは洗濯しないのでくすんだ色になっている)の下にもぐって、もう一本ビールを出してきた。フィリップはまだ年も行かず、大人の喜びなど知らぬので、ビールを付き合うのは断わったから、ウォートンはひとりで飲んだ。

「ここにどのくらいの期間いるつもりだい？」

ウォートンもフィリップも数学の勉強という口実は忘れてしまい、むしろ、気が楽になっていた。

「さあ、まだはっきりしません。でも、一年くらいかな。その後は、家族はオックスフォードに進ませたがっています」

相手は馬鹿にしたように肩をすくめた。オックスフォード大学に敬意を払わない人がいるというのは、少年にとって新しい発見だった。

「何のためにオックスフォードになんか行くんだい？　名門大学の学生になるに過ぎないぞ。ここの大学に入学したらいい。一年なんて不充分だ。ここに五年いなさい。いいかね、人生ですばらしい二つのものは、思想の自由と行動の自由だ。フランスでは、行動の自由はある。好きなことをしても、他人は知らん顔をしている。だが他人と同じように考えなくてはならない。ドイツでは、他人と同じように振舞わなくてはならないけれど、好き勝手な考え方をしてもいいのだ。二つともすばらしいものだけど、ぼくとしてはね、思想の自由を取るよ。ところが、イギリスでは、この二つとも持てないときている。因襲にしばられてしまう。好きなように考えることも行動することもできない。イギリスは民主国家だからなのだ。アメリカはもっとひどいんだろうな」

そう言って彼は椅子に反り返ったが、何しろ椅子の脚ががたがたしていて、もし椅子から落ちたりしたら、立派な演説が台無しになりかねないので、充分に用心していた。

「今年はもうイギリスに帰らなくてはならないんだ。でも何とか食べていけるようなら、もう一年ここにいたい。それでも、その後は帰国しなくてはならない。そうしたらここでのすべてを置いて」――そう言いながら、汚い部屋の中の、乱れたベッド、床に散らかっている衣類、壁に沿って並べてあるビールの空き瓶、あちこちに転がっている仮とじのぼろぼろになった書物の山などを手で示した――「どこかの田舎の大学で言語学のポストを探さねばならない。そうしてテニスをしたり、お茶の会に出ることになるだろうな」ここで言葉を切り、フィリップをからかうような目で見た。フィリップは小ざっぱりした服装で、真っ白いカラーをつけ、髪もきれいに整えていた。「それから、そうだ！　少しはきれいにしなくちゃならんだろうな」

自分のきちんとした身なりをひどく非難されたように感じて、フィリップは赤くなった。というのも、最近は身だしなみに気をつけるようになっていて、イギリスからネクタイなどもいくつも持参していたのである。

夏が征服者のように国中にやって来た。毎日快晴だった。空は誇らしげに紺碧《こんぺき》に輝き、神経を拍車のように刺激した。遊歩道の木の緑は強烈で荒々しいほどである。太陽に照らされた家は真っ白に輝いて、見つめていると目が痛むほどだ。ウォートン先生の所からの帰途、フィリップは時どき遊歩道のベンチにすわり、涼んで、木漏れ日が地面に描く光の模様を眺めた。彼の心は、太陽の光と同じように陽気に躍った。勉強の合間の自由時間の喜びに酔いしれた。時には、古い町をあてどなく歩いてみた。学生会の学生が、切り傷のある赤い頬をして、派手な色彩の帽子をかぶってのし歩いているのをこわごわ眺めた。午後は、下宿の娘たちと丘を散策し、時には、川の上流まで行って、木陰のビアガーデンでお茶を飲むこともあった。夜は市立公園でバンドの演奏を聞きながら散歩した。

この一家の人びとのさまざまな事情が、ようやくフィリップにも分かってきた。教諭の長女のフロイライン・テクラは、ドイツ語を学ぶためにここに一年間下宿していたイギリス人と婚約していた。結婚式が年末に執り行なわれるはずだったのだが、青年からの手紙によると、ロンドンの西にあるスラウという都市に住むゴム商人の父が二人の結婚に反対ということで、このためテクラはよく涙にくれていた。テクラと母が、結婚に踏み切れないでいる恋人からの便りを前にして、厳しい目付きで、思いつめたように口を結んでいる姿がよく見られた。テクラは水彩画が得意で、彼女とフィリップともう一人の娘が連れ立って写生に出かけたこともあった。美人のフロライン・ヘドヴィヒにも恋の悩みがあった。ベルリンの商人の娘であったが、立派な風采のある軽騎兵が彼女に惚れこんだ。この男は家柄がよいため、両親が、商人の娘などと結婚するのは許さぬ、という破目になった。彼女がハイデルベルクに来ているのも、男を忘れるためということになっていた。とうてい忘れられず、ずっと文通を続けていて、男のほうも何とかして父の考えを変えさせようと頑張っているという。彼女はこういう話のすべてを、可愛らしく溜息をついたり、思わせぶりに頰を赤らめたりしながらフィリップに打ち明け、ダンディな中尉の写真も見せてくれた。フィリップは下宿にいた娘たちの中で、ヘドヴィヒを一番好いていたので、散歩のときにはできるだけ傍らにいるようにした。みながこれをからかうと、フィリップはずいぶん赤くなった。彼女に生まれて初めて「愛の告白」をしたのだが、それは偶然そのようになったに過ぎなかった。というのは、次のような誤解が生じたのである。

外出しない夜には、緑のビロードの応接室で娘たちは軽い歌をうたって過ごした。フロイライン・アンナはこういうときには伴奏を引き受けた。フロイライン・ヘドヴィヒのお得意は『ぼくはきみが好き《イッヒ・リーベ・ディヒ》』であった。ある晩、彼女が例によってこの歌をうたい終わってから、フィリップは彼女とバルコニーに立って、星を見ていたが、歌をほめなくてはと思った。そこで、「ぼくはきみ《ディヒ》が好き」と言いかけた。

まだドイツ語が不自由だったので、そこまで言ってから何と言おうか言葉を探した。間《ま》は僅かだったのだが、彼が続ける前に、彼女が言った。

「ケアリさん、そんなに気やすく、きみ《ドゥ》なんて遣ってはいけないわ」

フィリップとしては、気やすい言葉を遣うつもりではなかったので、すっかり赤くなってしまった。といってうまく説明できない。愛の告白をしたのでなく、歌の題を口にしただけだと言うのは、女性に対して失礼になる。

「失礼しました《エントシュルディゲン・ジー》」彼はかしこまって言った。

「いいのよ」小声で彼女は言った。

彼女は機嫌よく微笑し、そっと彼の手を取ってぐっとにぎり、それから応接室に戻った。

次の日とても照れくさくなり、どういう口のきき方をしてよいか分からなかったため、結果として、彼女をできるだけ避けることになった。いつもの散歩に誘われても、勉強があるからと断わってしまった。しかし、彼女はその機会をとらえて、彼だけにこんなことを言った。

「どうして今日は奇妙な態度を取るの？　あのね、昨夜おっしゃったことで、わたし怒ってなんかいないのよ。愛していれば、つい口をついて出るものよ。わたし嬉しいの。

でもね、ヘルマンと正式に婚約しているわけではないけれど、他の方は愛せないわ。自分をあの人の花嫁だって、考えていますから」

フィリップはまた赤くなった。しかし、ふられた、愛する男の顔を続けた。

「どうかお幸せに」彼は言った。

24

エルリン先生はフィリップに毎日ドイツ語のレッスンをしてくれた。『ファウスト』を読む力をつける前に読むべき書物のリストを作ってくれて、今はフィリップがかつて学校で習ったシェイクスピアの芝居の一作をドイツ語に訳すという勉強をやらせた。これはうまい教授法であった。当時はゲーテの人気の絶頂期であった。ゲーテは愛国心をどちらかというと馬鹿にしたように扱っていたのだが、国民詩人になっていた。とくに普仏戦争以来、ドイツの国家統一のシンボルのように扱われていた。ゲーテ愛好家は、あの「ヴァルプルギスの夜」の騒ぎに古戦場グラヴロットでの砲声の響きが聞こえると思っているようだった。しかし、作家の偉大さの証しは、別の読者が同じ場面からも別の印象を受けるということであろう。プロシャ人嫌いのエルリン先生がゲーテを熱烈に賛美していたのは、ゲーテの作品がオリュンポスの山のようにどっしりと腰を据えているので、今の世代の浮わついた風潮に対して、身を守ろうとするまともな神経の持主に唯一の避難所を提供してくれるからである。ハイデルベルクでよく話題にのぼる劇作家がいて、昨年の冬にはその芝居の一つが上演され、賛美者は拍手喝采で迎えたが、良識ある人びとの間では非難ごうごうであった。エルリン夫人の下宿の食卓でもこの劇が話題になり、いつもは冷静なエルリン先生が、げんこで食卓をたたき、太い、きれいな声を荒らげて批判した。あの芝居はナンセンスだ。劇場に行って、最後まで観たけれど、あれほど退屈したことも、むかついたこともない、と主張した。もし演劇が、あのような方向に向かっているのだとすれば、警察が介入して劇場すべてを閉鎖すべきだ。わたしは上品ぶってるわけではなく、パリのヴォードヴィル劇場の笑劇などの機知に富む大衆性なら、みんなと同じように笑い興ずる。しかし、この芝居は低劣以外の何ものでもない。胸が悪くなる。教諭は、激昂して大げさな身振りで鼻を押さえ、歯を鳴らした。家庭の崩壊、道徳の腐敗、ドイツの滅亡のもととなる。

「ねえ、あなた！　落ち着いてくださいよ」食卓の端から夫人が夫を制した。

しかし教諭は夫人に向かってこぶしを振った。教諭はこの上なく温和な人で、生活上のどんなささいなことも妻と相談せずにしたことのない人だった。

「いいや、ヘレーネ、いいかい聞いてくれ」と大声で言った。「娘たちに、あの恥ずべき劇作家の低劣なせりふを聞かせるくらいなら、むしろ娘たちがこの足元で死んでくれたほうがいいと思うよ」

問題の芝居というのは、ヘンリック・イプセンの『人形の家』であった。

エルリン先生は、イプセンはリヒャルト・ヴァーグナーと同類だと言った。しかしヴァーグナーに対しては、立腹せず、距離を置いて見て笑っているようであった。ヴァーグナーは成功を収めているペテン師に過ぎない。喜劇を味わえる者にとっては面白い存在なのである。

「狂人だな」と言った。

『ローエングリーン』を観たが、まあ、及第点をやってもよい。退屈だが、それ以下ではない。だが、『ジークフリート』となると話は別だ。これを話題にしたとき、エルリン先生は片方の手で頭を支えて、大口をあけて笑い出した。メロディといったものが、初めから終わりまで認められない。劇場に来た観客たちがくそ真面目にこの音楽に耳を傾けている様子を見て、きっとヴァーグナーはボックス席にこっそりすわって、腹がよじれるほど笑いころげていたのだろうと教諭は想像した。一九世紀最大のペテンだ。ビールの杯をあげ、頭をそらし、一気に飲み干し、手の甲で口をぬぐって言った。

「一九世紀が終わるまでにヴァーグナーは完全に世の中から忘れられている、と若い人にはっきり断言する。ヴァーグナーなど、彼のすべての作品をドニゼッティの一作と交換したって、少しも損はないぞ！」

25

フィリップの先生の中で一番変わっていたのは、フランス語の先生だった。デュクロ先生はジュネーヴの市民で、背の高い老人であり、黄色い顔色で、頬はこけ、白髪は長いが薄かった。みすぼらしい黒い服を着ていて、上着のひじには穴があき、ズボンはよれよれである。下着は汚れているし、清潔なカラーをつけているのをフィリップは一度も見たことがなかった。口数のひどく少ない人で、良心的に教えてくれるけれど、熱意は感じられず、時間通りにやって来て、約束の時間が終われば一分たがわず終えて引きあげてゆく。授業料は僅かだった。自分からは何も言わないので、この先生についてフィリップが知ったことといえば、すべて人から聞いたことであった。それによると、イタリアにおけるガリバルディの教皇に対する反乱軍に加わったけれど、共和国樹立のために自分が払った努力が、実は圧政の主体を変えるためだけだと分かると、憤慨してイタリアを後にした。その後、どのような政治上の罪を犯したからかは分からないが、ジュネーヴから追放されたらしい。フィリップはこの先生を見て不思議な気がしてならなかった。いわゆる革命家というものとは、まったくかけ離れていたのだ。低い声で、大変丁寧な物言いをするし、立居振舞も上品で、どうぞと言われなければ、決してすわらない。たまに町中でフィリップと出会ったときなど、丁寧に帽子を取る。決して笑わないし、微笑も浮かべない。フィリップよりも豊かな想像力を持った人なら、輝かしい希望に燃えていた青年の姿を思い浮かべることができたであろう。デュクロ先生が成人に達したのは一八四八年だったのだ。つまり、国王たちが二月革命で追放されたルイ・フィリップ王の運命を思って、戦々兢々としていた頃だった。フランス大革命の反動期に頭をもたげてきた絶対主義と圧制をすべて一掃しようという自由への情熱は、ヨーロッパ全土に芽生えていたが、デュクロ青年の胸をも、とても激しく燃え上がらせたのであろう。人類の平等、人権という考えに酔い、仲間と討論し、議論を重ね、パリのバリケードの背後で戦い、ミラノのオーストリア騎兵隊に追われ、あちこちで投獄されたり追放されたりし、それでも、「自由」という魔法の言葉に支えられて頑張り続けたのであろう。しかし、今はついに病いと飢えと老齢のため、生活の手段としては家庭教師しかなく、ハイデルベルクの町で、ヨーロッパのどの圧政よりも厳しい生活苦という名の圧制の下で喘いでいた。ひょっとすると、彼の無口には、大きな自由の夢を忘れ、いたずらに惰眠を貪る人類への軽蔑が秘められていたのかもしれない。あるいは、三〇年の革命運動で、人間は自由に価せぬという教訓を得たのかもしれない。発見に価せぬものを探し求めて一生を台無しにしたと思っているのかもしれない。あるいは、ただもう疲れ果ててしまい、死によってこの世から解放されることのみ待ち望んでいるのかもしれない。

ある日、フィリップは若さゆえの無遠慮さで、先生がガリバルディと共に戦ったというのは本当ですかと尋ねた。老人はそんな質問をつまらぬものと思ったらしい。いつものように低い声で淡々と答えた。

「ええ《ウィ》、そうですよ《ムシュ》」

「革命政府《コミューン》に入っていらしたと聞いていますけど」

「そんなことまで聞いているのですか。さあ、今日の勉強を始めましょう」

先生が本を開くので、フィリップも気後れしてしまい、予習していた箇所を訳し始めるしかなかった。

ある日のこと、デュクロ先生はとても苦しそうにしていた。フィリップの部屋までの長い階段を登ってくるのさえつらいようであった。部屋に入ると、真っ青な顔を引きつらせて、どしんと椅子にすわりこみ、額から大粒の汗を垂らしていた。

「具合が悪いんじゃないですか?」フィリップが尋ねた。

「たいしたことはありませんよ」

でも、かなり苦しそうなのは明白で、一時間も経つと、フィリップは、先生がよくなるまで勉強はやめたほうがいいでしょう、と言わざるをえなかった。

しかし先生は、「いや、できる限り、このままやりましょう」と小さな声で言うのだった。

フィリップは、金銭の話題になると、いつもそうなのだが、もじもじして赤くなりながらも、「でも、教えて頂かなくたって同じです。ちゃんとお礼は払いますから。なんでしたら、来週の分まで前金でお払いしてもいいですよ」と言った。

デュクロ先生には一時間で一八ペンス払っていた。フィリップはポケットから一〇マルクの金貨を取り出して、きまり悪そうにテーブルの上に置いた。相手が乞食ででもあるように金を手渡すことはできなかったのだ。

「それでよろしいのなら、体がよくなるまで参りません」そう言って金貨を取り、いつもと同じように、ただ丁寧にお辞儀をするだけで帰って行った。

「では、さようなら《ボンジュール・ムシュ》」

フィリップは少し失望した。こちらが気前のいいところを見せたのだから、先生も大いに喜んで感謝の気持をたっぷり示して欲しかったのだ。まるで当然のことのように金貨を手にしたのを見て、面白くなかった。フィリップはまだ若いので、恩恵を施す人と較べると、恩恵を受ける人はあまり義理を感じないという事実に気付いていなかったのである。デュクロ先生はそれから、五、六日して姿を見せた。前よりもよろよろとした足取りで、弱っているようであったが、それでも前の発作の苦痛は治っているようだ。相変らず心の中は見せようとしない。いつもと同じように、どこか謎めいていて、超然として、みすぼらしかった。その日の授業が終わるまで、前の病気については何も言わなかったが、帰り際に、戸口で立ち止まって、いかにも言いにくそうにではあったが、こう言った。

「あの日頂いたお金がなかったら、私は餓死していたでしょう。あれ以外にはまったく持っていなかったのです」

そう言うと、うやうやしく、へつらうようなお辞儀をして出て行った。フィリップは喉に何かがこみ上げてくるのを覚えた。前途に何の希望もない老人の苦悩の深さがある程度までフィリップにも分かったのだ。ぼくにとって人生はこんなに楽しいものなのに、この老人には何とつらいものなのか！

26

フィリップがハイデルベルクに来て三カ月になった頃のある朝、女主人から、ヘイウォードというイギリス人が下宿人としてやって来ると聞かされた。その日の夕食の席でその新顔に会った。しかし一家には、その数日前からちょっとした騒ぎが起こっていた。まず第一に、フロイライン・テクラが婚約者の両親に招かれてイギリスに出発したのである。テクラのほうから下手《したて》に出て頼みこんだのか、それとなく脅しをかけたのか、どういう手を使ったのかはよく分からないが、とにかくこのような意外な結果になったので、フロイライン・テクラは水彩画の才能を示すために自作のアルバム一冊と、それから、青年が熱愛しているのを示す恋文の束とを持って、勇んで発《た》った。さらにその一週間後、フロイライン・ヘドヴィヒが幸せそのものといった表情を浮かべて、恋人の中尉が両親と共にハイデルベルクにやって来るとみなに告げた。両親は、息子があまり執拗に言ってくるし、その上フロイライン・ヘドヴィヒの父が持参金を出すということに心を動かされて、ハイデルベルクへ問題の女性と会いに来ることに同意したのであった。この面談は満足のゆくものであったらしく、フロイライン・ヘドヴィヒは市立公園で下宿人全員に恋人を引き合わせるという喜びを味わった。食事の席でいつも女主人の近くにすわっている口数の少ない老婦人たちもそわそわし始めた。フロイライン・ヘドヴィヒが正式の婚約式のために故郷に帰ると言い出すと、女主人は、費用のことも気にせずに、お祝いに香草入りの五月酒《マイボーレ》を用意すると言った。この甘い飲み物を作るのを得意としていたエルリン教諭が、夕食後、大きな器に白ワインとソーダ水を満たし、香草と野生のイチゴを浮かべた。容器は客間の丸テーブルの上にうやうやしく置かれた。フロイライン・アンナがフィリップに、憧れの女性がいなくなるので悲しいでしょうと言ってからかうので、彼はとても気を悪くし、憂鬱になった。送別会でフロイライン・ヘドヴィヒは何曲か歌った。フロイライン・アンナがウェディング・マーチを弾き、教諭も『ラインの守り』を歌った。こういうにぎわしさのせいで、フィリップは新入りの青年にほとんど注意を払わなかった。夕食の席では向かい合ってすわったのだが、フィリップはフロイライン・ヘドヴィヒとしゃべるのに夢中だった。ヘイウォードはドイツ語を話さないので、もくもくと食事するしかなかった。薄青のネクタイを締めているのを見て、フィリップはそれだけで、いやな奴だと決めつけた。年は二六歳で、ばかに色白で、長い金髪を時どき無雑作にかき上げる。大きな目は青いが、青といってもごく淡い青で、この年齢で既に疲れているように見える。ひげはなく、きれいな薄い唇である。フロイライン・アンナは骨相学に興味を持っていて、ヘイウォードの頭の格好はみごとだが、それに反して顔の下半分が弱々しいことにフィリップの注意を引いた。彼女が言うには、頭部は思想家のものだが、あごには品位がない。彼女自身は頬骨が出ているし、大きな鼻の格好が悪いので、ハイ・ミスとなる運命だったせいか、人間の品位のあるなしを、とても問題にするのだった。人がヘイウォードのことを話題にしている間、当人は他の人たちから少し離れて立ち、かしましく話し合っている人びとを面白そうに、しかし少し軽蔑したような顔で眺めていた。彼は背が高くすらりとしていた。わざと気取った態度を取っているらしい。アメリカ人の学生の一人であるウィークスが、ヘイウォードがひとりでいるのを見て、近寄って話しかけた。この二人は奇妙な対照をなしていた。黒い上着と霜降りのズボン姿のウィークスはこざっぱりしていて、やせて干からびて見え、もう既に一人前の牧師らしい妙に親切な物腰が見てとれる。一方は、ゆったりしたツイード地のスーツを着て、手足が大きく、動きはのんびりしている。

フィリップは翌日まで彼と口をきくことがなかった。翌日は夕食前に客間のバルコニーで何となく一緒になったとき、ヘイウォードが話しかけてきた。

「イギリスの方なんでしょう?」

「ええ」

「食事は昨夜みたいにひどいんですか?」

「いつもあんなものです」フィリップが答えた。

「ひどいですね」

「ええ、ひどいですよ」

食事についてフィリップは少しも不満ではなかった。それどころか、いつもたくさん、おいしく食べていた。けれども、他人がまずいと言っているのに、おいしいと言って味覚の区別のできぬ者と思われてしまうのもいやだった。

フロイライン・テクラがイギリスに行ってしまったので、家事のしわ寄せが来て、フロイライン・アンナは長い散歩に出る余裕がなくなった。金髪をお下げにし、獅子鼻で小さい顔のフロイライン・ツェツィーリエは最近人と付き合わなくなっていた。フロイライン・ヘドヴィヒはいないし、いつも散歩に同行していたウィークスも南ドイツ旅行に出かけてしまった。フィリップはひとりでいることが多くなった。ヘイウォードが交友を求めてきたけれど、フィリップは初対面の人となかなか打ちとけられぬ性分であった。内気だからか、昔の穴居人からの隔世遺伝のせいか、とにかく、よほど慣れないと親しくできない。このため人付き合いの悪い人間と思われていた。ヘイウォードが近づいて来てもなかなか気を許さず、ある日散歩に誘われて断わらなかったのも、ただ断わるだけのうまい口実が頭に浮かばなかったからに過ぎない。いつもの弁解を口にするときに赤面してしまう自分に腹を立てながら、また笑ってごまかしながら言った。

「あまり速く歩けないいんだけど」

「ぼくだって早歩きなんかしないよ。ゆったりと歩くのがいい。『享楽主義者マリウス』のある章で、ペイターがゆっくり歩くと会話がよく進むって述べていたじゃありませんか」

フィリップは聴き上手だった。自分も気のきいたことを言おうとするのだけど、思いついたときには、もう発言の機会は過ぎていた。その点、ヘイウォードは話し上手だった。フィリップより経験豊かな人なら、ヘイウォードは自分のおしゃべりにうっとりしているのだと気付いただろう。彼の人を見下すような態度にフィリップは感心した。フィリップが神聖だと思っている多くのものを軽蔑できる人間はえらいと思い、少し恐れも感じざるをえなかった。ヘイウォードは運動を低く見て、さまざまなスポーツに熱をあげている者を「賞品稼ぎ」に過ぎないと言い切った。ヘイウォードはその代りに教養主義を引っ提げており、これも熱病の一種に過ぎぬのだが、フィリップにはまだ分からなかった。

二人は城までゆっくり歩いて行き、町を見渡す展望台にすわった。ハイデルベルクの町は、きれいなネッカル川沿いの低地に、心地よさそうに横たわっている。煙突の煙が薄青色のかすみのように町全体を覆っている。高い屋根や教会の尖塔があって、何となく落ち着いた中世風の雰囲気が漂っている。心がほのぼのとするような親しみやすさがある。ヘイウォードは『リチャード・フェヴェレルの試練』や『ボヴァリー夫人』などを話題にし、ヴェルレーヌ、ダンテ、マシュウ・アーノルドなどを論じた。当時はフィッジェラルド訳の『オマール・ハイヤーム』は、まだ少数のエリートにしか知られていなかったが、彼はフィリップに暗誦してみせた。詩の朗誦が大好きで、自作の詩やその他のものを、あまり抑揚もつけずに次々に朗誦してきかせるのだった。家に帰るまでに、フィリップのヘイウォードへの不信の念は、熱烈な尊敬へと変わってしまった。

二人は毎日午後には一緒に散歩するのが習慣となり、やがてヘイウォードの経歴が少し分かってきた。地方判事の息子で、数年前に父が死亡し、年収三〇〇ポンドの遺産を受けていた。パブリック・スクールのチャータハウスでの成績が抜群であったため、ケンブリッジに進学したときには、トリニティ・ホールの学寮長がわざわざ彼の所にやって来て、自分のカレッジに入ってくれてよかった、と言ったという。大学ではトップの成績を目指してよく勉強していた。高度に知的な仲間と交わり、ブラウニングを熱心に読み、その一方で、テニソンは軽蔑した。シェリーが妻のハリエットをどのように扱ったか、細部に至るまで知っていた。美術史もかじり(彼の部屋の壁にはG・F・ウォッツ、バーン・ジョーンズ、ボッティチェルリの複製が掛かっていた)、さらに、ある程度注目を浴びるような、厭世的な詩を書いた。友人たちは、あいつは並外れた才能の持主だと噂し、輝かしい未来を予測していた。そういう評判に彼も喜んで耳を傾けていた。まもなく彼は文学と美術の権威として一目置かれるようになった。ニューマンの『自伝《アポロギア》』の影響を受けるようになり、ローマ・カトリックの儀式の絵画的な美が彼の美意識に強く訴えたので、父の怒りへの恐れさえなければ、カトリックに改宗するところであった。父は狭量な平凡な人物で、マコーレなどを喜んで読むような鈍感な男であった。その彼が卒業試験で優等でなく普通の卒業学位しか取れなかったので、学友たちはみな驚いた。しかし本人は肩をすくめ、ぼくは試験官の言いなりになるような者じゃないからな、と言外に匂わせた。そして優等になるなんて、どこか品位に欠くところがあると人に思わせた。口述試験の一つの様子を冗談のようにして語った。人に不快を与えるようなカラーをつけた教師が論理学の質問をした。限りなく退屈なものだったが、何とか耐えていると、質問者が深ゴム靴をはいているのに突然気付いた。ひどく醜い代物だった。もう答える気がしなくなり、頭の中でキングズ・カレッジの礼拝堂のゴチックの美しさを思い描いた。けれども、全体としてみると、ケンブリッジでは楽しいことも多かった。誰にも負けぬ豪華な晩餐会をやったし、彼の部屋での会話は出席者にとって深く記憶に残るものであった。フィリップにみごとな警句を引用してみせた。

「ヘラクレイトスよ、なんじ、既に死せりと耳にしたるに」

深ゴム靴の試験官の話をしたとき、ヘイウォードは笑って、「もちろん、馬鹿馬鹿しい話だよ。でも、ちょっと面白い部分もあるんじゃないかな」と言った。

フィリップはわくわくし、すばらしいと思った。

その後ヘイウォードはロンドンに行って、弁護士になるため法律の勉強を始めた。クレメンツ・インに、鏡板張りの壁のある立派な部屋を借り、大学時代に使っていた部屋に似せようとした。漠然としてはいたが、いずれ政界に出ようという野心があり、ホイッグと称していて、自由党系の、しかし紳士にふさわしい雰囲気のクラブに入れてもらった。彼の考えとしては、まず弁護士を開業し(汚い事件を扱わなくて済むというので大法院を選んだ)、それから、自分に約束されていたことが次々と実行されるや否や、どこかうまい選挙区があったら、そこから議会に出ようと思っていた。一方、オペラにもしばしば出かけ、また、趣味を同じくする魅力的な少数派の人びととも知り合いになった。「全一、善、美」というゲーテの言葉をスローガンとする晩餐クラブにも入った。

さらに、ケンジントン・スクエアに住む数歳年長の婦人とプラトニックな友人関係を持ち、ほとんど毎午後といってよいほど、よく一緒にキャンドルの灯のもとでお茶を飲み、ジョージ・メレディスやウォルター・ペイターなどを論じ合ったのである。弁護士試験などどんな馬鹿でも通るというのはよく言われることだったから、彼はいい加減にしか勉強しなかった。最終試験で不合格になったとき、彼は個人的侮辱を受けたように感じた。これと時を同じくして、ケンジントン・スクエアの婦人から、夫が休暇でインドから帰って来ると伝えられた。夫は立派な人物ではあるけれど、常識的な人で、若い男がしばしば妻を訪ねて来るような事態に理解を示すとは思えなかった。ヘイウォードは人生はいやなことばかりだと思うようになり、再び弁護士試験を受けて、皮肉な試験官と対面する気にはならなかった。それに、今一歩で手の届く好機を自らつぶしてしまうのも面白いという考えに取りつかれた。その上、相当借金もあった。年収三〇〇ポンドでロンドンで紳士らしい生活をするのは困難だ。彼は、ジョン・ラスキンがあれほど魅力的に描いているヴェネチアやフィレンツェに憧れた。卑俗な法曹界の騒ぎなどに身を置くなど、自分にはふさわしくないような気がしてきた。一つには、弁護士とは事務所に看板を出していれば依頼人がやって来るというような、のんびりしたものでないのが分かったからである。それに、政治家になろうとしても、今の政治は品格に欠けるように思える。大体、自分は詩人肌なのだ。こう考えて、クレメンツ・インの部屋を引き払い、イタリアに行った。一冬をフィレンツェで、もう一冬をローマで過ごし、今はドイツで二回目の夏を過ごしているところで、ゲーテを原文で読めるようになりたいと思っている。

ヘイウォードには、ひとつ貴重な才能があった。文学のよさが本当に分かる人であり、しかも自分の文学に対する愛をとても雄弁に人に伝えることができた。ある作家にぞっこん惚れこんで、その魅力のすべてに共鳴し、深い理解をこめて論じられるのだ。フィリップもこれまでずいぶん読書していたけれど、たまたまあった作品を手当たり次第に読むというやり方であったから、今、趣味のよい先輩から助言を得るのは有意義であった。町の小さい図書館から本を借り出し、ヘイウォードの勧める名作をどんどん読み始めた。いつも楽しい読書というわけにはいかなかったが、常に根気よく読んだ。何しろ自己を向上させたいと願っていたからだ。自分は無知で取るに足らぬ存在だと思っていた。八月末にウィークスが南ドイツから戻って来たが、この頃までにフィリップは完全にヘイウォードの影響下にあった。ヘイウォードはウィークスを毛嫌いした。ウィークスの黒い上着と霜降りのズボンは不快だし、ニューイングランド人らしい良心を持つなんて間抜けだと言っていた。ウィークスは以前フィリップにとても親切にしてくれたのだが、その彼をヘイウォードがけなしても、フィリップは平気で聞いていた。しかし、ウィークスがヘイウォードのことを悪く言うと、腹を立てた。

「きみの新しい友達は詩人みたいだね」ウィークスは悩み疲れたような、皮肉な口元に僅かに微笑を浮かべて言った。

「本物の詩人ですよ、あの人は」

「本人がそう言ったの？　アメリカでなら、典型的な遊び人と呼ぶところだな」

「ここはアメリカじゃありませんからね」フィリップは冷たく言った。

「彼、いくつなのかな？　二五か。それなのに下宿暮らしをして詩を書いているのか」

「あなたには、彼のことが分かっていないのです」フィリップはむきになって言った。

「いや、分かっているとも。ああいうタイプの人には、もう一四七人も会っている」

ウィークスの目は笑っているようだったが、アメリカ人特有のユーモアの分からぬフィリップは、口を一文字に結び、硬い表情をした。ウィークスはフィリップには中年男と映ったけれど、実際は三〇を少し出たぐらいだった。ひょろ長い体型で、学者特有の猫背だった。頭は大きく、しかも、格好が悪い。髪は色が薄く、僅かしかない。肌の色には血の気がない。唇が薄く、鼻は小さくて長い。その上、額が極端に突き出ているものだから、全体として見苦しい外観を呈している。冷やかで堅苦しい。情熱がないので冷血漢にも見られる。けれども、妙にふざけたがる癖もあって、これが彼が好んで交際している真面目な友人たちをよく面食らわせるのだった。ハイデルベルクで神学を学んでいるのだが、同じくアメリカから留学している神学生は彼を疑いの目で見ていた。ウィークスは正統からひどく外れていて、仲間を驚かせたし、それに、例のきまぐれなユーモアが人びとを不快にしたのである。

「一四七人の彼みたいな人間と、どうやって知り合うことができたんですか?」フィリップは真顔で尋ねた。

「パリのラテン・クオーターにいくらでもいたよ、ああいう連中が。ベルリン、ミュンヘンの下宿でもね。ペルージャやアッシジの下宿にもいる。フィレンツェではボッティチェルリの絵の前にいるし、ローマではシスティナ礼拝堂のベンチにわんさといる。イタリアでは、そういう連中はワインを少々飲み過ぎ、ドイツではビールをやり過ぎるのさ。まっとうなもの——何がまっとうかは別にして——を常に尊び、いつの日か大作を書くという。考えてもみたまえ、一四七の名作が一四七人の優れた人たちの胸に宿っているんだぜ。ただ、悲しいことに、一四七の名作は唯一つとして実際に書かれることはない。でも、世の中はちゃんと動いてゆくのだ」

ウィークスの話し方は真面目なのだが、長い話の後で皮肉に目を光らせている。フィリップは自分がからかわれているのが分かると、顔を赤くした。

「下らないことを言いますね」不快そうに言ってやった。

27

ウィークスは、エルリン夫人の下宿の裏手の小さい部屋を二つ使っており、一部屋を客間にしていて、よく友人を招いた。夕食後、フィリップとヘイウォードをここに招いておしゃべりをした。これは恐らく、ハーヴァード時代の友人たちをうんざりさせた、例のいたずら心から出たものであったろう。二人が訪ねると、ばか丁寧な態度で出迎え、二脚しかない快適な椅子にすわるように言ってきかなかった。ウィークスは自分は飲まないのだが、ばか丁寧な物腰で——そこにフィリップは皮肉を感じ取ったが——ビールを二本ヘイウォードのそばに置いた。それから、議論が熱してきてヘイウォードのパイプの火が消えると、すぐ自分がそれをつけようと言ってきかなかった。知り合った当初、ヘイウォードは自分がケンブリッジの出身だというので、ハーヴァード出身のウィークスを低く見るような態度を取っていた。話題がたまたまギリシャ悲劇に及んだときなど、自分はこの件では権威者なのだというように、意見の交換をするというより、みなに自分の知識の程を披露するという話し方をした。ヘイウォードにしゃべりたいだけしゃべらせておいて、自分は控え目に礼儀正しく耳を傾けていたウィークスは、それから、二、三油断のならぬ質問を発した。一見したところ、ごく素朴な質問のようにも思えるので、ヘイウォードは、答え方によっては自分が窮地に追いこまれることに少しも気付かず、不用意に答えてしまった。ウィークスはまず遠慮ぎみに反対を唱え、それから事実の誤りを指摘し、その後、あまり知られていない古代の注釈家からの引用、ドイツの権威者の見解を引き合いに出すなどした。そうしているうちに、彼はその分野の学究なのだという事実が判明してきた。という次第で、ウィークスはにこにこしながら苦もなく、ヘイウォードの発言のすべてを葬ってしまった。決して礼儀を失することなく、時には申し訳ないというような顔をしつつも、ヘイウォードの知識の浅薄さを徹底的に暴いた。ヘイウォードがいかにも間抜けに見えてきたことは、フィリップにもいやでも分かった。しかもヘイウォードは自らの愚をさとって口を閉ざすという才覚を持ち合わせず、苛立ちながらも、まだ自信を失わず、言いつのったのである。無理な主張をしてはウィークスがおだやかな口調で正す。ヘイウォードが誤った理論を用い、ウィークスがその欠陥を指摘するというふうだった。ウィークスは、実はハーヴァードではギリシャ文学を教えていたのだと白状した。ヘイウォードは小馬鹿にしたように笑った。

「大方、そんなことだと思っていましたよ。あなたは教師の目でギリシャ語を読んでいるのだ。ぼくは詩人の目で読んでいるんだから」

「意味がよく分からないと、詩的な感銘が深くなるというわけですか？　誤訳で意味が深まるのは啓示宗教の場合だけだと思っていたけれど」

ようやくビールを飲み干したヘイウォードはウィークスの部屋を出た。忿懣《ふんまん》やるかたなしというように、手を腹立たしそうに振りまわしながらフィリップに言った。

「もちろん彼は衒学者ってことさ。まっとうな美意識に欠けているんだ。正確さなどは会計士の気にすることだ。問題はギリシャ人の心をとらえるか否かだ。ルビンシュタインの演奏を聴きに行って、二、三箇所間違った演奏をしたと不平を言う者がいるが、ウィークスはそれと同じだ。誤っているだなんて！　神業のようにピアノを弾いている場合、そんなつまらぬことを指摘するなんて！」

ルビンシュタインでも間違うということは、多くの才能に恵まれぬ者にとって慰めになっていたのだが、そんなことを知らぬフィリップは、これを聞いて感心した。

ヘイウォードは、失地回復の機会をウィークスに与えられるとすぐそれに飛びつくのだった。ウィークスは何の苦もなくヘイウォードを議論に引き込むことができた。ヘイウォードは知識の面で自分がウィークスに劣ることに否応なしに気付かされたが、イギリス人らしい頑固さと傷つけられたプライド（恐らく、この二つは同じものであろう）ゆえに、争いを断念するなど考えられなかった。まるで、自分の無知や自己満足や誤りが露呈するのを好んでいるかのようだった。ヘイウォードが非論理的なことを言った場合、いつでもウィークスは簡潔に論理の誤りを指摘し、自分の勝利をほんの一瞬楽しみ、すぐさま話題を変えてしまうのだった。キリスト教的な慈悲心で敗者を許そうとするかのようだった。フィリップがヘイウォードの助太刀に何か言葉をさしはさもうとすることがあった。ウィークスはやんわりと制し、誤りを正したが、ヘイウォードに対するときと違って、あまりやさしく諭すように言うので、ひどく神経過敏なフィリップでさえ傷つけられなかった。ヘイウォードは自分の愚かさがあまり際立つと苛立ち、冷静さを失い、汚い言葉遣いになることもあった。ウィークスが微笑を浮かべて礼節を保っていなかったら、当然口論になるところだった。こういう場合、ヘイウォードはウィークスの部屋を出るや否や、忿怒にかられて「ヤンキーめ、くそったれ!」と言うのだった。反論しようもなくやりこめられてしまっては、こう言うしかなかったわけだ。

ウィークスの小さな部屋では、多岐にわたる話題が出たのだが、結局、いつも最後には宗教について議論することになった。ウィークスは神学生なので職業的な関心を持っていたし、ヘイウォードも事実に関する誤りを犯す可能性の少ない話題は歓迎すべきものだった。感覚を尺度にして展開できる話題なら、論理は二の次になる。だから論理的な議論の不得意な者には好都合なのだ。ヘイウォードは自分の信仰をフィリップに説明するのに、大仰な表現を使わざるをえなかったが、ともかく、英国国教会の信者として育てられたのは明白であり、それはフィリップには自然な成り行きと思えた。ヘイウォードは、今ではローマ・カトリック教徒になろうという考えをすっかり放棄してしまったのだが、それでもローマ・カトリックにかなりの共感を抱いていた。いろいろと長所をあげ、とくに英国国教会の簡素な礼拝と較べて、ローマ・カトリックの壮麗な儀式のほうが優れていると言った。フィリップにニューマンの『自伝』を読むように勧め、フィリップは退屈な本だと思ったけれど、最後まで読み通した。

「内容でなく文体を味わうために読みたまえ」とヘイウォードは言った。

彼はカトリックのオラトリオ会の音楽のすばらしさを語り、香《こう》と信仰心との関係もカトリック教礼讃の理由にした。ウィークスは冷やかな微笑を浮かべて耳を傾けていた。

「というと、きみは、ジョン・ヘンリ・ニューマンが立派な英文を書き、マニング枢機卿が絵のように美しいということが、ローマ・カトリック教の正当性を示すと思っているのですか?」

ヘイウォードは、自分もいろいろの心の悩みを経験してきたと言った。一年間ずっと暗黒の海に漂っているだけだった、という。波打つ金髪をかき上げながら、五〇〇ポンド貰ってもあの苦悩をまた味わうのはごめんだ。幸い、今はようやく静穏な海にたどりついたけれど。

「でもきみは何を信じているの?」あいまいな説明では納得せず、フィリップは尋ねた。

「全一と善と美を信じているよ」

手足がゆったりと長く、頭の傾け方も巧みで、こう言ったときも、とてもハンサムに見えた。しかも、しゃれた言い方だった。

「国勢調査表の宗教欄にも、そう記入するのですか?」ウィークスがおだやかな口調で言った。

「七面倒くさい定義なんていやだね。不様《ぶざま》だし、何の新味もない。むしろウェリントン公とグラッドストーン氏の教会を信じていると言い直したっていいよ」

「じゃあ、英国国教会を信じているんだね」フィリップが言った。

「決まっているじゃないか、お利口さん!」ヘイウォードにからかわれてフィリップは赤面した。相手が遠まわしに言ったことを平易な言葉で言い直すなんて幼稚なことをしたものだ。「ぼくは英国国教会に属しているけれど」とヘイウォードが言った、「ローマ・カトリックの司祭の身につける金と絹や、独身生活、懺悔、煉獄などすばらしいと思う。イタリアの大聖堂の暗い内部で香煙に包まれ、神秘的な気分になると、全身全霊をあげてミサの奇跡を信じる気になるよ。ヴェネチアでのことだけど、漁師の女房が素足で聖堂に入って来て、魚の入った籠を傍らに置き、ひざまずいて聖母マリアに祈るのを目撃したことがある。これこそ本当の信仰だと感じ、ぼくもその女と共にひざまずいて祈ったよ。でもぼくは、アフロディテも、アポロ神も、偉大な神パンも信仰している」

ヘイウォードはほれぼれするような声で言葉を選び抜いて語り、発音もリズミカルだった。更に話し続けようとしたが、ウィークスがもう一本ビールを開けた。

「何か飲み物を差し上げよう」

ヘイウォードは、少し偉そうな態度でフィリップのほうを向いたが、少年はすっかり感心してしまった。

「どうだい、納得してもらえたかい?」

フィリップは少しどぎまぎしながら、うんと答えた。

「信仰の中に仏教も少し加味すればよかったのに。それにわたしはマホメットにも親しみに似た感情を持っている。マホメットを完全に無視するのは残念だね」ウィークスが言った。

ヘイウォードは楽しげに笑った。この夜上機嫌で、自分の言葉の響きに酔っていたのだ。グラスをあけた。

「ウィークス、大体きみに理解してもらおうとは思っていなかったんだ。アメリカ人ならではの醒《さ》めた知性では、批判的な態度を取るしかないからね。ほら、エマソンとかその一派がそうじゃないか。だが、批判とは、そもそも何なのだ。要するに破壊するだけじゃないか。壊すほうは誰だってできる。しかし創造となると、誰にでもできるというわけではない。ウィークス、きみはやっぱり衒学者だね。大切なのは建設だ。ぼくは創造をこころがける者だ、つまり詩人なのさ」

ウィークスはヘイウォードを妙な目付きで眺めた。真面目さとからかいが入り混じっているのだ。

「はっきり言ってよければ、きみは少し酔っているね」

「なに、ほんのちょっとだよ。議論できみに勝てぬほど酔っているわけじゃない。それはともかく、ウィークス、ぼくは心の秘密を語ったのだから、今度はきみが自分の信仰について語ってくれたまえ」

ウィークスは首を少しかしげたので、小枝にとまるスズメのように見えた。

「もう何年も考えているんだがね。どうやらぼくはユニテリアン派らしい」

「でも、それは非国教会派ですよ」フィリップが言葉をはさんだ。

これを聞くとヘイウォードは無遠慮に笑い出すし、ウィークスもおかしそうに笑った。

フィリップはどうして二人に笑われるのか分からなかった。

「イギリスでは、非国教会派は紳士じゃないことになっているんだね？」ウィークスが尋ねた。

「じゃあ答えるけど、紳士じゃないですよ」フィリップは不機嫌に答えた。

笑われるなど不愉快だったが、二人はまた笑った。

「で、紳士とはどういうものか、ひとつ教えてくれないか？」ウィークスが言った。

「さあ、分からない。でも誰だって知っているさ」

「きみ自身は紳士かい」ウィークスがまた質問した。

フィリップは自分が紳士だと確信していたけれど、自分の口からそれを言うのは、憚られる。

「自分を紳士だなんていう男は、まず紳士じゃないよ」フィリップは答えた。

「では、ぼくは紳士だろうか？」ウィークスが尋ねた。

馬鹿正直なフィリップは返答に窮したが、彼は本来失礼なことは口にできない質《たち》だった。

「そう、あなたは別ですよ。アメリカ人だから」と言った。

「というと、イギリス人じゃないと紳士になれないのだね?」ウィークスは真面目な口調で言った。

フィリップはあえて反対しなかった。

「紳士たりうる必要条件をもっと聞かせて欲しいね」ウィークスが言った。

フィリップは赤面したが、次第に腹が立ってきたので、おかしなことを言って笑われても構わないという気になった。

「いくつも条件があるんだ」伯父が紳士をつくるには三世代要ると言っていたのを思い出した。ウリの蔓《つる》にナスはならぬ、というのと同様な言い方だ。「まず第一の条件はね、父親が紳士であること、次にパブリック・スクール卒、さらにオックスフォードかケンブリッジに進学することなど」

「エジンバラ大学ではいけないのだろう?」ウィークスが言った。

「それから紳士らしい英語を使わなくてはならないし、服装もきちんとしていなくてはいけない。自分が紳士なら、他の人を見てすぐ見分けがつくものなんだ」

このように語りながら、フィリップ自身も論旨に説得力がないと思ったが、仕方なかった。だって紳士というのはそういうものだし、ぼくの知人もみな同じように考えているのだ。

「ぼくが紳士でないのは明白だ。だったら、ぼくが非国教会派だというので、なぜきみはあんなに驚くのだい」ウィークスが言った。

「実は、ぼくはユニテリアン派というのがどういうものか知らない」フィリップが言った。

ウィークスは例の奇妙な癖で首を片方に曲げた。吹き出しそうだった。

「ユニテリアン派は、他の人が信じているほとんどすべてのことを、真面目に疑ってかかる。では何を堅く信じているのかと問われると、自分でもよく分からないのだ」

「どうしてぼくは茶化されるのかな。本当に教えて欲しいのに」フィリップが言った。

「いいかい、きみ、茶化してなんかいないよ。今言ったユニテリアン派の定義はね、長年の紆余曲折を経て、ようやくたどりついた結論なのだ」

フィリップとヘイウォードがウィークスの部屋を辞そうと立ち上がったとき、ウィークスはペイパーバックの小型の本をフィリップに手渡した。

「もうフランス語はかなり楽に読めるね。この本はきっと興味があるだろう」

フィリップはお礼を言い、本のタイトルを見ると、ルナンの『イエス伝』だった。

28

ヘイウォードもウィークスも、自分らが夜のあいた時間つぶしにした宗教論議を、フィリップが後になって何回も何回も思い返しているとは夢にも気付かなかった。大体、宗教が話題になり、自由に論じ合うことなど、フィリップは頭に浮かべたためしがなかったのだ。彼にとって、宗教すなわち英国国教会であり、その教義を信じぬというのは、よほど頑固な証拠であり、現世でもあの世でも懲罰を受けても仕方がないのであった。ただ不信心者すべてが罰を受けるという点では、フィリップの心にも多少疑問があった。慈悲深い神が、イスラム教徒、仏教徒などの異教徒用に地獄の焔をとっておくことにして、非国教徒とローマ・カトリック教徒は許すのではないだろうか。もちろん、許されても自らの誤りに気付いて恥を知るべきであるけれど。また、宣教師たちの熱心な活動のせいでキリスト教を知らぬ者は少なくなりつつあるだろうけれど、それでも真実を知る機会のなかった者にも神は情けをかけることも考えられる。しかし、神を知る機会を与えられたのに、その機会を活かさなかった者(この中にローマ・カトリック教徒と非国教徒も当然入るはずだ)は罰せられてもやむをえない。したがって、不信心者は危険にさらされているのは明らかである。英国国教会の信者のみ永遠の至福に与る希望を持てるという考えを、別に教えこまれたわけではないが、何となくフィリップは持ち続けてきたのだった。

フィリップはまた、不信心者は邪悪な人間に決まっている、という発言を何回も聞いてきた。けれども、ウィークスは、フィリップの信じている事柄をほとんど何も信じていないけれど、キリスト教徒らしい清らかな生活を送っている。フィリップが風邪のために三日間床に就いたきりだったとき、ウィークスがまるで母親のように親身に看病してくれたのに感動したことがある。あまり人から親切を受けたことがなかったのだ。ウィークスには邪悪さも悪徳もなく、あるのは誠実さと愛情と親切心のみだ。美徳の人でありながら不信心であるのは可能に違いない。

人が自分の誤りに固執するのは私欲にかられたり頑固だったりするせいだ、とフィリップは教えられてきた。人は、心の中では誤りに気付いても、あえて自分を欺くものだ、と信じてきた。その考えがぐらついてきた。彼はドイツ語の学習のために日曜日の朝はルター派の礼拝に出席する習わしだったが、ヘイウォードが来てからは、一緒にカトリック教会に出るようになった。新教のルター派の教会の出席者は僅かだったし、会衆はそわそわした様子だったが、イエズス会教会は混雑しているし、参列者はみな心から祈りをささげているように見えた。偽善者らしい様子などまったくない。フィリップはそのことに驚いた。ルター派は英国国教会に信仰の面で近いのであるから、ローマ・カトリックより真実に近いはずなのに、まったく活気がないではないか。一方、ローマ・カトリック派は、出席者は男性が多く、南ドイツ人であった。フィリップも、もし南ドイツに生まれていたら、きっとローマ・カトリックになっていただろう。たまたまイギリスで生を享けたというだけで、もしかしたらローマ・カトリックの国に生まれることもありえたのだ。イギリスの中でも、たまたま国教会を信じる家系だっただけで、ウェズリー派、バプティスト派、メソジスト派の家系ということもありうる。フィリップは自分がこれまでそういう立場に置かれえたことを思って、身震いした。そういえば、同じ下宿人の小柄な中国人とかなり親しくなり、毎日二回食事の席で一緒だった。名は孫《そん》といい、いつもにこやかで愛想のいい男だった。その彼が中国人だというだけで地獄の業火に焼かれるというのは合点がゆかない。けれども、だからといって、神による救済は何を信じていても同じだというのなら、英国国教会に属していることには何の御利益もないみたいではないか。

これほどまで頭を悩ませたことのないフィリップは、ウィークスにそれとなく意見を聞いてみた。相手に笑われたくなかったので、遠まわしに聞いたのである。ウィークスの答えでフィリップはさらに頭を悩ませた。彼が言うには、イエズス会教会で見かけた南ドイツの信者がローマ・カトリックの正しさを信じている点では、フィリップが英国国教会の正しさを信じているのとまったく同じだと認めるべきだ。さらに、同様に考えれば、イスラム教徒も仏教徒も自分たちの信じる宗教の正しさを信じているのも理解できる、というのであり、フィリップも、その通りだと認めざるをえなかった。自分は正しい、と信じてみてもあまり意味はない——人間は誰だって自分が正しいと信じているのだから。ウィークスは、フィリップの信仰心を弱めようと意図したわけではなかったが、彼自身宗教に深い関心を持っているので、宗教の話題となると、どうしても熱が入ってしまうのだった。他の人びとが信仰しているもの、ほとんどすべてを自分も信じているよ、と述べたが、これは嘘でなく本心だった。ある時フィリップは次のような質問をしてみた。新聞で議論の対象となっていた、ある合理論の書物が牧師館で話題になり、伯父がその本を支持する人にしたのと同じ質問であった。

「でも、あなたの言い分が正しくて、聖アンセルムスや聖アウグスチヌスのような人たちが誤っているなんて、どうしてそんなふうに考えられるの?」

「そういう人たちは偉大で学識のある人だけど、このぼくが偉大で学識があるかどうか非常に疑わしい、というわけだね?」ウィークスが尋ねた。

「ええ」そう言われてみると、自分の質問は不適切に思えてきたので、おずおずと答えた。

「聖アウグスチヌスは、地球は平らなもので、太陽が地球の周りを廻っていると信じていたのだよ」

「だから何だっていうんです?」

「つまり、人は自分の生きた時代の人と同じように考えるってことさ。聖アウグスチヌスは信仰の時代に生きていた。当時はね、現代の人には明らかに誤っていることも疑念をはさむなどまず無理だったのだ」

「じゃあ、現代人の信じていることが真実だと、どうして分かる?」

「分からないよ」

フィリップは少し考えてから言った。

「ぼくたちが今正しいと考えていることも、過去の人が正しいと考えていたことと同じく、誤りだと判明することになるかもしれないんでしょう」

「ぼくもそう思う」

「じゃあ、何かを信じるなんてことができるだろうか?」

「さあ、どうだか」

フィリップは、ヘイウォードの信じている宗教をどう思っているのかと、ウィークスに尋ねた。

「人間は自分の姿に似せて神をつくってきたんだよ。ヘイウォードの場合、絵のように美しいものを信仰しているね」

フィリップはしばし沈黙し、それからおもむろに言った。

「大体、神を信じなくてはならないわけが分からなくなってしまった」

この言葉を発するや否や、自分が神を信じるのをやめたのに気が付いた。まるで冷たい水中に飛びこんだようで、息が詰まった。はっとして目を見開いたまま、ウィークスを見つめた。急に何だか恐ろしくなった。ひとりになりたくなって、ウィークスのもとを辞した。これほど愕然としたのは、生涯で初めてであった。じっくり考えてみようと思った。自分の全人生がかかっていると思うと胸が高鳴った。今後の生き方にも大きな影響を及ぼすのだから、しっかり考えねばならないのだ。誤った考えをしたら、永久に呪われるかもしれない。ところが、考えれば考えるほど、ますますウィークスの前で言ったことが正しいと確信を深めるばかりだった。さらに、次の数週間、懐疑論に関する書物を熱心に読んだのだが、その結果も、本能的に彼が感じたことが正しいのだと確信するばかりであった。実際、フィリップが神を信じるのをやめたのは、これといってはっきりした理由によるのではなく、要するに、生まれつき宗教心がなかったからである。考えてみると、彼の場合、信仰心は外から強制されたものだった。宗教的な環境と信心深い人が近くにいたからだ。新しい環境と新しい考えを持つ人の存在によって、自分本来の姿を見出す機会を与えられたのである。幼時からの信仰心を、まるでもう不要になったコートを脱ぎ捨てるように、さっさと捨て去ってしまった。最初は、信仰がないと人生は奇妙な寂しいものに思われた。自分では気が付かなかったけれど、信仰は常に変わらぬ心の支えとなっていたからであろう。言ってみれば、これまでステッキにすがって歩いていた人が、ステッキなしで歩かされるようなものだった。夜は寂しく、日中は寒くなったような気がした。しかし、なんとなく気分は昂揚していた。人生が胸をときめかせる冒険のように思われた。しばらくすると、捨て去ったステッキも、肩から脱いだコートも、耐え難い重荷であったのであり、ようやく解放されたと感じられるようになった。これまで暗記してきた祈禱文や使徒書簡や、動きたいのをこらえてすわり通した大聖堂での長い礼拝のことを思い出した。それから、夜ぬかるみの道を通ってブラックステイブルの教区の教会に歩いて行ったことや、教会の中の寒さとわびしさが思い出された。氷のように冷たくなった足のまますわり、指はかじかんで感覚がなくなるし、周りには胸の悪くなるようなポマードの臭《にお》いが立ちこめている。そして説教にはどんなに退屈したことか！　それらすべてから、今、解放されたのだと思うと、心は躍った。こんなに簡単に信仰を棄てたので、フィリップはそういう自分に驚いてしまった。このようになったのは、内なる性質の微妙な作用のせいだと知らなかったので、頭がよいのでそういう結論に達したのだと思いこみ、得意になった。若者特有の同情心の欠如によって、ウィークスやヘイウォードが「神」という漠然としたものに満足していて、フィリップのようにさらに大胆な一歩を踏み出せぬことを少し軽蔑した。ある日のこと、近くの丘に登った。頂上からの眺望を見渡すためで、ここの展望は、なぜか心を荒々しい喜びで満してくれるのだった。既に秋だったが、雲のない日が多く、空は夏より美しく光り輝いているようだった。大自然がいっそう力をこめて晴天のすばらしさを示そうとしているかのようだった。太陽に照らされた平原がどこまでも伸びている様を頂上から眺めた。遠景にはマンハイムの家の屋根が見え、さらに遠方にはヴォルムスの町がかすんで見えた。あちこちに、ひときわ目立って輝くライン川が流れていた。驚嘆すべき広さの河面は豊かな黄金色で光っている。フィリップの心は喜びに震えた。悪魔がイエスを高い山の頂きに招いて、地上の王国を見せたことを思った。美しい光景に酔ったフィリップには、目の前に広がっているのは全世界であるかのように感じられ、山から降りて行ってうんと楽しみたいと思った。今の彼はつまらぬ恐怖心から解放され、偏見からも自由になったのだ。地獄の業火も恐れずに自由に行動してよいのだ。突然、責任感の重圧から解放されたとも感じた。責任感のせいで、何事も他人に与える影響を考えずにはできずにいたのだ。今は気軽に他人など気にせず自由に振舞ってよいのだ。何をしても自分に対してだけ責任を取ればよい。何とすばらしい自由だろう。ようやく誰にも干渉されぬ自由の身となった。もはや神を信じなくてよいということに対して、奇妙な話だが、神に感謝した。

自分の知性と勇気に誇りを持って、フィリップは慎重に新生活に入っていった。信仰の喪失にもかかわらず、行動にとくに違いが生じるわけではなかった。キリスト教の教義《ドグマ》は放棄したけれど、キリスト教の倫理を批判する気はまったくなかった。キリスト教で美徳とされている教えを受け入れ、報いられるからとか罰せられるからというのではなく、美徳それ自体のために実践するのは、すばらしいと思った。下宿にいて徳のある行為をする機会はあまりなかったが、それでも、これまで以上に嘘をつかぬように気をつけたり、食事の席などで彼に話しかけてくる退屈な年配の下宿人の婦人たちの相手を辛抱強くするようにした。それから言葉遣いでも、英語に多い乱暴な表現や下品な罵りの言葉を、これまでとは違って、極力避けるように努めた。

信仰に関してはすべて自分の満足のゆくように解決したので、もうこの件はすべて忘れてしまおうと思ったのだが、言うは易く、行なうは難し、という結果だった。さまざまな心配や後悔の念が湧き上がってきて心を苦しめた。まだ年少で、友人もほとんどいなかったので、不滅の生命を得られるか否かはあまり気にならない。そんなものは存在しないと容易に考えられる。けれども、一つだけ悩みの種があった。そんなことは理屈に合わぬ、馬鹿馬鹿しいから忘れろ、と自分に言い聞かせてみるのだが、それができない。つまり、あの世が存在しないのなら、死んだ母には二度と会えないと思うと、目に涙が浮かんでくるのだった。あの美しい母が自分に注いでくれた愛情は、年月が経つにつれてますます貴重なものになってきたのだ。そして、神を恐れていた信仰心の篤い無数の先祖たちの影響力が無意識のうちに彼に及んできたかのように、結局のところ、青い空の向こうに、無神論者を永遠の焔によって罰する嫉妬深い神は確固として存在しているのかもしれない――そういう恐怖心に取りつかれた。こういう場合、理性は力を失い、永遠に続く肉体の苦痛を想像し、恐れのあまり気分が悪くなり、全身から汗が吹き出すのだった。とうとう捨て鉢になって呟いたものだ。

「何といってもぼくが悪いんじゃないぞ。信仰の強要などできない。結局のところ神が存在し、ぼくが神を信じないから罰するというのなら、仕方ないさ！」

29

冬になった。ウィークスはパウルゼンの哲学の講義を聴くためにベルリンに出かけ、ヘイウォードは南ヨーロッパに行こうと考え始めた。ハイデルベルクの劇場が開演した。フィリップとヘイウォードはドイツ語を磨くという立派な口実で、週に二、三回出かけた。教会で説教を聴くのより、ずっと楽しい勉強法だと分かった。当時は演劇復興の最盛期に当たっていた。何しろ、この冬はイプセンの芝居のいくつかがレパートリーに入っていたし、ズーデルマンの『名誉』が新作ということで上演され、平穏な大学町で話題をにぎわせていた。過大評価する者がいる一方で、厳しく非難する者もいた。他にも、新風をもたらすような作品を引っ提げて登場する劇作家がいて、フィリップは、人間の暗黒面をまざまざとえぐり出すような芝居を次々に観ることになった。この時まで芝居というものを一度も観たことがなかったので(ブラックステイブルの公会堂で下手な旅芸人の一座が上演することもあったのだが、伯父は職業柄、どうせ下らぬ芝居だろうと思ったせいもあって、一度も観に行っていなかったのだ)、急に芝居熱に取りつかれてしまった。小さなみすぼらしい、照明も不充分な劇場に入った途端にもう胸が高鳴った。

まもなく、小さな一座の役者それぞれの特徴を知るようになり、配役を見ただけで登場人物の性格がどのようなものになるか分かるようになった。だが、そんなことは気にならなかった。彼にとっては芝居は実人生そのものだった。奇妙な、暗い、ひねくれた人生だった。男も女も心の中の邪悪なものを、鋭く見つめる観客の前にさらけ出していた。美しい顔はみだらな心を隠し、有徳の士は邪悪さを隠すべく美徳の仮面をつけているだけで、強そうに見える者も内面では臆病なのだ。正直者は堕落しているし、操正しい者は好色だった。前の晩に乱痴気騒ぎの演じられた部屋でも見ているようだった。朝になっても窓は開かれず、空気はビールの飲み残し、よどんだ煙、燃えるガス灯のために汚れ切っている。快い笑いはない。偽善者や愚か者に冷笑を浴びせる笑いくらいのものだ。登場人物は恥と苦悩の果てにしぼり出されたような残忍な言葉で、自らの内面をさらけ出す。

こういう底なしの暗さにフィリップは心を奪われてしまった。世の中をこれまでとは違った角度から見るような気がして、こういう面もぜひ知りたいと願った。芝居が終わると、ヘイウォードと共に居酒屋に出かけて、明るく暖かい所でサンドウィッチを食べ、ビールを飲んだ。二人の周囲には数人の学生仲間が談笑していたり、あちこちに両親と息子や娘も一緒という家族がいたりする。娘の一人が何か辛辣なことを言い、父親がそれを聞いて椅子にのけぞって、おかしそうに笑った。とても親しげで、なごやかな雰囲気だった。しかしフィリップはこんなものに関心はなく、見てきたばかりの芝居に思いを馳せていた。

「ねえ、ああいうのが本当の人生ですよね」フィリップは心を躍らせて言った。「もうぼく、ハイデルベルクはたくさんだ。すぐロンドンに戻って本当の人生を始めたい。いろいろ経験したいな。人生に乗り出す準備など、もううんざりだ。もう人生そのものを知りたい」

ヘイウォードはフィリップをひとりで下宿に帰らせることが時どきあった。フィリップがなぜかとしつこく聞いても、はっきり理由を言わなかった。ただ陽気に少し照れて、情事の相手がいるらしいことをほのめかした。ロセッティの詩を数行引用することもあったし、一度などは、トルーデという若い女性が主題の、情熱と華麗、悲観と哀愁が盛りこまれた一四行詩《ソネット》をフィリップに示した。ヘイウォードは自分の薄汚れた情事を詩で美化し、自分は古代ギリシャのペリクレスやフェイディアスといった名士と同じ女性関係の伝統に従っているつもりらしかった。その証拠に、相手の女性のことを普通の英語で言う娼婦と呼ばず、ギリシャ語の「遊女《ヘタイラ》」を用いていた。フィリップは好奇心にかられて、古い橋の近くの狭い通りに行ってみた。こぎれいな白い家が並んでいて緑色の扉がある。ヘイウォードは、フロイライン・トルーデはそこの一軒に住んでいると言っていた。ところがそういう家の中から出て来た女たちは、きつい表情で厚化粧をしていて、一目見てフィリップは恐れをなした。押しとどめようとする女の手を振り払い、逃げ帰ったのである。彼はとにかく経験を渇望した。とくに自分のような年齢に達して、まだあれを――人生の中でもっとも重要なことだと、すべての小説が教えている体験を――していないので、自分を愚かしく感じた。しかし彼には物事すべてを、あるがままに見るというありがたくない才能があったので、自分の接する現実が、夢見る理想とひどくかけ離れていると思ってしまうのであった。

人生の旅人が現実を受け入れるようになるのには、荒涼として険しく、どこまでも広い国を横断しなくてはならない、ということをフィリップはまだ分かっていなかった。若い頃は幸福だ、というのは、若さを既に失った者の抱く幻想に過ぎない。だが若者は自分が不幸だと思っている。何しろ、さまざまなもっともらしい理想を吹きこまれた挙句、いざ現実に直面すると、決まって理想からはほど遠いものであって、心は傷つくばかりなのだ。まるで陰謀の犠牲者のようだ。若者向きの推薦図書は上品なものが多いし、年長者は過去をバラ色のもやを通して見るため、とかく話がきれいごとになる。こういう図書や話は若者が現実の人生に備えるのに役立たない。これまで読んだ本も、これまで聞かされた話も、すべて粉飾されたものだったと、若者が自力で発見しなければならないのだ。人生の十字架にはりつけになっているとも言える若者の肉体は、その発見の度に釘を一本、また一本と打ちこまれてゆくことになる。奇妙なことに、こういうほろ苦い幻滅を味わった者が、自分の内なる強い力によって、今度は自身で幻滅感を深めてゆくのである。ヘイウォードとの交友は、フィリップにとって計り知れぬマイナス効果を及ぼした。ヘイウォードは何事も自分自身の目でしっかり見きわめることのできぬ人間で、文学作品の媒介によって見るだけであった。彼が危険なのは、自分がペテン師だとは夢にも思っていなかったからだ。例えば、自分の好色をロマンチックな情緒だと勝手に思いこむし、自分の優柔不断を芸術家気質だと考え、自分の怠惰を悟りだと誤解していた。向上を望むあまり、俗悪化した彼の心は、あらゆるものを感傷性という金色のもやを通して、実際より少し大きく、輪郭をぼかして見るのだった。平然と嘘をつき、自分が嘘をついているのも気付かず、嘘を人に指摘されると、嘘というのは美的なものだと、うそぶいた。彼は夢想家だったのである。

30

フィリップは気分が落ち着かず苛立っていた。ヘイウォードの見せる詩で想像力を妙に刺激され、心はロマンスに憧れた。少なくとも自分ではその気でいた。

たまたまこの頃、エルリン夫人の家で、フィリップの性への関心をいやが上にも高めるような事件が起きた。彼が丘の間を散歩しているときにフロイライン・ツェツィーリエがひとりで歩いている姿を数回目撃していた。彼女に軽く会釈してすれ違い、少し行くと例の中国人に会うのだった。フィリップは別に気にせずにいたが、ある夕暮に帰宅の途中、もう辺りは暗くなっていたのだが、二人の人がぴったり寄り添って歩いているのに出会った。彼の足音に気付くと、その二人はぱっと離れた。暗くてよく見えなかったけれど、二人がツェツィーリエと孫であるのは、まず間違いないと思った。二人があわてて離れた様子からすると、腕を組んで歩いていたのであろう。フィリップは驚いて首をひねった。それまでフロイライン・ツェツィーリエに注目したことなど一度もなかった。いかつい顔に平凡な目鼻立ちの、あまり目立たぬ娘なのだ。長髪をお下げにしているのだから、年齢もせいぜい一六歳くらいだろう。その日の夕食の席で、フィリップは思わず彼女をじろじろ見てしまった。最近の彼女は食事の席で口数が少なかったけれど、この時は向こうから話しかけてきた。

「ケアリさん、今日のお散歩はどちらへ？」

「ケーニヒスシュトゥールの辺りを散歩しましたけど……」

「あたしはね、今日は散歩しなかったの。頭痛がしたものですから」

彼女の隣にすわっていた孫が彼女のほうを向いて、「それはいけない。もうよくなったのでしょうね」と言った。

フロイライン・ツェツィーリエは、どこか落ち着かぬ様子で、またフィリップに話しかけるのだった。

「お散歩の途中でいろんな人にお会いになった？」

フィリップは、「いいえ、誰にも会いませんでしたよ」と嘘をついたので、赤面してしまった。

彼女がほっとしたのがフィリップに分かるような気がした。

けれども、二人の間に何かあるというのは疑う余地がなくなり、下宿の誰彼も二人が暗がりにいるのを目撃した。食卓で上手《かみて》にすわっている年配の女性たちが、まず問題にしはじめた。エルリン夫人は腹を立てていたが、同時に困惑してもいた。というのも、夫人はできるだけ見て見ぬふりをしていたからだ。冬が近く、空室がないようにするのは夏ほど容易ではない。孫は下宿人として申し分なかった。一階に二室借りていて、食事のときには必ずモーゼルを一瓶飲んだ。一瓶に三マルク取るので、夫人にはよい収入になっていた。他の下宿人は誰もワインを飲まず、ビールすら飲まなかった。フロイライン・ツェツィーリエにも、出て行ってもらいたくなかった。彼女の両親は南米にいて、エルリン夫人が娘の面倒をよく見てくれているというのでたっぷり礼金を払っていた。娘の伯父がベルリンにいて、この人に連絡して事情を伝えれば、すぐに引き取りに来るだろう。そこで夫人は、二人をにらみつけるというだけで我慢していた。孫に対してぞんざいに振舞うだけの勇気はなかったけれど、ツェツィーリエにはそっけなくして気を晴らした。しかし三人の年配婦人はそんなことでは納まらない。二人は未亡人で、一人はオランダ人で男まさりのハイ・ミスだった。三人とも最低限の下宿代しか払わず、それでいて面倒ばかりかけているのだが、ずっと長期間いてくれるので、言い分には耳を傾けぬわけにはいかない。三人でエルリン夫人の所に来て、何とかして欲しい、恥ずべきことだし、この下宿の評判が落ちると訴えた。夫人は頑張ったり、怒ったり、泣いたりしてみたが、三人の年配者に根負けしてしまい、急に道徳心の権化のようないかめしい顔をして、絶対にやめさせましょう、と断言した。

昼食後、夫人はツェツィーリエを自分の部屋に連れて行き、こんこんと説教した。ところが、娘は厚顔な態度に出たので、夫人はあっけにとられた。あたしは好きなようにするわ。孫さんと散歩したいからするだけで、他人の干渉は受けない、と言う。夫人はベルリンの伯父様に連絡しますよ、と脅した。

「そうすればハインリッヒ伯父さんはあたしをベルリンのどこかの家に預けるわ。そのほうがあたしにはずっといいのよ。孫さんもベルリンに来るでしょうしね」

夫人は泣き出した。涙が夫人の干からびた赤い肉付きのよい頰を伝って流れた。娘はそれを笑って見ていた。

「そうなると、冬の間ずっと三室空いてしまうわ」娘が言った。

それから夫人は別の作戦に出た。フロイライン・ツェツィーリエは元来気のいい、物分かりのよい、やさしい人柄だったから、そこにすがってみたのだ。子供でなく、成人として扱った。年頃なのだから、別に構わないと思うけれど、中国人というのはどうかしら？　黄色い肌に低い鼻、小さい豚のような目！　それで反対しているのよ。ぞっとしないの？

「やめて、やめて《ビッテ・ビッテ》！　あの人の悪口なんて聞きたくない！」娘は息をのみこむようにして言った。

「まさか本気ではないのでしょう?」夫人が尋ねた。

「愛しています。愛している、愛しているのよ」

「あきれたわ《ゴット・イム・ヒンメル》!」

夫人は驚いて娘をまじまじと見つめた。娘はただ恋愛遊戯を楽しんでいるだけと思っていた。無邪気な、たわいない遊びだと思いこんでいた。しかし、娘の声にひそむ情念で真相が判明した。娘は燃えるような目で夫人を一瞬見つめ、それから肩をすくめて部屋を出て行った。

夫人は話し合いの詳細は自分の胸にしまっておいた。そして、一、二日後に食卓の席を変えた。孫氏に自分の隣にすわってくれませんかと言うと、彼はいつもの礼儀正しさですぐ応じた。ツェツィーリエはこの処置を平然と受け入れた。しかし、自分たちの関係が公然のものとなったと分かると、これまで以上に恥知らずになり、毎午後おおっぴらに丘の辺りの散歩に出かけるようになった。人に何と言われようが気にしないのは明白だった。とうとうエルリン教諭も無視できなくなり、妻に中国人に文句を言うようにと言い出した。そこで夫人は孫を呼んで注意した。ツェツィーリエさんの評判を落としているだけでなく、この下宿の評判も悪くしています。ご自分の行動がいけないものかどうか、お分かりでしょうに、と言った。ところが、相手は微笑を浮かべて、すべてを否定するのであった。何のお話か分かりませんね、わたしはフロイライン・ツェツィーリエに少しも関心などありません。一緒に散歩したこともない。そんな噂はすべて誤りです、と言うのだった。

「まあ、孫さん、よくもそんなことが言えますわね。デートしているところを何回も見られているのですよ!」

「いいえ、それは誤りです。真実ではありません」

彼は微笑をたやさず夫人を見た。きれいに揃った白い歯を見せている。動揺している様子はまったくない。すべてのことで白《しら》を切った。とうとう夫人も怒り出し、ツェツィーリエが孫さんを愛していると告白したのだと言った。しかし彼は平然としていて、微笑も消えない。

「そんなことナンセンスです。嘘ですよ」

彼からは何も引き出せなかった。天候が悪化して、雪や霜が降り、その後少し温度は上がったけれど、ずっと曇り空が続いた。そんな日には散歩は楽しくない。ある晩フィリップが教諭からドイツ語のレッスンを受けた後、しばらく応接室にいてエルリン夫人と談笑していると、アンナが急ぎ足でやって来た。

「ママ、ツェツィーリエはどこ?」

「お部屋でしょ」

「でも明かりがついてないわよ」

夫人はあっと声をあげた。娘を憂鬱そうな表情で見やった。娘の頭にあるのと同じ考えが夫人にも浮かんだのである。

「エミールを呼びなさい」しゃがれた声でそう命じた。

エミールは食事の世話をする間抜けな下男で、他の仕事もしていた。エミールがやって来た。

「エミール、孫さんの部屋に行って、ノックしないで入って行きなさい。もし誰か人がいたら、ストーヴの見廻りに来たと言いなさい」

エミールのぼんやりした顔に驚いた様子は少しもない。

エミールはのろのろと下に降りて行った。夫人とアンナはドアを開けておいて耳をそば立てた。やがてエミールが階段を上がって来るのが聞こえた。

「部屋には誰かいたの?」夫人が尋ねた。

「はい、孫さんがいました」

「ひとりで?」

薄笑いでエミールの口はゆがんだ。

「いいえ、フロイライン・ツェツィーリエもいました」

「何て恥知らずなことを！」夫人が声を高めた。

下男はにやにやした。

「フロイライン・ツェツィーリエは毎晩あそこにいます。何時間もずっとあそこにいますですよ」

夫人は両手をにぎりしめた。

「まあ、何ということを！　どうしておまえは教えてくれなかったのよ」

「わしの知ったことじゃないですから」下男はゆっくり肩をすくめながら答えた。

「おまえは二人からチップを貰っていたのね。さあ、あっちにお行き」

下男はもたもたと戸のほうに行った。

「ママ、あの人たちには出て行ってもらいましょうよ」アンナが言った。

「そんなことしたら、この家の家賃が払えなくなるわ。それにもうすぐ税金の支払日なのよ。出て行ってもらうのは簡単だけど、あの二人がいなかったら、お金が払えなくなるわ」夫人は泣きながらフィリップのほうを向いた。

「ねえ、ケアリさん、耳にしたことは他の人には黙っていてくださいますわね。もしフロイライン・フェルスターに」――これがオランダ人のハイ・ミスの名であった――

「知れたら、あの人はすぐ出て行くわ。もしみなさんが出て行ったら、もう家は閉じなくてはなりません。経営が成り立たなくなりますから」

「もちろん、ぼくは黙っています」フィリップが言った。

「あの人が出て行かないのなら、あたしは口をききませんからね」アンナが言った。

その日の夕食のとき、フロイライン・ツェツィーリエはいつもより顔を紅潮させ、強情な表情で時間通りに席に着いた。しかし孫は現れない。人と顔を合わせるのを避けるつもりなのか、とフィリップは考えたが、しばらくすると、例によってにこやかに現れた。一瞬、遅参を詫びるような目付きをした。いつものように、モーゼルを一杯エルリン夫人のために注ぎ、さらに、フロイライン・フェルスターにも勧めた。食堂はひどく熱かった。一日中ストーヴがついていて、しかも窓はめったに開けないのだ。エミールはへまばかりしていたが、何とか全員にすばやく順序正しく食事を配った。三人の年輩の婦人は黙りこくっていて、明らかに憤慨していた。エルリン夫人は涙をこぼした後、まだ立ち直っていない。教諭は憂鬱そうな顔で無言だった。当然食卓での会話は途絶えがちだった。フィリップはこの人たちともう何回も一緒に食事を取ったのであるが、今夜は何だか恐ろしい雰囲気だと思った。天井から下がった二つのランプの下でいつもと違ったふうに見えた。フィリップは、なぜか不安を覚えた。ツェツィーリエと目が合ったとき、彼女が憎悪と軽蔑の目でこちらを見ているように思った。部屋は息苦しかった。あの二人の下劣な情念が全員に妙な影響を及ぼしているかのようだった。東洋的な腐敗の感じがあった。線香のかすかな香りをかいだというか、秘密の悪徳のせいで、みな息苦しくなっていた。フィリップは、自分の額の血管がぴくぴく脈打つのを覚えた。一体どういう妙な感情のせいで心が動揺しているのか、自分でもよく分からないが、この上なく心を引かれているような気もするし、不快でぞっとするような気もした。

何日もの間、このような状態が続いた。家中の空気がどこか不自然な情欲のために汚染され、全員の神経がぼろぼろになっていった。ただ一人、孫氏のみ何の影響も受けていないように見うけられた。以前と少しも変わらず、にこやかで、愛想がよく、礼儀正しく振舞っている。彼のそういう態度が、身についた礼節からにじみ出たものなのか、それとも、東洋人が西洋人に勝ったというのを誇っている表情なのか不明だった。ツェツィーリエは高飛車な皮肉な態度を取っている。ついにエルリン夫人もこういう雰囲気に耐えられなくなった。突然夫人は恐怖にとらわれた。というのも、エルリン教諭がスキャンダルの結果どんなことになるかを予想したからだ。スキャンダルは隠しおおせないだろうから、あっという間に近所の評判になり、町での夫人の評判は地に落ちるだろうし、下宿の経営も困難になる。それが今ようやく夫人の目に明白になった。これまでは、下宿代が入らなくなるという目先の事態にばかり気を奪われていて、もっと大きな危険の可能性に気付いていなかったのである。いざ気付いてみると、すっかり気が転倒して、すぐにでもツェツィーリエを追い出そうという気持になった。しかし、アンナが母を押しとどめて、ベルリンに住むツェツィーリエの伯父に連絡し、娘を引き取ってもらいたい旨、慎重に頼んでみた。

しかし、いったん二人の下宿人を失っても仕方がないのだと気持が定まると、夫人は今度は、それまで抑えてきた二人への不快感をはっきり口にしたいという欲望を抑えられなくなった。

「ツェツィーリエさん、伯父様に手紙を書きましたからね。あなたにこれ以上いて頂くのは無理ですからね」

娘が蒼白になったのを見て夫人の目は輝いた。

「恥知らずよ、あなたは」夫人ははっきりと言い、さらに厳しい言葉で非難した。

「あの、ハインリッヒ伯父さんに何と連絡したんですか?」娘はつんと澄ました態度を急に改めて尋ねた。

「伯父様が直接お話しになるでしょうよ。明日にはあちらから連絡があると思います」

次の日の夕食の席で、娘に全員のいるところで恥をかかせてやろうとして、夫人は大きな声でツェツィーリエに語った。

「伯父様から今日お便りが届きました。今夜のうちに荷造りなさい。そして明朝の列車でベルリンに行くのよ。中央駅で伯父様が出迎えてくださるそうよ」

「分かりました」

孫は夫人に微笑みかけ、結構です、というのをさえぎるようにして、ワインを一杯注いだ。夫人はおいしそうに食事を取った。だが夫人の勝利は長く続かなかった。寝室に引きあげる直前になって下男を呼んだ。

「エミール、フロイライン・ツェツィーリエのトランクの荷造りができていたら、今夜のうちに階下に運んでおきなさい。ポーターが明日、朝食前に取りに来ますからね」

エミールは立ち去ったが、すぐ戻って来た。

「フロイライン・ツェツィーリエはいらっしゃいません。ハンドバッグもありません」

あっと叫び声をあげて、夫人は急いだ。トランクは床に置いてあり、革紐をかけ、錠が掛かっていた。しかし、バッグは見当たらず、帽子もコートもない。化粧台も空だった。息を切らせながら、夫人は階下の孫氏の部屋に降りて行った。この二〇年間こんなにてきぱきと動いたことがないので、エミールは、奥さん、転ばないでくださいと声をかけねばならなかった。夫人はノックもせずに入った。部屋は二つとも無人だった。荷物も消えていて、庭に通じるドアがあけっぱなしになっているので、荷物がそこから運び出されたのは明白だった。テーブルの上の封筒の中には、部屋代と追加分の食費がきちんと入っていた。夫人は、慣れない行動にどっと疲れが出て、ソファの上にどさりと倒れこんだ。もう疑う余地はない。二人は示し合わせて出て行ったのだ。エミールは無骨に、何の感情も示さず、そこに突っ立っていた。

31

ヘイウォードは、すぐにも南ヨーロッパへ旅立つと言いながら、荷造りの面倒と旅行のおっくうさのために、一週間、また一週間と、先に延ばしていた。しかしクリスマスの直前になって、ようやく発った。ドイツ人のクリスマスの馬鹿騒ぎがいやで、この季節の押しつけがましい陽気さを思うと鳥肌が立つというので、騒ぎを避けて、クリスマス・イヴに出て行くことにしたのだった。

彼が去るのをフィリップは残念に思わなかった。フィリップ自身はてきぱき行動するほうだったので、優柔不断の人間にはいらいらするのだった。ヘイウォードの影響下にあったけれど、躊躇するのは美しい感受性の証拠であるなどという言い分は認めなかった。ヘイウォードがフィリップの率直さに薄笑いを浮かべていたので、腹立たしく思っていた。二人は文通をした。ヘイウォードは手紙を書くのが巧みで、本人もそれを知っているので、心をこめて手紙を書いた。イタリアで接することになった美しい影響力によく反応する気質だったから、ローマからの手紙でイタリアのほのかな香りを伝えることができた。古代ローマ人の町としてのローマを、彼は少し卑俗的だと思い、ローマ帝政期の中で衰退期のみを高く買っていたのである。それでも法王たちのローマは彼の心に訴えたようで、よく練られた文章にはロココ風の美がみごとに表現されていた。古い教会音楽やローマ周辺のアルバン丘陵、けだるい香《こう》の匂い、雨の夜に街路が光り、街灯の明かりが神秘的に見える美しさなどが描かれていた。こういう手紙を何人もの友人宛に出していたのであろうが、フィリップの心をどれほどかき乱したか、気付かなかったであろう。ハイデルベルクでの今の生活を取るに足らぬものと思わせたのである。春になるとヘイウォードは熱狂的になった。フィリップに、イタリアに来いと誘いの手紙が来た。ハイデルベルクにいては時間を無駄遣いすることになる。ドイツ人はがさつだし、ドイツでの生活は平凡だ。あんなしかつめらしい風景の中では魂が花開くことなどできるはずがない。ここトスカナ地方では春が各地に花をもたらしている。フィリップ、きみはもう一九歳になったのだろう。こちらに来たまえ、一緒にウンブリアの山岳地帯の町を散歩しよう。このように誘われると、フィリップの心は動いた。とくにウンブリアなどの町の名には強く訴えるものがあった。それに、あのツェツィーリエも愛人と一緒にイタリアに行ったのだ。二人のことを思うと、なぜかよくは分からぬが、フィリップは焦りを感じるのであった。金がないので旅行できぬという自分の立場がうらめしかった。伯父は約束の月一五ポンド以上は絶対に送金してくれぬのは分かっていた。仕送り金のやりくりも下手で、部屋代と授業料を払えば、余分はほとんどなかった。ヘイウォードと出歩くのも金がかかりすぎると思っていたくらいだ。ヘイウォードには、遠出とか観劇とか、ワインを飲もうとか、よく誘われたものだったが、運悪く、フィリップの所持金が底を尽いているときもあった。彼もまだ年若くて、ぜいたくする金がないと白状するなど、とてもできなかった。

幸いにも、ヘイウォードからの便りは時たま来るだけだったので、その間にフィリップはまた勤勉な生活に戻った。ハイデルベルク大学に入学を許可されて、いくつかの講義に出席した。クーノー・フィッシャーの名声の絶頂期で、冬学期はショーペンハウアーに関して才気あふれる講義を行なっていた。これがフィリップにとって哲学への開眼だった。彼は実際的な人間なので、抽象的な話は苦手だった。しかしフィッシャーの形而上学的な議論に耳を傾けていると、予想外の魅力を発見した。息もつけぬほどだった。

綱渡りのダンサーが谷間の上で危険な芸を演じるのを眺めるのに少し似ているような気がした。とにかく圧倒された。ショーペンハウアーの厭世主義が、若いだけにフィリップの心をとらえた。これから入って行く世の中が残酷な苦悩と暗黒の場所であると信じるようになった。それでも、なお世の中に入って行きたいという気持は変わらず、ほどなくルイザ伯母が、伯父の代りに手紙を寄こし、そろそろイギリスに戻っていらっしゃいと言ってくると、喜んで応じた。将来のことをもう決めなくてはならないが、七月の末にハイデルベルクを発てば、八月に伯父と話し合える。八月は物事を決めるのに好都合な時期である。

出発の日時が決まると、伯母は再び連絡してきた。ハイデルベルクでエルリン夫人の経営する下宿に滞在する件で世話になったミス・ウィルキンソンのことを思い出させた。今度この人がブラックステイブルに数週間遊びに来ることを知らせてきた。この人は、かくかくの日にオランダのフリシンゲンからイギリス海峡を渡るので、もしフィリップも同じ頃に来るのなら、彼女のお世話をしながら一緒にブラックステイブルに来てはどうか、と言ってきた。引っ込み思案のフィリップは、すぐ手紙を書いて、その一、二日後でないと出発できないと言ってやった。ミス・ウィルキンソンを探し、それらしい女性の所に行き、ミス・ウィルキンソンですかと尋ねて、違うと言ってにらまれる——そんな場面を想像して、これはかなわぬと思ったのだ。また、会えたとしても、列車の中で話しかけるのか、それとも無視して読書していいものかどうか、その辺のことも、かいもく見当がつかなかった。

とうとうハイデルベルクを発った。三カ月間、将来のことばかり考えていたくらいだから、出発するのは残念ではなかった。ここで幸福だったという記憶はない。フロイライン・アンナが記念に『ゼッキンゲンのラッパ吹き』という物語をくれたので、彼もお返しにウィリアム・モリスの著作を一冊贈った。賢明にも、両者とも贈られた本を読むことはなかった。

32

久し振りに伯父、伯母に会って、フィリップはひどく驚いた。これほど年寄りだとは思っていなかったのだ。牧師はいつものように、歓迎するのかしないのかよく分からぬような冷静な態度で彼を迎えた。前より、少し太り、はげ上がり、白髪も増えていた。伯父がどれほどつまらぬ人間であるか、今のフィリップにはよく分かった。表情も弱気そうだが、それでいて自身には甘い感じである。ルイザ伯母は彼を抱きしめキスをした。喜びの涙が伯母の頬を伝って流れた。フィリップは心を打たれ、どぎまぎした。伯母がこれほど自分を愛してくれているのを知らなかった。

「本当に久し振りねえ。寂しかったわ」

彼の両手を撫で、嬉しそうな目で彼の顔をのぞきこんだ。

「大きくなったこと！　もう大人じゃないの」

彼は口ひげが薄く生えていた。あごのうぶ毛は、かみそりを買って、時どき細心の注意を払って剃っていたのである。

「あなたがいなくて寂しかったわ」伯母はそう言ってから恥じらうように、声を詰まらせながら、「あなたも家に帰って来て嬉しいでしょう?」と言った。

「うん、もちろん」

伯母はとてもやせていて、体が透いて見えるかと思われた。フィリップの首に廻した腕はまるで鶏がらかと思うほど細く弱々しい。やつれた顔は、本当にしわだらけになってしまった。伯母は若い頃に流行した髪型のままで白髪をカールしているので、奇妙な痛々しい印象を与える。小さなやせた体はまるで秋の枯葉のようで、冬の最初の冷たい風で吹きとばされてしまいそうである。伯父も伯母も、既に一生を終えたようなものなのだ。過去の世代の人であり、今日もう忍耐強く、なすところもなく死を待っているのみなのだ。一方、フィリップはといえば、若さがみなぎり、心を躍らせるような冒険を求めてやまない。伯母たちは、いったい何のために人生を送って来たのか。何ひとつせずにきて、死んだ後は、最初からこの世に存在しなかったのと同じになる。無駄な一生だったのだ。ルイザ伯母がとても気の毒に思えて、彼を可愛がってくれるので、急に愛情を覚えた。

ミス・ウィルキンソンは、ケアリ夫妻が久し振りにフィリップとの再会を楽しんでいるあいだ遠慮していたが、頃合いを見て姿を見せた。

「こちらがミス・ウィルキンソンよ」伯母が紹介した。

「放蕩息子のお帰りね」握手の手を差し出しながら彼女が言った。「放蕩息子のボタンホールに差すようにバラを一本持って来たわよ」

派手な微笑を浮かべながら彼女は庭でつんできたばかりの花をフィリップのコートに差した。彼は赤面し、きまり悪くなった。ミス・ウィルキンソンはウィリアム伯父が一本立ちする前にその下で働いた教区牧師の娘だとフィリップは知っていた。牧師の娘には知り合いが少なくなかったが、大抵の人は仕立ての悪い服を着てずんぐりしたブーツをはいていた。それにみな黒服だった。フィリップの子供時代のブラックステイブルでは、ホームスパンはイースト・アングリア地方ではまだ流行していなかったし、牧師館の女性たちは色物を好まなかったからだ。髪の結い方はごくあっさりしていて、糊をきかせた下着の匂いがしていた。女らしい魅力は取るに足らぬものとされ、若い女も年取った女もみな同じように見えた。信仰する宗教をひけらかすようなところがあり、教会人だというので、世俗の人たちに対して少し偉ぶった態度を取っていた。

その点、ミス・ウィルキンソンはまったく違う。派手な花束の模様のある白いモスリンのガウンを着て、先の尖ったハイヒールに、透かしの入ったストッキングをはいていた。世間慣れしていないフィリップの目には、彼女はすばらしい装いをしていると映った。フロックが安物で、けばけばしいのに気付かない。髪型は手のこんだもので、額の真ん中にしゃれた縮毛が一本垂れている。つやのある硬い黒髪で、一度も乱れたことなどないかのようにきれいに結っている。大きな黒い目で、鼻はややわし鼻で、横顔は猛禽のようだが、正面から見ると、なかなか魅力的だった。笑いじょうごで、笑うときに大きい口を隠すようにした。歯が大きくて、やや黄ばんでいた。そういうことよりもフィリップをまごつかせたのは、化粧が濃いことだった。彼は女性の身だしなみについては一家言あって、しかるべき身分の婦人は化粧しないものだと考えていた。もちろん、ミス・ウィルキンソンは紳士階級に属する牧師の娘なのだから、きちんとした身分の女性に違いなかったのだ。

そこでフィリップは、ミス・ウィルキンソンを嫌ってやろうと心を決めた。彼女はフランス語訛りのある英語を話したが、どうしてそんなしゃべり方をするのか、フィリップには分からなかった。何しろ、彼女はイングランドの中心部に生まれ育ったのだから。微笑はいかにも不自然だった。恥じらうように見えて、活発に振舞ったりするわざとらしさが不快だった。このため、二、三日の間彼はあまり口をきかず、よそよそしくしていたが、相手はそんなことなど気付かぬ様子だった。ばかに愛想がよかった。ほとんど彼だけに話しかけてきて、彼の発言にいつも一目置いているようなので、フィリップは面映ゆかった。それに彼女は冗談を言って笑わせてくれるのだが、彼は楽しませてくれる人に弱かった。時には気のきいたことを言う才能が彼にもあったが、それを分かってくれる聞き手がいるのは楽しかった。牧師夫妻はユーモアのセンスがまったくないので、フィリップが何を言っても笑うなどということはなかった。ミス・ウィルキンソンに慣れて、内気さも薄れてくるにつれて、フィリップは好意を持つようになった。彼女のフランス語訛りを魅力的だと感じるようになった。医者が催したガーデン・パーティでは、彼女は出席者の誰よりもきれいな装いをしていた。大きな白い水玉模様の青いスカーフをしていて、周囲の人たちが目を丸くしているのを見て、フィリップはおかしかった。

「いかがわしい女性だって、みんな思っているみたいですよ」笑いながらフィリップが言った。

「いかれた女だと思われるのはあたしの生涯の夢なのよ」

ある日、ミス・ウィルキンソンが自室にいる間に、あの人はいくつなのです、と伯母に尋ねてみた。

「女の人の年を聞いてはいけないのよ。でも、あの人は間違いなく、あなたが結婚するには年を取り過ぎていますよ」

牧師は肉付きのよい顔に笑いを浮かべて言った。

「若い娘のはずはない。何しろ、私がリンカンシアにいた頃、もう成人していたからな。あれは二〇年前になる。背中にお下げを垂らしていた」

「その頃は一〇歳にもなってなかったのかもしれないよ」フィリップが言った。

「もっと上だったのよ」

「あの頃もう二〇歳に近かっただろう」伯父が言った。

「まさか！　せいぜい一六、七だったと思いますわ」伯母が意見を述べた。

「それでは、今は三〇歳をずっと越えているんだね」フィリップが言った。

その時ミス・ウィルキンソンが軽い足取りで、バンジャマン・ゴダールの歌を口ずさみながら降りて来た。フィリップと一緒に散歩に出るので帽子をかぶり、手を差し出して、フィリップに手袋のボタンをはめてもらおうとしていた。フィリップは無器用にはめた。どぎまぎしたけれど、一人前の男性と見られて嬉しかった。今では、二人の間では会話はなめらかに進み、散歩しながらさまざまな話をした。彼女はベルリンのこと、彼はハイデルベルクのことを話題にした。フィリップは過去の話をするうちに、前には無意味に思っていたことが急に興味深く感じられるようになった。エルリン夫人の下宿にいた人たちの話をし、とくにヘイウォードとウィークスの二人の間の会話を伝えた。以前はとても有意義だと思ったのだが、今は少しひねりをきかせて彼女に伝えたために、間の抜けたもののように響いた。ミス・ウィルキンソンが声を立てて笑ったので、嬉しかった。

「あなたって隅におけない人ね。友だちのことをそんなに皮肉るなんて!」

それから、ハイデルベルクでは愛人はいなかったの、と冗談めかして尋ねた。よく考えもせずに、彼は正直にいなかったと答えた。でも、彼女はそれは嘘でしょう、と言い張るのだった。

「あなたって隠したがりね! あなたの年では、そんなこと嘘に決まっているわよ」

フィリップは赤くなり、笑い出した。

「あなたって、本当に知りたがり屋なんだから!」フィリップが言った。

「やっぱり、そうだったのね！」彼女は、それ見たことかというように笑った。「ほら、赤くなっているじゃないの！」

彼をプレイボーイだと彼女が考えているようなので、フィリップは満足だった。そして彼に隠すべき恋愛ざたがいろいろあったと思わせておくために、話題を変えた。実際には、ロマンチックな思い出は何ひとつ持たぬ自分に腹が立った。何しろ、そういうきっかけがなかったのだ。

ミス・ウィルキンソンも自分の運の悪さをかこっていた。自分で生活費を稼がねばならぬことを腹立たしく思っていて、母方の伯父に裏切られたからだと、くどくど話した。ミス・ウィルキンソンに遺産を与えるという約束になっていたのに、料理女と結婚して遺書を書き改めてしまったというのだった。子供時代は裕福に暮らしていたようなことを言い、リンカンシアにいた頃は乗馬用の馬もいたし、自家用の馬車もあって、今の貧しい生活とは雲泥の差だと述べた。この話を後でルイザ伯母にすると、伯母は、ウィルキンソン家と知り合った頃は、一家は一頭の小馬と犬に引かせる二輪車しか所有していなかったと話した。さらに、富裕な伯父のことは聞いていたけれど、その人は結婚していて、ミス・ウィルキンソンの生まれる前に子供がいたのだから、遺産を貰える可能性など、彼女にはたいしてなかったはずだとの話だった。これを聞いて、フィリップは妙な気がした。彼女は現在仕事をしているベルリンのことをよく言わない。ドイツ人の地味な生活を嘆き、対照的に、以前何年か過ごしたパリの華麗さを懐かしんだ。パリに何年間住んだのかは聞きもらしたが、一流の肖像画家の家に家庭教師として住み込んでいた。その画家の妻はユダヤ人の資産家で、そこで彼女は有名な人たちと会ったという。名を聞いただけでフィリップは幻惑されてしまった。コメディ・フランセーズの俳優たちがよく出入りしていて、名優のコクランが晩餐の席で彼女の隣にすわったことがあり、あなたのように完璧にフランス語を話す人に会ったことがありません、と言われたという。アルフォンス・ドーデも客の一人であり、自著の『サッフォー』を贈呈してくれた。献呈の辞を書いてくれると言ったのだけど、こちらから催促するのを忘れてしまって惜しいことをした。でも、あの本は今も大切に持っているから、貸してあげるわ。モーパッサンも来た。ミス・ウィルキンソンは忍び笑いをしてフィリップを見やった。何というひどい男なんでしょう。でも、作家としては一流ね。ヘイウォードがかつてモーパッサン論をしてくれていたので、フィリップにも多少知識はあった。

「モーパッサンに誘惑されたの？」と尋ねてみた。

そう尋ねるのには、多少わだかまりがあったけれど、一応そう言ってみた。今では彼女が気に入っていて、話を聞くと胸が躍ったけれど、彼女を誘惑するような男がいるとは到底考えられなかった。

「何てこと聞くの。モーパッサンという人は、手当たり次第に女をくどいたわ。あの癖だけは直せなかったみたい」

少し溜息をつき、過去を懐かしむようだった。

「魅力的な人だったわ」小声で言った。

フィリップより経験豊かな人間なら、彼女の言葉から、モーパッサンとの出会いの様子を想像することができただろう。著名作家が個人の家庭に昼食に招かれ、そこに背の高い教え子の娘を二人連れた住み込みの家庭教師が静かに現れる。

「こちらは英語の先生です《ノートル・ミス・アングレーズ》」と紹介される。

「やあ、こんにちは《マドモワゼル》」

食事になり、英語教師は沈黙したまますわり、作家は家の主人夫妻と話し続けるという場面である。

けれども彼女の言葉は、フィリップにはもっとロマンチックな情景を想像させたのである。

「モーパッサンのことを、もっと話してくださいよ」

「とくに話すことなどないわ」彼女は本当のことを言ったのだが、恐ろしい事実を話せば三巻の書物でも語りつくせない、と言わんばかりの口調だった。「そんなに根掘り葉掘り聞くものではないわ」

パリの話を始めた。広い並木道やブローニュの森が大好きよ。どの通りにも風格があり、とくにシャンゼリゼの並木には、他のどこの土地の樹木にも見られない独特の美しさがあるわ。二人はこのとき街道沿いの踏段《スタイル》にすわっていたが、目の前にそびえる立派な楡の木をさも馬鹿にするように見やった。それに芝居だって、パリではすばらしいわ。俳優の演技力が段違いだもの。家庭教師をしている家の奥様のマダム・フォワイヨと衣裳選びによくご一緒したわ。

「ああ、貧乏はつらいわね。パリの服は世界一よ。でも、お金がなくて買えないなんて、ひどい話よ！　マダム・フォワイヨはスタイルが悪いの。ブティックの係の人がよく、『マドモワゼル、あの奥様があなたのようなスタイルでいらしたらよいのに！』とあたしに小声で言ったものよ」

そう言われて、フィリップは、ミス・ウィルキンソンがスタイルのよさを誇りにしているのに気付いた。

「イギリスの男性って愚かかね。顔の美醜しか考えないでしょ？　愛というものが分かっているフランス人は、スタイルの大切さを知っているのよ」

フィリップはこれまでそんなことは考えたことがなかったけれど、この時ミス・ウィルキンソンの足首が太くて、格好が悪いのに気付き、あわてて目をそらした。

「フランスにいらっしゃいよ。一年くらいパリに行ったらどう？　フランス語も覚えられるし、それから、デニエゼ（俗語で「純潔を奪う」の意がある）されるわよ」

「えっ、それ何のことです？」

彼女はいたずらっぽく笑った。

「辞書を引きなさい。イギリスの男の人って、女の扱い方を知らないわ。引っ込み思案なのよ。男が気後れするなんて、愚かよ。まったく女の口説き方も知らないんだから。あなたは魅力的ですねと、照れずに言うこともできないなんて」

フィリップは自分の立場の微妙さを思った。ミス・ウィルキンソンは彼が一般のイギリス人とは違った振舞いをするのを期待しているようだし、彼としても、女を喜ばせるような気のきいたことを口にしたかった。しかし、そういうしゃれた言葉は思い浮かばなかったし、たとえ浮かんでも、笑われそうで、口にはできない。

「ああ、パリは素敵だったわ」彼女は溜息をついた。「でもベルリンに行かねばならなかったの。教え子たちが成人して結婚するまで、フォワイヨ家にいたけれど、その後は仕事がなくてね。しばらくしてベルリンに今の仕事が見つかったの。マダム・フォワイヨの親類の家だったから、すぐ応じたわけよ。パリではブレダ通りのアパートの五階《サンキエーム》に住んだこともあるのよ。どういう所か分かるかしら？　いかがわしい地区よ。ある種の女たち《セ・ダーム》のいる所よ」

フィリップにはよくは分からなかったけれど、大体の見当はついたし、それに、あまり無知だと思われるのもいやなので、適当にうなずいておいた。

「でもあたしは気にしなかったわ。自由な身だったもの、そうじゃない《ジュ・スィ・リーブル・ネス・パ》？」彼女はすぐフランス語を使うのが好きだったし、実際、とてもきれいな発音だった。「そのアパートにいた頃、奇妙な経験をしたわ」

彼女がそこで間を置いたので、フィリップはぜひ聞かせて欲しいと言った。

「でも、あなただってハイデルベルクでのことを話してくれないじゃないの！」

「だって、本当に何もなかったのだもの」

「あなたとあたしが話題にしていることをミセス・ケアリがもし知ったら、何ておっしゃるかしら？」

「伯母には内緒にしておきますよ」

「本当？」

フィリップがもちろんだと答えると、パリでの下宿の自分の上の階に絵を学んでいる青年がいて、という話を始めた。しかし、すぐに話を中断した。

「ねえ、あなた、絵を始めたらどう？　とても絵が上手じゃないの」

「でも、専門にやるほどじゃないから」

「そういうことは他の人が判断すべきよ。あたしには分かる《ジュ・ミ・コネ》の。きっとえらい画家になれると思うわ」

「ぼくがパリに行って絵の勉強をしたいって急に言い出したら、ウィリアム伯父さんはどんな顔するかな？」

「自分のことは自分で決めたら？」

「さあ、ぼくの話でごまかさないで！　あなたの話を続けてくださいよ」

ミス・ウィルキンソンは、少し笑い声をあげてから、前の話に戻った。その画学生とは何度か階段ですれ違っていたけれど、こちらとしては何の注意も払っていなかった。青年の目がよく澄んでいるのと、礼儀正しく帽子を取って会釈する人だ、と思ったくらいだった。ところがある日、部屋のドアの下から一通の手紙が差し入れてあった。その青年からのものだった。もう何カ月も前から彼女を慕っていて、階段の辺りで彼女が通るのを待っていたということだった。物凄く素敵な手紙だったわ！　もちろん返事は出さなかったけど、あんな手紙を貰って、うっとりした気分にならない女なんていないわ。

それに翌日また同じような手紙が届いたの。とても情熱的で心を打つ内容よ。その手紙が来て以来、階段の所で彼に会うと、目のやり場に困ったわ。さらに手紙は毎日届いた。ついに会ってくれと頼んできた。その日の夜、九時頃《ヴェル・ヌヴール》に訪ねると記されていたが、どうしたらよいのかと困惑した。もちろん、部屋に入れるなどとんでもない。いくらベルを鳴らしたって戸を開けるわけにはいかない。その夜、ベルが鳴るのを緊張して待っていると、突然彼が目の前に立っていた。入口のドアに鍵をかけるのを忘れていたのだ。

「運命だったのね《セ・テ・テユヌ・ファタリテ》！」彼女が言った。

「それからどうしたの？」フィリップが尋ねた。

「そこまでで話は終わりよ」彼女は忍び笑いをして言った。

フィリップはしばらく待った。胸がどきどきして奇妙な感情が心の中でせめぎ合った。暗い階段と偶然の出会いは目に浮かぶようだった。それにしても、なんて大胆な手紙を書いたものだ。ぼくにはそんな勇気はないもの。音もなく、ひそかに部屋に忍びこんで来るなんて！　ロマンスの極致だな。

「彼、どんな様子だったの？」

「とってもハンサムだったわ。素敵な青年《シャルマン・ギャルソン》よ」

「今でも付き合っているの？」こう尋ねたとき、フィリップは僅かな苛立ちを覚えた。

「あたしにひどいことをしたのよ。男の人って、結局、みんな同じなのね。みんな心を持たないみたい」

「さあ、そういうことはよく分からないけど」フィリップは少しどぎまぎして言った。

「もう家に帰りましょ」

33

ミス・ウィルキンソンの話はフィリップの頭から離れなかった。肉体関係があったのは、はっきりそう言わなかったけれど、疑いようがない。このことに彼はショックを受けた。既婚の婦人にはありうることだし、フランス文学に親しんでいたので、フランスではよくあることのようだったけれど、ミス・ウィルキンソンはイギリス人だし未婚なのだ。それに父親は聖職者だ。その画学生は彼女にとって、もしかすると、最初でもなければ最後の相手でもないのかもしれない、という考えが浮かび、はっと息をのんだ。性の対象として彼女を考えたことはそれまで一度もなかったのだ。男が彼女に言い寄るなんて信じられぬと思っていたのである。無邪気にも、彼は小説で読むことも、彼女の話したことも、本当にあったことだと頭から信じたのである。そして、そういう結構なことが自分には起こらないと腹を立てた。ミス・ウィルキンソンが彼にハイデルベルクでのロマンスを話せとせまり、それに対して何も話せないのは屈辱的だと思った。彼には創作の才はあるが、自分が遊蕩に耽っていたなどと、どうして彼女に信じこませることができようか。女というものは直観が鋭いと、どこかで読んだことがある。彼の作り話を、彼女が腹の中で笑うのを想像しただけで、赤面してしまった。

ミス・ウィルキンソンはピアノが上手で、歌もうたった。けだるい声だったが、マスネ、バンジャマン・ゴダール、オーギュスタ・オルメスなどのフランスの作曲家の歌はフィリップには目新しかった。二人はよく何時間もピアノのそばで過ごした。ある日のこと、彼女がフィリップも歌ったらどうかしらと言い出し、ぜひ試しに歌ってみるように勧めた。その結果、とてもきれいなバリトンだとほめてくれ、よかったらレッスンをしてあげましょうと申し出た。例の内気が頭をもたげ、断わったけれど、彼女は聞き入れない。毎朝、朝食の後に具合のよい時間に一時間レッスンすることになった。彼女は教えることにかけては天性の才能に恵まれていて、申し分のない家庭教師だった。指導の仕方を心得ており、なかなか厳格だった。フランス語訛りの話し方はもう身についていたので変わらなかったけれど、やさしい物腰は、教え出すとすぐ消える。生徒がいいかげんなのは容赦しない。声もやや命令口調になり、生徒の不注意やだらしなさも許さない。生徒に何を習得させるべきか目標を定めていて、フィリップに正確な音階練習を何回もやらせた。

レッスンが終わると、打って変わって、こびるような微笑を浮かべ、やわらかな可愛い声に戻るのであったが、フィリップは先生対生徒の関係をそう簡単に忘れることなどできなかった。この気持は、彼女の話に誘発された欲望とちぐはぐなものだった。彼女をじっくり観察してみた。朝の彼女より、夜の彼女のほうがずっと気に入った。朝は顔のしわが目立ち、首筋が少し荒れて見える。首を隠せばよいのに、気候が暖かくなったので、ローネックのブラウスをいつも着ていた。白が好きらしいのだが、朝には、白は彼女に似合わない。ところが、夜だと彼女は魅力的に見える。イヴニングのように見えるガウンを着て、ガーネットのネックレスをしている。胸元とひじの辺りにはレース飾りがあって女らしい温和な雰囲気だ。それから香水も――ブラックステイブルではオーデ・コロン以外のものをつけている人はいないし、それも日曜日か、あるいは頭痛がするときだけだった――悩ましい、エキゾチックな香りのものをつけていた。本当に、そういうときの彼女はとても若々しく見えた。

彼女の年齢に関してはフィリップは相当頭を悩ませた。伯母が二〇年前に会ったとき一七歳ぐらいだったというので、足し算すれば納得のいかない年になってしまう。ルイザ伯母に、もう一度、どうしてミス・ウィルキンソンを三七歳だと言うの、だって、三〇歳以上にはとても見えないのに、と尋ねてみた。イギリスの女性と較べると外国人は早くふけると聞いているけれど、彼女は外国生活が長いので外国人みたいなものだ。そう考えると、せいぜい二六歳くらいだと思うけど。

「もっと上ですよ」ルイザ伯母はきっぱり言った。

フィリップは伯父たちの言うことは当てにならないと思った。二人がはっきり覚えているのは、ミス・ウィルキンソンにこの前リンカンシアで会ったとき、髪をお下げにしていたということだけだ。お下げの娘は一二ぐらいだったかもしれない。ずいぶん以前のことだし、伯父の言うことはいつだって当てにならないのだ。それから、前に会ったのは二〇年前というけれど、きりのいい数字で言っているのだろうから、実際は一八年か一七年前のことかもしれない。一七と一二を足せば二九だ。二九歳というのなら、そんなに年でもないじゃないか！　だって、あのクレオパトラは、アントニウスがこの世のすべてを投げうって恋したとき、四八だったのだ。

その年の夏は快適だった。来る日も来る日も暑く、空には一片の雲もなかった。しかし、海に近いために熱気は抑えられて、大気には心をわき立たせるようなものがあった。八月の日光は不快ではなく、むしろ活発な気分にした。庭には噴水の出る池があり、睡蓮が浮かび、金魚が泳いでいた。フィリップとミス・ウィルキンソンは昼食後、よく敷物とクッションを池のそばに運び、背の高いバラの生け垣の陰の芝生に横たわった。午後中おしゃべりしたり、読書して過ごした。伯父が屋内での喫煙を禁止したので、二人はここでたばこを吸った。牧師が言うには、喫煙は不快な悪癖で、たばこの奴隷になるなどもってのほかなのだ。けれども、その伯父だって、午後のお茶の奴隷であったのだ。

ある日、ミス・ウィルキンソンがフィリップにミュルジェールの小説『ボエーム生活情景』を渡した。牧師の書斎の本をあさっていて見つけたという。牧師が買いたかった本を混じえてまとめて買った一山の中に入っていて、一〇年間誰にも読まれていなかったらしい。

この魅力的だが、文章も下手だし、内容も愚劣な本を読み出したフィリップは、すぐさま虜《とりこ》になった。心が喜びで躍り出す思いだった。そこに描かれているものは、飢えも、不潔さも、低俗な愛も、どん底生活も、すべてロマンチックで感動的に思えた。登場人物のロドルフォとミミ、ムゼッタとショナールたちのなんと生き生きしていることか！　パリのラテン・クオーターの灰色の通りをさまよい歩き、あちこちの屋根裏部屋を転々とする彼らは、ルイ・フィリップ時代の奇妙な服装を着て、悲嘆にくれたり、歓喜したり、何事も運次第の無節操な日々を送っている。若い読者にとって、何と魅力的な生活に見えることか！　彼らの喜びは粗野で、彼らの心が俗悪だとさとり、陽気に見える彼らが、芸術家としても一個の人間としても、まったく無価値な存在だと気付くのは、大人になって、正しい判断力を身につけてから再読したときである。若いフィリップはただもう恍惚とするばかりだった。

「どう、ロンドンでなくパリに行ったら、どんなに素敵かと思わない？」フィリップの心酔ぶりを見て、にっこりしながら彼女が言った。

「パリに行きたくとも、もうロンドン行きに決定しているんだ」

ドイツから帰国してからの二週間、フィリップの将来について伯父との間で何度も議論がなされたのだった。フィリップはオックスフォードには絶対に戻らないと言った。もう奨学金を貰える見込みがなくなったので、伯父も、オックスフォードで学ぶのは無理だという結論に達した。フィリップの全財産はたった二〇〇〇ポンドで、年利五パーセントの債券に投資していたが、利子だけでは生活できなかった。それで元金も少し減っていた。オックスフォードに行けば、どう少なく見積もっても年間二〇〇ポンド必要であり、三年間在籍したとしても、財産は半減した上、生活の資を得る資格を取得できるわけでもない。馬鹿馬鹿しい話だ。フィリップとしては、すぐロンドンに行きたかった。ミセス・ケアリは紳士に向いた職業は四つしかない。陸軍、海軍、法律、教会しかないという。伯母の義弟が医者になっていたので、医学も加えていたが、わたしの若い頃は医者を紳士と考えていなかった、とも言った。陸軍も海軍も、フィリップには、むろん適さないし、聖職も絶対にいやだという。残るのは法律のみだった。町の医者が最近では紳士もエンジニアになっているという話をしたが、ミセス・ケアリはすぐ反対した。

「フィリップが会社に入るなんていやですよ」

「ああ、自由業でなくてはいけない」伯父が言った。

「あの子の父親がそうだったのだから、医者になったらどうかしら?」伯母が言った。

「ぼくはいやだ」

それでもミセス・ケアリは別に失望しなかった。法廷弁護士になるのは無理だった。オックスフォードに行かぬ以上、その道は断たれているというのがケアリ夫妻の考えであった。結局、事務弁護士の見習いになるのがよいという結論に達した。家の顧問弁護士で、フィリップの父親の遺産管理を牧師と共同で引き受けているアルバート・ニクソンに手紙を書いて、フィリップを見習いとして雇ってくれまいかと頼んだ。一、二日で返事が届き、空きがない、ということだった。さらに、計画全体に反対だと伝えてきた。事務弁護士はなり手が多過ぎて、金かコネがない限り、せいぜい書記にしかなれない。

公認会計士のほうがよいと忠告してきた。公認会計士など牧師夫妻は聞いたことがなかったし、フィリップも同じだった。しかしニクソンからまた手紙が届き、近代商業の成長で会社の数が増えたため、依頼人の財政状態を整理するのに、従来のやり方では不充分になり、新しく会計士の事務所が出来た、と説明してきた。数年前に国家による免許制が定められ、それ以来、公認会計士は次第に格もあれば、金儲けにもなり、重要な職業となってきているというのだ。ニクソン氏がもう三〇年来世話になっている公認会計士事務所にたまたま見習いの空きがあり、フィリップを三〇〇ポンドの費用で面倒見てやってもよいと言っている。その額の半分は、契約期間の五年間に俸給の形で戻ってくるということだった。

この話は胸をときめかせるようなものではなかったけれど、フィリップとしては、もう将来を決定しなければならないし、それに、ロンドンに住めるのであれば、ためらいは忘れてもいいと思った。牧師がニクソン氏に、紳士にふさわしい職業かと問い合わせたところ、国家免許になって以来、パブリック・スクール出身者や大学出の者がどんどんその道に進んでいる、ということだった。さらに、もしフィリップがこの仕事が性に合わず、一年後に辞めたくなったら、会計士のハーバート・カーター氏は、契約金の半分を返済してくれるという。これでようやく本決まりとなり、フィリップは九月一五日に仕事を始めるように手筈が整っていた。

「それまでに丸一カ月ある」とフィリップが言った。

「あなたは自由に向かい、あたしは束縛に向かうのね」ミス・ウィルキンソンが答えた。

彼女の休暇は六週間であったから、フィリップのロンドン行きの一、二日前にはもうブラックステイブルを発たねばならなかった。

「いつかまたお会いできるかしら?」

「もちろんですよ」

「そんな実務的な言い方はいやよ。あなたのように情の薄い人、知らないわ」

フィリップは赤面した。ミス・ウィルキンソンに女も口説けぬ腰抜けと思われるのではないかと気になったのだ。彼女はまだ若いと言える女性だし、時にはとても魅力的に見える。彼のほうも二〇歳になろうとしている。二人がいつまでも芸術と文学の話ばかりしているのは不自然だ。言い寄るべきなのだ。恋についてはよく語り合った。ブレダ通りの画学生の他にも、パリで長い間彼女が下宿していた画家の家での話もあった。モデルになってくれと頼まれたのだが、モデルを始めると、ひどく情熱的にせまられたので、口実を設けて、モデルをやめなくてはならなかったという。この種の男からの誘惑に彼女が慣れていたのは明白だった。その日大きな麦藁帽をかぶってとても素敵だった。その午後はとても暑く、これまでで一番暑く、彼女の鼻の下には大粒の汗が吹き出ていた。フィリップはフロイライン・ツェツィーリエと孫氏のことを思い出した。フロイライン・ツェツィーリエは無器量なので、色恋の対象として考えたことはなかったけれど、今になって思い返してみると、あの二人の恋はとてもロマンチックだった。ロマンスのチャンスが今、自分にもまわってきたのだ。ミス・ウィルキンソンはフランス人のようなもので、それがロマンスに色を添えるように感じられた。フィリップはそのことを夜ベッドで考えたり、あるいは、庭でひとりで読書しているときなど、胸が高鳴るのを覚えた。でも実際彼女と会ってみると、冷静さが戻ってくるのだった。

いずれにせよ、ああいう話をした後なのだから、彼が言い寄っても驚きはしないだろう。それどころか、彼が何ひとつ行動を起こさないのを妙だと思っているような気がする。この数日、彼女の目に軽蔑の眼差しが一、二度浮かんでいるように感じたが、それはこちらの思い過ごしだろうか。

「何を考えているの？　教えてよ」

「教えてあげませんよ」

その時その場でキスしてしまおうかと考えていたのだった。彼がそうするのを待っているのかもしれないと思った。でも、何の前触れもなしにするわけにもいかぬだろう。気が狂ったと思われるかもしれないし、もしかすると、頰を打たれるかもしれない。伯父に言いつけるかもしれない。孫氏はフロイライン・ツェツィーリエをどんなふうに口説いたのだろうかと考えた。もしミス・ウィルキンソンが伯父に言いつけるとしたら、ひどいことになる。伯父はジョザイア・グレイヴズや町医者に話すに決まっている。ぼくはみなの笑い者になる。ルイザ伯母はミス・ウィルキンソンが三七歳だと言い続けている。どんな嘲笑の的になることか！　あの子は母親くらいの女性にキスしようとしたと言われるだろう。

「さあ、何をぼんやりしているの？　考えていること教えてよ」ミス・ウィルキンソンは微笑しながら再び尋ねた。

「あなたのことを考えていたのです」フィリップは思い切って答えた。

これなら無難な答えだ。

「あたしのことって、どういうことを考えていたの？」

「何でも知りたがるのですね」

「悪い子ね！」

すぐにこんなことを言う人だからな。何とか勇気を出して言い寄ろうとすると、家庭教師のような態度を取るんだからいやになる。発声練習で彼がうまく歌えないと、悪い子ね、と言っていたのだ。彼はすっかり不機嫌になった。

「子供扱いしないで欲しいな」

「怒っているの？」

「すごくね」

「怒らせるつもりはなかったのよ」

そう言って彼女は手を差し出し、彼はそれを取った。最近、夜に握手をしたとき、彼女がにぎりしめるような気がしたことが数回あった。今はその点疑いようがなかった。彼は次に言うべき言葉が見つからなかった。ようやく待ち望んでいた情事の機会が到来したのだから、それをとらえないとしたら愚か者になる。だが、こういう場面は、もっと魅力的だろうと思っていたのに、少し地味過ぎないだろうか。恋愛の場面はたくさん本で読んでいたが、小説家の描くような興奮を彼は感じなかった。情熱の波に襲われて足をすくわれることもない。それに、ミス・ウィルキンソンは理想の女性ではない。美女の大きなスミレ色の目とアラバスターのような白い肌を夢見ていたのだった。美女のとび色の波打つ髪の中に顔を埋めている自分の姿を想像したのだった。でも、ミス・ウィルキンソンの髪の中に顔を埋める気にはなれない。彼女の髪は少しべたつくように思えたからだ。しかし、その一方で、女性とベッドを共にするのはすばらしいことだろう。女性を征服したいという無理からぬ欲望に胸が高鳴ったのである。自分の名誉にかけても彼女を口説かねばならない。そうだ、ミス・ウィルキンソンにまずキスをするのだ。といっても、今ではなく夜だ。暗いほうが事は簡単だ。その後のことは自然の成り行きに任せればよい。とにかく今夜実行するのだ。絶対にキスするぞ、と彼は自分に言い聞かせた。

そのために計画を練った。夕食後、庭を散歩しようと誘った。彼女は同意し、二人は並んでしばらくぶらついた。フィリップはすっかり緊張してしまった。どういうわけだか、会話が思った方向に発展しないのだ。彼としては、まず彼女の腰に手を廻そうと考えていたのだが、彼女はいつまでも来週催されるレガッタのことを話していた。庭の一番暗い場所にうまく導いたのだが、そこに着いたときには、フィリップの勇気がくじけてしまった。ベンチにすわり、さあ、チャンスだとばかりに彼がキスしようとしたのに、ちょうどその時、ミス・ウィルキンソンが、ここにはハサミ虫がいるから、場所を変えましょうと言い出した。もう一度庭をひとめぐりして、さっきのベンチまで行く前にキスしようと決心していると、家の前を通ったときにルイザ伯母が戸口に立っている姿が見えた。

「ねえ、もう家の中に入ったらいかが？　夜風は体によくないと思いますよ」
「そのほうがいいかもしれないね。風邪をひくといけないからね」フィリップが言った。

そう言ったときには、やれやれという気分になっていた。その夜はもう何もしようとしなかった。しかし後で自室に戻ってひとりになると、自分の意気地なさにひどく腹が立った。ぼくは何という間抜けなのだろうか。ミス・ウィルキンソンがキスされると予期していたのは間違いないのに。庭について来たのだもの、そうに決まっている。彼女は日頃から、女の扱いを心得ているのはフランスの男性だけだと言っていた。フィリップもフランスの小説を読んで知っていた。もしぼくがフランス人なら彼女を両腕で抱きしめ、大好きだと熱っぽく告げるところだ。そして彼女のうなじ《ニュク》に唇を押しつけるのだ。どうしてフランスの男はいつもうなじにキスするのか、よく分からない。うなじなんて、ぼくには何の魅力もないのに。もちろん、フランスの男はこういうことに関しては、フランス語が恋に向いているので、容易にできるのだろう。英語で恋をささやくと少し間が抜けて響くとフィリップは感じざるをえなかった。今になって彼は、ミス・ウィルキンソンをものにしようとしなければよかったと思った。最初の二週間はとても楽しかったけれど、今はみじめな気分だった。でもここであきらめるのもいやだった。そんなことをしたら自尊心が台無しになる。よし、明日の晩こそ必ずキスするぞ、と固く決心した。

次の日フィリップが目を覚ますと雨が降っていた。これでは夜庭に出られないな、とすぐ思った。朝食の席で彼は上機嫌だった。ミス・ウィルキンソンは女中を介して、頭痛がするのでベッドにいる、と言ってきた。午後のお茶の時間まで現れなかったが、お茶にはよく似合う部屋着を着て青い顔で姿を見せた。しかし夕食までにはすっかり回復したとみえて、食事の席では元気だった。しかし夕食の後は、またベッドにすぐ戻った。

ミセス・ケアリにキスし、それからフィリップのほうを向いた。

「あらまあ！　もうちょっとで、あなたにもキスするところだったわ」

「したっていいじゃないの」フィリップは言った。

彼女は笑い、握手の手を差し出した。彼女はそれと分かるほど強くにぎってきた。

翌日は晴天で雲一つなかった。庭は雨の後で生き生きとしていた。フィリップは海岸に水浴に行き、帰宅するとたっぷり昼食を取った。午後は牧師館でテニス・パーティがあることになっていたので、ミス・ウィルキンソンは晴れ着を着た。服装のセンスがよくて、副牧師の妻や医者の既婚の娘と並ぶと、はるかに優雅に見えるのにフィリップはいやでも気付かされた。サッシュベルトにはバラ二輪を飾りにつけている。芝生の側で庭椅子にすわり、頭上に赤いパラソルをかざしている。顔に当たる光は彼女の美しさを引き立てている。フィリップはテニスが好きだった。巧みにサーヴし、えび足でうまく走れないので、ネット近くでプレイした。動きがすばやいので、彼の脇を抜くのは難しかった。全試合に勝って、すっかり満足した。お茶のとき、暑くて、喘ぎながらミス・ウィルキンソンの足元に身を横たえた。

「テニス・ウェアがよく似合うわ。今日はとても素敵よ」

彼は嬉しくて顔を赤らめた。

「ぼくもほめたいな。あなたもすごく魅力的ですよ」

彼女はにっこりし、黒い目でじっと彼を見つめた。

夕食後、フィリップは彼女に庭に出ようと熱心に誘った。

「今日一日で充分運動したんじゃないの？」

「今夜は、庭に出ると気持がいい。星空だし」

彼は張り切っていた。

「ミセス・ケアリに、あなたとのことで、あたし叱られちゃったのよ」ミス・ウィルキンソンは散歩に出るとすぐ言った。「馴れ合いすぎるんですって」

「え、あなたがぼくと馴れ合っていたの？　ぼくは気が付かなかったけど」

「伯母様は冗談をおっしゃったのよ」

「昨夕、ぼくにはキスしてくれなかったでしょう。意地悪だな」

「キスするところだったって、あたしが言ったときの伯父様のこわい顔を見なかったの？」

「それでキスしてくれなかったの？」

「人の見ている前でキスするのはいやなの」

「今なら誰も見ていませんよ」

フィリップは彼女の腰に手を廻して唇にキスした。彼女はちょっと笑っただけで、抵抗しなかった。ごく自然にキスできた。フィリップは自信がついた。キスするぞ、と言って、実行できたのだ。これなら、もっと前にすればよかった。またキスした。

「あら、もうだめよ」

「どうして？」

「だって、キスされると楽しいんですもの」笑いながら彼女は言った。

34

翌日、昼食後に二人は敷物とクッションを持って噴水のそばに行った。本も持参したが開かなかった。ミス・ウィルキンソンはくつろいだ姿勢で赤いパラソルを開いた。フィリップは今日は大胆になっていたが、彼女ははじめのうちはキスを許さなかった。

「昨夜あたしいけないことをしたわ。悪いことをしたのが気になってよく眠れなかったのよ」

「そんなことないでしょう。ぐっすり休んだのでしょう、きっと」

「伯父様に知れたら、何とおっしゃるかしら?」

「知られるはずないでしょ」

彼は彼女の上にかがんだ。心臓がどきどきした。

「どうしてあたしにキスしたいの?」

「愛しているから」と言えばよいのは分かっていたけれど、どうしても言えない。

「なぜだと思うの?」

そう言うと彼女はにっこりとして彼の顔を見て、指先でそっと触れた。

「肌がすべすべしているのね」小声でささやいた。

「ひげを剃らなくちゃならないんだ」

どうもロマンチックな言葉がうまく出てこない。むしろ黙っているほうが、うまく事が運ぶようだ。胸のうちを言い出せないというような表情を浮かべればよいのだ。ミス・ウィルキンソンは溜息をついた。

「あたしのこと少しは好き?」

「ええ、とっても好きだ」

彼が再びキスしようとすると、もう抵抗しなかった。実際の気持以上に情熱的に振舞ったが、これが、自分の目にはうまく演じているように見えた。

「あなたが少しこわくなってきたわ」

「ねえ、夕食の後、出て来てくれるでしょう」彼はせがむように言った。

「妙なことはしない、と約束しなくちゃ来てあげないわよ」

「どんな約束でもするから」

情熱的な愛を装っているうちに、フィリップは次第に本当に愛しているような気分になり、お茶の時間のときなど、みっともないほど幸せそうな顔をしていた。ミス・ウィルキンソンは気づかわしげに彼を見ていた。

「あんなに目を輝かせてはだめよ。伯母様にどう思われるか心配だわ」彼女は後で言った。

「伯母さんがどう思ったってちっとも構わないよ」

彼女は楽しそうに少し笑った。夕食が済むとすぐ彼が言った。

「たばこを吸いたいけれど、付き合ってくれますか?」

「ミス・ウィルキンソンを少し休ませてあげなさいよ、フィリップ。あなたみたいに若くないんですよ」伯母が言った。

「伯母様、あたくし庭に出たいのです」彼女は少しとげとげしく言った。

「昼食後は一マイル歩け、夕食後は少し休めと言うじゃないか」牧師が言った。

「あなたの伯母様はいい方ですけど、時どき神経にさわるようなことをおっしゃるわ」外に出るとすぐ彼女が言った。

フィリップは火をつけたばかりのたばこを捨て、彼女を抱きしめようとしたが、彼女は押しのけようとした。

「お行儀よくするって約束したじゃないの」

「あんな約束、ぼくが守ると思ったの?」

「でも、ここは家に近過ぎるわ。誰かが急に出て来たらどうするの?」

彼は誰も来そうもない菜園のほうに彼女を誘った。今日は彼女もハサミ虫がどうのこうのとは言わなかった。彼は熱をこめてキスした。午前中はどうも彼女が気に入らず、午後もあまり好きではないのに、夜になるとなぜか彼女の手に触れただけで全身がしびれるようだ。そういう変化は自分でも不思議だった。夜なら、われながら感心するような愛の言葉を語れる。昼間にはとてもそんなことは口にできない。フィリップは自分の言葉を聞きながら驚いたり、得意になったりした。

「あなたって愛をささやくのが本当にお上手ね」

フィリップ自身もそう思っていた。

「でも、心の中で感じていることすべてを言うのは難しくて」彼は熱っぽく言った。われながらうまいと思った。こんな心の躍るようなゲームに興ずるのは、これが初めてだった。しかも嬉しいことに、口にしているのは嘘ではなかった。ただ、少し誇張しただけだ。自分の言葉で相手がどのように反応するかを確かめるのは、とても興味があったし、それを見て彼自身胸をときめかせた。もう家に戻らなければと彼女は言ったけれど、無理しているのは明らかだった。

「まだいいでしょう」彼は熱をこめて言った。

「でももう戻らなくては。あたし、こわくなったわ」ささやくように彼女が言った。

こういう場合にどうするのが最善か、直観的に分かった。

「ぼくはもう少しいます。ここにいて考えますから。頬がほてっているから、夜風に当たらなくては。おやすみなさい」

真剣な表情で手を差し出すと、彼女は黙ったままにぎり返した。すすり泣いているようにも見えた。すべて首尾は上々だ。フィリップは暗い庭にひとりいて少し退屈したが、ほどなく、頃合いを見計らって屋内に入ると、ミス・ウィルキンソンはもう室に引きあげていた。

この後、二人の関係は違ったものとなった。翌日と翌々日、フィリップは熱烈な恋人役を演じた。ミス・ウィルキンソンが自分を恋していると知ると、フィリップは快い満足を味わった。彼女は、愛しているわと、英語とフランス語の両方で言った。彼をほめた。目が魅力的だとか、口元がセクシーだとか――誰にも言われたことはなかった。これまで彼は自分の外見を気にしたことはあまりなかったのだが、今は機会があるごとに鏡をのぞいて悦に入った。彼女にキスするとき、彼女が胸を躍らせているのを感じて満足を覚えた。彼女が欲しているような愛の言葉を口にするよりは、何回もキスするほうが楽だった。あなたを賛美しています、と言うのは馬鹿馬鹿しい気がしてならなかった。彼女に愛されていることを誰かに話したくなった。自分がどのように振舞っているかを、詳細に語りたいと思った。彼女は時どき謎めいたことを口にするので、戸惑うことがあった。そんな場合、ヘイウォードが近くにいれば相談できるのに、と思った。とくに、早く事を運ぶべきか、ゆっくり時間をかけて慎重にすべきか、迷った。何しろ、三週間しか余裕はないのだ。

「三週間しかないと思うと、たまらないわ。胸が痛むの。その後は、もしかすると二度と会えないかもしれないもの」

「ぼくを少しでも好きなら、もう少し親切にしてくれてもよさそうなものを」

「このままじゃいやなの？　男の人ってみな同じね。欲張りだわ」

彼が深い関係になろうとせまると、こう言った――

「だって無理だと分からないの？　ここではそんなこととても無理だわ」

フィリップはいろいろ計画して提案したけれど、彼女はそのすべてに反対した。

「そんなあぶないことはいやよ。もし伯母様に知れたら大変なことになるわ」

それから、一、二日後に彼はすばらしい計画を思いついた。

「あのねえ、日曜日の夜、あなたが頭痛を理由に家に残ると言えば、伯母さんはひとりで教会に行くと思うけど」

普段ミセス・ケアリはメアリ・アンが教会に行けるように家に留まったが、夜の礼拝に出席する機会があれば喜ぶと思われた。

フィリップは、自分がドイツ留学中にキリスト教の信仰をやめたという事実を、伯父と伯母に話していなかった。告白する必要はないし、いずれにしても、話したところで彼の気持を理解してくれるはずはない。おとなしく教会に行くほうが面倒がなかった。それで午前中の礼拝だけに出ていた。社会の偏見への譲歩で、これは仕方がない。けれども夜の礼拝に出ないことで、本当の気持を示しているつもりだ。

フィリップの計画を聞いて、ミス・ウィルキンソンはしばしの沈黙の後、首を横に振った。

「いや、そんなことはいやだわ」

ところが日曜日のお茶の時間に、突然こんなことを言って彼を驚かせた。

「今夜は教会に行くのをやめにしますわ。ひどく頭痛がするものですから」

ミセス・ケアリは、大変心配して自分がそういう場合にいつも使う水薬をあげましょうと言った。ミス・ウィルキンソンは礼を言い、お茶が済むと、自分の部屋に行って横になります、と言った。

「何か必要なものはない?」ミセス・ケアリが心配そうに尋ねた。

「いいえ、大丈夫ですわ」

「本当にいいの？　それなら、わたし教会に行きますよ。夜の礼拝に出席する機会はあまりないから」

「ええ、どうぞいらしてください」

「ぼくは家にいますから、ミス・ウィルキンソンが用事があるときは、ぼくを呼べばお世話しますよ」フィリップが言った。

「では、居間のドアを開けておきなさい。そうすればミス・ウィルキンソンがベルを鳴らせば聞こえるから。いいわね、フィリップ？」

「分かりました」

そこで六時が過ぎるとフィリップはミス・ウィルキンソンと二人きりになった。不安のあまり気分が悪くなった。あんなこと、提案しなければよかったと心底から思ったけれど、もう手遅れだった。自分で設けた機会は活用しなくてはならない。もしそうしなかったら、ミス・ウィルキンソンはぼくのことを何と思うだろう！　玄関に出て耳を澄ませた。何の物音もしない。彼女は本当に頭痛がするのだろうか。もしかすると、ぼくの提案したことなどすっかり忘れてしまったかもしれないぞ。そう思うと胸をしめつけられるような気がした。できるだけそっと階段を上がって行ったが、途中で板がきしんだので、はっとして止まった。彼女の部屋の外に立って、耳を澄ませた。ドアの把手に手を掛けて、待っていた。心を決めようとして少なくとも五分は経ったような気がした。手が震えた。できるものなら、このまま逃げ出したかった。でも後悔するに決まっていると思うと、それはできない。水泳プールで飛び込むのに似ている。一番高い飛び込み台まで登って下を見ると、下から見たときよりも水面がはるか下に見えて、恐れをなす。それに似ていた。恐怖心を抑えて飛び込むのは、気弱になって階段を降りて行くのがあまりにも屈辱的だからに過ぎない。勇気をふるい起こした。ドアの把手をゆっくりと廻して室内に入った。自分でも木の葉のように全身が震えているのが分かった。

ミス・ウィルキンソンはドアに背を向けて化粧台の前に立っていた。ドアの開く音を聞くと、すぐさまくるりと振り向いた。

「あら、あなたなの？　何かご用？」

彼女はスカートとブラウスを脱ぎ、ペチコートだけで立っていた。短くて、せいぜいブーツの上部にしか届かない。上部は黒い光る生地で、赤いすそ飾りがついている。キャミソールを着ていて、材質は白キャラコで、袖は短い。何だかとても見苦しい。眺めているうちに、彼の心は沈んだ。彼女がこれほど醜く見えたことはなかった。でも、もう手遅れだ。彼は後ろ手にドアを閉め、鍵をかけた。

35

フィリップは翌朝早く目が覚めた。夜はまんじりともしなかったが、脚を伸ばして、ヴェネチアン・ブラインドを通して入って来る日光が床に模様を作っているのを眺めているうちに、満足げに息をついた。快い気分だった。ミス・ウィルキンソンのことを考えた。昨夜、彼女はエミリと呼んでね、と言った。でも、どうも彼にはそれができず、ミス・ウィルキンソンと呼んでしまった。そのことで彼女が文句を言うので、名前を呼ばないようにした。フィリップがまだ子供の頃、ルイザ伯母の姉で海軍将校の未亡人だった人がいて、この人がエミリ伯母と呼ばれているのをよく耳にしていた。その同じ名でミス・ウィルキンソンを呼ぶのは奇妙だったし、そうかといって彼女にふさわしい呼び名を思いつかなかった。最初に知り合ったときミス・ウィルキンソンと紹介されたので、彼女の印象はその呼び名と切り離せない。彼は少し眉をひそめた。どうやら彼女の最悪の部分を見てしまったらしい。彼女がこちらを振り向いて、キャミソールと短いペチコート姿を目にしたときの幻滅は忘れようもない。肌が少し荒れていて、首の片側に深く長いしわがあった。女を征服したのだという快感はあまり長くは続かなかった。そしてまたもや彼女の年齢が気になり出し、数え直してみると四〇歳以下のはずはなかった。そんな年齢の女との情事なんて馬鹿げている。おまけに彼女は少しもきれいではないのだ。今思い出す彼女は、しわがあって、やつれていて、厚化粧で、職業や年齢の割りには派手すぎるワンピースを着ている。ぞっとする。もう二度と会いたくなんかない。彼女とキスするなんて、まっぴらだ。自己嫌悪でいっぱいだった。あれが愛の行為なのか？

彼女と顔を合わせるのを先に延ばそうとして、できるだけゆっくり着換えをした。ようやく食堂に入って行ったときは、暗い気分だった。もうお祈りは終わり、みな朝食の席に着いていた。

「お寝坊さん！」ミス・ウィルキンソンが明るく言った。

彼女を見て、いくらか気分が落ち着いた。窓を背にしてすわっている彼女は、なかなかきれいだった。ついさっき、あんなひどいことを、どうして考えたのか不思議だった。自己満足の気分がよみがえった。

彼女に現れた変化にフィリップは驚いた。朝食が済むやいなや、彼女は感情をこめた声で、愛しているわ、と言った。その少し後、いつもの歌のレッスンのために応接間に入ると、彼女はピアノの前にすわり、音階練習の途中なのに顔をあげて、

「ねえ、キスしてよ《アンブラス・モワ》」と言った。

彼がかがむと、彼女は腕を首に廻した。少し不快だった。息苦しいほど強く首を締めつけたのだ。

「ああ、愛しているわ《ア・ジュ・テーム》。愛しているわ《ジュ・テーム》。愛しているわ《ジュ・テーム》」極端にフランス人気取りの発音で言った。

英語で言えばいいのに、とフィリップは思った。

「植木屋が窓のそばを通るかもしれないんだけど」フィリップが注意した。

「ああ、植木屋なんか構わないわ《ア・ジュ・マン・フィシュ・デュ・ジャルディニエ》。構わないわ、ちっとも構わない《ジュ・マン・ルフィシュ・エ・ジュ・マン・コントルフィシュ》」

まるでフランス小説のようだと思ったのだが、なぜか苛立ちを覚えた。

とうとう彼が言った。

「浜に出てひと浴びしてくるよ」

「あら、今朝は行かないで。他の日ならいいけど今朝はやめてちょうだい」

どうして泳ぎに行ってはいけないのか、フィリップにはよく分からなかったけれど、どちらでもよくなってしまった。

「家にいて欲しいの?」にっこりして尋ねた。

「ええ、いい人ね。でも、いいわ、泳いでいらっしゃい。あなたが大波をものともせず、広い海原で手足を伸ばしている姿を想像したいから」

彼は帽子を取って浜に向かった。

「女なんて、何て下らぬことを言うものか！」

そうは思っても、彼はもてて有頂天だった。ぼくに夢中なのは間違いない。ブラックステイブルの大通りを足を引きずって歩いて、行きかう人びとをやや横柄な目で見渡した。挨拶するような知り合いは結構いたが、会釈しながら、この連中は誰もぼくの幸福を知りはしないのだ、と思った。ぜひ誰かに知らせたい。そうだ、ヘイウォードに手紙を書こう。そう思って、頭の中で文案を練った。バラの咲き乱れた庭園と小柄なフランス人の家庭教師のことを書くのだ。その愛らしい女性はバラに囲まれるとその香りも容姿も異国風の花のようである。そうだ、彼女はフランス人だと言おう――長年フランスに住んでいたのだから、そう言っても嘘にはならない。それに、すべてを馬鹿正直に告白するなど気のきかぬ話だもの。きれいなモスリンのドレスを着ていたときに彼女を見初めたこと、そしてどんな花を彼女がくれたかをヘイウォードに話すのだ。フィリップは牧歌的な美しい恋物語に仕立てた。陽光と海が物語に情熱と魔力を添え、星が詩情を与え、由緒ある牧師館の庭が絶好の背景となった。少しメレディスばりの物語であった。登場人物はメレディスの小説のルーシー・フェヴェレルやクレアラ・ミドルトンのような美男美女というわけには到底いかないが、とにかく大変魅力的な牧歌だ。フィリップは有頂天になった。自分の想像の世界に満足したので、体から水滴がしたたり、少し寒さを覚えながら更衣小屋に戻ってからも、すぐに想像の世界をさまよった。愛の対象の女性のことをいろいろ想像した。ほれぼれするような愛らしい鼻と大きく見開いた茶色の目をしていて——そうだ、ヘイウォードに分かるように彼女の姿を描写してやろう——ふさふさしたやわらかい茶色の髪なので、そこに顔を埋めるといい気分だとか、肌が象牙や日光のようだとか、頬が真紅のバラの花のようだとか。年はいくつにしようか？　一八くらいか？　名前はミュゼットにしておこう。彼女の笑い声は小川のせせらぎのようで、声はやさしく甘美で、これまで聞いたこともない、心なごむ音楽のようだ。

「あなた、いったい、何を考えているの？」

フィリップは急に立ち止まった。ゆっくりと家に向かって歩いていたのだ。

「向こうからずっと手を振っていたのに！　ずいぶんぼんやりしているのね」

ミス・ウィルキンソンが、フィリップが驚いているのを笑いながら、行く手をさえぎるように立っていた。

「あなたを迎えに出ようと思ったの」

「それはどうも」

「驚かせてしまったかしら？」

「うん、少しね」フィリップは答えた。

ヘイウォードへは、それでも、調子のよい手紙を書いた。八ページにも及ぶ手紙だった。

ミス・ウィルキンソンとの交遊で残りの二週間はあっという間に過ぎていった。毎晩、夕食後に二人で庭に出ると、また一日過ぎてしまったわ、と彼女は言っていたけれど、フィリップは上機嫌で、彼女とまもなく別れるからといって気が滅入るようなことはなかった。ある夜、ミス・ウィルキンソンは、ベルリンの住み込み家庭教師の仕事をロンドンでも探せるといいのだけど――そうすればいつも会えるもの、と言った。うん、それはいいねと、フィリップは口では言ったが、そう考えても心は弾まなかった。ロンドンに行ったら、すばらしい生活をしようと期待していたから、束縛はいやだった。あれもこれもしたいのだと、あまりに身勝手にしゃべり、一刻も早く上京したいという気持をミス・ウィルキンソンにさとられてしまった。

「あたしを愛しているのなら、そんな言い方はないじゃないの」声高に彼女が言った。

フィリップははっとして口を閉ざした。

「あたし、馬鹿だったわ」彼女が小声で言った。

驚いたことになんと彼女は泣いていた。彼はやさしい心の持主なので、人の不幸を見るのを好まなかった。

「あ、ごめんなさい。何か気を悪くするようなことを言った？　泣かないで」

「ね、フィリップ、あたしを棄てないで。あたしにとって、あなたがどんなに大切な人か分かっていないのね、あなたは。これまでつらい毎日だったけれど、あなたのおかげでとても幸福になれたのよ」

彼は何も言わずにキスした。彼女の声は本当につらそうで、彼は愕然とした。彼女が自分を本気で愛しているなど、これまで気付きもしなかったのだ。

「申し訳ない。ぼく、あなたがとても好きです。ロンドンに来てくれたら嬉しいけれど」

「ロンドンには行けないわ。だって仕事がないし、それにイギリスで暮らすのはいやですもの」

フィリップは、自分が演技しているのを、あまり意識せずに、もっぱら彼女の不幸に心を動かされて、強く抱きしめてしまった。女の涙を見ていささか得意になり、偽りでなく心をこめてキスした。

しかし、それから一、二日して、彼女は人目に立つように泣いたり、わめいたりした。牧師館でテニス・パーティがあり、若い娘が二人出席した。最近ブラックステイブルに引っ越して来たインド連隊の退役少佐一家の娘だった。大変美しくて、年齢は、上はフィリップと同じ、下は、一、二歳下だった。娘たちはインドで若い男との交際に慣れていて(二人とも、インドの高原駐屯地の話をいろいろ知っていたが、当時はラドヤード・キプリングのインド物の小説がとても人気があった)、フィリップを気軽にからかい出した。フィリップのほうも、一般の若い女性には、牧師の甥ということで生真面目な態度で扱われるのに慣れていたから、意外な扱いを喜んで、陽気に振舞えた。魔がさしたとでもいうのか、二人の娘のどちらにも誘いをかけた。先方も他に若い男がいないせいもあって、ある程度興味を示した。たまたま二人ともテニスが上手で、フィリップはミス・ウィルキンソンの下手さ加減(何しろブラックステイブルに来てからテニスを始めたのだ)にうんざりしていたので、お茶の後、ダブルスの組み合わせを作るとき、ミス・ウィルキンソンは副牧師とペアになって、副牧師の夫人組と戦うように取り計らった。自分は後で、二人の娘たちとプレイすればよいと考えた。姉のほうのミス・オコナーの隣にすわって、フィリップは声をひそめて、「下手くそな連中にまず最初にやらせておいて、ぼくらで楽しくプレイしようね」と言った。

これが、どうやらミス・ウィルキンソンの耳に入ってしまったようで、彼女は急にラケットを放り出し、頭痛がすると言って立ち去った。腹を立てているのは誰の目にも明らかだった。何も他の人たちに分かるように大げさにしなくてもよいのに、とフィリップは思い、迷惑に感じた。組み合わせは彼女を除いて決めたが、ほどなく伯母がフィリップを呼んだ。

「フィリップ、エミリの気持を傷つけたのよ。あの人、自分の部屋に行って泣いているわ」

「何で泣いているの？」

「下手くそな連中と決めつけられたって。さあ、あの人の所に行って、不愉快なことを言うつもりはなかったと言いなさい。さあ、いい子だから」

「分かった」

ミス・ウィルキンソンの部屋の戸をノックしたが返事がないので、入って行った。彼女はベッドにうつぶせになって泣いていた。肩に手を置いて彼は言った。

「ねえ、一体どうしたの？」

「放っておいて。もうあなたとは口をききたくないわ」

「ぼくが何をしたというの？　気を悪くしたのならごめんなさい。そんなつもりはなかったのに。さあ、起きて」

「ああ、あたしとてもみじめよ。どうして、こんなひどい仕打ちをするの？　大体、テニスなんて大嫌い。あなたとプレイしたいだけでやっているのよ」

そう言うと、立ち上がって化粧台のほうに歩いて行った。だが、鏡の中の自分をちらと見ると、椅子の中に沈みこんでしまった。ハンカチを丸めて、目を軽くたたいた。

「女が男の人にあげられる一番大事なものをあげたのに、あなたは感謝の気持もないのね。ああ、あたしって馬鹿だったわ。あなたってよほど意地が悪いのね。あんな品のない娘たちとふざけ合ってあたしを苦しめるなんて、薄情な人ね。もう一週間ぐらいしかないというのに。その短い時間もあたしのために取っておいてくれないの？」

フィリップは少しむっつりして彼女の上にかがみこんでいた。子供っぽい振舞いをする女だと思った。他人の前で怒りをあらわにするなんて、フィリップはただ当惑するばかりだった。

「でも、ぼく、オコナー姉妹のどちらにも全然関心などないんだけど。どうして、ぼくが興味を持ってるなんて思うの？」

ミス・ウィルキンソンはハンカチを顔から取った。化粧した顔には涙でしみが出来、髪は少し乱れていた。白い服は、今回はあまり似合っていない。彼女は飢えたような、情熱的な眼をフィリップに向けた。

「だって、あなたは二〇歳で、あの娘もそうでしょ。でも、あたしはもう年ですもの」

彼女はしゃがれ声で言った。

フィリップは赤くなり、目をそらせた。彼女のつらそうな声を聞くと、彼は奇妙に不安にかられた。こんな人とは何の関係も持たなければよかった、とつくづく思った。

「悲しませるつもりなんてなかったんだ」彼は弁解するように言った。「下に行って、お客さんの応対をしたら？　みんな、どうしたのかと変に思いますよ」

「分かったわ」

フィリップは彼女のそばを離れてほっとした。

喧嘩の後に仲直りということになったが、残された数日間、フィリップにとって、時にはうんざりすることもあった。というのも、彼は将来のことをぜひ話したいのに、将来の話はミス・ウィルキンソンを泣かせることになったからだ。最初のうちは、彼女の涙のせいで、自分がひどい男であるように思い、いつまでも変わらぬ愛を誓ったりした。しかし、次第に苛立ちを覚えた。彼女が若い娘なら仕方がないけれど、大人の女がこんなに泣くなんて愚かだ。彼女は他の話をしていても、すぐに、フィリップが彼女に返済できぬほどの借りがあるのだと言い出した。あまりのうるささに、その通り恩を感じているとは認めたけれど、実際には、その点では五分五分だと思っていた。恩返しにいろいろ要求されたが、時には、とてもわずらわしいこともあった。フィリップは以前から孤独に慣れていて、ひとりになりたいときもあった。ところが、ミス・ウィルキンソンは、彼がいつもそばにいないと、思いやりがないと言う。オコナー姉妹から二人にお茶への招待状が届いて、フィリップは行きたいと思ったが、彼女は、出発まで五日しかないのだから二人だけで過ごしたいと言った。フィリップは得意でもあったけれど、何ともうっとうしかった。男女がこういう関係になった場合、フランスの男が相手の女性にどのように気のきいた心遣いをみせるのか、という話をミス・ウィルキンソンはよくしたものだった。フランス紳士の礼節や、自己犠牲的情熱、如才なさなどを賞讃した。彼女の要求は大き過ぎた。

完璧な恋人に必須とされる資質を彼女が次々に列挙するのを聞きながら、フィリップは、彼女がベルリンで暮らすことに大きな安堵を覚えずにはいられなかった。

「手紙をくれるわね？　毎日書いてね。あなたのすることすべてを知りたい。隠しごとをしたりしてはだめよ」

「とても忙しくなると思うんだ。でも、できるだけたくさん手紙を出すから」

彼女は彼の首に情熱的に両腕を廻した。彼女の愛情の示し方の大胆さに当惑することがよくあった。もう少し控え目であってくれたらと思った。彼女が、何でもかんでもリードしたがるので、フィリップは少なからずショックを受けた。女性は控え目だというフィリップの先入観とは、まったく相容れなかった。

ついにミス・ウィルキンソンの出発の日が来た。蒼白な顔に疲れた表情で、黒と白のチェックの旅行服を着て朝食の席に下りて来た。とても有能な女家庭教師という風情だった。フィリップも口数が少なかった。こういう場にふさわしい言葉を思いつかなかったのだ。それに、何か軽はずみなことを口にすれば、ミス・ウィルキンソンが伯父のいる所で、わっと泣き出し、妙なことを言い出しかねなかった。前の晩に庭で二人は別れの挨拶をしていたから、もう二人だけになる機会がないことに、フィリップはほっとした。朝食後は食堂になんとなく居残ったが、それは、階段の所でミス・ウィルキンソンがキスしようとせまる恐れがあったからだ。メアリ・アンは今では中年に近く、厳格な女になっていたから、もし二人のそんな場面を目撃されたら一大事だった。メアリ・アンはミス・ウィルキンソンが嫌いで、よく古狸と呼んでいたのだ。その日、ルイザ伯母は体調がすぐれず、駅に見送りに行かなかったので、牧師とフィリップだけで彼女を見送った。列車が動き出す直前、彼女は窓から乗り出して伯父にキスした。

「フィリップ、あなたにもキスしなくては」

「ええ、どうぞ」赤面しながらフィリップが答えた。

彼がステップに立つと、すぐ彼女はキスした。列車が動き出すと、彼女は車両の片隅に頼りなげにすわり、悲しそうに泣き出した。フィリップはといえば、牧師館に歩いて戻りながら、全身で解放感を味わった。

「ちゃんと見送ってあげました?」帰宅すると伯母が尋ねた。

「ああ、ばかにしょんぼりしていてね。私とフィリップにどうしてもキスする、と言ってきかなかったよ」

「まあ、あの年の人なら、それでも問題はないわね」そう言ってから、伯母はサイドボードを指差した。「あなたに手紙が来ているわよ、フィリップ。一番便で届きました」

ヘイウォードからのもので、次のように記されていた。


すぐ返事を書くことにした。実はきみの手紙を親しくしている婦人に見せたのだ。いろいろとぼくの力になってくれている大事な友人で、絵画と文学に堪能なすばらしい人だ。で、この人とぼくと二人とも、きみの手紙が魅力的だという点で見解が一致した。真情があふれている。一行一行にこめられている好感の持てる率直さに、きみ自身は気付いていないだろう。恋しているせいか、きみは詩人のような筆遣いをしている。これは本物だ。きみの若々しい情熱の輝きが伝わってきたし、きみの散文は真《しん》摯《し》な情念のために音楽的だ。きみは今幸せの絶頂なのに違いない。きみらが花園の中を、ダフニスとクロエーのように手を取り合って逍遥しているとき、あの魔法の庭園にそっと姿を隠して見ていたかったね。ぼくの親愛なるダフニスよ、若々しい恋に目を輝かせているきみの姿が目に見える。やさしく、うっとりとした、熱烈なきみの姿が。一方、きみのクロエーはきみの腕に抱かれ、新鮮でうぶで、きみの愛をこばみ続けるが、最後には受け入れるのだ。バラ、スミレ、スイカズラ！　目に浮かぶよ。きみが羨ましい。初恋が純粋な詩であったのは、本当によかった。不滅の神が最高の贈物をくださったのだから、この瞬間を大事にしたまえ。人生の最後まで甘ずっぱい記憶として残る。こういう奔放な歓喜は二度と味わえないだろう。初恋は最高の恋だ。彼女は美人できみは若い。この世はすべてきみたち二人のためにある。その娘の長い髪の中に顔を埋めたというきみの素朴な記述を読んで、ぼくの鼓動は高鳴った。きみの素朴さはみごとだ。その娘の髪はみごとな栗色で、ほんの少し金髪が混じっているのじゃないかな。二人で葉のよく茂った木の下に寄り添ってすわり、『ロミオとジュリエット』を読むといい。次にきみはひざまずいて、その娘の足が踏んだ地面に、ぼくに代ってキスして、そのキスは彼女の輝くばかりの若さと、彼女へのきみの愛とに、詩人がささげる敬意だと話してくれたまえ。

永遠の友、G・イサリッジ・ヘイウォード

「下らぬたわごとを！」フィリップは読み終えると、吐き捨てるように呟いた。

奇妙なことに、ミス・ウィルキンソンが前に『ロミオとジュリエット』を一緒に読もうと言い出したことがあった。しかし、フィリップは断固として断わったのだ。ヘイウォードの手紙をポケットにしまいながら、恋の現実と理想とはかくも違うものかと思い、苦々しい気分に襲われた。

36

数日後フィリップはロンドンに発った。副牧師がバーンズの貸室を紹介してくれ、週一四シリングで借りると既に連絡してあった。午後そこに着くと、女主人が三時のおやつ《ハイ・ティー》を用意していてくれた。しなびた体でしわだらけの顔をした、風変りな小柄の老婦人だった。居間はサイドボードと四角いテーブルがかなりの部分を占めており、さらに、一方の壁に、馬巣《ばす》織りの毛布を掛けたソファ、暖炉わきにソファとマッチするひじ掛け椅子が置いてある。この椅子の背には白い背カバーが掛けてあり、シートの部分はスプリングが壊れているので、硬いクッションが置いてある。

お茶の後で荷物を解き、書物を並べ、それからすわって読書しようとした。しかし、どうも気が滅入ってくる。通りが静かなのが気味悪く、孤独感に襲われた。

翌日は朝早く起きた。燕尾服を着て、学校時代のシルクハットをかぶった。しかし、みすぼらしくなっていたので、事務所へ行く途中にデパートに寄り、新しいのを買おうと思った。帽子を新調してもまだ時間が余ったので、ストランド通りに沿って歩いてみた。目的のハーバート・カーター商会はチャンセリ・レイン通りから入った小さな通りにあるので、何度も人に道を尋ねなくてはならなかった。道行く人がこちらをじろじろ眺めているように思われ、フィリップは、買ってきた帽子に値札でもついたままかと思って、脱いで確かめた。事務所に着いてドアをノックしたが、返答がない。時計を見ると、やっと九時半になったところだ。早く来すぎたらしい。一〇分後に戻ってみると、鼻の長い、にきび面のオフィス・ボーイが戸を開けてくれた。スコットランド訛りのこのボーイは、フィリップの問いに、ハーバート・カーター氏はまだ出社していない、と答えた。

「何時頃、出社されます?」

「一〇時と一〇時半の間くらいです」

「じゃ、待たせてもらいましょう」

「ご用件は?」

そう聞かれて、フィリップは気後れがしたけれど、ふざけた態度でそれをごまかした。

「きみが反対しなければ、ここで働こうと思っているのだよ」

「ああ、年季契約の新人の方ですね。どうぞ入ってください。グッドワージーさんがじきに来ますから」

フィリップは中に入ったが、その時、自分の足をボーイがじろじろ見ているのに気付いた。ボーイはフィリップと年は同じくらいで、下級書記ですと言っていた。足を見られると、フィリップはすぐ顔を赤らめ、椅子に掛けると悪いほうの足をもう一方の足で隠した。部屋の様子を眺めた。暗くて、薄汚れている。天窓から光が入っていた。机が三列並んでおり、背の高い椅子もある。暖炉の上にはボクシングの場面を描いた版画が掛かっていた。やがて書記が一人出社して来て、まもなくもう一人やって来た。二人はフィリップをじろりと見て、小声でボーイ(マクドゥガルという名前らしかった)に、あの人は誰だと尋ねた。やがて口笛が鳴り、マクドゥガルが立ち上がった。

「グッドワージーさんが見えました。支配人です。あなたのいらしていること、話しましょうか?」

「ええ、そうしてください」

ボーイは部屋を出て行き、すぐ戻って来た。

「こちらへどうぞ」

フィリップは廊下を横切り、ほとんど家具のない小さい部屋へ通された。小柄なやせた男が暖炉を背にして立っていた。平均的な身長をかなり下まわっているのだが、頭はばかに大きくて、体の上にだらしなくのっているようなので、妙に醜い感じを与えた。目鼻立ちは平たく、広がっているが、淡い色の目だけ飛び出ている。髪は薄く、砂色である。頬ひげが顔一面に不揃いに生えていて、普通なら、まとまって生えているはずの箇所にまったく生えていないといった状態である。肌は青白く、黄ばんでもいる。フィリップに握手の手を差し出した。にっこりすると歯が欠けているのが見えた。話し方は相手を見下すようなところと、小心そうなところが混じっていて、どうやら、自信はないくせに、偉ぶった態度を努めて取ろうとしているらしい。仕事が気に入ればいいがね、と言った。骨が折れる仕事だけれど、まあ、慣れれば面白くなるだろう。それに一応、金になる仕事だから、その点が肝要じゃないかね。そう言うと、優越感と劣等感の奇妙に入り混じった様子で笑った。

「カーターさんはまもなく現れる。月曜日の朝は時に遅いこともある。見えたら呼んであげよう。それまで、何か仕事をしてもらうとしよう。簿記とか会計とか、多少知っているのかね?」

「どちらもだめです」

「まあそうだろうな。社会で役立つことなど学校では教えないから」それからしばらく考えて、「そうだ。やってもらうことがあったぞ」

そう言うと隣の部屋に入り、ほどなく、大きなダンボールの箱を抱えて来た。たくさんの手紙が乱雑に入れてあった。それを選び、差出人のアルファベット順に整理するように命じた。

「年季契約の社員がいつもいる部屋に案内しよう。とてもいい奴がいるんだ。ワトソンという名の男で、ワトソン・クラグ・トムソン社、ほら、醸造業の会社さ、あそこの一人息子というわけだ。仕事を覚えるというので、うちで一年間預かっているのだ」

グッドワージー氏は、フィリップを連れて、六、七名の書記の働いている汚い部屋を通り抜け、奥の小さな部屋に入った。ここはガラスの仕切りで別室に作り変えた所で、ワトソンが『スポーツマン』を読みながら椅子にそり返っていた。大柄で肉付きのよい青年で、しゃれた服を着ている。グッドワージー氏が入って来ると顔を上げた。支配人のことをグッドワージーと呼びつけにすることで自分の地位を誇示した。一方、支配人のほうも、ミスター・ワトソンと呼ぶことによって、青年の気やすい態度を皮肉ったのだが、青年は、これを自分への敬意と解して、皮肉とは気付いていない。

「この記事によるとリゴレットの出場が取消しになったようだ」青年は、二人だけになるとすぐフィリップに言った。

「そうですか?」競馬のことなど何も知らぬフィリップが答えた。

ワトソンの服のすばらしさに見とれた。仕立てのよい燕尾服はぴたりと体に合っているし、幅広のタイの真ん中に高価なタイピンを格好よく止めている。暖炉の上にはシルクハットが置いてある。粋な釣鐘形の光っている帽子で、フィリップは自分のをみすぼらしいと感じた。青年は狩猟の話をした。こんな面白くない事務所で時間を空費するなんてたまらない。土曜日にしか狩りができない。それに銃猟もできない。国中からすばらしい招待状をもらっているのに、断わるしかない。ひどい話だ。でも、いつまでも我慢などしていられるか。まあ、ここにいるのも一年だけさ。一年経ったら、おやじの仕事を手伝うつもりだ。そうなれば、週に四日は狩りに行けるし、銃猟も思う存分できるだろう。

「きみはここにこれから五年はいるんだろう?」ワトソンは小さな部屋の中で腕を振りまわしながら言った。

「そうだと思います」フィリップが答えた。

「きみとはぼくが本務についてからも会うかもしれんな。この事務所におやじの社の経理を任せているんだから」

この青年がばかに偉そうな顔をしているのにフィリップは圧倒された。ブラックステイブルでは醸造業者など比較的低く見られて、伯父など、ビール製造業のことで軽口をたたいていたものだ。それなのにワトソンがこんなに尊大な態度を取るので、度肝を抜かれた。ウィンチェスターという名門校を経てオックスフォードに進学したという学歴のことを何度も話にのぼせた。フィリップの学歴を知ると、ワトソンは、さらにこれみよがしの口調になった。

「パブリック・スクールに行けないのなら、まあ、そういう学校でよしとするしかないだろうな」

オフィスの他の人たちのことを尋ねてみた。

「ああいう連中とは付き合わないんだ。カーターはまあいい男だな。時どきわが家に食事に招待することもあるくらいだ。他の連中はみな取るに足らん奴ばかりだ」

まもなくワトソンは何か手元の仕事を始め、フィリップも手紙の整理を始めた。まもなく、グッドワージー氏がやって来て、カーター氏が出社したと言う。そしてフィリップは連れられて、グッドワージー氏の部屋の隣の広い部屋に行った。大きな机と大きなひじ掛け椅子が二つある。床にはトルコ絨毯《じゅうたん》が敷かれ、壁面は狩猟の場面の版画で飾られている。カーター氏は机に向かっていたが、フィリップと握手しようと立ち上がった。長いフロック・コートを着ている。軍人といった印象だ。口ひげはワックスで固めているし、白髪は短く、こざっぱりと整え、姿勢もいい。活気のある話し方で、エンフィールドに住んでいる。スポーツの試合や田園地帯の魅力を説くことに熱心だった。ハートフォードシア義勇農騎兵団の将校だったし、保守党協会の議長だったこともある。ある地方の名士が、カーター氏をロンドンの実業家と思う者はいないだろうな、と言ったという話を伝え聞き、大変満足していたという。カーター氏はフィリップに親しみのこもった態度で接してくれた。グッドワージーがよく面倒を見てくれるはずだ。ワトソンは立派な紳士で狩猟の腕もいい。フィリップ、きみは狩猟をするかね？　しないとは残念だな、紳士に最適の趣味なんだがな。もっとも、この私も今は狩猟に出る機会もあまりなくて、そのほうは息子に任せている。息子はケンブリッジ大学に行っているが、パブリック・スクールはラグビー校だった。ラグビーはいい学校だ、何しろ上流の子弟ばかりなのだ。息子は二年もするとここに見習いに来るから、きみも仲好くしてやってくれ。ここでしっかり勉強してくれたまえ。講習会には必ず出るんだよ。この職業の品位を高めるために、紳士に来てもらいたいと思っているのだ。いいかね。グッドワージーがいるから、分からないことは何でも彼に聞いてくれ。字は上手かい？　まあいいだろう。グッドワージーがそのほうも教えてくれるから。

フィリップはカーター氏がばかに紳士、紳士と連発するのに圧倒される思いだった。ブラックステイブル辺りでも、紳士か否かの区別はあるにはあったが、そういうことは本当の紳士ならあまり口にすべきことではなかったのだ。

37

はじめのうちは仕事の物珍しさもあって興味を持てた。カーター氏のために手紙の口述筆記をしたり、会計報告の清書などをした。

カーター氏は事務所を紳士的に運営するのを好んだ。タイプライターは導入せず、速記もまがまがしいと考えていた。ボーイは速記ができたが、それを活用するのはグッドワージー氏だけだった。フィリップは時折、ベテラン社員の一人と共に会社の経理調査に出かけることがあった。どの顧客を丁重に扱わねばならないか、どの顧客が不景気か、次第に分かるようになった。時どき、数字の並んだ表を渡され、計算することもあった。第一次試験に備えて、講習会に出た。グッドワージー氏は、勉強ははじめは退屈でも、だんだん慣れてくるよ、と何度も言っていた。六時になると事務所を出て、川を渡ってウォータールーまで帰る生活が続いた。下宿に戻れば夕食が待っていて、その後は読書で夜を過ごした。土曜日の午後は国立美術館《ナショナル・ギャラリー》に行った。ガイドブックを手にしていたが、これは、ラスキンの著作から編集してあり、ヘイウォードが以前に推薦したものだった。これを頼りに部屋から部屋へと熱心に見てまわった。ある絵についてラスキンが述べたことをよく読み、自分も同様な特色を絵から感じ取ろうと意気ごんだ。日曜日の過ごし方が問題だった。ロンドンに知り合いはいないので、ひとりで過ごすしかなかった。弁護士のニクソン氏がハムステッドの自宅に日曜日に招待してくれたことがあった。おかげでフィリップは、活気あふれる初対面の人たちと共に楽しい一日を過ごした。よく食べよく飲んで、ヒースの野まで散歩し、これからも気が向いたらいつでも訪ねるようにと言われて帰って来た。しかし、彼は人の邪魔になるのを極端に恐れ、正式の招待状が来るのを待った。当然、そういうものは来なかった。ニクソン一家は、多くの友人がいるので、フィリップのような孤独で無口な青年のことなど忘れてしまったのである。それに、彼のほうから遊びに行きたいという申し出もしなかった。それゆえ、日曜日は寝坊し、曳き船道に沿って散歩するしかなかった。バーンズ辺りでは、テムズ川も泥で汚く、潮の干満があり、水門から上流までの典雅な美しさもないし、また、ロンドン橋下流の船が多数行きかうロマンチックな光景もない。午後は公有地の辺りを散歩したが、ここも灰色で汚れている。田舎でもなければ、都会でもない。ハリエニシダは生育不全で、辺り一面文明生活の出すゴミでいっぱいだ。毎週土曜日の夜は観劇に当てることにして、大衆席の戸口で一時間ほど楽しい気分で開場を待った。美術館が閉じてから、A・B・Cチェーンのレストランで夕食を取るまでの時間、バーンズに戻ってもよいのだが、戻ったところで少しも楽しくない。時間をもてあました。仕方なく、ボンド街を歩いたり、バーリントン・アーケードを通り抜けたりして、疲れたらハイド・パークのベンチにすわったり、雨天ならセント・マーチン小路の公共図書館で時間をつぶした。町を行く人びとを眺め、その人たちに仲間がいるのを羨ましく思った。あの人たちは幸せなのに、自分ひとりみじめなので、羨望が憎悪に変わることもあった。大都会でこれほど孤独を味わうなど、夢にも想像したことはなかった。劇場の大衆席の入口で待つ間、隣の人が話しかけてくることもたまにはあった。でもフィリップは、見知らぬ人に対する田舎者特有の猜疑心のために、相手にそれ以上話させぬような愛想の悪い受け答えをした。観劇の後、感想を述べ合う相手もいないので、すぐ橋を渡ってウォータールーへと帰った。下宿に戻ると、部屋は経済的な理由で、暖炉に火が入っていない。気が滅入るばかりだ。ひどくわびしい。次第に下宿がいやになり、そこでのひとりぼっちの侘住《わびずま》いもいやになった。あまりの寂しさに、読書する気分にもなれないこともあった。そういうときは、みじめな気持で何時間もじっと暖炉の火を見つめていた。

もうロンドン暮らしも三カ月になった。その間、ハムステッドでの一回の日曜日を除けば、同僚の社員以外と言葉を交わしたことはただの一度もなかった。ある夜、ワトソンがレストランに誘ってくれた。その後、一緒にミュージック・ホールに行ったが、フィリップは気恥ずかしくて、楽しめなかった。ワトソンはフィリップには関心のないようなことばかり話している。ワトソンなんて俗物だと思うものの、感心せざるをえない面もある。ワトソンがフィリップの教養を軽視しているのは明らかなので腹立たしかった。しかし、フィリップは他人の目に自分がどう映るかで自分を評価する傾向があったので、これまで自分としては重要視していた教養の数々を下らぬものと考え始める始末であった。また、自分の貧しさゆえのくやしさを初めて痛感した。伯父は月に一四ポンド送金してくれたが、衣服の出費は馬鹿にならなかった。イヴニングは一着五ギニーもした。それでも、ワトソンには、ストランド街で買ったのを秘密にしておかなくてはならなかった。ワトソンに言わせれば、まともな洋服屋はロンドンに一軒あるだけということだった。

「きみ、ダンスはしないのだろう?」ある日、フィリップのえび足を眺めながら、ワトソンが言った。

「ええ」

「残念だな。ダンス・パーティに、踊れる男を何人か連れて来て欲しいと頼まれているんだがね。可愛い女の子も紹介できるんだぜ」
一、二回、バーンズに戻る気にならず、町に残ることもあった。夜遅くなってウェスト・エンドの住宅街をさまよい歩いて、パーティの催されている一軒の邸を見つけた。みすぼらしい一群の人に混じって、下男たちの背後から、客が着くのを眺め、窓から流れ出る音楽に耳を傾けた。寒い日であったにもかかわらず、時どき二人連れがバルコニーに現れ、新鮮な空気を吸うためにしばらく佇《たたず》んでいる。二人は恋仲なのだろうと想像したフィリップは、目をそむけ、重い心で通りを足を引きずって行った。あのバルコニーの男の立場に自分が立つことはないだろうな。どんな女も、えび足を嫌って、関心を持ってくれないに決まっている。
それにつけても思い出されるのは、ミス・ウィルキンソンのことだった。思い出したところで、気が晴れるわけではない。別れる前に、フィリップの住所が確定するまで、チャリング・クロス郵便局留で便りをよこすという約束をしていた。局に行ってみると三通届いていた。ブルーの便箋にスミレ色のインキで、フランス語だった。どうして普通の女のように英語で書けないのか、とフィリップは思った。情熱的な表現は、フランス小説を思い出させ、フィリップは白けるばかりだった。どうして便りをくれないの、という非難に対して、彼は、忙しかったのだと返事を書いた。いざ返事を書き出すと、相手をどう呼ぶべきかと迷った。「ダーリン」とか「恋しい人」という表現を使う気にはなれず、「エミリ」と呼びかけるのもいやだった。結局、「親愛な人」とした。これでは妙に間が抜けていると思ったが、あえて変えずにおいた。これは彼が書いた最初のラヴレターだが、それにしては、少しも心がこもっていないのに気が付いていた。熱烈な言葉をちりばめるべきだというのは承知していた。一分間に一回思い出しているとか、美しい手にまたキスしたいとか、赤い唇を思い出すと体が震えるとか、書けば喜ばれるのは分かっている。だが、なぜか分からぬが、気後れが先に立って、そうできない。その代り新しい部屋や会社の様子のことなどを伝えた。するとすぐ感情を害した返事が届いた。悲しみ、かつ、非難するような内容だった。どうしてこんなに冷たいの？　手紙が来るのをどんなに心待ちにしていたか、分からないの？　女の与えうる大事なものをあげたのに、これがあたしの受ける報いなの？　もうあたしに飽きたの？　彼が数日間返事しなかったので、手紙による攻撃が始まった。あなたの冷酷さには耐えられない、郵便を待っていたのに、便りはない、くる夜もくる夜も泣いて泣いて、泣き疲れて眠るのよ、まるで病気のように見えるので、人にそう言われるわ。もうあたしを愛していないのなら、そう言ってちょうだい。あたしはあなたなしでは生きられないから、自殺するしかないわ。あなたって、冷淡で身勝手で恩知らずよ。すべてフランス語で書かれていた。誇らしげにフランス語を使っているのは分かっていたが、それでもこんな手紙を貰うと心配になった。彼女を不幸にしたくはなかった。しばらくすると、もう別離には耐えられないから、クリスマスにロンドンに行くと言ってきた。それは無上の喜びだけれど、ぼくはクリスマスを友人の田舎の家で過ごす約束をしてしまったので、取り消すわけにはいかないのだ、とすぐ返事をした。するとまた返事が来た。あなたにあたしを押しつけるつもりはないのよ。あたしに会いたくないのね。ひどいわ。これほどあなたを愛しているのに、こんな残酷な報いを平気でするなんて、ひどい人だわ。ミス・ウィルキンソンの手紙は哀れを誘うものであった。紙に涙の跡があった。フィリップは衝動的に、大変申し訳なく思っている、すぐこちらに来て欲しい、と書いてやった。それに対して、今はベルリンを離れられない、と言ってきたときには、心からほっとした。やがて彼女から手紙が来ると、気が滅入るようになった。開封しないで放っておくこともあった。どうせ、怒りに満ちた非難と哀願に決まっているのだ。読むと、自分が冷酷無比な男のように感じられるが、そんなひどい目にあわせたつもりはない。返事を一日延ばしにしていた。するとまた彼女から、病気になって孤独でみじめだと伝えてきた。

「彼女と関わりなど持たなければよかった」思わず呟いた。

ワトソンが女性関係を巧みに処理しているのには感心した。彼は旅芸人の若い女優と深い関係にあったが、その情事のいきさつを聞いて、フィリップは羨ましくなった。しかし、ほどなくワトソンは心変りした。女と別れたとフィリップに告げた。

「ぐずぐずしていても意味はないので、あの女に、もう飽きたって言ったよ」

「ひと悶着ありませんでしたか?」

「まあ、お定まりの騒ぎはあったよ。でも、ぼくを相手にそんなことしても無駄だ、とはっきり言ってやった」

「泣きましたか?」

「泣き出しそうになったけれど、ぼくは泣かれるのには耐えられないので、とっとと失せろ、と言ってやった」

フィリップは年とともにユーモア感覚がとぎすまされてきた。

「それで、とっとと失せましたか?」にやりとして尋ねた。

「ああ。それしかないと分かったのさ」

まもなくクリスマスの休暇も間近になった。ルイザ伯母は一一月からずっと具合が悪かったので、医者の勧めに従って、老夫婦はクリスマス前後の数週間コーンウォールに旅行することになっていた。その結果、フィリップは行き場がなくなり、クリスマス当日は下宿で過ごすこととなった。ヘイウォードの影響でクリスマスのお祭り騒ぎは卑俗かつ野蛮だと思うようになった。それで無関心でいようと決めていた。けれども、いざとなると周囲の楽しげな雰囲気に妙に感化された。家主夫婦は結婚している娘の家で過ごすので、面倒をかけぬため、フィリップは、外食する、と言った。お昼頃ロンドンに行き、ガティの店でひとり七面鳥ひと切れとクリスマス・プディングを食べた。その後、何もすることがないのでウェストミンスター大寺院の午後の礼拝に出た。大通りにはほとんど通行人はなく、人はみな忙しそうに歩いている。ぶらぶら歩いているのとは違い、はっきりした目標があるのだ。それに、ひとりぼっちで歩いている者などいない。みな幸福なのだ、とフィリップは思った。この時ほど孤独のつらさを感じたことはなかった。街路で所在なく時間をつぶし、それからレストランで夕食を取るつもりでいたのだが、陽気な人々が、談笑し、楽しむ姿をまた見るのに耐えられないと思った。そこでウォータールーに戻ることにして、帰路にウェストミンスター橋通りを通って、ハムとミンス・パイを買ってバーンズに戻った。それをひとり寂しく部屋で食べ、読書して夜を過ごした。ひどくみじめだった。

会社に戻ったとき、ワトソンに短い休暇をどのように過ごしたかを聞かされるのは、とても苦痛だった。可愛い女の子たちと一緒で、夕食後に応接室を片付けてダンスをしたという。

「午前三時まで寝に行かなかったんだが、どうやってベッドまで行けたのか覚えていない。いやあ、ひどく酔ったよ」

とうとうフィリップは、やけ気味に尋ねてみた。

「ロンドンで人と知り合うにはどうするんですか?」

ワトソンは驚いてフィリップを見て、少し馬鹿にしたように、にやりとして言った。

「さあ、どうするといっても、自然に知り合うんだな。ダンスをすれば、すぐにいくらでも人と知り合えるよ」

フィリップはワトソンが大嫌いだったけれど、彼と立場を交換できるのだったら、どんな犠牲も払ったところだろう。学校時代の気分がよみがえってきた。つまり、自分が他人と代ることができたら人生がどんなふうだろうと、想像する昔の癖が出たのである。

38

年の暮になると仕事が増えた。フィリップもトムソンという名の中年の書記とあちこちに出向き忙しかった。フィリップが支出品目を読みあげ、トムソンがチェックしてゆくという単調な仕事だった。時には、ずらりと数字を記した長い表を渡され、計算することもあった。フィリップはもともと数字に弱く、計算はゆっくりしかできなかった。よく間違えて、トムソンに怒られた。トムソンは四〇歳になる、ひょろ長い男で、血色が悪く、黒髪で、不揃いの口ひげをしている。くぼんだ頰で、鼻の両側に深いしわがある。フィリップが年季契約の見習いだというので反感を抱いていた。フィリップは三〇〇ギニー出して五年間見習いをする資力がある。そのおかげで地位の向上の見込みがあるわけだが、トムソンは経験も能力もあるのに、いつまで経っても週給三五シリングの下級書記のままだ。大勢の家族を抱えているため、ひがみ根性になっていて、フィリップを、勝手に高慢ちきな奴と決めつけて、苛立っていた。フィリップが自分より高学歴だといっては嘲笑したり、発音に訛りがないといっては、からかったりした。フィリップがロンドン下町特有の訛りなしに話すのも、気に入らなかった。だからフィリップと話すときには、自分のコックニ訛りをわざと強調するのだった。最初のうちは、乱暴で不快な態度を取っていたのだが、フィリップに会計能力がないのを知ると、折あるごとに恥をかかせることに喜びを見出すようになった。トムソンの攻撃は低劣きわまりないものであったが、フィリップの心は傷つき、自己防衛上、無理にも超然たる態度を装った。

「今朝は風呂に入ったのかい?」フィリップが遅刻して出社すると、トムソンが言った。フィリップの入社当初の時間厳守は続かなかったのだ。

「もちろん入りましたよ。あなたは?」

「いや、入らなかった。紳士じゃないものでね。しがない下級書記だから。風呂は土曜日の夜だけだ」

「それで月曜日には普段にもまして不愛想なんですね」

「今日は単純な足し算を少しやっていただけますかな? ラテン語とギリシャ語をご存じの紳士にこんなことをお願いしちゃ失礼かもしれんが」

「そんな皮肉はいただけないな」

そう言ったものの、フィリップは、自分が能力的には、他の安月給で教養のない書記に劣っていると思わざるをえなかった。一、二度、グッドワージー氏も苛立ちを隠さぬことがあった。

「もうそろそろ、きちんと仕事ができるようになっていいはずだ。オフィス・ボーイと較べても仕事ができないとはね」

フィリップはむっとして聞いていた。文句を言われるのはいやだったし、計算書の清書をするとき、グッドワージー氏がフィリップの仕事に不満で、別の社員にやり直しを命じるのに、口惜しい思いをした。はじめは、物珍しさも手伝って仕事に耐えられたのだが、今ではもううんざりするばかりだった。自分に適性がまったくないと分かると、仕事を毛嫌いするまでになった。それで、割当てられた仕事に精を出すべき時間に、社の用紙に絵を描いて時間を費やすことが時どきあった。ワトソンの姿をさまざまな角度からスケッチしたところ、当人がフィリップの画才にばかに感心してしまった。何枚かを家に持ち帰ったところ、家族一同もすっかり驚嘆したと翌日社で話した。

「どうしてきみは画家の道に進まなかったのかねえ。もちろん金にはならんが……」

カーター氏がたまたまワトソン家で食事に招待され、フィリップの絵を見せられた。翌朝フィリップは呼び出された。めったに所長に会わないので、フィリップは少しおびえて所長の前に現れた。

「いいかね、きみが仕事時間以外に何をしようと私の知るところではない。ただ、きみのスケッチを見せてもらったんだが、社の用紙に描いてあるじゃないか。グッドワージー君の話だと、きみは怠慢だそうだね。仕事に熱意がなくては、公認会計士としては落第だ。立派な職業で、紳士階級の人たちもこの職に就くようになったが、一人前になるには、どうしても……」言葉をどう結んでよいか迷い、結局、「熱中できなくちゃいかんな」という控え目な説教に終わった。

もし仕事が合わなければ、一年後に辞めて、契約金の半分を返済してもらえる、という取り決めがなかったなら、フィリップはひょっとするとこのまま腰を落ち着けたかもしれなかった。しかし、自分は帳簿の計算よりは、もっとまともな仕事に適していると思った。下らぬと思う仕事も、人並みにできぬというのは、屈辱的であった。トムソンとのつまらぬいざこざも神経にさわった。三月にワトソンが年季を終えた。フィリップは彼に好感を持っていたわけではないけれど、残念に思った。階級が上だというので、他の社員たちにひとしくこの二人が嫌われていることが、両者の絆となっていた。これから先、四年もこういう不快な連中と一緒にやってゆくのかと思うと、フィリップは気が滅入るばかりだった。上京する前は、ロンドンに行けばすばらしいことがあると期待していたが、ロンドンからは何ひとつ得られなかった。今ではロンドンを憎むようになった。一人の知り合いもいないし、これからも知り合いができるか自信がない。どこに出かけるのもひとりぼっちというのには、うんざりだった。こういう生活はもう我慢できない。夜ベッドに入り、あの薄汚い事務所やそこで働く連中を二度と再び目にすることがなかったら、また、みすぼらしい下宿から抜け出せるとしたら、天にものぼる気分だろうと、何度も思った。

春になってフィリップは手痛い失望を味わった。ヘイウォードが春にはロンドンにやって来るというので、フィリップはこの友人との再会を待ち望んでいたのだ。最近はずいぶん読書量も増えたし、じっくりと考えごとをする習慣も身についたから、人と議論したいことで頭はいっぱいだった。だが抽象的な事柄を喜んで話し合える者は周りに存在していなかったのだ。ヘイウォードとなら存分に何でも話せるというので心躍る思いでいたのに、どうしても来られないと言ってきたので、ひどく落胆した。何でも、その年のイタリアでは、久方振りの非常に美しい春で、当地を離れるのは忍びない、ということだった。さらに手紙には、フィリップこそイタリアに来たらどうだ、つまらぬ事務所などで、大事な青春をいたずらに過ごすなど気がしれない、と記されていた。さらに次のように記されていた。

よく辛抱できるね。フリート街やリンカンズ・インなんて、考えるだけでもぞっとするよ、ぼくは。世の中に生き甲斐は二つしかない。もちろん、恋と芸術だ。よくまあ、きみが事務所で帳簿なんかをつけて働いていると不思議だよ。シルクハット、傘、小さい黒鞄といういでたちをしているのかい？　いいかい、人生は冒険と考えるべきだ。人は、硬くて宝石のような焔をあげて燃焼すべきだ。リスクを恐れず、危険に身をさらすべきだ。パリに行って、絵をやりたまえ。きみにはその面の才能があると、いつも思っていたよ。

この助言は、少し前からフィリップが漠然と考えていた計画と一致した。最初は自分でも大胆過ぎると驚いたのだが、熟慮の後、今のみじめな状態から脱出する唯一の手段だと結論せざるをえなかった。ぼくに画才があるのは誰もが認めるところだ。ハイデルベルクにいた頃は、みんなぼくの水彩画をほめていた。ミス・ウィルキンソンも何度もぼくの絵のすばらしさを話題にした。ワトソン一家のような、ぼくと関係のない人たちもデッサンにとても感心していた。オペラ『ラ・ボエーム』の原作の『ボエーム生活情景』という小説に以前感銘を受けて、フィリップはそれをロンドンに持参していた。今、気分が晴れぬとき、この本を数ページ読むだけで、心はあの魅力的なパリの屋根裏部屋に飛んで行くのだった。あそこでロドルフォやミミなどが貧しくとも楽しく踊り、歌い、愛し合っているのだ。前にロンドンに憧れていたのと同じように、今度はパリを思った。また幻滅を味わうのではないかという懸念はなかった。ロマンスと美と愛に憧れ、そのすべてをパリが与えてくれるように感じた。ぜひとも絵の勉強がしたい。誰にも負けないで描けるようになれるはずだ。ミス・ウィルキンソンに連絡して、いくらあればパリで暮らせるだろうかと問い合わせてみた。年八〇ポンドもあれば充分だと知らせてきて、さらに、ぜひパリで勉強するようにと熱心に勧めてきた。会計事務所なんかで才能を無駄遣いすることないわよ。偉大な画家になれる人が書記などになるのは、馬鹿げている。どうぞ自分にもっと自信を持ってね。それが大切よ、と言ってきた。しかし、フィリップは用心深かった。ヘイウォードは気軽に、一か八かやってみろと言うけれど、あの男は優良株式から年三〇〇ポンドの収入があるのだ。それにひきかえ、ぼくは全財産が一八〇〇ポンドに過ぎない。慎重にならざるをえない。

ある日のこと、グッドワージー氏が急に、パリに行きたくないかと、フィリップに切り出した。フォーブール・サン・トノレにあるイギリス人所有のホテルの会計検査をしている関係で、年に二回、この事務所からグッドワージー氏ともう一人書記が出張することになっていたのだ。いつも行く書記がたまたま病気で行けず、忙しくて他の者も行かれなかった。フィリップなら留守にしても困らないし、それに、年季契約の身なのだから、仕事の中でも楽しいパリ出張の特典にあずかる権利もあるだろう。こう考えて、グッドワージー氏はフィリップに同行を求めたのであった。フィリップは有頂天だった。

「一日中仕事しなくちゃならんけどな、夜の時間は自由に使える。何といったってパリだよ」グッドワージー氏が言った。それから、したり顔で笑った。「ホテル側はとてもよくしてくれるんだ。全食付きだから、金はまったく要らん。他人の費用でパリにいられるってのは、いいものだ」

カレエに到着し、活発に動きまわっているポーターの群れを見ると、フィリップの心は躍り出した。

「これこそ本物の人生だ」と心の中で呟いた。

列車が田舎を走ると、目が外の風景に釘づけになった。何と美しい砂丘だろう、こんな美しい色のものを見たのは初めてだ。運河や、長く連なっているポプラ並木もうっとりさせる。北停車場《ガール・デュ・ノール》で降り、おんぼろ馬車に揺られて石畳の通りを進み出したときも、これまで味わったことのないすばらしい空気だと感じ、思わず大声で歓喜の叫びをあげそうになった。ホテルの入口で、感じのよい、太った支配人に出迎えられた。何とか通じる英語を話す人で、グッドワージー氏とは旧知の仲で、愛想よく二人を迎えてくれた。夜は支配人個人の部屋で奥方もまじえて食事をした。出されたポテト添えステーキ《ビフステク・オ・ポム》ほど美味なものは、今まで口にしたことがないと思った。また、一緒に出されたテーブルワインほどの美酒はこれまで飲んだことがなかった。

グッドワージー氏は真面目で健全な家庭人であったから、パリを楽しいエロチックな楽園だと見なしていた。翌朝支配人に、どこの劇場で一番きわどいショーをやっているかを尋ねた。パリ出張はグッドワージー氏にとってこの上ない気晴らしで、このおかげで老いぼれずに済むなどと言っていた。夜になり仕事も夕食も終わると、彼はフィリップをムーラン・ルージュやフォリ・ベルジェールに連れて行った。エロチックな場面に出くわすと、彼の小さな目は輝き、顔には好色そうな表情が浮かぶ。外人観光客向けのストリップ小屋をあちこち廻り、後で、あんなことを許可しているような国はつぶれるよ、と言っていた。どこかのショーで、ほとんど一糸まとわぬ踊り子が登場すると、フィリップをひじでつつき、また、小屋の中を歩きまわっている娼婦の中で一番元気のよい女を指で差し示したりした。彼がフィリップに見せたのは低俗なパリであったけれど、フィリップの目は妄想でくもっていた。彼は朝早くホテルを飛び出してシャンゼリゼ大通りに行き、コンコルド広場にじっと立ちつくした。六月のことで、パリは淡い空気に包まれ銀色に光っていた。周囲のフランス人に自分の心が向いてゆくのを感じた。ようやくロマンスを見つけたぞ。フィリップはそう思った。

パリに一週間足らず滞在し、日曜日に発ち、夜バーンズの薄汚い下宿に戻った。フィリップの心はもう決まっていた。会計士になるのは断念し、絵を学ぶためにパリに行くのだ。しかし身勝手な奴だと思われぬように、一年が終わるまでは留まることにした。八月の最後の二週間は休暇を取ることになっていたので、その休暇に出る前に所長に、もうここに戻る気持はないと話すつもりだった。しかし、そういう予定が出来てしまうと、一応事務所に出ることは出ても、仕事に関心があるという態度を保てなくなってしまった。将来のことで心はいっぱいだった。七月の中葉以後はあまり仕事がなかったので、第一次試験の講義に行くふりをして仕事をさぼった。そして余った時間は国立美術館で過ごした。パリに関する本と絵画に関する本を読んだ。ラスキンに夢中になった。ヴァザリの画人伝もたくさん読んだ。コレッジォの例のエピソードが気に入り、ある傑作の前に立って、「負けずに描くぞ!《アンキオ・ソン・ピットーレ》」とわめいている自分の姿を想像した。もう迷いなど霧散して、いつの日か偉大な画家になる素質が自分にはあるのだと確信するようになった。

「何といっても、やるしかない、人生で大切なのは一か八かぶつかることだ」そう自分に言いきかせた。

ついに八月中葉になった。カーター氏は八月はスコットランドに避暑に行き、グッドワージー氏が事務所の責任者となっていた。パリ旅行以来、彼はフィリップに親切になっていたし、フィリップのほうもまもなくおさらばだと思うと、この奇妙な小男も我慢できると思った。

「明日から休みを取るんだね」グッドワージー氏がフィリップに前日の夕方言った。フィリップはその日ずっと、これがこの不快な会社にいる最後の日だと、心の中で思い続けていた。

「ええ、今日で丸一年になります」

「どうも成績がよくないようだね。所長はきみに失望したらしいよ」

「ぼくが所長に感じる失望のほうがずっと大きいですよ」フィリップは明るく言い返した。

「そんな口のきき方をしてはいけない」

「ぼく、もうここには戻りません。ぼくが会計士の仕事に向かないと分かったら、カーター氏が契約金の半分を返してくれるという取り決めになっているんです。一年経ったから辞めてもいいわけですよ」

「せっかちにそんな結論を出すことはないのに」

「この一〇カ月間、ぼくはいやでたまらなかったんですよ。仕事も事務所もロンドンも。ここで過ごすくらいなら、横断歩道の掃除でもしたほうがましです」

「なるほど。実は、私もきみは会計に向いていないと思っていたのだよ」

「では失礼します」フィリップは握手の手を差し出した。「親切にして頂いてありがとうございます。ご面倒かけて済みませんでした。最初の日から、ぼくはどうもこの仕事に向いてない、と感じていたのです」

「もうすっかり決めたんだね。じゃあ、元気でな。これからどうするのか知らないけど、もしこの近くに来ることがあったら、いつでも寄ってくれたまえ」

フィリップは声を出して笑った。

「こう言っては失礼ですけど、みなさんと二度と再び会うことがないようにと、心の底から願っているのです」

39

ブラックステイブルの牧師は、フィリップが述べた計画にまったく耳を貸そうとしなかった。一度始めたことは、やり通すという考えにこだわっていたのだ。意志の弱い者は得てしてそうだが、伯父も、気が変わらないということを極端に大切だと思っていた。

「自分で会計士になろうと決めたじゃないか」

「他にロンドンに出る手段がなかったから、選んだまでのことですよ。今じゃあ、ロンドンも仕事も大嫌いだから、絶対に戻りませんよ」

ケアリ夫妻はフィリップが画家になりたがっていることに、ただただ啞然とするばかりだった。おまえの両親は紳士階級だったのを忘れたのかね？　絵描きなんて、まっとうな仕事じゃない。ボヘミアンで、低俗で、不道徳だ。その上、パリに行くなどとは！

「この件については私に発言権がある限り、おまえがパリで暮らすのを許すわけにはいかない」伯父はきっぱりと言った。

パリは悪の巣窟《そうくつ》だ。聖書にいう「緋色の女」や「バビロンの女」が悪を誇示している所で、「平原のまち」にまさる悪の街だ。伯父はそう思いこんでいた。

「おまえは紳士として育てられたはずだ。もちろんキリスト教徒でもある。おまえが悪の誘惑が多いパリなどに行くのを許したりしたら、亡くなったおまえの両親の信頼を裏切ることになってしまう」

「ぼくはキリスト教徒ではないし、紳士かどうかも怪しくなっていますから」フィリップは答えた。

言い合いは白熱化した。フィリップが僅かな遺産を自由にできるようになるまでにもう一年あった。この一年間、フィリップが会計事務所に留まっていれば年金を渡す、と伯父は主張した。一方、会計士になるのをやめるなら、契約金として払い込んだ金額の半分を返してもらうには、今すぐ事務所を辞めなくてはならないと、フィリップはよく承知していた。しかし、伯父は何としても聞き入れようとしない。フィリップはついに、慎しみを忘れて、ひどい言葉を投げつけた。

「ぼくの金を無駄に遣う権利は、伯父さんにもない。結局はぼくの金でしょ？　ぼくはもう子供じゃないんだ。ぼくがパリに行くと決めたら、それを止める権利などないじゃありませんか。ロンドンに戻れと命令することもできない」

「私にできるのは、私が適当だと考えることをおまえがしない以上、金を渡さないということだけだ」

「ふん、それなら、もういいよ。服や本や、それから、父の宝石を売って金をつくるから」

この間ルイザ伯母は心配そうに、みじめな様子で、沈黙していた。フィリップは逆上しているので、伯母が何か言おうものなら、ますます猛り狂うと思ったからだ。とうとう、伯父はもうこの件で話すのは真っ平だ、と言い、憤然として席を立った。その後三日間、二人はまったく口をきかなかった。フィリップは、パリに関する情報を求めて、ヘイウォードに手紙を出した。返事が届き次第、すぐ発つつもりだった。伯母はフィリップの計画についてとくと考えて、夫への怒りのために、このわたしまで恨んでいると感じ、とても悲しくなった。あの子を心から愛しているのに、と思った。ついにフィリップと話してみた。どんなにロンドンに嫌気がさしたのか、将来にどんな期待を持っているのか、フィリップがまくしたてるのに、丁寧に耳を傾けてやった。

「ぼく成功するかどうか分かりません。でもとにかくやらせて欲しいのです。会計事務所でのように失敗することは絶対にありません。絵ならうまく行きそうな気がするのです。自信があるんですよ」

これほどまで思いつめているのを思いとどまらせるのが正しいかどうか、伯母は伯父と違って確信が持てなかった。歴史上の偉大な画家で両親に画家修業を反対された例を読んだことがあった。親の判断は結果的に誤っていたのだった。それに、会計士が真面目な私生活を送れるなら、画家だってその点は変わらないように思った。

「わたしはね、あなたをパリに行かせるのが何だかこわいのよ。ロンドンで画家になる勉強はできないものかしら」

「画家の修業をする以上は、しっかりとやりとげたい。パリでしか本格的な勉強は可能ではありません」

フィリップに言われて伯母は例の弁護士に手紙を書いた。フィリップはロンドンの仕事に不満なのですが、仕事を変えるというのはいかがなものでしょうか、というのだった。ニクソン弁護士は次のような返事を寄こした。

拝啓

ハーバート・カーター氏と会ってきましたが、フィリップはどうやら期待したほど真面目に働かなかったようです。そんなにいやだと本人が言うのなら、契約を打ち切るのに好都合な今、そうしたほうがよいかとも存じます。当然私も失望しておりますが、諺にもある通り、馬を水辺まで連れて行くことはできても、水を飲ませることはできませんから。

敬具

アルバート・ニクソン

この手紙を伯母は夫に見せたが、牧師はますます頑固になるだけだった。フィリップが画家以外の他の職業に就くのなら反対はしない。フィリップの父と同じ医者になるのはどうかな、とも言った。しかし、どうしてもパリに行くと言い張るのなら、絶対に仕送りはしてやらない。

「パリに行くというのは、わがままと女遊びの口実に過ぎん」伯父が言った。

「他人のわがままを非難するなんてこと、伯父さんもよくできますね!」フィリップが鋭い口調で言い返した。

しかし、この時までにヘイウォードからの返事が届いていた。月三〇フランで借りられるホテルの名を教え、美術学校の幹事《マシエール》への紹介状を同封してきた。フィリップは手紙を伯母に読み上げ、九月一日に発つつもりだと告げた。

「でもあなたお金がないのでしょう?」

「今日の午後ターカンベリに行って、宝石を処分してくるつもりです」

父からの形見として、金時計と鎖、二、三個の指輪、カフスボタン、ネクタイピンなどを貰っていた。中に本真珠が一つあり、かなりの額になりそうであった。

「価値のある物でも売るとなれば安くなるのよ」ルイザ伯母が言った。

これは伯父の口癖であったから、フィリップはにやりとした。

「分かっていますよ。でも最悪の場合でも全部で一〇〇ポンドにはなります。それだけあれば、ぼくが二一歳になるまで暮らせますよ」

伯母は返事をせず、二階に行き、小さな黒い帽子をかぶり、銀行に行った。一時間ほどで戻って来た。応接間で読書していたフィリップのそばに来て封筒を渡した。

いた。


「何ですか?」

「ちょっとした贈物よ」伯母はきまり悪そうな微笑を浮かべた。

封筒を開くと、五ポンド紙幣が一一枚とソヴリン金貨でふくらんだ紙袋が入っていた。

「お父様の宝石を売るなんて、忍びないわ。これは銀行に預けておいたお金です。大体一〇〇ポンドにはなるわ」

フィリップは赤面した。そして、なぜか分からぬが、急に目に涙があふれた。

「でも伯母さん、とてもそんなものは頂けません。気持はとてもありがたいですけど、受け取るなんてとんでもない」

伯母は結婚するとき三〇〇ポンド持っていたが、この金は大事に取っておいて、不意の出費に遣ってきた。急に施しが必要になったり、夫とフィリップのためにクリスマスや誕生日の贈物にも遣った。年を経るにつれて金額も減った、妻にこの金があるのを牧師はいつもからかいの種にしていた。妻を金持と称し、いつも「へそくり」という言葉を口にしていたのだ。

「いいのよ、取っておいてね。いろいろ物入りがあって、これだけしかなくてごめんなさい。でも、あなたが受け取ってくれれば、わたし、とても嬉しいわ」

「でも、いずれ必要になりますよ、ご自分のために」

「いいえ、そういうことはないと思うわ。伯父様が先に亡くなったときに備えて取っておいたのです。そういう場合、貯金があれば役立つと思ったから。でも、わたしはこの先長くは生きられないような気がするのです」

「伯母さん、そんなこと言わないで。もちろん、ずっと長生きできますよ。伯母さんはぼくには必要なんです」

「長生きできなくても構わないのよ」伯母は涙声になり、手で目を覆った。でも、すぐさま涙をぬぐうと、気を取り直して微笑を浮かべた。「以前はね、伯父様がひとりぼっちにならないように、神様に、わたしを先にお召しにならないでくださいとお願いしていたわ。でも今では、わたしと違って、伯父様は、連れ合いに先立たれてもたいしてこたえないと思うの。伯父様は長生きしたいと思っているし、わたしはね、伯父様の望んだような妻ではなかった。わたしに万一のことがあれば、もしかすると、伯父様は再婚するかもしれないわ。だから、今はわたしが先に行きたいと思っているんですよ。ねえ、フィリップ、そう考えたからって、わたしは身勝手ではないわね。わたしのほうは、伯父様が亡くなったりしたら到底耐えられないでしょう」

フィリップは伯母のしなびた頬にキスをした。伯母の伯父に対する深い愛情を知って、なぜか分からないが、妙にきまりが悪くなった。あんな無感動で、身勝手で、ひどくわがままな伯父を、伯母がこれほど深く愛しているなんて不可解だ。伯母も心の奥では、伯父の冷淡さと身勝手が分かっていながら、つつましく夫を愛しているのだろう。フィリップは漠然とそんな気がした。

「さあ、お金を受け取ってくれるわね」やさしくフィリップの手を撫でながら言った。「これがなくともあなたがやっていけるのは分かっています。でも遣ってくれれば、とても嬉しいわ。あなたのために何かしてあげたいとずっと思っていたの。自分の子供がいないから、あなたを自分の息子と思って可愛がったわ。あなたが幼かった頃、あなたが病気になれば、昼夜を問わず看病してあげられるように、病気になってくれないかななんて――いけないことだけど――願ったこともあったくらいよ。でも実際には、あなたは一度病気になっただけだし、それも学校の寮にいたときのことだった。ぜひあなたの力になりたいの。今がもう唯一度の機会かもしれないわ。あなたがいつか偉い画家になったとき、わたしのことを覚えていて、画家への第一歩を踏み出すときにわたしが力になったのを思い出してくれるでしょう」

「利用させていただきます。ご好意に感謝します、伯母さん」

伯母の疲れた目に微笑が浮かんだ。純粋な幸せの微笑だった。

「わたし、幸せよ」

40

それから数日して伯母はフィリップを見送って駅まで来た。客車の入口に、泣き出すまいとこらえて立っていた。フィリップは落ち着かず、焦っていた。早く出て行ってしまいたかった。

「もう一度キスしてちょうだい」伯母が言った。

彼は窓から体を乗り出してキスした。列車が動き出すと、伯母は小さい駅の木造のプラットホームに立ち、見えなくなるまでハンカチを振っていた。フィリップが行ってしまって寂しくてたまらず、牧師館までの数百ヤードの道程がばかに遠く思えた。あの子が行きたがっているのは無理もないわ。男の子だし、未来があの子を招いているのだもの。でもわたしはといえば……彼女は泣き出さぬように歯を食いしばった。神があの子を守り、誘惑を遠ざけ、幸福と幸運を与えてくださいますようにと、心の中で祈った。

しかしフィリップはといえば、客車の中に身を落ち着けると、もう伯母のことなどすっかり念頭になかった。未来だけを考えていた。ヘイウォードに紹介状を貰った幹事のミセス・オッターには、こちらからもう連絡してあって、明日お茶の時間に招待されていた。パリに着くと荷物は馬車にのせ、明るい大通りを通り、橋を渡り、ラテン・クオーターの狭い通りをゆっくりと進んだ。オテル・デ・ドゥ・ゼコールに室を取ってあった。ホテルはモンパルナス大通り《ブルヴァール》から横に入ったみすぼらしい道に面していた。これから学ぶアミトラーノ学院に通うのに便利だった。ボーイが荷物を六階まで運び、フィリップは小さな部屋に案内された。窓が閉まっているせいか、かび臭く、部屋の半分以上を占める木製ベッドには、赤い綾絹の天蓋が掛かっている。窓には天蓋と同じ薄汚れた厚地のカーテンが掛かっている。引き出しのある棚は洗面台としても用いるらしい。ルイ・フィリップ王朝様式の大きな洋服簞笥《だんす》がある。壁紙は古びて色あせて、ダーク・グレイの地に茶色の葉の花輪模様がかすかに見える。フィリップにはエキゾチックで魅力的に思われた。

もう時刻は遅かったが興奮のあまり眠れず、外出して、大通りに出て、明るいほうへと歩いて行った。駅に出た。駅前の広場はアーク灯に照らされて輝き、あらゆる方向に走っている黄色い市内電車の音でにぎやかだった。フィリップは歓喜のあまり叫びそうになった。ここかしこにカフェがあり、喉もかわいたし、人びとをもっと近くで観察したいと思って、たまたま入ったカフェ・ド・ヴェルサイユの外の小さなテーブルに陣取った。よく晴れた夜だったので、他のテーブルも混んでいた。フィリップは珍しそうに人びとを眺めた。家族連れもいるし、奇妙な形の帽子をかぶり、ひげを生やした男たちが派手な身振り手振りで大声でしゃべっている。彼の隣にいるのは、画家らしい男が二人、いずれも妻ではなさそうな女と一緒だ。彼の背後では、アメリカ人が大声で芸術を論じている。フィリップの心は高鳴った。夜がふけるまで広場にいた。とても疲れているのに幸せいっぱいで、そこから動きたくなかった。ようやくホテルに戻ってベッドに入ったが、眼が冴えていて、いつまでもパリのさまざまな音に耳を澄ませていた。

次の日、お茶の時間にリオン・ド・ベルフォールに行き、ラスパイユ大通りから横に入った地点に新しく出来た道でミセス・オッターの家を探しあてた。三〇歳ばかりの平凡な婦人で、田舎者の雰囲気なのに、一所懸命にレディらしく振舞っている。自分の母親にフィリップを紹介した。この人は三年間パリで絵を学んでいて、夫とは離婚している、ということをまもなく知った。小さな応接間に、彼女の描いた二枚ばかりの肖像画が掛かっていて、未熟なフィリップの目には、とてもみごとな作品に見えた。

「ぼくにもこんなに上手に描けるでしょうか」フィリップが言った。

「ええ、いずれできますとも」彼女は自己満足を隠さずに答えた。「でも、はじめから何でも上手に描けるなんて、むろん無理よ」

とても親切にしてくれた。紙ばさみ、画用紙、木炭などを売っている店の所在を教えてくれた。

「明日は午前九時にアミトラーノに行きます。その時あなたがいらっしゃれば、どこに席を取ったらよいとか、いろいろお世話しましょう」

どういう勉強がしたいのかと問われると、フィリップは、自分の絵についての無知をさらしたくなかったので、「そうですね、まずデッサンから学びたいと思っています」と答えた。

「それがいいわ。先を焦って、どんどん進もうとする人が多いのですよ。わたしなんかは、ここに二年間いてその後ようやく油絵を始めたんですよ。その結果をもうお分かりでしょう?」

ピアノの上に掛かっている触れれば絵具のくっつきそうな母の肖像画を得意そうに見やった。

「それから、わたしがあなただったら、どういう人と交際するかに、とても気をつけるわ。外国人とは付き合わないわ。その点、わたしは用心深いほうね」

教えてくださってありがとう、と答えたものの、奇妙な助言だと思った。フィリップ自身は、交際にとくに用心しようとは思わなかった。

「家ではね、イギリスにいるときと同じように暮らしているのです」ミセス・オッターの母が沈黙を破って言った。「パリに来るとき、家具はすべてイギリスで使っていたのを持って来たのです」

フィリップは部屋の中を見渡した。とても大きい家具一式でいっぱいだ。窓には、ルイザ伯母が牧師館で夏にかけているのと同じ種類の白いレースのカーテンが掛かっている。ピアノにも暖炉にもリバティ社製の絹のカバーが掛かっている。ミセス・オッターは端から端へと見廻すフィリップの視線を追った。

「夜に鎧戸を閉じると、まるでイギリスにいるようですよ」

「食事も、イギリスにいるときと同じにしています」ミセス・オッターの母が言った。「朝食は肉料理、お昼に正餐を取るのです」

ミセス・オッターの家を辞すと、フィリップはデッサン用の画材を買いに行った。翌朝九時きっかりに、なるべく自信ありげな顔で学校に現れた。ミセス・オッターはもう来ていて、にこやかに迎えてくれた。フィリップは、画学校でよく新参者がいじめにあうという話をいろいろ読んでいたので、アミトラーノで自分がみんなにどう扱われるか、とても気がかりだった。昨日その点を確かめると、ミセス・オッターは大丈夫と保証してくれた。

「その点ご心配なく。学生の半分は女性ですから。学校全体の雰囲気も女性的というか、上品なのです」

アトリエは大きくて装飾というものがない。灰色の壁には、賞を取った習作がいくつかピンでとめてある。ゆるやかな、スモックのようなものをはおったモデルが椅子にすわっていて、一〇人ほどの男女の学生が周りに立っている。しゃべっている者もいれば、自分のデッサンに手を入れるのに余念がない者もいる。モデルの一回目の休息時間らしかった。

「最初からあまり難しいものにとりかかってはだめですよ」ミセス・オッターが言った。「ここにイーゼルを置くといいわ。ここからの角度が一番描きやすいから」

フィリップは言われた場所にイーゼルを立てた。ミセス・オッターは彼を隣の若い女性に紹介した。

「こちらはケアリさん、こちらはミス・プライス。ケアリさんは絵の勉強は初めてなんですよ。だから、あなた、ほんの最初だけでいいから、少し面倒見てあげてくださらない?」それから夫人はモデルに向かって、「始めて!《ラ・ポーズ》」と言った。

モデルは読んでいた新聞『ラ・プティト・レピュブリーク』を放り出して、むっつりとスモックを脱ぎ、台の上に立った。まっすぐに両脚を伸ばし両手を頭の後に組んでポーズを取った。

「馬鹿げているわ。どうしてこんなポーズを取らせるのか、わたしには全然分からないわ」ミス・プライスが言った。

フィリップがアトリエに入ったとき、そこにいた人たちは珍しそうに彼を見たし、モデルもちらと視線を走らせたが、今はもう何の関心も示さない。目の前の真っ白な画用紙に描こうとして、彼はモデルをおずおずと眺めた。どこから手をつけてよいのか分からなかった。何しろ女の裸を見るのは、これが初めてだった。モデルは若くはなく、乳房もしぼんでいた。くすんだ金髪が額にばらりと垂れていて、顔にはそばかすがたくさんある。フィリップは隣のミス・プライスの絵を盗み見た。このポーズを描き始めてまだ二日間で、結構手こずっている様子だった。何度も消しては描き、描いては消しを繰り返したために紙はくしゃくしゃになり、描いた人物は奇妙にゆがんでいる。

「この程度なら、ぼくだって描けるだろう」フィリップは思った。

まず頭から始めた。ゆっくりと下の部分に移ればよいと思ったのだが、人間の頭を生身のモデルを見ながら描くのは、想像で描くよりはるかに難しいと気付くばかりだった。なぜそうなのか皆目分からなかった。困り果てて、ミス・プライスのほうを見た。彼女は恐ろしく真面目な顔つきで格闘している。顔にしわを寄せ、落ち着かぬ眼差しだ。アトリエの中は暑く、大粒の汗が額に吹き出ている。年齢は二六歳、豊かな髪はにぶい金髪、きれいな髪だが、ひっつめにして後ろで無雑作に結んでいるだけだ。顔は大きく造作は平べったくて目も小さい。肌はつやがなく、不健康で生気に乏しい。頬は青白い。服はどことなく垢じみていて、着替えせずにそのまま寝るのではないかと思わせた。何事にも真剣で、無口だ。次の休憩に立ち上がり、数歩さがって自分の絵を眺めた。

「どうしてこんなに手がかかるのかしら。でも何とかいい作品にしなくては」それからフィリップのほうを見やって、「あなたのほうはどう?」

「お手あげですよ」彼はくやしそうに苦笑して言った。

ミス・プライスは彼の絵を見た。

「そんなことしては、うまくゆきっこないわ。全体の配分を考えなくては。それには、まず紙に縦横の線を引かなくてはだめよ」

どうすればいいかを、てきぱきと教えてくれた。彼女の熱意はありがたかったが、彼女のあまりの魅力のなさに反感すら覚えた。しかし助言には感謝して、また描き始めた。そのうちに他の人たちも姿を見せたが、ほとんど男性ばかりだった。というのも、女性は早めに来る人が多かったからである。アトリエはこの季節にしては、かなり混雑してきた。まもなく薄くなった黒髪の、ばかに大きな鼻の青年が入って来た。顔は長くて馬《うま》面《づら》だ。この男がフィリップの隣にすわり、彼越しにミス・プライスに会釈した。

「ずいぶん遅いのね。今起きたばかりなんでしょ?」ミス・プライスが言った。

「すばらしい天気だから、ぼくはベッドに横になったまま、外はきれいだろうって考えていたのさ」

フィリップはにやりとしたが、ミス・プライスは青年の言葉を生真面目に受け取った。

「そんなの変じゃない。ベッドを離れて外出して、一日を楽しむというのなら分かるけど」

「ユーモアを解する者の生き方は楽じゃないな」青年はまともな口調で言った。

青年は描く気になれなかったらしい。自分のキャンバスを見ているだけだ。油絵を描いていて、今ポーズを取っているモデルのスケッチは昨日済ませていたのだ。フィリップのほうを向くと、「イギリスから来たばかりですか」と尋ねた。

「そうです」

「また、どうしてアミトラーノへ?」

「この学校しか知らなかったんですよ」

「ここに来れば、少しでも役に立ちそうなことが学べるかどうかなんて、考えずに来たんでしょうね」

「ここはパリで最高の学校よ。芸術を真面目に考えている所は、この学校くらいよ」

ミス・プライスが言った。

「芸術とは、真面目に考えるべきものなのかな」青年は問いかけた。しかし、ミス・プライスは、馬鹿にしたように肩をすくめるばかりなので、フィリップに向かって言葉を続けた。「しかしね、忘れてならないのは、学校などすべてだめだっていうことだ。アカデミズムなんだから。アミトラーノが他の学校よりましだとしたら、それはここの教師たちが他より無能だからだ。つまり、ここでは学生は何も学ばないからいいのだ」

「では、あなたがここに来た理由は?」フィリップが尋ねた。

「われ、よりよき道を知れど、それに従わず、というところですよ。この句、教養のあるミス・プライスならラテン語の原文で暗記していらっしゃるでしょうな」

「クラトンさん、わたしをあなたたちの会話に引き込まないでください」ミス・プライスは素っ気なく言った。

「絵を学ぶ唯一の方法は、アトリエを持ち、モデルを雇い、後は自力で頑張り抜くことだ」青年は平然と言ってのけた。

「それなら簡単じゃありませんか」フィリップが言った。

「ただし金が必要だ」

そう言ってクラトンは描き始めた。フィリップは目の端でそれを見ていた。クラトンはひょろ長い。ひどくやせているので、太い骨が肉体から突き出しているかのようだった。ひじは鋭くとがっているので、みすぼらしい上着の腕を通して外に突き出しているみたいだ。ズボンは尻の部分がすり切れているし、ブーツは両方ともつぎはぎだらけだ。ミス・プライスは立ち上がってフィリップのイーゼルに近寄った。

「クラトンさんが少し口を閉じていてくれれば、わたし、少し助言してあげてもいいわよ」

「ぼくにはユーモア感覚があるのでミス・プライスに少し嫌われているんだ」クラトンは自分のキャンバスを見ながら言った。「そして、ぼくに天分があるからといって大いに嫌っているのさ」

こう大真面目な口調で言った。大きくて、格好の悪い鼻のせいで、とても滑稽に聞こえた。フィリップは思わず笑ってしまったけれど、ミス・プライスは怒りのために顔を紅潮させた。

「あなたに天分があるなんて言っているのは、あなた自身だけよ」

「そうさ。そして自分の見解が一番下らないと思っているのも、ぼくぐらいのものだ」

ミス・プライスはフィリップの描いたものの批評を始めた。人体構造だの構成だの、面とか線とか、その他フィリップのよく知らぬ用語を使って、雄弁に論じた。彼女は在学期間も長く、教師たちがどこに力点を置いて教えているか、よく心得ていた。もっとも、フィリップの絵の欠点を正確に指摘することはできても、どこをどう直したらよいかは教えてくれない。

「いろいろ教えてくださってありがとうございます」

「いえ、どういたしまして」きまり悪そうに赤面しながら彼女が答えた。「わたしの入学当初、他の人がしてくれたことをしているだけ。誰にでもしてあげるわ」

「つまり、ミス・プライスが教えてあげたのは義務感からであって、きみの魅力のせいではない——そう彼女は言っているんだな」クラトンがフィリップに言った。

ミス・プライスはクラトンをにらみつけ、それから自分の仕事に戻った。時計が一二時を打ち、モデルはほっとしたような声をもらし、すばやく台を降りた。

ミス・プライスは持物をまとめた。

「ランチにグラヴィエの店に行く人もあるんですよ」彼女はクラトンをちらと見ながらフィリップに言った。「わたしはいつも家に戻ります」

「よかったらグラヴィエにお連れしましょうか」クラトンが言った。

フィリップは礼を言い、同行しようと思った。アトリエを出るとき、ミセス・オッターがフィリップに順調にいっていますかと尋ねた。

「ファニー・プライスは世話を焼いてくれたかしら？　あの人はその気になればよく面倒を見てくれるので、あなたを彼女の隣にすわらせたわけよ。あの人は無愛想でひねくれ者で、絵も下手なの。でも絵に関する知識は豊富だから、新入生には役立つこともあるのですよ」

坂を下りながらクラトンが言った。

「きみはファニー・プライスに好かれたみたいですな。気をつけたほうがいい」

フィリップは笑った。彼女ほど、好かれたくない人はいなかった。画学生がよくランチを食べに行く安食堂に着いた。クラトンは、既に三、四人の者がすわっているテーブルに行った。ここでは一フランで、卵、肉料理、チーズ、ワインの小瓶を出してくれる。コーヒーは別料金だ。みな外の舗道のテーブルにすわっていると、黄色の市内電車がひっきりなしにチンチンと音を鳴らして大通りを走っていった。

「ところで、きみの名前は？」席に着くとクラトンが尋ねた。

「ケアリです」

「諸君、古くからのよき友、ケアリ君を紹介する」クラトンは真顔で言った。「フラナガン、ローソンの両君です」

仲間たちは笑い声をあげ、そのまま話を続けた。何でも話題になり、しかも誰もが同時にしゃべる。他人の話に耳を傾けることがない。夏に訪ねた土地や、アトリエ、さまざまな学校などの話が出る。それから、フィリップが初めて聞く画家らしい人名も出た。モネ、マネ、ルノアール、ピサロ、ドガなど。フィリップは全身を耳にして聞いていて、とてもついていけない話題もあったけれど、心は喜びに震えた。あっという間に時間が過ぎた。クラトンは立ち上がりぎわにフィリップに言った。

「今夜もよかったらここに来るといい。ぼくも来るから。ラテン・クオーターで、ここが一番安くてたらふく食べられる店なのだ」

41

フィリップはモンパルナス大通りを歩いて行った。今のパリは、春にサン・ジョルジュ・ホテルの会計報告作成に来たときに見たパリとはまったく違っていた。あの頃のことはすべてが既に不快な思い出となっていたのは事実だ。あの時とは打って変わって、パリは彼が田園都市とはこういうものかと頭に思い描いていたものであった。どこものどかな雰囲気で、白日夢に誘われそうな日当たりのよい広々とした空間があった。よく手入れの行き届いた樹木、家々の際立った白さ、土地の広がりなど、とても快適に感じた。もう自分の国にいるようにくつろいでいた。ぶらりと歩きながら、人びとを眺めた。幅広の赤いベルトに、だぶだぶズボンの労働者も、汚れてはいても可愛い制服の小柄な兵隊も、他の都市でも見かけるものなのに、どこか風格があった。まもなくオプセルヴァトワール街に出て、堂々としていて、それでいて心なごむ景色に、思わず喜びの吐息をもらした。リュクサンブール公園の中に入ると、子供たちが遊び、長いリボンをつけた子守りが二人ずつのんびり歩いていた。靴を小脇に抱えた忙しそうな男たちや風変りな服装の若者たちも通って行く。公園全体がきれいに整えられていてみごとだった。人間の手で自然がここまで美しく整備されると、他の公園のような手つかずの自然はだらしなく感じる。フィリップは魅了された。本で読んで知っていた土地に立っているというだけで、狂喜した。パリは彼にとって由緒ある土地なのだ。古代ギリシャ専門の老学者がスパルタのよく晴れた草原を生まれて初めて見たときに感じるような、そんな畏敬と歓喜を彼も覚えた。

歩いているうちに、ベンチにひとりすわっているミス・プライスをたまたま目撃した。その時は誰にも会いたくなかったし、とくにミス・プライスの洗練からほど遠い態度は周囲の状況と調和しないので、素通りしようかとも思った。けれども、無視されることに彼女は敏感で、あちらも気付いたらしいので、声を掛けないのは失礼だと思った。

彼が近寄ると彼女が「ここで何しているの？」と尋ねた。

「楽しんでいます。あなたは？」フィリップが言った。

「ああ、わたしはね、毎日四時から五時にはここに来るんです。勉強ばかりしていては、かえってマイナスになるわ」

「ちょっとここにすわってもいいですか？」

「そうしたければどうぞ」

「どうも歓迎されないようですね」彼は笑いながら言った。

「わたしは、お愛想を言えない質《たち》ですから」

フィリップはいささか気分を害して、たばこに火をつけながら無言でいた。

「クラトンはわたしの絵のこと何か言ってました？」彼女が突然そう言った。

「いいえ、別に何も言ってませんよ」

「あの人はだめね。自分では天才だなんて言っているけれど、そんなの嘘よ。まず、怠け者だから。天才というのは、無限に努力する才能とも言えるわ。成功するには、こつこつやるしかないのよ。何事も、ぜひともやりとげようと決めたら、あくまで頑張るしかないわ」

彼女があまりに熱をこめて語るので、フィリップは唖然とした。黒い麦藁のセイラー帽をかぶり、あまり清潔とはいえない白いブラウスと茶色のスカートをはいている。手袋をしていない手は汚れている。あまりにも魅力に欠けるので、話しかけなければよかったと後悔した。彼にいて欲しいのか、立ち去って欲しいのか、フィリップには分からなかった。

突然彼女が言った。「あなたに役立つなら、何でもしてあげるわ」あまりにもやぶからぼうだった。「画家の修業は、どんなに大変か分かっていますもの」

「どうもありがとうございます」そう言ってから、しばらく後に、「どうでしょう、どこかでお茶でも一緒にいかがですか?」と言ってみた。

これを聞くと彼女はすぐこちらを見て顔を赤らめた。赤面すると青白い肌に奇妙なまだら模様が浮き出る。まるでストロベリー・クリームが腐ったようだ。

「いいえ、結構よ。お茶など要らないわ。たった今、ランチを取ったばかりですもの」

「時間つぶしによいと思っただけですよ」

「退屈しているのなら、わたしにお構いなく。ひとりでいるのは、わたし平気なんですよ」

その時、茶色のコール天のジャケット、だぶだぶズボンにバスク・ベレーといういでたちの男が二人通り過ぎた。二人とも若いが、あごひげを生やしている。

「あの二人は画学生でしょうか。まるで『ボエーム生活情景』から抜け出て来たようですね」

「アメリカ人よ」ミス・プライスは、さも馬鹿にしたような口調だった。「あんないでたちのフランス人は、ここ三〇年間ひとりもいやしませんよ。それだのに、ああいう西の国からやって来るアメリカ人は、パリに着くともう翌日からああいう服装で、写真を撮るのです。まあ、それで芸術に近づいたつもりなのね。でも、ああいう連中は、たっぷりお金を持っているから、芸術なんて、本当はどうでもいいんでしょうよ」

フィリップはアメリカ人たちのコスチュームの思い切った派手さも捨てたものではないと感じた。ロマンチックな気分がよく出ているではないか。ミス・プライスが時間を尋ねた。

「そろそろアトリエに行く時間ね。あなたはデッサンのクラスに出る?」

フィリップは次のクラスのことは知らなかった。ミス・プライスの説明では、毎夕五時から六時にモデルがポーズを取り、描きたい者は五〇サンチーム払ってスケッチしてよいという。毎日モデルが変わるのでよい勉強になるそうだ。

「でも、あなたはまだ未熟だから、役に立たないわ。もう少し勉強してからでないと」

「試してみるだけならいいでしょう。それに、他にすることもないのだから」

二人は立ち上がってアトリエへ向かった。一緒に行くのが嬉しいのか、それとも、ひとりにしておいて欲しいのか、彼女の様子からは判断できなかった。フィリップは、どうすれば彼女から離れられるか分からぬままにずっと一緒にいたが、彼女はまったく口をきかず、彼が何か尋ねれば、素っ気ない返事をするだけだった。

アトリエの入口には大きな皿を持つ男がいて、入るとき五〇サンチームを受け取った。午前中よりもアトリエは混雑していた。英米人が多いということはなく、女性の割合もそれほど多くなかった。こういう集まりのほうが、フィリップの好みに合った。部屋の中は暖かく、空気はたちまち悪臭を放つようになった。今度のモデルは灰色のあごひげの老人だった。フィリップは午前中に学んだ僅かばかりの技術を生かしてみようと試みたが、あまりうまく行かない。思っていたほどには、到底デッサンできないのにいやでも気付かざるをえなかった。近くの席の数人の仲間のデッサンを羨ましそうに眺め、いつになったら、自分もあのように木炭を扱えるようになるだろうかと不安になった。一時間はすぐ経ってしまった。ミス・プライスにあまり頼ってばかりいてもいけないと思って、彼女から少し離れてすわっていたので、時間が終わって、彼女のそばを通って戸口に向かうと、どうだったの、とぶっきらぼうに尋ねてきた。

「どうもうまく行かなくて」にっこりして彼が答えた。

「あなたがおとなしくそばに来たら、少しは教えてあげられたのに。あなたは自信過剰じゃないの」

「いや、とんでもない。邪魔をしては申し訳ないと思っただけですよ」

「迷惑だったら、こちらからはっきり言うわよ」

彼女は無器用ながら、ぼくに親切にしようと申し出てくれたのだとフィリップは思った。

「なるほど。それでは明日は頼りにさせてもらいますから、よろしく」

「どうぞ」

フィリップはアトリエを後にして、夕食までの時間をどう過ごそうかと考えた。パリならではのことをしてみたかった。アブサンを飲むのがいいぞ！　もちろんあちこちの店で宣伝しているはずだ。そこで駅のほうへぶらぶら歩いてゆく途中、一軒のカフェの外にある椅子にすわって、アブサンを、と注文した。飲んでみると、吐き気と満足感の両方を味わった。むかつくような味だったが、精神的には深い満足感を覚えた。全身で画学生になったような気分になったのだ。すきっ腹で飲んだせいで次第に気分が昂揚してきた。周囲の群衆を眺め、すべての人が同胞だと感じた。幸せだった。グラヴィエに着くと、クラトンのすわっているテーブルはもう満席だった。しかしクラトンはフィリップが足を引きずりながらやって来るのを目にすると、すぐ声を掛けてくれた。ゆずり合って詰めてもらい、すわることができた。夕食はごく質素なもので、スープ、肉料理一皿、フルーツ、チーズ、ワイン半瓶だけだった。しかしフィリップは食べ物にはあまり注意せず、もっぱら同じテーブルの人びとに注目した。フラナガンもいたが、アメリカ人で、陽気な顔でいつも笑っているような口元で、背は低く鼻も低い。大胆な模様のノーフォーク・ジャケット、首の周りに青いチーフを巻き、突飛な形のツイード帽というでたちである。当時、印象主義がラテン・クオーターでは人気があったけれど、古い諸流派を圧倒したのはごく最近のことで、まだキャロリュ・デュランとかブゲロたちが、新しいマネ、モネ、ドガに対抗している情勢であった。印象派を支持するのは、偏愛と見られていたのだ。ホイッスラーが英米両国では人気が高く、目のきく人は日本の版画を集めていた。昔の巨匠が新しい基準で見直されていた。何世紀にもわたって尊重されてきたラファエロを現代の利口な青年たちは嘲笑の的としていた。国立美術館にあるベラスケスの『フェリーペ四世像』の頭部と交換に、ラファエロの全作品を差し出しても惜しくない、と青年たちは言っていた。ここでも芸術論が熱をこめてたたかわされていた。ランチのときに会ったローソンがフィリップの前にすわっていた。顔にはそばかすがあり、赤毛のやせた青年だった。きらきら輝く緑色の目をしている。フィリップが席に着いたとき、じっと目を注いで、急に言った。

「ラファエロが他の画家の模写をしている場合は、我慢もできる。ペルジーノやピントリッキオの模倣をした場合など、結構みごとな絵を描いた。ところがだ、ラファエロ独自の絵となると」そこで肩をすくめて、「ラファエロ以外の何ものでもないよ」

ローソンの語り口があまりに激烈なのでフィリップは驚いた。何か答えなくてはと思っていると、幸いフラナガンがいらいらした口調で話に割り込んできた。

「芸術なんぞ、くそ食らえ！　さあ、みんなでうんと酔おうじゃないか」

「きみは昨夜も酔払っていたじゃないか」ローソンがフラナガンに言った。

「今夜の酔い方と較べりゃあ、昨夜のなんぞ何ということもないぞ。いいか、パリにいるのに、朝から晩まで芸術のことばかり考えるなんぞおかしいや！」フラナガンはひどい西部訛り丸出しだった。「そうだ、生きているってのは、すばらしいぞ！」姿勢を正してから、テーブルをどんとたたいて、「芸術なんてくそ食らえだ！」とどなった。

「同じことばかりくどいぞ」クラトンが厳しい調子で言った。

同じテーブルにもう一人アメリカ人がいた。その日の午後リュクサンブールで見かけた派手なアメリカ人と同じ服装だった。黒目がちの、細面の美男子だが、どこか禁欲的な所がある。風変りな服を海賊のように威勢よく着こなしている。豊かな黒髪が、目の上まですぐ垂れてくるので、これを払いのけようと派手な身振りで、頭をぐいと後ろに反らす。この男がマネの『オランピア』を論じ出した。その頃はリュクサンブール美術館に展示されていた。

「今日はあの絵の前に一時間じっと立っていたがね。あまりよい作品ではない、と言わざるをえないね」

ローソンは使っていたナイフ、フォークを置いた。緑色の目はきらりと光り、激怒のあまり息が乱れた。しかし、自制している様子が見てとれた。

「無知な野蛮人の考えを聞くのも面白かろう。なぜよい絵でないのか話してくれたまえ」

アメリカ人が答える前に、誰かがものすごい剣幕で割り込んできた。

「あれほどみごとに肉体を描き出した絵を見て、よくないなんて、どこを押したらそんなたわ言が言えるんだい?」

「よくないとは言ってないよ。右の乳房はとてもよく描かれていると思う」

「右の乳房がよいかどうかなど、下らんこと抜かすな。あの絵すべてがまさに奇蹟だよ」ローソンが言った。

ローソンは絵の美しさを詳細に説明し始めた。しかし、グラヴィエのテーブルでは、長広舌をふるう者はすべて自身のためにのみしゃべることになる。誰一人耳を傾けやしない。アメリカ人が腹立たしげにローソンの発言をさえぎった。

「まさか頭部がよいとは考えていないだろうね?」

興奮のあまり、顔面蒼白になったローソンが頭部の弁護を始めた。しかし、クラトンが、それまでおかしそうな軽蔑の色を浮かべて沈黙を守っていたのに、ここで口を出した。

「奴に頭部をやってしまえ。頭部は要らんからな。頭部は絵全体には影響しない」

「よし。じゃあ、頭部はきみにやるよ。頭部を持って、犬にでも食われてしまえ」ローソンが大声でわめいた。

そう言われて、アメリカ人はすんでのところでスープの中に垂れそうになった髪を勢いよくかき上げながら言い返した。「じゃあ、聞くがね、あの黒い線はどう思う? 自然界には黒い線なんか存在しないぜ」

「ああ神よ、芸術を汚す者の頭上に火を降らせたまえ」ローソンが言った。「自然なぞ関係ないじゃないか。自然界に何が存在し、何が存在しないか、などということは世間の人には分かりはしないのだ。世間の人は芸術家の目を通して自然を見るのだ。いいかい、何世紀もの間、人は馬が四本の脚を全部伸ばして垣根を越えるのを眺めていた。実際に脚を伸ばしていたんだ。物の影は、色があるのをモネが発見する以前は、黒だと見られていて、その通り黒かった。ところが今は違う。画家が物の周囲を黒い線で囲んで描けば、世間の人は黒い線を物の周囲に見るんだ——そして黒い線は存在することになるのだ。同様に、もし画家が草を赤く、牛を青に描いたとすると、人は草が赤く、牛が青であるのを見て、結果的に、草は赤く、牛は青くなるのだ」

「芸術なんぞくそ食らえ。おれは酔いたいんだ」フラナガンが小声で言った。

ローソンは邪魔が入っても一向に気に留めず続けた。

「いいか、『オランピア』が初めてサロンに出品されたときのゾラの言葉を教えてやろうか。俗物どもが嘲笑し、頭の古い学士院のお偉方《ポンピエ》や、一般大衆が非難を浴びせている中でこう述べたのだ——「マネの絵がルーヴル美術館でアングルの『オダリスク』と向かい合って展示される日が来るのを待ち望んでいる。二つの絵を比較して、『オダリスク』が勝つことはあるまい」ぼくもゾラと同意見だ。間違いなくルーヴルに展示されるよ。その日は間近だ。一〇年経てば『オランピア』はルーヴルにあるぞ」

「絶対にそれはありえない」アメリカ人が両手で垂れ下がる髪を一気にかき上げようとしながら言った。「一〇年経ったら忘れ去られるよ。今流行しているだけだ。どんな絵も、『オランピア』に絶対的に欠如しているものを所持していないならば、生き残れない」

「それは一体どういうものだね?」

「偉大な芸術たるもの、道徳の要素なくしては生き残れぬ」

「これは驚いた!」ローソンがあきれたように大声を出した。「そんなことだと思ってはいたがね。道徳なぞ持ち出すなんて!」両手を合わせて天に向けて祈るように差し上げた。「ああ、クリストファ・コロンブス、クリストファ・コロンブスよ、汝はアメリカを発見したとき、何をやらかしたか分かっていたのか?」

「ラスキンが言うには……」

アメリカ人に言葉を続けさせぬように、クラトンが手にしていたナイフの柄でテーブルを、許せないというようにどんとたたいた。

「紳士諸君」と彼はいかめしい声で言った。例の大きな鼻を怒りのあまり、しわだらけにしていた。「まともな社会で二度と再び聞くことはなかろうと思っていた名前が口にされた。言論の自由は結構だが、守るべき節度の限界があるじゃないか。ブゲロのことを口にしたければしたらいい。嘲笑のためだろうから、聞く者は笑い出すに決まっている。しかしだよ、J・ラスキン、G・F・ウォッツ、E・B・ジョーンズなどの名を口にして、われらの清い唇を汚してはならん」

「ところで、ラスキンというのは何者なんだい?」フラナガンが尋ねた。

「偉大なヴィクトリア朝の人さ。イギリス的文体の親分さ」

「ラスキンの文体なんてものは、ぼろと美辞麗句に過ぎん」ローソンが言った。「それに、偉大なヴィクトリア朝の人など全部、犬にでも食われたらいい。新聞でヴィクトリア朝のお偉い一人の死亡記事を見る度に、また一人死んでくれたと神に感謝するよ。あの連中の唯一の才能は長生きなのだ。芸術家たるもの四〇歳を越えて生きてはならないのだ。四〇歳までに最良の仕事は出来ているはずだから、それ以後は繰り返しに過ぎない。キーツ、シェリー、ボニントン、バイロンなどがみんな若死したのは、あの詩人たちにとって最大の幸運だったと思わないか? スウィンバーンも、仮に『詩とバラッド』の第一集が出た日に亡くなっていたら、誰もが彼を天才詩人だと思うだろうな」

この発言はうけた。そのテーブルにいた者は誰一人として二四歳を越えている者はいなかったので、ローソンの見解に一同元気よく賛成した。この時ばかりは万場一致だった。みなそれぞれ面白いことを考えた。ある者は、こんな提案をした。四〇名の学士院のお偉方の作品で大きな焚き火をし、そこに四〇歳に達したヴィクトリア朝のお歴々を放りこんだらどうだ、というものだった。この案も拍手をもって迎えられた。こうして、カーライル、ラスキン、テニソン、ブラウニング、G・F・ウォッツ、E・B・ジョーンズ、ディケンズ、サッカレーの面々が次々に焚き火の中に放りこまれた。芸術家のみならず、グラッドストン、ジョン・ブライト、コブデンなどの政治家も火中に投げこまれた。ジョージ・メレディスをどうするかに関しては一瞬議論がされたが、マシュウ・アーノルドとエマソンは大喜びで投げこまれた。最後にウォルター・ペイターの番になった。

「ウォルター・ペイターを焚き火に放りこむなんて」フィリップが小声で言った。

ローソンが一瞬、その緑色の目でじっとフィリップを見た。

「きみの言う通り、ペイターは偉い。『モナ・リザ』をわれわれが受け入れるのも、ペイターがほめているからだ。ところで、クロンショーを知っている？　クロンショーはペイターを直接知っていたのだ」

「クロンショーって誰です？」

「詩人さ。ここに住んでいる。リラへ行こう」

クロズリ・デ・リラは、夕食後、彼らがよく行くカフェで、ここにクロンショーが、夜九時から午前二時頃までいつも来ていた。しかしフラナガンは今夜はもう知的会話を十二分に堪能したというので、ローソンがリラへ行こうと提案したとき、フィリップに向かって言った。

「ねえ、女の子のいる所へ行こう。ゲテ・モンパルナスに行って、そこで飲もう」

「ぼくはクロンショーに会いに行きます。酒はもう充分です」フィリップは笑って答えた。

42

どこへ行くかで少しもめたが、結局、フラナガンと二、三人がミュージック・ホールに行き、フィリップはクラトンやローソンと共にクロズリ・デ・リラに向かってゆっくりと歩いた。

「ゲテ・モンパルナスへもいずれ行くといい。パリでも一番きれいな所だ。いずれ、あそこを描こうと思っているくらいだ」ローソンがフィリップに言った。

ヘイウォードの感化もあって、フィリップはミュージック・ホールを軽蔑していた。だが、彼がパリにやって来た丁度その頃、その芸術的な価値が認められ始めていたのだ。奇抜な照明の使用法、くすんだ赤と金色の積み重ね、影の濃さ、装飾的な線と線の交錯などが新しいテーマを提供していた。現に、ラテン・クオーターの半分くらいのアトリエには土地のミュージック・ホールのどこかをスケッチした絵が飾られていた。多数の文士たちまで、画家にならって、寄席芸人たちの仕事に芸術的な価値を急に見出すようになった。赤く鼻を塗った道化師が個性の強さゆえにばかに賞讃を浴びたし、二〇年間も注目されずにわめくように歌ってきた、太った女性歌手が群を抜く滑稽味のために掘り出された。犬の曲芸に美的な喜びを見出す者もいたし、手品師や自転車の曲乗りの芸を激賞する者も現れた。それに一般大衆も、これは多少違う観点からであろうが、好意的な関心の的になり始めた。フィリップは、ヘイウォードと共に群衆を軽蔑していた。弧高を持して、大衆の道化ぶりを嫌悪をもって眺めていたのだが、クラトンとローソンは大衆について熱狂的に語った。パリのさまざまな市《いち》に群がる群衆の熱気や、アセチレンの光のもとで半ば照らされ、半ば暗闇の中に沈む人びとの無数の顔や、ラッパの鳴り響く音、警笛の響き、人のざわめきなどを話題にした。フィリップにとって、二人の語ることはどれも目新しく、珍しく感じられた。クロンショーについていろいろ教えてくれた。

「彼の詩をどれか読んだ?」

「いや」フィリップが答えた。

「彼の作品は『イエロー・ブック』に載ったのだ」

二人は、クロンショーは絵については素人だというので、少し軽蔑していたが、これは画家が作家を語る場合によくあることだった。しかし、芸術の一分野をになっているので寛大に扱い、また、画家には真似のできぬ分野で活躍しているので、畏敬の念を抱いているようだった。

「驚くべき人物なんだよ。最初はちょっと失望するかもしれない。飲んでいないと、あの人の一番よい所が出てこないのでね」

「困ったことは、あの人が酔うのには、ずいぶん時間がかかるのだ」クラトンが説明した。

カフェに着くと、ローソンがフィリップに中に入らなくちゃならないのだと言う。秋の大気は寒さをほとんど感じさせないが、クロンショーは風に対してはひどく神経質で、暖かい日でも店の外のテーブルに着くことはないとの話だった。

「知るに価する人物をみんな知っているのだ。ペイターもオスカー・ワイルドも直接知っていたし、今もマラルメとかああいう人たちと交友があるのだ」ローソンが言った。

クロンショーはカフェの一番奥まった隅にコートを着て、衿を立ててすわっていた。冷たい風を避けるためか、帽子を目深にかぶっている。大柄で、肥満というほどではないけれど肉付きがよい。丸顔で少し口ひげをたくわえ、目は小さくて、いくぶん愚鈍に見える。頭部は体の割りには小さい。まるで豆粒が居心地悪そうに卵の上にのっているように見える。あるフランス人とドミノをしていたが、フィリップたちが近づくと、おだやかな微笑で迎えた。言葉は発しなかったけれど、客がすわれるようにと、テーブルの上の皿の山を脇へ押しのけた。皿の山で、彼がもう相当に飲んだのは明らかだった。フィリップが紹介されると、そのほうにうなずき、またゲームを続けた。フィリップのフランス語の知識はまだ乏しいが、それでもクロンショーが、もう長年パリにいるのに、とてもひどいフランス語をしゃべっているのはすぐ分かった。

クロンショーはようやく満足そうに反り返った。

「わしが勝った《ジュ・ヴ・ゼ・バテュ》」ひどい訛りで言った。「ギャルソン！」

ボーイを呼び寄せてから、フィリップのほうを向いた。

「イギリスから来たばかりかね？　クリケットの試合を観戦するかね？」

フィリップは意外な質問に少しどぎまぎした。

「クロンショーは、過去二〇年にわたる一流のクリケット選手の平均得点を全部記憶しているんだ」ローソンが微笑しながら言った。

先ほどのフランス人は別のテーブルの友人の所へ行った。するとクロンショーは、彼の癖である、けだるそうな物言いで、ケント州とランカシア州のクリケット・チームの優劣の比較を始めた。この前見た両チームの試合の話をして、三柱門から三柱門へとゲームの進行の具合を語り出した。

「パリにいて残念なのは、クリケットが見られないことだけだな」ボーイが運んで来た小ジョッキを飲み干してから言った。

フィリップは失望した。ローソンも、フィリップにラテン・クオーターの名物男を見せびらかしたいと考えていたので、次第に苛立ってきた。クロンショーは今夜は、テーブルの上に積み重ねたグラスの受け皿の山からすると、既に相当飲んでいるらしいのに、一向に酔った様子を見せなかった。クラトンはこの情景を興味深そうに観察していた。クロンショーがこれほど細かくクリケットの話をするのは、なにかわざとらしい。人の退屈するような話をして、じらしてやろうとしているのだ、とクラトンはにらんだ。一つ質問をしてみた。

「マラルメには最近会いましたか?」

クロンショーは、質問をよく考えているかのように、ゆっくりと相手を見、それから、返事をする前に皿の一枚で大理石のテーブルをたたいた。

「わしのウイスキーを持って来てくれ」そう注文した。またフィリップのほうを向いた。「わしはウイスキーを一瓶預けているのだ。指ぬき一杯分で五〇サンチーム払う余裕はないからな」

ボーイがボトルを持って来た。クロンショーはそれを明かりに透かしてみた。

「誰かわしの分を飲んだな。ボーイ、わしのウイスキーを盗み飲みしたのは誰だ？」

「いいえ、誰も飲んだりしません《メ・ペルソン・ムシュ・クロンショー》」

「昨夜、印をつけておいたんだ。見てみろ」

「旦那様は印をつけられましたけど、その後も飲まれました。あの様子じゃ、いくら印をつけても何にもなりません」

ボーイは気のいい男でクロンショーをよく理解していた。クロンショーはボーイをじっと見つめた。

「わししかウイスキーを飲まなかったと、きみが貴族として、紳士として名誉にかけて証言するのなら、きみの主張を受け入れよう」

この言葉は粗雑なフランス語に直訳されると、ひどく滑稽に響くのだった。このためカウンターにいる女主人は思わず笑い出した。

「本当に面白い人だわ《イ・レ・アンペーヤーブル》」と小声で言った。

この言葉を耳にしたクロンショーは気の弱そうな目を彼女に向けて、真顔で投げキスを送った。がっちりした体格のしっかり者の中年婦人だった。キスを送られて彼女は肩をすくめた。

「ご心配なく」クロンショーは物憂い口調で言った。「わしは、四五歳の女性のお愛想に心をときめかせる年齢はもうとっくに過ぎたからね」

自分でウイスキーを水で割り、ゆっくりと飲んだ。手の甲で口をぬぐった。

「よくしゃべったよ」

これがマラルメについてのさっきのクラトンの質問に対する答えであるのは明らかだった。マラルメは毎週火曜日の夜に文人や画家の訪問を受けていて、この会にクロンショーはよく出ていた。マラルメは来訪者からの質問に答えて、どんな話題でも巧みな話術で論じるのであったが、そういう場面に最近クロンショーは居合わせたらしかった。

「よくしゃべりはしたけれど、下らぬことばかりだったな。芸術について、まるで芸術こそこの世の中で一番重要なものだと言わんばかりに話していたんだ」

「でも、もし一番重要なものでないとしたら、ぼくらの存在の意味がなくなります」フィリップが言った。

「きみが何のためにこの世に存在しているのか、わしは知らん。わしの知ったことじゃない。だがな、芸術というのは贅沢品だ。人間が本気で大切だと思っているのはね、自己保存と種の繁栄だけだ。こういう本能が満たされたときにのみ、作家や画家や詩人が提供する楽しいものに関心を向ける余裕が生じるのだ」

クロンショーは一息ついて水割を飲んだ。酒を飲むとよく口がまわるから酒が大好きなのか、それとも、よくしゃべると酒がうまくなるので会話が好きなのか——大体、自分は酒と会話とどっちをより好むかという問題を、彼はこの二〇年間考えてきたのだった。

それから、こう言った。「昨日詩を一つ書いた」

そして頼まれもしないのに暗誦を始めた。人差指を伸ばして、それで調子を取りながら、とてもゆっくりと暗誦した。恐らくよい詩であったのだろうが、ちょうどその瞬間に若い女性がひとり入って来た。真っ赤な唇で頬のあざやかな色合はやはり化粧のせいだった。眉も睫毛も黒く塗り、まぶたは派手な青に塗り、青のアイシャドウは眼尻の三角形になった所まで伸びている。奇抜で人目を引くメイキャップだった。黒い髪は耳の上の所で、マドモアゼル・クレオ・ド・メロードが試みて以来有名になった髪型に結ってあった。フィリップの目はこの女性のほうに何度も引きつけられた。クロンショーは、詩の暗誦を終わると、フィリップを寛大な目で見た。

「きみは聞いてなかったようだね」

「いいえ、聞いていました」フィリップが答えた。

「いや、文句を言っているのではない。さっきわしの言ったことを、きみが証明してくれたのだから、それでいい。恋心に較べたら芸術なんて無に等しいのだ。あの若いご婦人のすばらしい色気にきみが感じ入っているのなら、よい詩に無関心であっても当然なのだ。きみの態度をわしは肯定するし、敬意を払うよ」

その女性は一同のすわっているテーブルのそばを通った。クロンショーはその腕をつかんだ。

「さあ、わしの側にすわってくれ。愛の神々しき戯れ《ディヴァイン・コメディー》をいたそう」

「うるさいわね《フィシエ・モワ・ラ・ペ》」彼女は言って、詩人を押しのけて、ゆうゆうと腰を振って行ってしまった。

「芸術というものはな」クロンショーは手を一振りしてから続けた。「要するに、利発な人間が、食べ物と女について満足したとき、人生の倦怠から逃れるために発明した逃げ場に過ぎない」

それから再びグラスを満たし、長々と語り出した。言葉をよく選び、よく通る声で話した。知恵と馬鹿話とを、人があっと驚くように巧みに混ぜ、ある瞬間は聞き手を真顔でからかったかと思うと、次の瞬間にはふざけながら健全な教訓を垂れるのであった。芸術、文学、人生などを語った。敬虔であったかと思うと、卑猥になり、陽気かと思うと感傷的になったりする。かなり酔って、そうなると詩の暗誦を始める。自作のものとミルトンの作品、自作とシェリーの作品、自作とキット・マーロウの作と混ぜこぜである。

とうとうローソンが聞き疲れて、立ち上がり、もう帰ると言う。

「ぼくも帰るよ」フィリップが言った。

一番無口だったクラトンは後に残り、皮肉な微笑を浮かべて、クロンショーのとりとめない話に耳を傾けた。ローソンはフィリップをホテルまで送ってくれ、そこでお休みを言って立ち去った。しかし、フィリップは床に就いても、一向に眠れない。クロンショーが無雑作にフィリップの前に次々に並べ立てた新しい考え方が、聞き手の頭の中で沸騰していた。どうにもならぬほど興奮してしまった。まるで巨大な力が自分の内部に湧き出るような気がした。これほどの自信を持ち得たことは一度もない。

「ぼくは偉大な芸術家になれると信じられるぞ。自分ではっきり感じるんだ」

もう一つの考えが浮かんだので、体が震えたが、それを言葉に出すのは自分でもはばかられた――「ぼくは天才なんだ、間違いなく！」

彼が酔っ払っていたのは事実だが、せいぜいグラス一杯ビールを飲んだだけなのだから、アルコール以上に人を酔わせる危険な刺激のせいで浮かれていたのである。

43

アミトラーノでは火曜日と金曜日の午前中、教師たちが学生の絵の批評をしてくれることになっていた。フランスでは、画家は、肖像画を描いて、富裕なアメリカ人のパトロンがいるのでない限り、収入などあまりなかった。そこで、名のある画家でも、たくさんある画学校のどこかで週に一回くらい二、三時間、収入を補うために喜んで教えていた。火曜日はミシェル・ロランがアミトラーノに来る日だった。ロランは、白いあごひげを生やし、赤ら顔の初老の男で、昔、国家の依頼で装飾画を数点描いたことがあった。しかし、これらの画は、彼の教え子の学生の嘲笑の的となっていた。元来、アングルの弟子で、芸術の進歩には鈍感だった。マネ、ドガ、モネ、シスレーなどを道化集団《タ・ド・ファルスール》と呼び、けしからぬ者どもだと腹を立てていた。それでも、教え方は上手で、親切で、学生にやる気を起こさせてくれた。それに対して、金曜日のフォアネのほうは、とても気難しい人だった。小柄のしなびた男で、歯並びが醜く、いつも不機嫌そうで、不揃いの白髪混じりのあごひげを生やし、けわしい目付きをしている。甲高い声で、意地悪そうな口調だ。昔、リュクサンブール美術館に絵を買い上げられたことがあり、二五歳で輝かしい将来が期待されていた。ところが、彼の才能は、個性というよりも若さによるものだったらしく、それ以後二〇年間は、初期の成功をもたらした風景画以外は何も描かなかった。同じような絵ばかり描いていると非難されると、「コローだって一つのものしか描かなかった。わたしも同じだ」と答えていた。

フォアネは、誰であれ、成功者がいると、ひどくねたんだ。印象派の画家たちの成功には、とくに個人的な恨みを抱いていた。自身の失敗を、愚かな獣《サル・ベト》に過ぎない大衆を印象派の作品に引きつける気狂いめいた風潮のせいにしていた。ミシェル・ロランも印象派をいかさま扱いして、遠まわしに非難していたが、これに較べるとフォアネは放蕩者《クラピュール》とか悪党《カナイユ》よりもっと激烈な言葉で罵倒した。私生活を暴きたて、皮肉な口調で、彼らの女性関係を詳細に至るまであげつらい、親が正式に結婚していたかどうか、また、彼ら自身の夫婦関係がいかがわしいと攻撃した。そして下劣な嘲笑をさらに強調するために、あざとい比喩や誇張した表現を用いた。教えている画学生に対する侮蔑も、手厳しかった。学生は彼を憎み、かつ、恐れた。女性の画学生にも残酷な皮肉を浴びせるため、しばしば泣き出す者もいたが、これがまた彼の嘲笑を誘った。こういう彼のいやがらせを受けた学生たちからの抗議にもかかわらず解任されなかったのは、疑いなくパリの中でも最高の教師の一人であったからだ。昔モデルをしていた学校経営者は、時どき注意したのだが、フォアネの高飛車な反論にあうと、すごすごと引き下がる始末だった。フィリップが最初に接したのはフォアネだった。フィリップがアトリエに着くと、もう来ていて、学生のイーゼルを次々と見てまわっていた。フランス語を話せない外人学生のために、ミセス・オッターが通訳を務めていた。フィリップの隣で、ファニー・プライスが熱心に描いていた。不安で顔は青ざめ、時どき描くのをやめて両手をブラウスでぬぐっていたが、心配のあまり手が熱くなっていたのだ。突然、フィリップに気がかりな顔を向けた。むっつりと不快そうな表情で不安を隠そうとしていたが、隠しきれなかった。

「よく描けているかしら?」

フィリップは立ち上がって見た。びっくりした。彼女には目がついてないのかと思わざるをえない。絶望的な出来だった。それでもフィリップは、「ぼくなんてその半分ぐらいでも、うまく描ければどんなにいいかと思いますよ」と言った。

「無理よ。あなたはまだ初心者ですもの。わたし並みに描くなんて高望みというものよ。もうここで二年になるんですよ、わたしは」

ファニー・プライスには理解に苦しむ。これほどのうぬぼれ屋がいるだろうか。このアトリエの人はみな彼女を毛嫌いしていた。それも当然で、ミス・プライスはわざと人を傷つけようとしているとしか思えないのだ。

「フォアネのことで、ミセス・オッターに文句を言ってやったわ。ここ二週間、わたしのデッサンを全然見てくれないのよ。ミセス・オッターは幹事なので三〇分近くも見てやっているのに。わたしだって、ちゃんと月謝を払っているのよ。他の人と同じように、先生に見てもらう権利があるはずだわ」

彼女はまた木炭を取り上げたが、すぐ大きな溜息をついて下に置いた。

「もうこれ以上だめ。とっても神経が高ぶってしまって」

その時、ミセス・オッターと一緒にフォアネが近づくのが見えた。ミセス・オッターは温和で平凡な人だが、ひとりよがりな所があって、その日はとくにもったいぶった態度であった。フォアネはルース・チャリスという身なりを構わない小柄なイギリス人女性のイーゼルの所にすわった。けだるいような、しかし情熱的な美しい黒い眼で、ほっそりとした顔には禁欲的な所と肉感的な所とが見られる女性だ。肌はバーン・ジョーンズの影響で、チェルシー辺りの若い女性たちが真似ようとしている象牙の肌だった。フォアネは上機嫌のようだ。口では何も言わなかったが、彼女の木炭を手に取るとしっかりした手つきで、すぐいくつかの誤りを指摘した。ミス・チャリスは彼が立ち上がったとき、嬉しそうに微笑していた。次はクラトンの番だった。この時までにフィリップも不安になり出したが、ミセス・オッターが初心者だととりなしてくれると言ったのを思い出した。先生はクラトンの絵の前に一瞬立ち止まり、何も言わずに親指を嚙み、嚙み切った皮膚の小片を無意識のうちにキャンバスの上に吐き出した。

「この線はいいね」親指で指し示しながら、ようやく言った。「デッサンのこつが身についているようだ」

クラトンは何も答えず、世間の見解には無関心だというような、例の皮肉な態度を変えずに先生のほうを見た。

「少なくとも才能のきざしらしいものが、きみにあると思うよ」フォアネが言った。クラトンを嫌いなミセス・オッターは唇をすぼめた。とくに優れた点があるなど彼女には思いもよらなかった。フォアネはすわって、技術的な問題を論じ始めた。ミセス・オッターは立っているのに疲れてきた。クラトンは無言で、時どきうなずくだけだったが、この生徒はわしの言うことがよく分かっているなと先生は思い、満足した。たいていの生徒はよく話を聞きはするが、よく分かっていなかった。クラトンの次に、フォアネはフィリップのイーゼルの所に来た。

「この人は二日前に来たばかりです」ミセス・オッターが急いで説明した。「まだ初心者で、絵の勉強はこれまでしたことがないそうです」

「一見して分かるよ《サ・ス・ヴォワ》」先生が言った。そのまま通り過ぎた。ミセス・オッターが小声で告げた。「先ほどお話しした例の女性ですよ」

彼はミス・プライスを、まるで不快な動物ででもあるかのように、じろりと見た。声も甲高くなった。

「私の指導ぶりがご不満のようだな。ミセス・オッターに苦情を言ったそうだね。それでは、今日はとっくり拝見するとしよう。どれを見て欲しいのかね」

ファニー・プライスは赤面した。不健康な皮膚の下の血管が奇妙な紫色になったようだ。彼女は、今週初めから描いてきたデッサンを指差した。フォアネはすわった。

「どんな批評をお望みかね？　よく描けているとでも？　全然よく描けていないね。描き方がうまいと言って欲しいのかね？　うまくないね。どこかよい点があると言って欲しいのかね？　見るべきものは何もない。どこが悪いか指摘しろというのかね？　すべてだよ。どうしたらいいか教えて欲しいのか？　破り捨てたらよかろう。これで納得したかね？」

ミス・プライスは蒼白になった。このようなことをミセス・オッターの面前で言われて、彼女はひどく立腹した。もうフランス滞在は長く、フランス語を充分使いこなしたのだが、ほとんど言葉が出なくなってしまった。

「わたしにこんなひどい扱いは許せません。わたしの払っている月謝は他の人のと同じ価値があるはずです。指導してもらうために払っているんですよ。これじゃ教えているとは言えません」

「彼女は、何と言っているのかね?」フォアネが尋ねた。

ミセス・オッターが通訳するのをためらっているので、ミス・プライスがひどいフランス語で言った。

「教えてもらうためにお金を払っているんですよ《ジュ・ヴ・ペイユ・プール・マプランドル》」

フォアネの目は忿怒のためにきらりと光った。声を張り上げ、げんこを振りまわした。

「しかし、まったく、《メ・ノン・ド・ディユ》きみに教えるのは無理だ。ラクダに教えるほうがまだましだ」

ミセス・オッターのほうを向いて、「この人に聞いてくれ。絵を習うのは趣味でなのか、それとも生活のためなのか、どちらかと」と言った。

「画家として生計を立てたいのです」ミス・プライス自身が答えた。

「それじゃあ言っておこう。それは時間の無駄というものだ。はっきり告げるのが私の義務だ。天分に欠けるなどの段階ではない。最近は天分のある者などごく僅かだから。しかし、きみの場合は、画家としての適性はゼロだ。ここへ来て、どれくらいになる? 二回レッスンを受けた五歳の子供だって、きみよりはうまく描けるよ。きみへの助言は唯一つ、希望のない試みは断念しなさい、ということだ。画家よりは、家事万端《ボンヌ・ア・トゥ・フェール》をするメイドになったほうが食べていける。さあ、見てごらん」

彼は木炭を一つつかんだ。紙に当たって折れてしまった。畜生、と言ったが、折れた端を紙に押しつけてぐいと線を引いた。手早く描きながら厳しい言葉を投げた。

「ほら、この腕は左右の長さが違っている。このひざ、グロテスクじゃないか。五歳の子供だって、これよりはまし、と言ったろう。これじゃあ、体が脚で支えられていないぞ。この足首ときたら!」

一言ごとに怒った木炭が印をつけていく。あっという間に、ファニー・プライスがあれほど時間と労力を注いで描いたデッサンが痕跡もとどめず消え去り、紙の上には、さまざまな方向に引かれた線と汚点が雑然と残っただけだった。ついにフォアネは木炭を放り出し、立ち上がった。

「私の助言を聞くといい。洋裁でもやってみることだ」そう言って時計を見た。「一二時だ。諸君、ではまた来週まで《ア・ラ・スメーン・プロシエーヌ・メシユー》」

ミス・プライスはゆっくりと持ち物をまとめた。何か慰めの言葉を掛けようと、フィリップは、他の人たちの立ち去った後まで残っていた。実際に言ったのは、次の言葉だけだった。

「本当に同情しますよ。何ていやな奴なんでしょう！」

彼女はものすごい勢いで食ってかかった。

「そんなことを言うために、ぐずぐずしていたの？　同情が必要なら、こちらから頼むわよ。さあ、そこをどいてよ！」

彼女は彼の傍らを通って、さっさとアトリエを出て行った。フィリップは肩をすくめ、足を引きずってグラヴィエの店へ昼食を取りに行った。

「いい気味だよ」フィリップがミス・プライスとフォアネとのことを話すのを聞くと、ローソンが言った。「根性のひねくれた、いやな女だからな」

ローソンは人に批評されるのを嫌い、そのためフォアネが来校するときはいつも欠席した。

「ぼくは自分の作品について人にとやかく言われたくない。いい作品かどうか、自分で分かるから」

「それは、人がきみの作品をけなすのがいやだということだな」クラトンが冷やかに言った。

午後、フィリップはリュクサンブールに絵を見に行こうと思った。庭園を歩いていると、ファニー・プライスがいつものベンチにすわっているのが目に入った。せっかく慰めの言葉を掛けたのに、人の好意を無視して無礼な態度を取った彼女に腹を立てていたので、気付かぬふりで通り過ぎた。しかし彼女はすぐ立ち上がって、こちらにやって来た。

「わたしを無視するつもり?」

「いや、とんでもない。あなたは人に声を掛けられたくないんじゃないかと思ったからですよ」

「どこへ行くの?」

「実は、マネのことをずいぶん聞いているので、見たいと思ったのですよ」

「一緒に行ってあげましょうか? ここの美術館のことならよく知っているわ。本当にいい作品をいくつか教えてあげられるわ」

さっきの自分の非礼に対して素直に謝れないので、埋め合わせのつもりでこんな提案をしているのはよく分かった。

「それは御親切に。ぜひ案内をお願いしますよ」

「ひとりで行きたければ、いいのよ」彼女は自信なげに言った。

「案内してくださいよ」

二人は美術館に向かった。ケイユボットのコレクションが最近一般公開され、画学生は初めて印象派の諸作品をゆっくり眺める機会を得たのであった。これまでは、ラフィット街のデュラン・ルエルの店か(画家を見下した態度を取るイギリスの画商などと違い、パリの画商はどんな貧しい画学生にも気前よく絵を見せてくれた)、あるいは彼の私宅(ここで毎週火曜日には世界中で評判になっている絵を無料で見られた)でしか、見られなかったのである。ミス・プライスはフィリップをすぐマネの『オランピア』の所に連れて行った。フィリップはただ茫然として、無言で見つめるばかりだった。

「どう、気に入った?」ミス・プライスが尋ねた。

「さあ、よく分かりません」彼は当惑して、そう答えた。

「ここの展示品の中では、ホイッスラーの母親の肖像を除けばの話だけど、最高の傑作だと信じているわ」

フィリップがじっくり鑑賞するための余裕を与えた後、彼女は鉄道の駅を描いた絵のほうに彼を案内した。

「これはモネの『サン・ラザール駅』よ」

「でも線路が平行じゃありませんね」

「それがどうしたというの?」彼女は高飛車に言った。

フィリップは自分を恥じた。ファニー・プライスはアトリエで、みなの話を聞きかじっていたから、知識の量でフィリップを感心させるのは容易だった。次々に絵の解説をしてくれた。横柄な口調だったが、洞察力をうかがわせる説明で、画家の狙いとか、鑑賞する者が注目すべき点などを教えた。彼女はさかんに親指を動かして話した。フィリップにとって、彼女の話はすべてが目新しく感じられ、興味深く耳を傾けたが、多少当惑することもあった。これまで彼は、ウォッツとバーン・ジョーンズを崇拝していた。前者の美しい色遣い、後者の気取った描き方によって、彼の美意識は充分に満たされていたのであった。この二人の画家の漠然たる理想主義や、彼らが絵につけた画題からうかがわれる哲学的思考のようなものは、フィリップがラスキンを愛読して以来理解している芸術特有の機能とうまく合致していたのである。ところが、ここにはそれとまったく違ったものがある。ここには道徳的な教えはまったくない。印象派の作品をいくら眺めても、純粋で高度な人生へと導かれる者はいないと思われる。フィリップの頭は混乱した。

とうとう彼は言った。「もう、ぼくは頭も心も働かなくなってしまいました。もうこれ以上吸収するのは無理です。あそこのベンチにでもすわって一休みしましょう」

「一度にあまり多くの絵を見るのは、確かによくないわ」

美術館の外に出ると、彼は丁寧な解説に、厚く礼を言った。

「いいのよ、そんなこと」彼女は少し乱暴に言った。「わたしも好きで案内したんですもの。よかったら、明日はルーヴルに行きましょう。それからデュラン・ルエルの店へもお連れするわ」

「本当によくして頂いて」

「他の人はわたしのことを、いやな女と思っているでしょう。あなたは別ね」

「もちろんです」にっこりしてフィリップは答えた。

「わたしをアトリエから追い出そうとしているのよ。でもわたしは、居たいだけ居るつもり。今朝のことはね、すべてルーシー・オッターの仕業よ。ちゃんと分かっているわ。前からわたしを嫌っているの。ああすれば、わたしが自分から出て行くと考えているんでしょうよ。追い出したいのは、わたしがあの女のことを知り過ぎているのを恐れているからなのよ」

それから彼女は、ミセス・オッターについて長々と複雑な噂話を始めた。あの人は、ごく普通の、まっとうな女で通っているけれど、いかがわしい情事の経験があるということだった。また、今朝フォアネがほめていたルース・チャリスのことも話題にした。

「アトリエのどの男とも関係があるのよ。娼婦と変わらないわ。その上、不潔でね。

一カ月もお風呂に入っていないの――これ本当のことよ」

フィリップは不快な気分で耳を傾けた。ミス・チャリスのことは、噂を聞いていた。でも、ミセス・オッターは母親と一緒に暮らしているし、いまわしい男関係を想像するなど、馬鹿馬鹿しいと思った。悪意に満ちた作り話をしながら、一緒に歩いているミス・プライスに対して、フィリップは恐怖感を持った。

「何と言われたって、わたしは平気よ。今まで通りに進んで行くわ。才能があるって自信がありますからね。芸術家だという自信があるの。絵を断念するくらいなら自殺するわ。学校でみなに嘲笑されていた人で、その後、世間で認められたのは、その人だけだったという例はいくらでもあるわ。わたしに関心があるのは芸術だけよ。全生涯をそのためにささげてもいいくらいよ。いつも初心を忘れず、頑張り続けさえすれば、きっと成功すると思うの」

ミス・プライスの自己評価は非常に高くて、彼女に能力があると認めぬ者は、すべて悪人ということになった。クラトンをとくに嫌っていた。クラトンには天分など、ひとかけらもないのよ、見かけ倒しの、うわっつらだけの才能に過ぎないわ。いくら頑張っても人物画は無理だわ、と言った。また、ローソンについては、

「赤毛にそばかすの生意気な奴。フォアネを恐れていて、自作を見せようとしない。

ねえ、わたしはフォアネを恐れてなんかいないでしょ。フォアネに何を言われたって平気よ。自信があるんですもの」

彼女の住んでいる通りに着き、フィリップはほっとして別れを告げた。

44

それでも、次の日曜日にミス・プライスがルーヴルに案内してあげましょうかと言うと、すぐそれに応じることにした。彼女はまず『モナ・リザ』の所に連れて行った。フィリップはそれを見て、いささか失望を禁じえなかった。しかし、ウォルター・ペイターがこの世界一有名な絵を賛美した、華麗な、宝石のように美しい文章を、繰り返し読んでほぼ暗記していた。その一部を今、ミス・プライスに披露してみた。

「それは文学というものよ」彼女は少し軽蔑したように言った。「そんなものは忘れてしまいなさい」

次にレンブラントの諸作品を見せて、適切な解説もした。最後に『エマオの巡礼者』の前に立った。

「レンブラントの中でも、この作品の美しさが分かるようになれば、絵が少しは分かったことになるわね」

さらにアングルの『オダリスク』と『泉』を見せた。ファニー・プライスは強引な案内人で、彼が見たいという作品は見せてくれず、もっぱら彼女自身が賛美している作品を、彼に見せて、何がなんでも「すばらしい」と言わせようとするのだ。絵の勉強にあまりにも真剣に打ち込んでいるので脇目もふらないのだ。ルーヴルの大陳列室に入り、陽光に輝き、ラファエロの絵のように洗練されたチュイルリ庭園を見渡せる窓辺を通ったとき、フィリップが思わず、「いい景色だな。ここで少し窓の外を見ましょう」と提案すると、「いいわよ。でもここに来たのは絵の勉強のためでしょ」と言うのだった。

さわやかな秋風でフィリップは心が昂揚し、昼近くにルーヴルの中庭に立ったときなど、フラナガンのように「芸術なんてくそ食らえ!」と叫びたい気分だった。

「サン・ミシェル大通りのレストランに行って、一緒に食事はいかがです?」と彼は提案した。

ミス・プライスは用心深そうな目で見た。

「家に帰れば昼食の用意が出来ているわ」

「いいじゃないですか。明日にすればいいでしょう。ごしょうだから、昼食ぐらい御馳走させてくださいよ」

「なぜあなたがそうしたがるのか、分からないわ」

「楽しいからですよ」にっこりしてフィリップは言った。

二人はセーヌ川を渡った。サン・ミシェル大通りの端に一軒のレストランがあった。

「ここに入りましょう」フィリップが言った。

「いいえ、そこは高過ぎるから、いやよ」

そう言って彼女は有無を言わさず、どんどん先に行ってしまい、フィリップも仕方なく後に続いた。数歩先に行くと、もっと小さいレストランがあり、そこでは、もう一〇人ほどの客が日よけの下の舗道で食事していた。その店の窓には大きな白い文字で「ワイン付きランチ、一・二五フラン」と書いてある。

「ここより安い所はありませんよ。それに、ちゃんとした所のようです」

空いているテーブルにすわり、その日の定食の最初の一皿のオムレツの来るのを待った。フィリップは通行人の姿を楽しそうに眺めた。パリの人と心が通うような気がして、体は疲れていたけれど、気分は爽快だった。

「ねえ、あの仕事着を着た男性、素敵ですねえ?」

そう言ってミス・プライスのほうを見たが、驚いたことには、彼女は通行人などまったく無関心で、うつむいて皿を見ている。しかも、大粒の涙が二つ頬を伝って落ちた。

「一体どうしたのですか?」大声で言った。

「もう一言わたしに何か言ったら、立ち上がって帰りますからね」

フィリップは困惑し、妙な人だと思った。幸い、その時オムレツが出た。彼が半分に分けて、食事が始まった。彼は差し障りのない話題を探してしゃべるようにしたし、彼女もどうにか愛想よくしようと努めているようであったけれど、今日の会食はとても成功とは言えなかった。というのも、フィリップは食物には神経質で、ミス・プライスの食べ方を見ていると、すっかり食欲が失せてしまった。まるで動物園の野獣ででもあるかのように、がつがつと音を立てて食べ、食べ終わった後も、パンをちぎって皿をこすった。グレイヴィを一滴残さず口に入れようとして、皿が白く輝くまでぬぐうのであった。カマンベール・チーズが出たときも、外の皮まで全部食べてしまう有様で、フィリップは見ていて胸が悪くなった。餓死しそうでも、これほどがつがつ食べるなんて、考えられぬことだった。

ミス・プライスは予測できぬ人だった。ある日とても仲好く別れたからといって、その翌日むっつりとせず、無礼でもない、という保証はまるでないのだ。それでも、絵に関してはいろいろと教わった。彼女は絵が下手でも、学ぶべきことはよく心得ていて、彼女のさまざまな助言のおかげで、彼の勉強の進度が速まったのは確かだ。ミセス・オッターの親切もありがたかったし、ミス・チャリスが作品を批評してくれることも時にはあった。ローソンのおしゃべりや、クラトンの実例などからも学んだ。ところが、ファニー・プライスは、彼女以外の人たちからフィリップが学ぶのを非常に嫌い、他の人と話した後で彼女に助言を求めるような場合、彼女は断固として、また、礼を失した態度で背を向けるのであった。それで、他の仲間たち、つまり、ローソン、クラトン、フラナガンはフィリップをからかった。

「きみ、気をつけろよ。ミス・プライスはきみに恋しているみたいだぞ」

「まさかそんな馬鹿なことないよ」彼は笑って言った。

誰が相手にせよ、ミス・プライスが恋をするなんて、馬鹿げている。彼女の器量の悪さとか、汚れ切った髪、汚い手、いつも着ている、すそが薄汚れ、ほころびている茶色の服などを考えると、フィリップは慄然とした。貧しいとは思ったけれど、いずれにせよ、みな貧乏なのだ。しかし、せめて清潔にはできるはずだ。針と糸ですそを直すぐらいしたっていいではないか。

アトリエで接する人びとを一人ずつ吟味してみた。フィリップもハイデルベルクにいた頃と較べると、今ではもう純真とはいえなくなっていた。ハイデルベルク留学はもう大昔のような気がする。人を見るに際して、以前よりも慎重になり、距離を置いて観察し、批判するようになった。まずクラトン。この男と初めて会ったときから三カ月になる。ほぼ毎日会っているけれど、人物像は未だにはっきりしない。アトリエでの評判は、有能ということで一致している。いずれ大物になるだろうと誰もが認め、フィリップも同意見だった。だが、具体的にどういう仕事をするかという点になると、本人自身も、他の者もよく分からない。アミトラーノに来る前にいくつかの学校にいた――例えば、ジュリアン、美術会《ボー・ザール》、マクファーソンなど。しかし他よりもアミトラーノにいる期間が長い。放っておいてもらえるから、というのがその理由だった。自作を見せるのを好まず、一般の画学生とは違って、人の意見を聞くこともないし、人に自分の意見を伝えることもない。シャンパーニュ街一番地に小さなアトリエを持ち、仕事場兼寝室に使っていて、そこに置いている絵は、もし彼が発表する気になりさえすれば、画家として評判を取るだろう、という噂もあった。モデルを雇う金がないので、もっぱら静物を描いていたが、その中の一枚、皿に盛ったリンゴの絵は、ローソンが繰り返す言によれば、すばらしい傑作ということであった。気難しい男で、自身でもしかとは分からぬ何かを追求しているので、自作の中には、総体として満足できるものは一つもないようだった。絵の一部、例えば、人物画の腕とか脚とか足首とか、あるいは、静物画のグラスとかカップとか、よく描けたと満足することもあるらしい。そういう場合はその部分だけを切り取ってしまっておくのだが、キャンバスの他の部分は破棄してしまう。それゆえ、作品を見たいと言う者がいても、お見せできる完成した作品は一つもありません、と答えるのだが、これは正直な答えであった。フランス北西部のブルターニュで無名の画家に出会ったことがあって、このフランス人画家の作品に強い影響を受けていた。この画家はもとは株式仲買人であったが、中年になって絵を描き出した風変りな人物であった。クラトンは印象派には背を向け、絵画についても物の見方についても、苦労して独自の方法を模索していたのであった。

仲間と食事をするグラヴィエでも、夜、ヴェルサイユやクロズリ・デ・リラでも、彼はほとんど発言しなかった。やつれた顔に皮肉な表情を浮かべて無言ですわっていて、警句を飛ばせるような機会をとらえて口を開いた。嫌味を言うのが趣味で、皮肉を言える対象がいると、とても陽気になった。話題は相変らず絵画ということで、他の話題はほとんど取り上げず、話す価値があると思わぬ人間とは、どんな話題であれ、話し合うことはない。クラトンには本当に何か優れたものがあるのかどうか、フィリップはよく考えた。彼の無口、やつれた様子、辛辣な軽口などは、個性豊かな人物の証拠のようにも思われたが、ひょっとすると、中身の空虚さを隠すための仮面に過ぎないのかもしれない。

一方、ローソンとはすぐ親しくなった。ローソンは何事にも興味を持っていたので、誰とでも親しくなれた。たいていの画学生よりも読書家で、貧しいながら本を買うのが好きだった。自分の本を快く貸してくれるので、フィリップはフロベール、バルザック、ヴェルレーヌ、エレディア、ヴィリエ・ド・リラダンなどの作家を知るようになった。一緒に芝居に行くこともあり、時どきオペラ・コミック座の最上階の桟敷《さじき》に行った。すぐ近所にオデオン座があり、ここでラシーヌやコルネーユの悲劇と朗々たる英雄二行連句《ヒロイック・カプレット》のせりふの楽しみ方をローソンに教わり、フィリップ自身も大いに楽しめるようになった。テエブー街にはコンセール・ルージュがあり、ここで七五サンチーム出すと、すばらしい音楽を聴けた上に、まあまあのワインも飲めた。座席は悪いし、混んでいるし、空気は刻みたばこの煙で息もできない。しかし若い二人は平気だった。時にはバル・ビュリエというダンスホールに出かけた。この時はフラナガンがいつも同行した。フラナガンは興奮して、大声ではしゃぐので二人は笑い出した。はしゃぐだけでなく、とても巧みに踊るので、入って一〇分も経たぬ間に、たった今知り合ったばかりのどこかの売り子の女の子と組んで踊りまわっていた。

みんなの共通の願いはフランス人の愛人を持つことだった。パリの画学生の必須条件のようなものだったのだ。愛人を持てば、仲間うちで一目置かれた。誇りにできることであった。しかし、これは実現となると難しい。何しろ自分が食べてゆくのがやっとというほどなのだ。噂によると、フランスの女はやりくり上手だから、二人で生活するのに一人分の費用でもやっていけるという話だが、このように考えてくれる女性を見つけるのは困難だった。というわけで、金のある画家に保護されてその愛人となっている女たちを羨んだり、けなしたりするしかない、というのが一般の画学生の実情であった。パリでは女性と親しくなるのが驚くほど困難なのだ。ローソンは、パリの若い娘と知り合ってよくデートの約束をとりつける。彼は二四時間ずっと浮き浮きしどおしで、会う人ごとに相手の女性のことをしゃべる。ところが、約束の時間に現れることはまず絶対にないのだ。ローソンはグラヴィエに遅くやって来て不快そうな顔で、こんなことをわめく。

「くそ、まただまされてしまった！　どうしておれを好きにならないのかな？　フランス語が下手なせいか、それとも、赤毛のせいかな？　パリに一年以上も暮らして、一度も女の子をものにできないなんて、くそいまいましいよ！」

「くどき方がまずいのだ」フラナガンが言った。

フラナガンはみなに羨まれるほど、既に何人ものフランス女をものにしていた。彼の話をすべて信じる者などいなかったが、彼の話が必ずしも嘘ではないと認めざるをえないような証拠があった。もっとも彼は長続きするような関係を求めているのではなかった。彼にはパリには二年間しかいられない事情があった。アメリカで大学に進学せず、パリに留学して絵の勉強をしたいと両親を説得したのであった。ただし、二年後にシアトルに戻って父親の会社に入ることになっていた。だから二年間にできるだけ楽しんでおきたいと思い、女性関係でも連続性よりも多様性を求めたのである。

「どうやって知り合うんだよ？」ローソンがくやしそうに言った。

「簡単だよ。ただぶつかってゆけばいいんだ。難しいのは、別れ方だよ。後腐れなく別れるには、結構こつがいるんだ」

フィリップ自身は、絵の勉強や、読書、観劇、人との会話などに夢中であったから、女性と付き合いたいという気分にはならなかった。フランス語がもっと流暢に話せるようになったら、そういうこともたっぷりできると思っていた。

ミス・ウィルキンソンに会ってからもう一年以上になる。ブラックステイブルを発つ直前に彼女から便りを貰っていたのだが、パリに着いて最初の数週間は忙しくて返事を出さずにいた。もう一通届いたのだが、どうせ彼への非難ばかりが書いてあると分かっていたし、それに対応する気分ではなかったので、いずれ読もうと思って開封もせず放っておいた。しかし返事するのを忘れてしまい、それから一カ月して、引き出しを開けて穴のあいていないソックスを探しているとき、たまたま見つけたのであった。未開封の手紙を見て気が滅入った。ミス・ウィルキンソンはきっとずいぶん悩んだのだろうな。そう思うと自分がひどい男のように感じた。しかし、まあ、もう今頃は多分悩みで一番つらい時期は克服してしまっているだろう。女というものは、恋の苦しみを誇張する癖があるようだ。男が悩みを訴える場合とは違って、そう気にとめる必要はないのだろう。いずれにせよ、何があろうと、もう二度と再びミス・ウィルキンソンと会う気はないのだ。もうずいぶん長い間こちらから便りしていないのだから、今頃書いても仕方がない。こう考えて、結局、手紙の封は切らずじまいにした。

「もう便りはよこさないだろうな。ぼくとの関係はもう終わったとさとるだろう。いずれにしても彼女はぼくの母親と言ってもよい年齢だったのだから、もっと分別があってもよかったのに」

未開封の手紙を引き出しに発見してから、フィリップは一、二時間は少し憂鬱だった。こういう態度は誤りではなかったが、二人の関係を思い返してみて不満を覚えずにはいられなかった。ミス・ウィルキンソンはその後便りを寄こさなかったし、突然パリに現れて、フィリップに友人たちの面前できまりの悪い思いをさせることもなかった。フィリップはそんなことが起こるのではないかと、おかしいほど気にしていたのだ。ほどなく、彼女のことはすっかり忘れてしまった。

一方、以前信じていた古い神々のことも、きれいさっぱり捨て去った。印象派の諸作を初めて見たときの驚きは、今では賞讃に変わっていた。やがて、マネ、モネ、ドガなどの長所を、他の仲間に劣らず、力説するようになった。アングルの『オダリスク』とマネの『オランピア』の複製写真を買って洗面台の上に並べてピンでとめておいた。ひげ剃り中に絵の美しさをじっくり眺めようとしたのである。今では、モネ以前には本当の意味の風景画は存在しなかったのだ、と固く信じていた。レンブラントの『エマオの巡礼者』や、ベラスケスの『ノミに鼻を咬まれた婦人』の前に立つと心からの感動を味わえるようになった。それはベラスケスの絵の本当の題名ではなかったのだが、画中の女のいささか不快な特徴にもかかわらず、絵の美しさを強調するために、グラヴィエではみなにそんな名称で呼ばれていた。ラスキン、バーン・ジョーンズ、ウォッツを捨て去ったのと同じように、フィリップは、パリに着いたとき身につけていた山高帽と小ぎれいな青地に白の水玉模様のネクタイを捨ててしまった。今では、幅広のソフト帽、ゆったりした黒の幅広のネクタイ、ロマンチックなマントといういでたちを好んでいた。その服装でモンパルナス通りを、まるで生まれたときからそこに住んでいるような顔をして歩きまわり、苦いアブサンも健気に我慢して、顔をしかめず飲めるようになった。

髪は長く伸ばし、口ひげも生やそうと試みたのだが、青年の不滅の憧れを造化の神が非情に無視したがために、実現せずに終わった。

45

友人たちの精神的なバックボーンとなっているのがクロンショーであると、やがてフィリップにも分かった。ローソンが逆説めいたことを言うのはクロンショーに学んだからであり、あの個性的であるのを誇りにしているクラトンですら、知らず知らずのうちにクロンショーの言葉で表現していた。食事の席で議論する思想も、実はクロンショーのものであり、判断する場合の根拠も老詩人に置いていた。老詩人の弱点を嘲笑したり、悪徳を困ったものだなどとみな言っていたけれど、それは無意識のうちに彼に対する尊敬の念を隠すために過ぎなかった。

「もちろん、クロンショーじいさんは、これからも、まともな仕事などしないだろう。望み無し、というところだ」みな、そう言っていた。

彼らはクロンショーの天分がよく分かっているのは自分たちだけだと誇っていた。中年の愚かしさに対する若者らしい侮蔑心から、仲間内では彼を少し馬鹿にしたように語っていたけれど、クロンショーがたまたま彼らの誰かがひとりでいるときに現れて、面白い話をしてくれたりしようものなら、とても誇りに感じたのである。クロンショーは決してグラヴィエには来なかった。この四年間、彼はケ・デ・グラン・ゾギュスタンのとてもみすぼらしい建物の七階の小さい部屋に、ローソンが一度だけ見かけたことのある女と貧乏暮らしをしていた。ローソンは老詩人の部屋の不潔さ、散らかりよう、ゴミの山を、さも面白そうに話した。

「それに、その悪臭といったら、鼻がもげそうで……」

「ローソン、今は食事中だよ」誰かが注意した。

そう言われても、ローソンは、すさまじい臭さを具体的に説明する喜びを奪われまいとした。さらに、部屋の戸を開けてくれた女性についても、わざとあからさまな描写でみなをうんざりさせて楽しんだ。浅黒い肌で、小柄で太っていて、年はそこそこの若さで、黒髪はもう少しで垂れ下がってきそうだ。だらしないブラウスを着て、コルセットは無し。赤い頰に大きい肉感的な口、きらきら光るみだらな目で、ルーヴルにあるフランス・ハルスの『ジプシー女』を思い出させる。俗悪さを売物にしている感じで、面白いとも言えるけれど、おぞましくもある。丸々と太った、薄汚い赤ん坊が床の上で遊んでいる。このあばずれ女が、その地域の最低のごろつきどもと組んでクロンショーをだましているのは、よく知られていた。クロンショーのような鋭い知性と美への情熱を持った人物が、こんな女と同棲しているなどは、カフェのテーブルでクロンショーの英知を吸収している世間知らずの青年たちには謎であった。しかし、彼自身は女の乱暴な言葉遣いを楽しんでいるらしく、どぶの臭《にお》いのするような言葉を面白がって披露することがよくあった。女のことを「わが門衛の娘《ラ・フィユ・ド・モン・コンシエルジュ》」などと皮肉な呼び方をしていた。クロンショーは非常に貧しかった。一、二の英国系の新聞に展覧会紹介の記事を書いて、何とかかつかつの生活費を得ていた。また僅かばかり翻訳の仕事もしていた。かつては、パリの英国系の新聞社で働いていたのだが、過度の飲酒癖のため解雇された。にもかかわらず、今でもその新聞社のために、オテル・ドルオで催す美術品の販売についてとか、ミュージック・ホールの出し物についての記事を書いて、いくらか稼いでいた。パリの生活に骨の髄まで浸っていて、不潔きわまりない窮乏生活であっても、絶対に変えようなどとは思いもしないのだ。一年中パリに住み、人が避暑に出かける夏も残り、サン・ミシェル通りから一マイル以内の所にいないと落ち着かなくなるのだ。ところが、奇妙なことには、どれほど長くいようがフランス語は全然上達しない。そして、大分前にデパートのラ・ベル・ジャルディニエールで買った既製服を着て、誰が見てもイギリス人だと分かる姿だった。

彼がもし一世紀半前の時代に生きていたなら、人生の成功者となっていたかもしれない。その頃なら、座談の能力が上流社交界へのパスポートだったし、飲酒癖など、その妨げにはならなかったのだ。

彼自身よく言っていた。「一八世紀に生きていたらよかったんだ。わしに必要なのはパトロンだ。予約をつのって詩集を出版し、かくかくの貴族に献じればよかった。某伯爵夫人の愛犬のプードルを主人公にして、押韻二行連句を創作したかったな。わしは、侍女の恋とか主教の会話とか、そういったものに憧れを感じるのだ」

それからミュッセのロマンチックな詩句をフランス語で口ずさんだ。

「われ来たりぬ《ジュ・スイ・ヴニュ》、かくも年老いし世に《トロ・タール・ダンザン・モンド》、かくも遅延して《トロ・ヴィユー》」

クロンショーは新顔が好きで、フィリップを気に入った。フィリップは会話をうながす程度に話すが、人の独白の妨げになるほどしゃべり過ぎることはないという、これは結構難しいバランスなのだが、彼にはそれができたのだ。そこでクロンショーはよくしゃべり、フィリップは聞きほれた。クロンショーの語ることで、目新しいものは意外に少ない、というのに気付かなかった。彼独特の話し方には妙に迫力があった。美しい朗々たる声で、表現が巧みで、若い聞き手にはこたえられない。彼の言葉すべてが、聞き手の思考を刺激する。ローソンとフィリップはお互いのホテルの間を歩きながら、たまたまクロンショーがもらした言葉の意味をめぐって熱心に話し合うことがよくあった。フィリップは、若者特有の性急さで成果の早いことを望んだので、クロンショーの詩作がほとんど評判になっていないのを残念に思っていた。一冊本にまとめられたことはなく、大部分は雑誌に載っただけであった。ある時、みなに何度もせがまれて、彼は『イエロー・ブック』や『サタデイ・レヴュー』や他の雑誌からの切り抜きの束を取り出した。そこに彼の詩が載っていた。読ませてもらうと、フィリップが驚いたことに、彼の詩はヘンリーやスウィンバーンといった世紀末のイギリス詩人の作と類似していた。クロンショー独自の味わいは、すばらしい朗読によって初めて現れるのだ。フィリップはローソンに失望を伝え、ローソンがそれを不注意に詩人にもらしてしまった。次にフィリップがクロズリ・デ・リラへ行ったとき、詩人は愛想のよい微笑を浮かべてフィリップに話し掛けた。

「どうやら、きみはわしの詩を評価してくれないようだね」

フィリップは困惑した。

「そんなことありませんよ。楽しく読ませて頂きました」

「わしのために無理してくれなくてもいいよ」太った手を振りながらクロンショーが言った。「わしは自分の詩を過大評価などしていないのでね。人生とは、それを生きるのが大切で、それについて書くものではない。人生が提供するさまざまな経験を探し求め、その一瞬一瞬から得られる感情をつかみとる――それがわしの目標だ。創作とは、人生から喜びを吸収することでなく、人生に喜びを与えるための優雅なたしなみぐらいに考えているのだ。自分の作品が後世に残るかどうかなど、何の関心もないのだ」

　この人生の芸術家がつまらぬ作品しか生み出していないのは明白だと思ったので、フィリップはにやりとしてしまった。クロンショーはフィリップをじっと見たままグラスを満たした。ボーイにたばこを一箱買いにやらせた。

「きみが笑うのは、わしのこういう話を聞いたり、わしが貧しくて屋根裏部屋で、床屋職人やカフェのボーイと組んでわしをだましている下劣な女と暮らしているのを知っているからだろう。たしかに、わしは、イギリスの大衆のためにつまらぬ本を訳したり、けなすにも価せぬ下らぬ絵画について記事を書いているさ。だが尋ねるがね、人生の意味とは何だね？」

「それは難しい問いですよ。あなたこそ、ぼくに教えてくださいませんか？」

「いや、いや。それは自分で発見しなければ価値がないからな。だが、きみは何のためにこの世に生きているのかね？」

　フィリップは、それまで考えたことがなかったので、答える前に一瞬考えこんだ。

「さあ、よく分かりませんけれど。義務を果すとか、与えられた能力を最大限に活用するとか、他人を傷つけないとか、そういうことが考えられます」

「要するに、汝の欲することを、他者に施せ、という、あれだね」

「ええ、まあ、そんなところです」

「そりゃキリスト教だ」

「いいえ、違います」フィリップはきっぱりと否定した。「キリスト教とは何の関係もありません。抽象的な道徳律ですよ」

「しかし、抽象的な道徳律などありはしない」

「じゃあ、こう言いましょう。あなたが酔ってここから出るときに財布を忘れたとしましょう。ぼくがそれを拾って返すとしたら、それはなぜでしょうか。警察を恐れるからではありませんよ」

「罪を犯せば地獄に落ちるのが恐しい、徳を積めば天国に行ける、ということに過ぎぬ」

「でも、ぼくは地獄や天国の存在も信じていません」

「そうかもしれんがね、カントだって定言命法を考え出したとき、天国も地獄も考えていなかったな。いいかね、きみは一つの信条を捨て去ったわけだが、信条のもとになっている倫理はまだ残しているのだ。きみは今でもキリスト教徒も同然なのだよ。もし天に神がいるなら、ほうびにありつける。神は教会が言うほど愚かでないから、人が神の掟を守りさえすれば、神を信仰しようと、すまいと、そんなことを全然気にかけないだろうよ」

「でも、もしぼくが財布を忘れていったとしたら、きっとあなたは返してくださるでしょう」フィリップが言った。

「それは抽象的な道徳律のせいじゃないな。警察沙汰が厄介なだけさ」

「でも、警察にばれる可能性なんて、まずありませんよ」

「わしの先祖が文明生活を長年してきたので、警察への恐れがわしの骨の髄にしみこんでいるだけさ。その点、「わが門衛の娘」なら一瞬もためらいはしないさ。あの女は犯罪者層に属するから、ときみは言うだろう。そうじゃない。単に、一般人の持つ偏見から解放されているだけだ」

「では、お話だと、名誉、美徳、善、品性というようなものは問題にならなくなりますね」フィリップが不満そうに言った。

「きみはこれまで罪を犯したことはあるかね?」

「さあ、どうでしょう。たぶん犯しているでしょうね」

「非国教会派の牧師みたいな言い方だな。わしなど、罪を犯したことはないんだよ」

厚地のみすぼらしいコートを着て、襟を立て、帽子を目深にかぶり、赤ら顔で肉付きがよく、小さい目はきらきら光っている——こういう彼の姿は大変滑稽だった。しかしフィリップは大真面目で、笑う余裕などなかった。

「何かやったことを、後悔したことはないのですか?」

「やったことが避け難いのであれば、後悔するわけなどないじゃないか?」クロンショーが反論してきた。

「でも、それは運命論ですよ」

「意志の自由などという、人間の幻想は、根深いものだから、わしも、まあ、受け入れても構わないがね。自分が自由人であるかのように振舞っているさ。だが、いったん行為を行なえば、それは太古からの宇宙の大きな力で定められたことで、何をしようが妨げられはしなかったのが明らかになる。つまり、避け難いものだった。その行為が仮に善であったとしても、ほめられる資格はわしにはない。同様に、悪だったとしても、わしが非難される責任はないのだ」

「頭がくらくらしてきました」フィリップが言った。

「ウイスキーをやりたまえ」そう言ってクロンショーはボトルを廻してくれた。「頭をすっきりさせるには、これに限る。ビールばかり飲んでいると、頭がにぶくなるよ」

フィリップは酒はだめですと首を横に振った。

「きみは悪い人じゃないが、酒をやらんのか。素面《しらふ》だと話が進まない。だが、わしが善悪という言葉を用いる場合には……」クロンショーは先刻の話を続けた。「大衆の使う言葉を仮に使っているだけだ。そんな言葉に意味があるとは思えないからな。人間の行為に善悪の区別などない。ある行為はよし、ある行為はけしからぬ、などと区別するのは断わる。わしには、悪徳だの美徳だのという言葉は意味を持たないのだ。わしは、ほめもしないし、けなしもしない。ただ受容するのみだ。わしが万物の尺度であり、世界の中心なのだ」

「でも世の中には、あなたの他にも人間がいるじゃありませんか」フィリップが反論した。

「わしは自分自身のみを問題にしているのだ。他人は、わしの活動を制限するという点でのみ、その存在を認めるわけだよ。わし以外の者の場合も、みなその人を中心にして世の中が動いていて、誰だって自分が世界の中心なのだ。他人にわしの支配権が及ぶのは、わしの力が届く範囲内だ。わしにできることは、わしに許される範囲内だけだ。人間は、その群居性によって社会を作って暮らしている。社会は武力(まあ、警察と言っていい)と口さがない世論の力――この二つの力によって秩序が保たれている。一方に社会、他方に個人があり、いずれも自己保存に邁進する有機体だ。力対力という関係だ。わしはひとりで立ち、社会を受け入れねばならない。もっとも、支払っている税金の見返りに、社会はわしを、この弱者であるわしを、強者の暴力から守ってくれるのだから、社会を受け入れるにやぶさかでない。だが、わしが社会の掟に従うのは、やむをえずだ。掟が正義だとは思わぬ。大体、正義など知らぬ。分かるのは力のみだ。わしを守る警察のための税金を納め、また、徴兵制度を持つ国で、侵入者から家と土地を守る軍隊の兵役を務めれば、わしは社会と互角になる。それ以外は、社会の力には、狡猾さで対抗してやる。社会は自己防衛のために法律を制定して、人がそれに違反すれば投獄したり、死刑にする。そうする力、つまり、権限を持っている。もしわしが法を破れば、国家から報いを受ける。だが、いいかね、報いとみなすだけで、当然の制裁とは認めないし、自分が悪事を犯したと是認することはない。社会はそれに奉仕させようとして、富や名誉や名声などというえさをぶらさげる。だが、わしは名声などに無関心だし、名誉を軽蔑するし、富などなしでもやっていけるんだ」

「でも、世間の人がみな、あなたと同じ考えなら、社会はすぐ崩壊してしまいますよ」

「他人などどうでもいい。わし自身のことしか気にならん。大多数の人間が、何らかの報酬目当てで、いろんなことをやり、そのおかげで、直接または間接的にわしが得をしている。わしはその点は結構だと思っているがね」

「ずいぶん身勝手な考えですね」フィリップが言った。

「しかし、何かね、きみは人間が自己本位な理由以外で何かするとでも思っているのか？」

「ええ、そう思っていますよ」

「そんなことはありえない。この世に何とか耐え忍んで暮らすには、人間の自己本位もやむをえぬとさとることが肝要だ。いずれ、きみも成長するにつれて分かるだろう。それを忘れると、自我を殺して人のために尽くすなどということを他者に求めることになる。愚の骨頂だ。みんな身勝手で自分本位なんだと是認すれば、他者に求めなくなる。人に失望することはなくなり、きみも人を寛大な目で見られるようになる。人間は人生でたったひとつ――自己の快楽、それだけを求めているのだ」

「そんなことありませんよ！　絶対にありません」フィリップは大声を出した。

クロンショーはくすりと笑った。

「おびえた子馬みたいに後足で立ったね。きみのキリスト教的考えでは、いかがわしい「快楽」という語を使ったからな。きみはもろもろの価値に上下の差をつけている。

快楽には序列の最下位で、一方、義務、慈悲、正直を上位に置くのだろう。きみは、快楽を感覚のことだけだと思っている。きみの道徳を作った哀れな奴隷たちは、自分が味わえぬような満足を軽蔑したのだ。わしが「快楽」の代りに「幸福」と言えば、それほどおびえずに済んだだろう。響きのやわらかさで、きみの心は快楽主義を唱えたあのエピクロスの豚小屋から出て彼の庭園のほうへとさまよい出るのだ。だが、わしはあえて快楽に固執する。なぜならわしの見るところ、人間は快楽をめざすのであって、幸福をめざすのではないからだ。美徳のひとつを行なう際にも快楽が存在するのだ。人は自分の喜びのために行動し、たまたまそれが他人をも喜ばせれば、善行をなしたとみなされるわけだよ。施しをすることに快楽を見出せば慈悲深い人となり、他人を助けるのに快楽を見出せば慈善家になるし、社会のために尽すことに快楽を見出すなら公共心に富むと賞讃されるのだ。しかし、乞食に二ペンス与えるのが、施す者の快楽のためだということは、わしがもう一杯ソーダ割りウイスキーを飲むのが、わしの快楽のためであるのと同じことだ。きみと違って、わしは偽善者じゃないから、自分の快楽を自賛はせぬし、きみの賞讃を求めもしないがね」

「でも、自分がしたいことでなく、したくないことを行なう人を、あなたは一度も見たことがないのですか?」

「ああ、ないね。それは愚問だよ。きみが言いたいのは、人が目の前の快楽よりも目の前の苦痛を受け入れるということだ。きみの反論は、問いの仕方も、内容も愚かだ。人間が、目の前の快楽よりも目の前の苦痛を受け入れることがあることは明らかだが、それは、未来により大きな快楽を期待しているからに過ぎぬ。未来の快楽なるものは、しばしば、幻想に過ぎないのだが、見込み違いがあるからといって原則が否定されるわけではない。きみが困惑するのは、快楽が単に感覚のものだという考えから脱却できぬせいだ。だがね、きみ、自国のために死ぬ者は、自国が好きだから死ぬのだ。なに、キャベツの漬物が好きだから食べるのと同じなのさ。これは創造の原理なのだ。人間がもし快楽より苦痛を好むとしたら、人類はとうの昔に滅亡していただろう」

「でも、そういう話がすべて真実だとしたら、何ひとつ役立つものがなくなりますね。義務、善良さ、美——こういうものを否定するのなら、人間は何のためにこの世に生まれてきたんでしょう?」

「折よく豪華な東方の賢人が、きみの疑問に対する答えのヒントを与えるべく登場したぞ」クロンショーはにやりとした。

その時、カフェの戸が開き、冷たい風と共に二人の人物が現れたのだ。安い絨毯の行商をしている中近東の男で、二人とも腕に包みを抱えていた。日曜日の夜のことで、カフェは混んでいた。テーブルの間をまわっていたが、たばこの煙がもうもうとたちこめ、人いきれでむんむんしている空気の中で、行商人たちにはどこか謎めいた雰囲気が漂っていた。みすぼらしい西欧風の服を着て、薄地のコートはすり切れていた。二人ともトルコ帽をかぶっている。顔は寒さのため灰色になっている。一人は黒いあごひげを生やした中年男だが、もう一人は一八歳くらいの青年で、顔に天然痘の痕があり、目は片方しかない。二人はクロンショーとフィリップのすわっているテーブルのそばを通った。

「アラーの神は偉大であり、マホメットはその預言者なり」クロンショーはおごそかに言った。

年上の行商人が卑屈な微笑を浮かべて近寄った。打たれるのに慣れた雑種犬のようだ。ドアのほうをちらと見やり、こそこそとすばやく移動して、ポルノ写真を見せた。

「汝、アレクサンドリアの商人マズル・エド・ディーンなりしや？　遠きバグダッドより商品を持参いたしたか？　そこの片目の若者じゃが、あれはシェヘラザードが主人に語りし物語の三王の一人であろうか？」クロンショーがこんな言い方をした。

行商人は、この言葉が一言も分からなかったのだが、ますます取り入るような微笑を浮かべ、手品師よろしく白檀の箱を出して見せた。

「否。東方の国の機《はた》で織りし比類なき織物を見せられたし」クロンショーがおごそかに言った。「さすれば、われ、寓意を見出し、華麗なる物語を語ろうぞ」

商人は赤と黄色のテーブルクロスを拡げて見せた。俗悪でグロテスクとしか言いようのない代物だ。

「三五フラン」商人が言った。

「この布はサマルカンドの織工を知らず、この色はブハラ＝ハンの桶で染められしものにあらず」

「二五フラン」商人は卑屈な態度で言った。

「最果《さいはて》の地こそ製造の土地じゃ。わが故郷バーミンガムかもしれんぞ」

「一五フラン」商人はさらに卑屈になった。

「たわけ者め、出て行くのじゃ。野生のロバが汝の母方の祖母の墓を踏み荒さんことを！」

商人は平然と、ただ微笑は消え、次のテーブルへと移った。クロンショーはフィリップのほうを向いた。

「パリのクリュニ美術館にはもう行ったかな？　あそこにはみごとな色彩と、目を奪うような美しく複雑に入り組んだ模様のペルシャ絨毯が展示してある。あの織物に、東方の神秘と官能美、一四世紀のペルシャ詩人ハフィズの歌うバラと『ルバイヤット』に描かれる酒杯も織り込まれているのを見るだろう。だが、やがて、それ以上のものを見ることになる。きみ、さっき人生の意味とは何かを尋ねていたな。あのペルシャ絨毯を見に行きたまえ。そうすれば、いつか解答が得られるだろう」

「謎めいたことをおっしゃいますね」フィリップが言った。

「ただ酔っているだけさ」クロンショーが答えた。

モームの人と作品

ここに全訳したサマセット・モーム（一八七四―一九六五）の『人間の絆』（一九一五年）は大部であるため上・中・下の三巻に分けて刊行することになった。そこで解説も三つに分け、上巻ではモームの人と作品を概観し、中巻にはモームの年譜（作品解題を含む）を付し、下巻で『人間の絆』について詳しく述べることとする。

モームは父が駐仏イギリス大使館の顧問弁護士をしていたため、一八七四年にパリで生まれた。男ばかりの五人兄弟の末っ子であった。裕福な一家で、母は社交界の花形であり、二〇歳近く年長の父が醜男《ぶおとこ》だったため、二人は「美女と野獣」と噂されていた。モームが八歳のとき、この母が結核で亡くなり、その二年後には父も亡くなった。このためモームは、イギリスの国教会派の牧師をしていた、父の弟夫婦に引き取られた。この夫婦には子供がなく、叔母はやさしい人であったが、叔父は厳しく情に薄い人だった。フランスで生活していたモームは、外国語訛りの英語と吃音《きつおん》のために学校でいじめにあった。さらに、母との死別、環境の激変により、孤独で内気な少年となった。

イングランド南東部のカンタベリーのキングズ・スクールというパブリックスクールに進学する。勉強はできたが、運動は苦手で、あまり友人ができなかった。学校になじんできた頃には肺結核に感染し、このため一学期、南フランスに転地療養した。帰国して復学するが、フランスでの、のびのびした生活が忘れられず、ケンブリッジに進学して聖職に就かせようとする叔父と対立する。

結局、ハイデルベルクに留学し、そこの大学に聴講生として出入りし、世界各国からの留学生と交わり、絵画、文学、演劇、哲学などの議論を満喫した。そして、キリスト教の信仰をすてた。年長の文学青年によって同性愛の世界に導かれたのもこの時期であったらしい。イギリスに戻り、数年後、ロンドンの聖トマス病院付属医学校に入学した。インターンとしての彼は、虚飾をはいだ赤裸々の人間の姿に接した。インターン時代の見聞をもとに小説『ランベスのライザ』(一八九七年)を発表。貧民街の人気娘の恋をリアリスチックな筆致で描いたものであり、ある程度の好評を得たので、医師の免許は得たが、作家として生きる決意をし、以前から憧れていたスペインを訪れた。

第一作の後も小説や短篇を執筆し、どうにか出版できたが、評判はあまり振るわず、経済的に苦しい状態が続いた。一九〇三年には戯曲『廉潔《れんけつ》の人』を書き、高踏的な実験劇場で上演されたが、たった二日間の上演のみで終わるありさまだった。この間に海外旅行、長期滞在のため、スペイン、フランス、ギリシャ、エジプトに行く。パリではアパートに住み、芸術家志望の青年たちと自由に交友し、ボヘミアンの生活を味わった。一九〇六年には、劇作家ヘンリー・ジョーンズの娘で、離婚経験のある女優スーと親しくなり、この関係は八年間も続いた。『お菓子とビール』(一九三〇年)のロウジーの原型となった魅力ある、自由奔放な人だった。

とにかく売れる作品を書こうとして、さまざまな工夫を試みていたが、一九〇七年、ある好運によって『フレデリック夫人』がロンドンの大劇場で上演され、大成功を収めた。これがきっかけとなり、翌年、それまで書きためていた芝居四つが大劇場で同時上演されることになった。シェイクスピアが四つの芝居の看板を羨ましそうに眺めている漫画が『パンチ』誌に載るほど評判となった。こうして、ようやく求めていた名声も富も得られた。これらの劇は一七世紀末に流行した風習喜劇の伝統に従ったもので、機知に富むせりふにより、男女関係の機微を皮肉るものであった。観客は涙を流して笑い、商業的には大成功であったが、一部の批評家からは「富の神《マモン》に魂を売った男」と言われた。

劇作家として引っぱりだこの日々を送っていたとき、芝居の注文をすべて断わり、自らの心の平和を求めて、半自伝的な小説執筆に没頭した。これが代表的傑作『人間の絆』となった。この執筆がカタルシス効果をもたらし、前半生の心の鬱積《うつせき》、悲惨な思い出のすべてから解放されたモームは、新しい出発をもくろんで、一九一四年に勃発した第一次世界大戦に従軍した。フランス戦線の野戦病院から情報部に転じて活躍した。戦争中にジェラルド・ハックストンという美青年と知り合い、この男はモームの生涯にわたる秘書兼愛人として行動を共にすることとなった。その一方、同性愛者であることを隠すためとも言われているが、離婚経験のある才女シリーと結婚し、一子をもうけてもいる。南海の島々を旅行し、現地に住む白人と接し、後の作品、とくに多数の短篇の材料を得た。

一九一九年に小説『月と六ペンス』を出版し、ベストセラーとなった。さらに多くの短篇、旅行記、劇など、二つの大戦の間は、流行作家として縦横に筆をふるい、また、世界旅行でアメリカ、中国、南海諸島、アフリカ、近東にまで足をのばした。モーム自身のお気に入りの小説『お菓子とビール』、『劇場』(一九三七年)もこの時期のものである。回想記『サミング・アップ』(一九三八年)も注目に価する。芝居も発表し続けたが、一九三三年の問題劇『シェピー』を最後に劇壇と訣別した。

一九三九年、第二次世界大戦の勃発とともに、再び情報局の仕事を手伝ったが、やがて戦禍を避けてアメリカに渡り、ここでアメリカ青年を主人公とする小説『かみそりの刃』(一九四四年)を発表し、ベストセラーとなった。第二次大戦後は、一九二八年に買い求めて住んでいた南仏の邸宅に戻り、旺盛な創作活動を続けた。『昔も今も』(一九四六年)、『カタリーナ』(一九四八年)のような歴史小説、数冊の短篇集、評論『世界の十大小説』(一九四八、一九五四年)など、いずれも筆力に衰えがない。しかし、一九五八年の評論『視点』を最後にいっさいの筆を折ると宣言した。

その後、高齢をおして旅行は続け、一九五九年一一月には日本に来て、いくつかのインタヴューに応じ、一カ月滞在した。一九六五年末、南仏のアングロ・アメリカ病院で九一歳の生涯を閉じた。

このようにモームは、詩以外の文学のあらゆるジャンルにわたって約六〇年間、驚嘆すべき量の作品を発表し続けた。二〇世紀前半のイギリス文学を代表する作家の一人と見られているのも当然である。ただし、二〇世紀の作家の多くは、第一次世界大戦をいわば原点としているが、モームは第一次大戦勃発時にすでに四〇歳であり、人生観も確立していた。また、インテリも大衆も含めた広範囲の読者を楽しませるのが作家の第一の任務だと主張し、そのとおり実践した。そして文学に社会問題、政治、宗教、哲学を第一義的に持ち込むのは邪道だと考えた。モーム文学の最大の特徴は、「人間という動物に所有欲と同じくらい深く根ざしていると思われる、話を聞きたいという願望」を満足させたことである。この点、難解と評される現代作家と一線を画している。

モームは彼が尊敬するジェイン・オースティンについて、「つい次のページを繰ってしまわせる、読者を物語に誘いこむ語り口」を称えている。ただし、オースティンの場合と違って、モームの作品では、恋愛、結婚、浮気、駆け落ち、裏切り、自殺、それに他殺など、事件がある。その展開の仕方、物語の語り方が非常に巧みなため、作品をいったん手にしたら、読者はもう手離すことができない。だが、彼の変わらぬ人気を説明するには、こういうストーリー・テラーとしての卓越性のほかに、彼特有の人間観も見逃すことはできない。

「人間について、もっとも私を驚かせたのは、彼らが矛盾に満ちているということだ。首尾一貫した人間など、ただの一人もお目にかかったことがない。まったく相容れない諸性質が同一人物の中に存在し、それでいて、もっともらしい調和を生んでいるのには驚かざるをえない」(『サミング・アップ』一七章)

ここに彼の人間観が端的に語られている。彼の全作品は、ある意味で、この人間観の例証と取れなくもない。彼の人生観は、右の人間観から出た当然の帰結である。すなわち、人生には何の意味もなく、「ペルシャ絨毯」の織匠が自己の審美感の満足のために模様を織るのと同じように、人は自分の好みによって人生模様を織っていけばよい、というものである。このような人間、人生についての見方が一般の人びとの間にまで浸透したのは、第一次世界大戦後のことであろう。そうでなければ、モームがあれほど多くの読者を獲得したはずがない。現代の知識人に知的な娯楽を提供し、一般大衆に文学の楽しみを教えたという点で、そして自分の信じる小説本来のあり方をあくまで固守した強靭さの点で、モームは世界文学の一隅を占めるだけの資格がある。最後に、モーム文学の最善の理解者と私が信じる中野好夫氏の言葉を引用したい。

「通俗性の皮を一枚一枚剝いで行った後に、モームの場合、果してラッキョウの皮をむくようになに一つとして残らないであろうか。……モームの作品は一切の通俗性という皮を剝ぎとってしまった最後に、人間の不可解性という、常に最後の核にぶつかるのである。人間は彼自身にさえどうにも出来ない、複雑きわまる矛盾の塊である。……いわば、永遠の謎なるものとしての人間の魂を描くこと、これが彼の一生を通じて歌いつづけている唯一の主題であるといってよい」

およそ六〇年前に同氏が日本で初めて翻訳した『月と六ペンス』の解説で用いられた評語だが、今日でも通用する至言だと思う。

二〇〇一年九月

訳　者

人間《にんげん》の絆《きずな》（上）〔全3冊〕
モーム作

2001年10月16日　第1刷発行
2006年9月15日　第5刷発行

訳　者　行方昭夫《なめかたあきお》

発行者　山口昭男

発行所　株式会社　岩波書店
〒101-8002　東京都千代田区一ツ橋2-5-5
案内 03-5210-4000　販売部 03-5210-4111
文庫編集部 03-5210-4051
http://www.iwanami.co.jp/

印刷・三陽社　カバー・精興社　製本・桂川製本

ISBN 4-00-322546-5　Printed in Japan

読書子に寄す

——岩波文庫発刊に際して——

岩波茂雄

真理は万人によって求められることを自ら欲し、芸術は万人によって愛されることを自ら望む。かつては民を愚昧ならしめるために学芸が最も狭き堂宇に閉鎖されたことがあった。今や知識と美とを特権階級の独占より奪い返すことはつねに進取的なる民衆の切実なる要求である。岩波文庫はこの要求に応じそれに励まされて生まれた。それは生命ある不朽の書を少数者の書斎と研究室とより解放して街頭にくまなく立たしめ民衆に伍せしめるであろう。近時大量生産予約出版の流行を見る。その広告宣伝の狂態はしばらくおくも、後代にのこすと誇称する全集がその編集に万全の用意をなしたるか。千古の典籍の翻訳企図に敬虔の態度を欠かざりしか。さらに分売を許さず読者を繋縛して数十冊を強うるがごとき、はたしてその揚言する学芸解放のゆえんなりや。吾人は天下の名士の声に和してこれを推挙するに躊躇するものである。このときにあたって、岩波書店は自己の責務のいよいよ重大なるを思い、従来の方針の徹底を期するため、すでに十数年以前より志して来た計画を慎重審議この際断然実行することにした。吾人は範をかのレクラム文庫にとり、古今東西にわたって文芸・哲学・社会科学・自然科学等種類のいかんを問わず、いやしくも万人の必読すべき真に古典的価値ある書をきわめて簡易なる形式において逐次刊行し、あらゆる人間に須要なる生活向上の資料、生活批判の原理を提供せんと欲する。この文庫は予約出版の方法を排したるがゆえに、読者は自己の欲する時に自己の欲する書物を各個に自由に選択することができる。携帯に便にして価格の低きを最主とするがゆえに、外観を顧みざるも内容に至っては厳選最も力を尽くし、従来の岩波出版物の特色をますます発揮せしめようとする。この計画たるや世間の一時の投機的なるものと異なり、永遠の事業として吾人は微力を傾倒し、あらゆる犠牲を忍んで今後永久に継続発展せしめ、もって文庫の使命を遺憾なく果たさしめることを期する。芸術を愛し知識を求むる士の自ら進んでこの挙に参加し、希望と忠言とを寄せられることは吾人の熱望するところである。その性質上経済的には最も困難多きこの事業にあえて当たらんとする吾人の志を諒として、その達成のため世の読書子とのうるわしき共同を期待する。

昭和二年七月

《東洋文学》

杜詩 全八冊 鈴木虎雄訳註
杜甫詩選 黒川洋一編
李白詩選 松浦友久編訳
蘇東坡詩選 小川環樹・山本和義選訳
陶淵明全集 全二冊 松枝茂夫・和田武司訳注
唐詩選 全三冊 前野直彬注解
唐詩概説 小川環樹
完訳 三国志 全八冊 小川環樹・金田純一郎訳
金瓶梅 全十冊 小野忍・千田九一訳
完訳 水滸伝 全十冊 吉川幸次郎・清水茂訳
西遊記 全十冊 中野美代子訳
杜牧詩選 松浦友久・植木久行編訳
菜根譚 今井宇三郎訳注
阿Q正伝・狂人日記 他十二篇 魯迅 竹内好訳
朝花夕拾 魯迅 松枝茂夫訳
魯迅評論集 竹内好編訳
結婚狂詩曲（囲城） 全二冊 銭鍾書 荒井・中島訳
中国名詩選 全三冊 松枝茂夫編
聊斎志異 全二冊 蒲松齢 立間祥介編訳
公女マーラヴィカーとアグニミトラ王 他一篇 カーリダーサ 大地原豊訳
バガヴァッド・ギーター 上村勝彦訳
アイヌ神謡集 知里幸恵編訳
サキャ格言集 今枝由郎訳

《ギリシア・ラテン文学》

ホメロス イリアス 全二冊 松平千秋訳
ホメロス オデュッセイア 全二冊 松平千秋訳
イソップ寓話集 中務哲郎訳
アイスキュロス アガメムノーン 久保正彰訳
アンティゴネー ソポクレース 呉茂一訳
ソポクレス オイディプス王 藤沢令夫訳
タウリケーのイーピゲネイア エウリーピデース 久保田忠利訳
アポロドーロス ギリシア神話 高津春繁訳
アエネーイス 全二冊 ウェルギリウス 泉井久之助訳
アベラールとエロイーズ ―愛と修道の手紙 畠中尚志訳
オウィディウス 変身物語 中村善也訳
サテュリコン ―古代ローマの風刺小説 ペトロニウス 国原吉之助訳
ギリシア・ローマ神話 ブルフィンチ 野上弥生子訳
ギリシア・ローマ名言集 柳沼重剛編
ギリシア恋愛小曲集 中務哲郎訳
ギリシア ローマ 古典文学案内 高津春繁・斎藤忍随

《イギリス文学》

ユートピア トマス・モア 平井正穂訳
完訳 カンタベリー物語 全三冊 チョーサー 桝井迪夫訳
ヴェニスの商人 シェイクスピア 中野好夫訳
ジュリアス・シーザー シェイクスピア 中野好夫訳
お気に召すまま シェイクスピア 阿部知二訳
十二夜 シェイクスピア 小津次郎訳

ハムレット	シェイクスピア 野島秀勝訳
オセロウ	シェイクスピア 菅泰男訳
リア王	シェイクスピア 野島秀勝訳
マクベス	シェイクスピア 木下順二訳
ソネット集	シェイクスピア 高松雄一訳
ロミオとジューリエット	シェイクスピア 平井正穂訳
リチャード三世	シェイクスピア 木下順二訳
対訳シェイクスピア詩集 —イギリス詩人選(1)	柴田稔彦編
失楽園 全二冊	ミルトン 平井正穂訳
ロビンソン・クルーソー 全二冊	デフォー 平井正穂訳
モル・フランダーズ 全二冊	デフォー 伊澤龍雄訳
桶物語・書物戦争 他一篇	スウィフト 深町弘三訳
ガリヴァー旅行記	スウィフト 平井正穂訳
墓畔の哀歌	グレイ 福原麟太郎訳
対訳ブレイク詩集 —イギリス詩人選(4)	松島正一編
ワーズワース詩集	田部重治選訳

対訳ワーズワス詩集 —イギリス詩人選(3)	山内久明編
高慢と偏見 全二冊	ジェーン・オースティン 富田彬訳
説きふせられて	ジェーン・オースティン 富田彬訳
エマ 全二冊	ジェーン・オースティン 工藤政司訳
ジェイン・オースティンの手紙	新井潤美編訳
イノック・アーデン	テニスン 入江直祐訳
対訳テニスン詩集 —イギリス詩人選(5)	西前美巳編
虚栄の市 全五冊	サッカリー 中島賢二訳
デイヴィッド・コパフィールド 全五冊	ディケンズ 石塚裕子訳
ディケンズ短篇集	小池滋 石塚裕子訳
ボズのスケッチ 短篇小説篇全二冊	ディケンズ 藤岡啓介訳
鎖を解かれたプロメテウス	シェリー 石川重俊訳
ジェイン・エア 全二冊	シャーロット・ブロンテ 遠藤寿子訳
嵐が丘 全二冊	エミリー・ブロンテ 河島弘美訳
エゴイスト 全二冊	メレディス 朱牟田夏雄訳
サイラス・マーナー	G・エリオット 土井治訳

アルプス登攀記 全二冊	ウィンパー 浦松佐美太郎訳
アンデス登攀記 全二冊	ウィンパー 大貫良夫訳
テス 全二冊	ハーディ 井上・石田訳
ハーディ短篇集	井出弘之編訳
宝島	スティーヴンスン 阿部知二訳
ジーキル博士とハイド氏	スティーヴンスン 海保眞夫訳
怪談 —不思議なことの物語と研究	ラフカディオ・ハーン 平井呈一訳
心 —日本の内面生活の暗示と影響	ラフカディオ・ハーン 平井呈一訳
サロメ	ワイルド 福田恆存訳
ヘンリ・ライクロフトの私記	ギッシング 平井正穂訳
闇の奥	コンラッド 中野好夫訳
密偵	コンラッド 土岐恒二訳
西欧人の眼に 全二冊	コンラッド 中島賢二訳
コンラッド短篇集	中島賢二訳
月と六ペンス	モーム 行方昭夫訳
読書案内	モーム 西川正身訳

世界の十大小説 全二冊	モーム 西川正身訳
人間の絆 全三冊	モーム 行方昭夫訳
ダブリンの市民	ジョイス 結城英雄訳
マンスフィールド短篇集 幸福・園遊会 他十七篇	崎山正毅 伊澤龍雄訳
恋愛対位法 全二冊	ハックスリ 朱牟田夏雄訳
悪口学校	シェリダン 菅泰男訳
オーウェル評論集	小野寺健編訳
カタロニア讃歌	ジョージ・オーウェル 都築忠七訳
対訳 キーツ詩集 ―イギリス詩人選(10)	宮崎雄行編
ギャスケル短篇集	松岡光治編訳
20世紀イギリス短篇集	小野寺健編訳
オルノーコ 美しい浮気女	アフラ・ベイン 土井治訳
ローソン短篇集	伊澤龍雄編訳
イギリス名詩選	平井正穂編
タイム・マシン 他九篇	H・G・ウェルズ 橋本槇矩訳
透明人間	H・G・ウェルズ 橋本槇矩訳
解放された世界	H・G・ウェルズ 浜野輝訳
さらば古きものよ 全二冊	ロバート・グレーヴズ 工藤政司訳
完訳ナンセンスの絵本	エドワード・リア 柳瀬尚紀訳
灯台へ	ヴァージニア・ウルフ 御輿哲也訳
世の習い	コングリーヴ 笹山隆訳
中世騎士物語	ブルフィンチ 野上弥生子訳

《アメリカ文学》

フランクリン自伝	松本慎一 西川正身訳
アルハンブラ物語 全二冊	アーヴィング 平沼孝之訳
完訳 緋文字	ホーソーン 八木敏雄訳
ホーソーン短篇小説集	坂下昇編訳
黒猫 モルグ街の殺人事件 他五篇	ポオ 中野好夫訳
対訳 ポー詩集 ―アメリカ詩人選(1)	加島祥造編
森の生活(ウォールデン) 全二冊	H・D・ソロー 飯田実訳
白鯨 全三冊	メルヴィル 八木敏雄訳
ビリー・バッド	メルヴィル 坂下昇訳
幽霊船 他一篇	メルヴィル 坂下昇訳
草の葉 全三冊	ホイットマン 酒本雅之訳
対訳 ホイットマン詩集 ―アメリカ詩人選(2)	木島始編
対訳 ディキンソン詩集 ―アメリカ詩人選(3)	亀井俊介編
不思議な少年	マーク・トウェイン 中野好夫訳
王子と乞食	マーク・トウェイン 村岡花子訳
人間とは何か	マーク・トウェイン 中野好夫訳
ハックルベリー・フィンの冒険 全二冊	マーク・トウェイン 西田実訳
新編 悪魔の辞典	ビアス 西川正身編訳
ビアス短篇集	大津栄一郎編訳
ねじの回転 デイジー・ミラー	ヘンリー・ジェイムズ 行方昭夫訳
赤い武功章 他三編	クレイン 西田実訳
本町通り 全三冊	シンクレア・ルイス 斎藤忠利訳
熊 他三篇	フォークナー 加島祥造訳
日はまた昇る	ヘミングウェイ 谷口陸男訳
ヘミングウェイ短篇集 全二冊	谷口陸男編訳

オー・ヘンリー傑作選　大津栄一郎訳
フィッツジェラルド短篇集　佐伯泰樹編訳
アメリカ名詩選　亀井俊介・川本皓嗣編
20世紀アメリカ短篇選 全二冊　大津栄一郎編訳
開拓者たち 全二冊　クーパー 村山淳彦訳

《南北欧文学その他》

ダンテ 神曲 全三冊　山川丙三郎訳
パロマー　カルヴィーノ 和田忠彦訳
愛神の戯れ —牧歌劇『アミンタ』　トルクァート・タッソ 鷲平京子訳
故郷　パヴェーゼ 河島英昭訳
シチリアでの会話　ヴィットリーニ 鷲平京子訳
ドン・キホーテ 全六冊　セルバンテス 牛島信明訳
人の世は夢・サラメアの村長　カルデロン 高橋正武訳
緑の瞳・月影 他十二篇　ベッケル 高橋正武訳
エスピノーサ スペイン民話集　三原幸久編訳
エル・シードの歌　長南実訳

プラテーロとわたし　J.R.ヒメーネス 長南実訳
完訳アンデルセン童話集 全七冊　大畑末吉訳
即興詩人 全二冊　アンデルセン 大畑末吉訳
絵のない絵本　アンデルセン 大畑末吉訳
アンデルセン自伝 —わが生涯の物語　大畑末吉訳
イプセン 人形の家　原千代海訳
ポルトガリヤの皇帝さん　ラーゲルレーヴ イシガオサム訳
巫《み》女《こ》　ラーゲルクヴィスト 山下泰文訳
クオ・ワディス 全三冊　シェンキェーヴィチ 木村彰一訳
ロボット(R・U・R)　チャペック 千野栄一訳
オルトゥタイ ハンガリー民話集　徳永・石本・岩崎・粂編訳
尼僧ヨアンナ　イヴァシュキェヴィッチ 関口時正訳
完訳千一夜物語 全十三冊　豊島・渡辺・佐藤・岡部訳
ルバイヤート　オマル・ハイヤーム 小川亮作訳
アブー・ヌワース アラブ飲酒詩選　塙治夫編訳
ペドロ・パラモ　ファン・ルルフォ 杉山・増田訳

伝奇集　J.L.ボルヘス 鼓直訳
フエンテス短篇集 アウラ・純な魂 他四篇　木村榮一訳

《ドイツ文学》

- ニーベルンゲンの歌 全二冊 — 相良守峯訳
- 若きウェルテルの悩み — ゲーテ／竹山道雄訳
- ヴィルヘルム・マイスターの修業時代 全三冊 — ゲーテ／山崎章甫訳
- ヴィルヘルム・マイスターの遍歴時代 全三冊 — ゲーテ／山崎章甫訳
- イタリア紀行 全三冊 — ゲーテ／相良守峯訳
- ファウスト 全二冊 — ゲーテ／相良守峯訳
- ゲーテとの対話 全三冊 — エッカーマン／山下肇訳
- 美と芸術の理論 —カリアス書簡 — シラー／草薙正夫訳
- ヴァレンシュタイン — シラー／濱川祥枝訳
- ヘルダーリン詩集 — 川村二郎訳
- 青い花 — ノヴァーリス／青山隆夫訳
- 完訳グリム童話集 全五冊 — 金田鬼一訳
- 影をなくした男 — シャミッソー／池内紀訳
- ドイツ古典哲学の本質 — ハイネ／伊東勉訳
- 森の小道・二人の姉妹 — シュティフター／山崎章甫訳
- みずうみ 他四篇 — シュトルム／関泰祐訳
- 地霊・パンドラの箱 —ルル二部作 — F・ヴェデキント／岩淵達治訳
- ブッデンブローク家の人びと 全三冊 — トーマス・マン／望月市恵訳
- トオマス・マン短篇集 — 実吉捷郎訳
- 魔の山 全二冊 — トーマス・マン／関・望月訳
- トニオ・クレエゲル — トオマス・マン／実吉捷郎訳
- ヴェニスに死す — トオマス・マン／実吉捷郎訳
- 講演集ドイツとドイツ人 他五篇 — トーマス・マン／青木順三訳
- 青春彷徨 — ヘルマン・ヘッセ／関泰祐訳
- 車輪の下 — ヘルマン・ヘッセ／実吉捷郎訳
- 青春はうるわし 他三篇 — ヘッセ／関泰祐訳
- デミアン — ヘルマン・ヘッセ／実吉捷郎訳
- マリー・アントワネット 全二冊 — シュテファン・ツワイク／高橋・秋山訳
- ジョゼフ・フーシェ — シュテファン・ツワイク／高橋・秋山訳
- 変身・断食芸人 — カフカ／山下肇・萬里訳
- 審判 — カフカ／辻瑆訳
- カフカ短篇集 — 池内紀編訳
- カフカ寓話集 — 池内紀編訳
- ガリレイの生涯 — ブレヒト／岩淵達治訳
- 肝っ玉おっ母とその子どもたち — ブレヒト／岩淵達治訳
- ドイツ炉辺ばなし集 — ヘーベル／木下康光編訳
- 短篇集死神とのインタヴュー — ノサック／神品芳夫訳
- ドイツ名詩選 — 生野幸吉・檜山哲彦編
- 蝶の生活 — シュナック／岡田朝雄訳
- 暴力批判論 他十篇 —ベンヤミンの仕事1 — ヴァルター・ベンヤミン／野村修編訳
- ボードレール 他五篇 —ベンヤミンの仕事2 — ヴァルター・ベンヤミン／野村修編訳
- 黒い蜘蛛 — ゴットヘルフ／山崎章甫訳
- メルヒェン集 盗賊の森の一夜 — ハウフ／池田香代子訳
- 増補ドイツ文学案内 — 手塚富雄・神品芳夫

《フランス文学》

- トリスタン・イズー物語 — ベディエ編／佐藤輝夫訳

日月《じつげつ》両世界旅行記	シラノ・ド・ベルジュラック	赤木昭三訳
嘘つき男・舞台は夢	コルネイユ	岩瀬・井村訳
ラ・ロシュフコー箴言集		二宮フサ訳
フェードル アンドロマック	ラシーヌ	渡辺守章訳
ドン・ジュアン	モリエール	鈴木力衛訳
タルチュフ	モリエール	鈴木力衛訳
孤客(ミザントロオプ)	モリエール	辰野隆訳
完訳 ペロー童話集		新倉朗子訳
クレーヴの奥方 他二篇	ラファイエット夫人	生島遼一訳
カンディード 他五篇	ヴォルテール	植田祐次訳
哲学書簡	ヴォルテール	林達夫訳
マノン・レスコー	アベ・プレヴォ	河盛好蔵訳
孤独な散歩者の夢想	ルソー	今野一雄訳
危険な関係 全二冊	ラクロ	伊吹武彦訳
美味礼讃 全二冊	ブリア-サヴァラン	関根・戸部訳
赤と黒 全二冊	スタンダール	桑原・生島訳
パルムの僧院 全二冊	スタンダール	生島遼一訳
知られざる傑作 他五篇	バルザック	水野亮訳
谷間のゆり	バルザック	宮崎嶺雄訳
ゴリオ爺さん 全二冊	バルザック	高山鉄男訳
レ・ミゼラブル 全四冊	ユーゴー	豊島与志雄訳
死刑囚最後の日	ユーゴー	豊島与志雄訳
モンテ・クリスト伯 全七冊	デュマ	山内義雄訳
三銃士 全二冊	デュマ	生島遼一訳
カルメン	メリメ	杉捷夫訳
愛の妖精(プチット・ファデット)	ジョルジュ・サンド	宮崎嶺雄訳
戯れに恋はすまじ	ミュッセ	新道誠一訳
ボオドレール 悪の華		鈴木信太郎訳
ボヴァリー夫人 全二冊	フローベール	伊吹武彦訳
椿姫	デュマ・フィス	吉村正一郎訳
風車小屋だより	ドーデー	桜田佐訳
シルヴェストル・ボナールの罪	アナトール・フランス	伊吹武彦訳
氷島の漁夫	ピエール・ロチ	吉氷清訳
ノア・ノア —タヒチ紀行	ポール・ゴーガン	前川堅市訳
脂肪のかたまり	モーパッサン	高山鉄男訳
モーパッサン短篇選		高山鉄男編訳
地獄の季節	ランボオ	小林秀雄訳
にんじん	ルナアル	岸田国士訳
ジャン・クリストフ 全四冊	ロマン・ローラン	豊島与志雄訳
トルストイの生涯	ロマン・ロラン	蛯原徳夫訳
ベートーヴェンの生涯	ロマン・ロラン	片山敏彦訳
狭き門	アンドレ・ジイド	川口篤訳
レオナルド・ダ・ヴィンチの方法	ポール・ヴァレリー	山田九朗訳
ムッシュー・テスト	ポール・ヴァレリー	清水徹訳
シラノ・ド・ベルジュラック	ロスタン	辰野・鈴木訳
恐るべき子供たち	コクトー	鈴木力衛訳
地底旅行	ジュール・ヴェルヌ	朝比奈弘治訳
八十日間世界一周	ジュール・ヴェルヌ	鈴木啓二訳

- プロヴァンスの少女　ミストラル　杉冨士雄訳
- 結婚十五の歓び　新倉俊一訳
- 知性の愁い —アナトール・フランスとの対話　ニコラ・セギュール　大塚幸男訳
- 家なき娘　全二冊　エクトル・マロ　津田穣訳
- オランダ・ベルギー絵画紀行 —昔日の巨匠たち　全二冊　フロマンタン　高橋裕子訳
- 牝猫　コレット　工藤庸子訳
- シェリ　コレット　工藤庸子訳
- フランス短篇傑作選　山田稔編訳
- シュルレアリスム宣言・溶ける魚　アンドレ・ブルトン　巖谷國士訳
- ナジャ　アンドレ・ブルトン　巖谷國士訳
- フランス名詩選　安藤元雄・入沢康夫・渋沢孝輔編
- グラン・モーヌ　アラン＝フルニエ　天沢退二郎訳
- 狐物語　鈴木・福本・原野訳
- 幼なごころ　ヴァレリー・ラルボー　岩崎力訳
- 増補フランス文学案内　渡辺一夫・鈴木力衛

《ロシア文学》

- オネーギン　プーシキン　池田健太郎訳
- スペードの女王・ベールキン物語　プーシキン　神西清訳
- プーシキン詩集　金子幸彦訳
- 狂人日記　他二篇　ゴーゴリ　横田瑞穂訳
- 処女地　ツルゲーネフ　湯浅芳子訳
- ロシヤは誰に住みよいか　ネクラーソフ　谷耕平訳
- 二重人格　ドストエフスキー　小沼文彦訳
- 罪と罰　全三冊　ドストエフスキー　江川卓訳
- 白痴　全二冊　ドストエフスキイ　米川正夫訳
- 悪霊　全二冊　ドストエフスキイ　米川正夫訳
- カラマーゾフの兄弟　全四冊　ドストエフスキイ　米川正夫訳
- アンナ・カレーニナ　全三冊　トルストイ　中村融訳
- 民話集 人はなんで生きるか　他四篇　トルストイ　中村白葉訳
- 民話集 イワンのばか　他八篇　トルストイ　中村白葉訳
- イワン・イリッチの死　トルストイ　米川正夫訳
- 復活　全二冊　トルストイ　中村白葉訳
- ワーニャおじさん　チェーホフ　小野理子訳
- 可愛い女・犬を連れた奥さん　他一篇　チェーホフ　神西清訳
- 桜の園　チェーホフ　小野理子訳
- ゴーリキー短篇集　上田進・横田瑞穂訳編
- どん底　ゴーリキイ　中村白葉訳
- 静かなドン　全八冊　ショーロホフ　横田瑞穂訳
- ゴロヴリヨフ家の人々　全二冊　シチェードリン　湯浅芳子訳
- 何をなすべきか　全二冊　チェルヌィシェーフスキイ　金子幸彦訳
- アファナーシエフ ロシア民話集　中村喜和編訳
- シベリア民話集　斎藤君子編訳
- プラトーノフ作品集　原卓也訳
- 悪魔物語・運命の卵　ブルガーコフ　水野忠夫訳
- 新版ロシア文学案内　藤沼貴・小野理子・安岡治子

《哲学・教育》

- ソクラテスの弁明・クリトン　プラトン　久保勉訳
- ゴルギアス　プラトン　加来彰俊訳
- 饗宴　プラトン　久保勉訳
- テアイテトス　プラトン　田中美知太郎訳
- パイドロス　プラトン　藤沢令夫訳
- メノン　プラトン　藤沢令夫訳
- 国家　全二冊　プラトン　藤沢令夫訳
- プロタゴラス　プラトン　藤沢令夫訳
- パイドン　―魂の不死について　プラトン　岩田靖夫訳
- クセノフォーン　ソークラテースの思い出　佐々木理訳
- アリストテレス　ニコマコス倫理学　全二冊　高田三郎訳
- アリストテレス　形而上学　全二冊　出隆訳
- アリストテレス　弁論術　戸塚七郎訳
- アリストテレース　詩学　ホラーティウス　詩論　松本仁助・岡道男訳
- アリストテレース　動物誌　全二冊　島崎三郎訳

- 人生の短さについて　他二篇　セネカ　茂手木元蔵訳
- 怒りについて　他一篇　セネカ　茂手木元蔵訳
- 人さまざま　テオプラストス　森進一訳
- 老年について　キケロー　中務哲郎訳
- 友情について　キケロー　中務哲郎訳
- 弁論家について　キケロー　大西英文訳
- キケロー弁論集　小川・谷 山沢 訳
- 方法序説　デカルト　谷川多佳子訳
- 哲学原理　デカルト　桂寿一訳
- 精神指導の規則　デカルト　野田又夫訳
- 知性改善論　スピノザ　畠中尚志訳
- スピノザ　エチカ（倫理学）　全二冊　畠中尚志訳
- スピノザ　国家論　畠中尚志訳
- デカルトの哲学原理　―附 形而上学的思想　スピノザ　畠中尚志訳
- ニュー・アトランティス　ベーコン　川西進訳
- 人知原理論　ジョージ・バークリ　大槻春彦訳

- エミール　全三冊　ルソー　今野一雄訳
- 孤独な散歩者の夢想　ルソー　今野一雄訳
- 人間不平等起原論　ルソー　本田・平岡訳
- 社会契約論　ルソー　桑原・前川訳
- ラモーの甥　ディドロ　本田・平岡訳
- 道徳形而上学原論　カント　篠田英雄訳
- 啓蒙とは何か　他四篇　カント　篠田英雄訳
- 純粋理性批判　全三冊　カント　篠田英雄訳
- カント　実践理性批判　波多野・宮本・篠田訳
- 判断力批判　全二冊　カント　篠田英雄訳
- 永遠平和のために　カント　宇都宮芳明訳
- プロレゴメナ　カント　篠田英雄訳
- シュライエルマッハー　独白　木場深定訳
- 哲学入門　ヘーゲル　武市健人訳
- ヘーゲル政治論文集　全二冊　金子武蔵・上妻精訳
- 歴史哲学講義　全二冊　ヘーゲル　長谷川宏訳

自殺について 他四篇	ショウペンハウエル	斎藤信治訳
読書について 他二篇	ショウペンハウエル	斎藤忍随訳
知性について 他四篇	ショウペンハウエル	細谷貞雄訳
将来の哲学の根本命題 他二篇	フォイエルバッハ	松村・和田訳
反復	キルケゴール	桝田啓三郎訳
死に至る病	キェルケゴール	斎藤信治訳
西洋哲学史 全二冊	シュヴェーグラー	谷川・松村訳
眠られぬ夜のために 全二冊	ヒルティ	草間・大和訳
幸福論 全三冊	ヒルティ	草間・大和訳
悲劇の誕生	ニーチェ	秋山英夫訳
ツァラトゥストラはこう言った 全二冊	ニーチェ	氷上英廣訳
道徳の系譜	ニーチェ	木場深定訳
善悪の彼岸	ニーチェ	木場深定訳
この人を見よ	ニーチェ	手塚富雄訳
プラグマティズム	W・ジェイムズ	桝田啓三郎訳
純粋経験の哲学	W・ジェイムズ	伊藤邦武編訳
デカルト的省察	フッサール	浜渦辰二訳
社会学の根本問題 ―個人と社会	ジンメル	清水幾太郎訳
笑い	ベルクソン	林達夫訳
思想と動くもの	ベルクソン	河野与一訳
時間と自由	ベルクソン	中村文郎訳
人間認識起源論 全二冊	コンディヤック	古茂田宏訳
ラッセル幸福論		安藤貞雄訳
存在と時間 全三冊	ハイデガー	桑木務訳
哲学の改造	ジョン・デューウィ	清水幾太郎・禮子訳
学校と社会	デューイ	宮原誠一訳
民主主義と教育 全二冊	デューイ	松野安男訳
我と汝・対話	マルティン・ブーバー	植田重雄訳
アラン 幸福論		神谷幹夫訳
四季をめぐる51のプロポ	アラン	神谷幹夫訳
アラン 定義集		神谷幹夫訳
日本の弓術	オイゲン・ヘリゲル	柴田治三郎訳
天才の心理学	E・クレッチュマー	内村祐之訳
似て非なる友について 他三篇	プルタルコス	柳沼重剛訳
ことばのロマンス ―英語の語源	ウィークリー	寺澤・出淵訳
ヴィーコ 学問の方法		上村忠男・佐々木力訳
ソクラテス以前以後	F・M・コーンフォード	山田道夫訳
ハリネズミと狐 ―『戦争と平和』の歴史哲学	バーリン	河合秀和訳
言語 ―ことばの研究序説	エドワード・サピア	安藤貞雄訳
連続性の哲学	パース	伊藤邦武編訳
論理哲学論考	ウィトゲンシュタイン	野矢茂樹訳
自由と社会的抑圧	シモーヌ・ヴェイユ	冨原眞弓訳
フランス革命期の公教育論	コンドルセ他	阪上孝編訳
隠者の夕暮 シュタンツだより	ペスタロッチー	長田新訳

《東洋思想》

易経 全二冊	高田真治・後藤基巳訳
論語	金谷治訳注
孟子 全二冊	小林勝人訳注

荘子 全四冊　金谷治訳注
新訂 孫子　金谷治訳注
韓非子 全四冊　金谷治訳注
史記列伝 全五冊　小川・今鷹・福島訳
千字文　小川環樹・木田章義注解
大学・中庸　金谷治訳注
仁学 ―清末の社会変革論　譚嗣同　西・坂元訳注
章炳麟集 ―清末の民族革命思想　西順蔵・近藤邦康編訳
意識と本質 ―精神的東洋を索めて　井筒俊彦
真の独立への道 (ヒンド・スワラージ)　M・K・ガーンディー　田中敏雄訳
ユトク伝 ―チベット医学の教えと伝説　中川和也訳
インド思想史　J・ゴンダ　鎧淳訳

《経済・社会》

国富論 全四冊　アダム・スミス　水田洋監訳　杉山忠平訳
道徳感情論 全二冊　アダム・スミス　水田洋訳
法学講義　アダム・スミス　水田洋訳

コモン・センス 他三篇　トーマス・ペイン　小松春雄訳
戦争論 全三冊　クラウゼヴィッツ　篠田英雄訳
自由論　J・S・ミル　塩尻・木村訳
女性の解放　J・S・ミル　大内兵衛・大内節子訳
ユダヤ人問題によせて ヘーゲル法哲学批判序説　カール・マルクス　城塚登訳
経済学・哲学草稿　マルクス　城塚・田中訳
新編輯版 ドイツ・イデオロギー　マルクス・エンゲルス　廣松・小林訳
共産党宣言　マルクス エンゲルス　大内・向坂訳
賃労働と資本　マルクス　長谷部文雄訳
賃銀価格および利潤　マルクス　長谷部文雄訳
マルクス 資本論 全九冊　エンゲルス編　向坂逸郎訳
ロシア革命史 全五冊　トロツキー　藤井一行訳
トロツキー わが生涯 全二冊　森田成也　志田昇訳
空想より科学へ　エンゲルス　大内兵衛訳
改訳 婦人論 全二冊　ベーベル　草間平作訳
帝国主義　レーニン　宇高基輔訳

シュムペーター 経済発展の理論 全二冊　塩野谷・中山・東畑訳
ロシヤにおける革命思想の発達について　ゲルツェン　金子幸彦訳
古代社会 全二冊　L・H・モルガン　青山道夫訳
有閑階級の理論　ヴェブレン　小原敬士訳
理解社会学のカテゴリー　マックス・ヴェーバー　林道義訳
社会科学と社会政策にかかわる認識の「客観性」　マックス・ヴェーバー　富永・立野・折原訳
プロテスタンティズムの倫理と資本主義の精神　マックス・ヴェーバー　大塚久雄訳
職業としての学問　マックス・ヴェーバー　尾高邦雄訳
社会学の根本概念　マックス・ヴェーバー　清水幾太郎訳
職業としての政治　マックス・ヴェーバー　脇圭平訳
古代ユダヤ教 全三冊　マックスヴェーバー　内田芳明訳
宗教生活の原初形態 全二冊　デュルケム　古野清人訳
金枝篇 全五冊　フレイザー　永橋卓介訳
マッカーシズム　R・H・ローヴィア　宮地健次郎訳
世論 全二冊　リップマン　掛川トミ子訳
産業者の教理問答 他一編　サン＝シモン　森博訳

岩波文庫の最新刊

林 晋、八杉満利子 訳・解説
ゲーデル **不完全性定理**

数学の定理でありながら、哲学、心理学、現代思想、情報科学などの研究者をひきつけ、様々な影響を与えた不完全性定理論文。その意義と内容を丹念に解説する。
〔青九四四-一〕 定価七三五円

プーシキン／池田健太郎訳
オネーギン

〈余計者〉の原型と言われる、バイロン的な主人公オネーギン。純情可憐な少女タチヤーナ。ロシア文学史上に燦然と輝く韻文小説の金字塔。散文訳。改版。
〔赤六〇四-一〕 定価五八八円

トルストイ／藤沼貴訳
戦争と平和 (六)

一八一二年初冬。敗走するフランス軍捕虜隊にパルチザンが突入した朝、ペーチャは若い命を散らし、ピエールは解放へ。人間の運命、戦争とは平和とは？ 新訳、完結！
〔赤六一八-六〕 定価九八七円

オリーヴ・シュライナー／大井真理子、都築忠七訳
アフリカ農場物語 (下)

広大なケープ植民地に満ち満ちる閉塞感。それに抗うリンダルの気高くも絶望的な闘い。南アフリカに息づく人々を鮮烈に描いた珠玉の物語。（全二冊）
〔赤八〇〇-二〕 定価七九八円

今月の重版再開

水島直文、橋本政宣編注
橘曙覧《たちばなのあけみ》全歌集
定価一〇五〇円
〔黄二七四-一〕

柳田国男
蝸牛考
定価六三〇円
〔青一三八-七〕

モリエール／鈴木力衛訳
守銭奴
定価五二五円
〔赤五一二-七〕

村川堅太郎訳
アリストテレス
アテナイ人の国制
定価八四〇円
〔青六〇四-七〕